U0884404

二十一世纪出版社集团
21st Century Publishing Group

写给中国孩子的

100个艺术家的故事

徐　鲁⊙著

二十一世纪出版社集团
21st Century Publishing Group

图书在版编目（CIP）数据

100个艺术家的故事 / 徐鲁著. — 南昌 : 二十一世纪出版社集团, 2019.5（2021.10重印）
ISBN 978-7-5568-3796-0

Ⅰ. ①1… Ⅱ. ①徐… Ⅲ. ①故事–作品集–中国–当代 Ⅳ. ①I247.81

中国版本图书馆CIP数据核字(2019)第053734号

100 GE YISHUJIA DE GUSHI
100个艺术家的故事 徐鲁/著

责任编辑	张爱玲
特约编辑	梅 竹
装帧设计	赵 倩
插 图	温 强
出版发行	二十一世纪出版社集团（江西省南昌市子安路75号 330025） www.21cccc.com cc21@163.net
出 版 人	刘凯军
经 销	全国各地书店
印 刷	南昌市印刷十二厂有限公司
版 次	2019年5月第1版
印 次	2021年10月第3次印刷
开 本	720mm × 960mm 1/16
印 张	22.25
印 数	18001~23000 册
字 数	286 千字
书 号	ISBN 978-7-5568-3796-0
定 价	39.80 元

赣版权登字–04–2019–313

写给少年朋友的话

中国的一代代读书人，大都能背诵司马迁《报任安书》里那段励志的名言："盖西伯拘而演《周易》；仲尼厄而作《春秋》；屈原放逐，乃赋《离骚》；左丘失明，厥有《国语》；孙子膑脚，《兵法》修列；不韦迁蜀，世传《吕览》；韩非囚秦，《说难》《孤愤》。《诗》三百篇，大底圣贤发愤之所为作也。"

这段文字里涉及了不少历史人物典故，译成白话文，大致是这个意思：周文王被拘禁时，演绎出了《周易》；孔子在穷困潦倒中写出了《春秋》；屈原被放逐后，创作出了《离骚》；左丘明失去了视力，却写成了《国语》；孙膑被砍掉了膝盖骨后，竟写出了《兵法》；吕不韦被贬谪到了蜀地，才让《吕氏春秋》流传开来；韩非被囚禁在秦国，写出了《说难》和《孤愤》。《诗经》里共有三百篇诗歌，大抵都是圣贤们在各自的逆境中发愤抒写出来的。

司马迁因为自己遭遇了不幸，就在写给朋友任安的书信中，列举了这么多名人先贤在逆境中发愤著述的故事，用来激励自己，无论遭遇了怎样的不幸，都要努力去战胜苦难，去完成《史记》这本伟大的著作。

正如司马迁所列举的这些中国古代先贤一样，在全世界的艺术史上，几乎每一位杰出的、伟大的艺术家，他们在追求美好理想、创作传世作品的过程中，都会付出心血和代价，有的甚至也为了艺术而献出了宝贵的生命。

我们从这本《100个艺术家的故事》里就能看到，很多艺术家，就像是"被钉在艺术的十字架上"的受难者，为了艺术，他们一生都在努力、奋斗和付出。

因此，写《100个艺术家的故事》这本书，我也怀着这样一些美好的愿望——

倘若少年朋友们在阅读这些艺术家故事的时候，在欣赏他们奉献给世界的艺术果实，领略他们创造出来的艺术胜境的同时，还能被艺术家们高尚的心灵、博大的情怀、人格的魅力所感动，会情不自禁地生出一种对艺术家的热爱、敬仰和感佩、感恩之情，进而也能像伟大的艺术家一样，去热爱生活和人类，去发现和热爱世界上真、善、美的事物，用一种坚韧不拔、锲而不舍的毅力，去追求和实现自己美好的理想……那我写这本书的目的，就真正达到了。

诺贝尔文学奖获得者、诗人帕斯捷尔纳克在长篇小说《日瓦戈医生》里，曾借一个人物之口说：“如果你热爱诗歌，那么你就会热爱诗人。”同样的道理，如果我们热爱艺术，那么我们也就会热爱艺术家们。

法国文学家、艺术家罗曼·罗兰在以音乐家贝多芬为人物原型的长篇小说《约翰·克利斯朵夫》最后一卷的卷首语之前，引用了音乐家舒伯特的一行不朽的乐谱，还有肖贝尔所配的一行歌词：“你，可爱的艺术，在多少暗淡的光阴里……”

肖贝尔的歌词里还有这样一些句子：“你，可爱的艺术……你安慰了我生命中的痛苦，使我心中充满了温暖和爱，把我带进美好的世界中……每当受苦的人把琴弦拨动，发出了一阵甜蜜圣洁的和声，使我幸福得好像进入了天堂。可爱的艺术，我衷心感谢你！可爱的艺术，我感谢你！”

是的，艺术的光芒是明亮和温暖的，艺术的力量是永恒和无限的。美国作家凯特·迪卡米洛曾经这样想象过，她写的书能给读者带去什么：“用我整个心灵在你的耳边轻轻地讲述这个故事，为的是把我自己从黑暗中拯救出来，也把你从黑暗中拯救出来。美好的故事就是光明，我希望你已经在这里找到了某种光明……”

我也多么希望，每一位读者，也能从《100个艺术家的故事》里找到属于自己的“某种光明”，就像《最美的应诺》那篇故事的结尾，少女达格妮听到了伟大的音乐家爱德华·格利格为她而写的乐曲之后，她觉得有一种从未有过的热情和信心在心中萌芽了！

“生活啊，你听我说：我爱你！我爱你！我爱你！”

从此，她将带着一份留在心中的、世间最美丽、最珍贵的礼物，也带着她对未来的全新的热情、信心和勇气，走上人生的旅途……

亲爱的少年朋友，我祝愿和祝福你们，也能从这本书里，获得这样的热情、信心和勇气，然后带着它们，走向你们的明天！

徐　鲁

写于2017年6月1日

国际儿童节

目　录

达·芬奇 *Leonardo Di Ser Piero Da Vinc*

(1452—1519)

生于佛罗伦萨，意大利学者、艺术家，意大利文艺复兴时期的文化巨人，与米开朗琪罗、拉斐尔并称“文艺复兴三杰”。学识渊博，多才多艺，擅长雕刻、音乐、发明、建筑，通晓数学、生理、物理、天文、地质等。以绘画成就最高，代表作有《蒙娜丽莎》《最后的晚餐》《岩间圣母》《抱银鼠的女子》《安吉里亚之战》《三王朝拜》等。

说不尽的蒙娜丽莎

莱昂纳多·达·芬奇，生活在恩格斯所谓的“一个需要巨人而且产生巨人的时代”。他以自己在科学和艺术诸多方面的成就，宣告了“人”的胜利，同时也意味着愚昧黑暗的中世纪以及神权力量长期以来对人的精神禁锢的失败。他是意大利文艺复兴时期真正的思想巨擘和文化天才。他的人文主义立场和美学观，他对中世纪禁欲主义的挑战，他对人的价值与权利的肯定与张扬，还有他对出卖耶稣的犹大的揭露与批判，无不带有划时代的意义。

作为绘画大师，他给人类留下了《蒙娜丽莎》《最后的晚餐》《岩间圣母》《安吉里亚之战》《三王朝拜》等许多幅杰作，这些作品为每一个时代的人们所激赏。他的绘画理论和美学观念，他对完美的古典主义艺术的追求与探索，极大地影响了16世纪以及后来的各个世纪的绘画观。

西方有“说不尽的莎士比亚”一说。其实，蒙娜丽莎也是说不尽的。数百年来围绕着这幅画所发出的种种探索、追寻、猜测、演绎，以及致敬的文字，真是难计其数，几乎成为莎士比亚之外的另一门“莎学”。

关于蒙娜丽莎的人物原型，长期以来，历史学家、艺术史家和艺术爱好者们一直争论不休。最普遍的说法说，画中的女子是当时佛罗伦萨的一个商人的妻子，画家画她时，她只有24岁。为了画出她那一丝迷人的微笑，据说达·芬奇曾想尽办法，甚至请人在她旁边唱歌、演奏、说笑话。画家自己也曾为她讲笑话，逗她高兴，以期使她长期保持一种发自内心的愉快。也有一说，因为画家和她长期接触，彼此之间有了感情，达·芬奇深深地爱上了她。

另有人说，她是达·芬奇的母亲。还有人考证过，她是佛罗伦萨的一个妓女。此外，还有人甚至认为她其实是达·芬奇本人的女性形象自画像，因为从蒙娜丽莎的脸上可以看到达·芬奇本人的影子，而现在很多人也认为达·芬奇是一个同性恋者。不过，据最新的一个研究结果，蒙娜丽莎确是达·芬奇一个商人朋友家的善良的家庭主妇。早在1550年，就有研究者认为蒙娜丽莎的原型是这位名叫格拉迪尼的家庭主妇，但是一直没有得到证实。佛罗伦萨市教师帕兰蒂对该市的档案进行了长达25年的研究发现，达·芬奇家族与丝绸商人弗兰西斯科·吉奥康杜关系密切，而他正是格拉迪尼的丈夫，两人于1495年成亲。帕兰蒂认为，“蒙娜丽莎的画像完成于格拉迪尼24岁时，可能是达·芬奇父亲替自己的朋友付钱画了这幅画，他曾不止一次做过类似的事情。因为当时达·芬奇陷入了财务纠纷，父亲可能想通过这种方式帮助自己的儿子。”帕兰蒂还在档案中找到了弗兰西斯科的遗嘱，他在遗嘱中称格拉迪尼是他“心爱的”和“忠实的”妻子，意指格拉迪尼拥有高贵、忠诚的品质。他们夫妇两人一共育有五个孩子，其中两个女儿后来成了修女。

除了人物原型，在过去数十年里，科学家和历史学家也一直在研究具有500多年历史的《蒙娜丽莎》，试图解开蒙娜丽莎那“神秘的微笑”背后的秘密。美国加州大学阿曼德·哈姆达文奇中心顾问、画家雅克·弗兰克曾经认为，几乎没有人能寻求到解释达·芬奇绘制此画时所用的手法。因此，他一直试图揭开这个谜底。经过长期研究后，他认为自己终于找到了答案。他认为，从技术角度讲，《蒙娜丽莎》对所有理解都提出了挑战，达·芬奇如何绘制这幅光线与阴影完美结合的作品，长期以来就是个谜。为此，画家创造了“晕涂法”这个词语，用于描述其所称为“没有线条和边界，就像烟雾一般”的绘画技术。尽管达·芬奇在别的许多作品和发明上都有不可思议的注释，却从来没有真正解释过他如何取得“晕涂法”效果的原因。这种效果使《蒙娜丽莎》这幅画几乎具有三维效果。弗兰克说：“‘晕涂法’的基本问题是如何让阴影和线条以难以觉察的方式连在一起。”一种解释是，达·芬奇可能用手指和拇指将色彩之间的线条弄平，但弗兰克认为这种解释过于简单、过于拙劣。又有法国一位卢浮宫专家，在一本新书里披露了在

达·芬奇习作《坐着的老人》

《蒙娜丽莎》下面发现的一幅草图的痕迹。尽管此前有许多专家试图“重造”蒙娜丽莎的眼睛，但弗兰克希望能证明达·芬奇首次在草图上画《蒙娜丽莎》的过程。为此，弗兰克将一种冲淡的半透明油质液体倒在上面，使线条变得柔和起来，然后用细刷弄的原点仔细润色画中细节，最后再倒上另一种稀的液体。弗兰克认为，蒙娜丽莎面部一些区域可能在上面有30层厚，尽管漆层已经令人难以置信的细薄。弗兰克最后说：“《蒙娜丽莎》一画中存在超乎寻常的一致性。这表明，达·芬奇可能用时多年才完成这幅传奇名作。”

《蒙娜丽莎》诞生已经500多年了。她已经成为全世界范围内最为人们所熟知的艺术形象之一。可以说，在西方所有描绘女性的艺术作品中，没有一幅画能超过《蒙娜丽莎》所达到的艺术高度。《蒙娜丽莎》只能是出自真正的天才之手的神妙杰作。如今，每一个去巴黎的人，无不以进入卢浮宫一瞻《蒙娜丽莎》的芳容为荣幸。画面上，蒙娜丽莎优雅而娴静地侧坐在阳台上，柔美纤秀的双手交叠放在胸前。她优雅而安闲的右手，被人誉为世界上最美丽的女性之手。她的眼睛和嘴角上露出一丝若有若无的微笑——似乎是微笑刚开始的那一瞬间，又像是微笑将结束的一刹那。她的目光脉脉含情，薄如蝉翼的透明面纱，难遮她那妩媚的笑意。为了展现出人物细微的心理状态，达·芬奇突破了基督教禁欲主义所谓的腹部以下乃情欲所在，因而女性肖像不能画到腹部以下的清规戒律，完整地画出了她的胸部和腹部，显示了一种青春洋溢的女性之美。艺术批评家和画家瓦萨里甚至觉得，细看蒙娜丽莎脖子下面的凹处，“仿佛可以看到血脉的搏动”。

达·芬奇在《画论》中曾说，要画肖像，你必须有个特别设备的画室：一个长方形的院子，最好是10米宽，20米长，墙壁刷成黑色，突出的屋檐盖住一部分，还有一个遮阳布篷可以随需要而舒卷。黄昏时候，或浮云多雾的天气底下，才卷起布篷画画。此时的光是最美满的。他在佛罗伦萨的寓所就有这样一个画肖像用的院子。他的房东是佛罗伦萨一家高贵的上等人。这寓所在马特里街上。达·芬奇在这里历经四个春秋，才完成了《蒙娜丽莎》。

达·芬奇在这幅画中的每一个细节上所达到的精确是无与伦比和登峰造极的。衣服的微小皱纹，围绕着雪白胸膛的黑色花边，更不用说那若有若无的一抹笑意，都被表现得如此清晰和逼真。在蒙娜丽莎的脸部、胸部和手部，他使用了自己特有的一种"明暗转移法"，薄暗的光，映在蒙娜丽莎脸上和手上，仿佛一层黄昏时的光影，一种柔和而温暖的调子。在背景处理上，他用左右两边隐约可以看出圆柱的基础和石栏，把近景和远景区分开来，并用一种"空气透视法"，将远景推向深远处。她身后的那些古老岩石，苍老的蓝色的钟乳般的山峰，以及在岩石中间蜿蜒而去的河流……都笼罩在模糊的薄雾里，使人想到那个必将渐渐变得遥远的苍茫的中世纪……

达·芬奇想突出的是"人"。他认为人是最神圣的，人体是自然界中最美的形象。他要画出人的精神的解放与胜利，他反复地测量证明人体各部分之间的比例，使人体呈现出最为和谐和最精确的美。他称之为"神圣的比例"。他坚信，"谁不尊重生命，谁就不配享有生命"。他用蒙娜丽莎的眼睛和嘴角边闪露出的那丝含情脉脉的微笑——一个真实的女性的发自心灵的微笑，宣告着人与生命的美丽与尊严，同时也呼唤着整个人性的彻底的觉醒与归来。

丢　勒 Albrecht Dürer

(1471—1528)

德国画家、铜版画设计家。出生于纽纶堡的金银匠世家，从小就接受了金银首饰工艺所必需的雕刻和绘画技艺训练。在铜版画、木刻、肖像画、钢笔和铜笔素描、水彩画、木炭画等等门类里，都取得了骄人的成就。主要作品有《启示录》《基督大难》《小受难》《祈求的手》《野兔》《亚当与夏娃》等。

祈求的手

阿尔布雷特·丢勒是生活在15世纪的画家。1471年，他出生在纽伦堡附近的一个小村子里。丢勒童年时，家里有18个孩子。他的父亲是一个辛苦的金银打造匠人，为了糊口，每天都要在作坊里劳作十几个小时，有时也出去给邻居们打打零工。

家境虽然如此窘迫，生活虽然如此贫困，可是丢勒从小就怀有一个美丽的梦想，想当一名艺术家。有意思的是，他的一个兄长艾伯特也怀有同样的梦想。不过兄弟俩都很明白，家里根本出不起学费，也不可能把他们中的任何一个送到纽伦堡正规的艺术学院里去学习。

兄弟俩于是达成了一个协议，并且用掷硬币的方式来决出输赢：谁输了，谁就要到附近的矿区去做4年矿工，用所得的收入供给赢了的兄弟到纽伦堡去学习4年绘画；学习绘画的兄弟，以后要用他出卖作品的收入，反过来支持做矿工的兄弟再去上学。当然，如果作品卖不出去，就必须去矿区做工挣钱。

这是一个近乎残酷的选择方式。在一个星期日做完礼拜后，兄弟俩郑重地掷出了钱币。结果，丢勒赢了。他离开家，到纽伦堡去学习艺术，而艾伯特去了矿井挣钱。

在艺术学院里，丢勒十分发奋、用功，比别的学生付出了更多的努力。也许是命运女神也被这兄弟俩无奈的选择所感动，因此对他特别眷顾，有意要帮助他。很快，他就引起了人们的关注。

从这时起，以及在他后来的艺术生涯里，他在铜版画、木刻、肖像画、钢笔和铜笔素描、水彩画、木炭画等门类里，都取得了骄人的进步，甚至远远超过了他当年的教授们。人们说，这个心地善良、带着哥特式忧郁气质的青年画家，他的作品不仅真实地记录了历史，也讲述了他自己所生活的时代。而且，他用自己毕生的努力，几乎是独自一人将现代文化引进了德国，亲手揭开了德国文艺复兴的帷幕。

丢勒作品《祈求的手》

4年的时间一晃就过去了，当丢勒临近毕业的时候，他的绘画作品，已经可以卖到相当不错的价格了。

丢勒毕业后回到了自己的村子里。全家人聚在草地上会餐，祝贺他的毕业。丢勒端起酒杯，起身向他亲爱的兄长艾伯特敬酒。他眼睛里噙着泪水说：“现在，艾伯特，到了该倒过来的时候了，你可以去纽伦堡实现你的美梦，而我，应该开始支持你了。”全家人都把期盼的目光转向艾伯特。

这时候，大颗大颗的泪水从艾伯特苍白的脸颊流下。他连连摇着头，呜咽着说：“不……不……好兄弟，我不能去纽伦堡了，这对我来说，已经太迟了！你看……看一看4年来的矿工生活，使我的手发生了多大的变化！每根指骨都至少遭到一次骨折！而且近来我的右手还患上了严重的关节炎，我甚至不能握住酒杯来回敬你的好意了，更不要说握着画笔在羊皮纸和画布上画线条了。不，亲爱的兄弟，对我来说，已经太迟了……”

许多年后，为了报答艾伯特所做的牺牲，阿尔布雷特·丢勒饱蘸着自己的眼泪和心血，深情地画下了兄长的这双历尽艰辛和磨难的、几乎已经变形的手。我们看到，那细长的手指正在用力地伸向天空，仿佛想要去采摘和拥抱曾经有过的美好的梦想……

丢勒把自己的一颗感恩的心，融化在了动人心弦的画面里。当时，他只是简单地把这幅作品命名为《手》。可是，当这幅画展现在世人面前时，每一个观众都被这幅画深深地感动了。他们把这幅不朽的作品重新命名为《祈求的手》。

米开朗琪罗 *Michelangelo*

（1475—1564）

意大利雕塑家、画家、建筑师、诗人，生于佛罗伦萨，与拉斐尔、达·芬奇并称“文艺复兴画坛三杰”。从1509年到1512年，他用了整整4年的时间，终于完成了这幅长40米、宽13米，共有336个人物组成的，人类有史以来最伟大的穹顶湿壁画《创世纪》。代表作有雕塑《大卫》《摩西》《哀悼基督》《被俘的奴隶》，大型穹顶壁画《创世纪》《最后的审判》等。

无限的穹顶

金色的阳光透过三个高大的窗照进了幽暗的西斯廷教堂，仿佛天国的光辉洒在人间。米开朗琪罗站在色彩斑斓的大理石地面上，像一只孤独的天鹅，伸颈仰头，望着那面积宽阔、梁柱纵横交错的高高的穹顶。那里暂时还只是一片浅蓝色的涂层，涂层上点缀着几颗稀疏的金星。

他想，一个如此高大的圆顶，实在不应该仅仅是一个房顶。不，它应该是一个无限的天穹，与脚下的大地连成一个整体，每一个站在圆顶之下的人，都应该无法到达它的边沿。而且，站在这样的天穹之下，每一个人都应该直接感到上帝的存在，都能够感到灵魂的升腾与飞翔……

他环顾教堂的四周，看到了前辈大师波提切利和柯西莫·罗切里等人的绘画。他们已经用线条和色块为各自的作品打上了“不朽”的标记。但他知道，这个高大的、空旷的穹顶将是属于他的。他要在这里创造一个属于自己的艺术和心灵世界。

他想到了教皇朱利奥。公元1505年，米开朗琪罗奉教皇朱利奥之召，又一次来到罗马。62岁的朱利奥已经须发花白。他喜欢艺术，渴望着伟大和不朽。他端坐在紫红色的宝座上，对米开朗琪罗说：“我在圣彼得教堂里看到过你的《哀悼基督》，我准备把自己的陵墓也设在那里，特请你来做这项工程的设计，你看如何？”

如果要满足这位教皇好大喜功的欲望，同时又要达到当年创作《哀悼基督》的艺术水准，米开朗琪罗想，这起码需要80到100年的时间！而教皇只给了他5年的时间，限期交工。

世界上最宏伟的梵蒂冈大教堂设计工程，就这样要开始了。所幸由于经费不足等原因，朱利奥教皇不久便取消了这项工程。不过，他接着又提出了翻新西斯廷教堂的计划，并且把一个空旷的大圆顶交给了米开朗琪罗。

这无疑是一份苦差事。与其说教皇是想让米开朗琪罗在天花板上画一幅大壁画，不如说是想让画家用一幅壁画来填充和掩饰屋顶上那梁柱交错、凹凸不平的巨大空间。但米开朗琪罗是一个真正的艺术家，他无数次地站在阳光照射着的教堂中央，仰望着巨大的穹隆，苦苦地琢磨着，该怎样使这个差不多有六千平方英尺的屋顶变得不再是一个屋顶，而成为一件完美的艺术作品。

1509年元旦的清晨，仿佛有一种什么力量招引着他，米开朗琪罗沿着一条崎岖的小路，登上一座峰顶。旭日初升，霞光四射。田野、森林、山峦、村落，还有通往罗马的大道都从黎明中苏醒，沐浴在太阳的慈辉里。整个罗马，在辽远的天宇下闪着红光。“多么雄伟的杰作啊！万能的上帝，最伟大的艺术家！”米开朗琪罗惊叹道。他站在黎明的山巅，突然感受到《圣经·旧约》里《创世纪》的意境：太初之时，天地空虚而混沌。上帝说，要有光。第二天上帝又说，要有穹庐。于是，天地分开。而在天地之间，上帝又按照自己的形象创造了人。人站立起来了，世界诞生了！啊，创世纪！天、地、人、太阳、月亮、星辰。

除了这宏大的“创世纪”主题之外，还有什么更适合他那开阔的穹顶呢！米开朗琪罗这样想着，禁不住伸出双臂，在黎明的山巅狂奔起来。他感到浑身充满了创造的激情。他把他的灵感告诉了教皇，教皇被他的想法吓呆了。

“你是一个怪人！米开朗琪罗，你爱怎样画就怎样画吧！不过你要明白，你的这个计划需要你付出比原计划多五六倍的劳动！”教皇说。

米开朗琪罗当然知道“创世纪”的分量。他将要进行的，又何尝不是一件开天辟地的工作呢！无论是在技术、体力和时间上，他都将要接受从未有过的巨大的考验。凡是最伟大的创作，都必定是在最孤寂的劳动中完成的。果然，他遣散了其他的助手，只留下一个人帮他磨颜料，另一个人敷灰泥，其余的事，全部由他自己动手。

想象一下吧，那一袋袋的石灰、沙子和火山灰岩粉，要搬上高高的扶梯，运到脚手架上，搅拌均匀，抹在天花板上，然后趁灰底尚未干透的时候开始作画，这样壁画才永远不会脱落。最上面的一层架子有18米高，作画时，米开

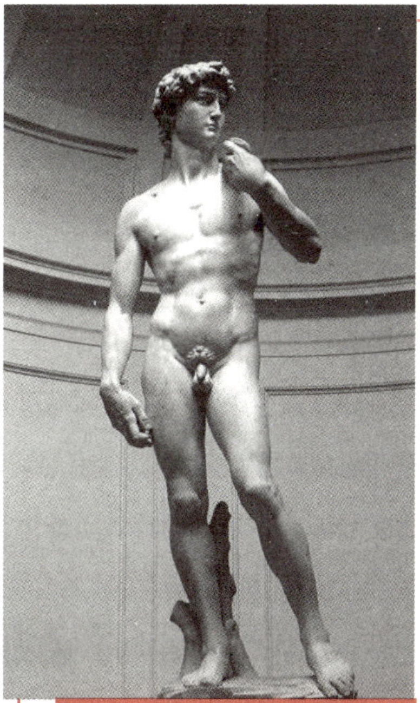

米开朗琪罗的雕塑《大卫》

朗琪罗必须颈椎后仰，眼鼻朝天。每画一笔，都有一些颜料和灰泥滴到他的脸上，甚至滴进他的鼻孔和眼睛里。有时画到一些转弯抹角的地方，他必须或蜷曲身子，或跪下双膝，甚至整个人弯曲成一支弓箭状。这种扭曲与吃力的姿势常常使他不一会儿就变得疲倦之极。但他必须这样坚持下去。上帝和人类都在他的心中，他要用手中的白灰和颜料，来抒写出献给他们的赞美诗。

每画一笔都是极其艰苦的。米开朗琪罗曾经写过一首诗歌，真实地记录了他作画时的辛苦状态："就像伦巴底的成群老鼠一样，我几乎把大量的脏水都喝光，肚子连着下巴，绵延一路膨胀，络腮胡子朝天，项背挂在双肩，高挺起鸡胸脯，这是我的容颜。你看，从画笔上滴下颜料点点，我的脸像地板，涂得色彩斑斓。"

从1509年到1512年，他用了整整4年的时间，终于完成了这幅长40米、宽13米，共有336个人物组成的，人类有史以来最伟大的穹顶湿壁画《创世纪》。壁画竣工之时，米开朗琪罗才37岁，却俨然一个身体佝偻、容颜苍老的老人了。这是艰苦的劳动透支了他的体力和生命。

1512年万圣节那天，全罗马的达官贵人都穿上华丽的衣装，参加了教皇为西斯廷教堂举行的奉献仪式。米开朗琪罗所创造的那个登峰造极的穹顶，使整个罗马城沸腾了，大家奔走相告，传为奇迹。而米开朗琪罗却独自站在住所里的几根廊柱边，陷入了沉思。他用怀疑的口吻问自己："你，真的是一个画家吗？"

500年过去了。如今，《创世纪》这幅举世无双的壁画巨作，又经过了14年的修缮和据说是最新技术的清洗，仍然在这个高高的圆顶上放射着自己的奇光异彩。它是西斯廷教堂的荣耀，也是整个梵蒂冈的荣耀。

据说，《创世纪》完成后，朱利奥嫌壁画中先知和圣徒的服饰色彩不够华丽，曾要求画家增补颜色，以期更加辉煌。米开朗琪罗却回答教皇说："不，圣父，所有的圣徒都是清贫的，他们无须华丽的装饰。"

拉斐尔 *Raffaello Santi*

（1483—1520）

生于意大利乌尔比诺，意大利画家。与达·芬奇、米开朗琪罗并称“文艺复兴时期画坛三杰”。1504年完成画作《圣母的婚礼》获得成功。一生创作的各类题材作品近300件，其中以女性题材居多。所画的几乎每一幅画上的女性，都被称为“圣母”，如《德拉·塞吉娅圣母》《格兰杜卡圣母》等。代表作有《圣母的婚礼》《西斯廷圣母》等。

拉斐尔式的妩媚

人类自从有了荷马，就有了荷马式的痛苦；自从有了伊索，就有了伊索式的幽默；而自从有了拉斐尔，就有了拉斐尔式的妩媚。

画家拉斐尔·桑西在世的时间很短暂，只有37年。1520年初春，正值创作精力旺盛期的拉斐尔，在西西里岛一个贵族别墅工程的工地上，突然接到教皇手谕，要他速回梵蒂冈。

于是，拉斐尔乘着马车在亚平宁半岛上飞驰。驿道两边的橄榄树虽然已经发出新叶，可是意大利四月的春风还是有点寒气袭人。果然，拉斐尔路途上患了重感冒。见过教皇后，他竟高烧不退，卧床难起。几天后，他的弟子向世人发出了一个沉痛的讣告：

“教廷首席画家拉斐尔因病医治无效，于1520年4月6日下午5时与世长辞，享年37岁。”

拉斐尔的遗体被安葬在万圣殿的墓园里。他的弟子和朋友在他的墓碑上雕刻了他生前曾为之费尽心力的圣母像，并用拉丁文写了这样的墓志铭：

“拉斐尔在这里长眠。他活着，使大自然感到失败的恐惧。而当他一旦离开了人间，大自然又不愿他真正地死去。”

拉斐尔是描绘圣母题材的“圣手”。文艺复兴时代的许多美术大师，都画过圣母，他们几乎每个人都极力想把圣母表现得更加人间化一些。拉斐尔在描绘圣母，乃至刻画所有母亲形象时的细腻温柔与感情分寸把握上，却是别的画家所无法企及的。

拉斐尔多才多艺，画过诸如《雅典学院》《帕尔纳斯山》《西斯廷圣母》等许多历史题材的大作品。他一生创作的各类题材作品近300件，其中以女性题材居多。他所画的几乎每一幅画上的女性，都被称为“圣母”，只不过在“圣母”前加上不同的定语而已，如《德拉·塞吉娅圣母》《格兰杜卡圣母》等。艺术评论家克拉姆斯科依曾断言：“拉斐尔的圣母是真正不朽的作品……这些圣母本身就是对人类的想象力的创造。”

例如《德拉·塞吉娅圣母》，画中的圣母几乎是一副意大利年轻的平民女性的容貌和神态，她穿着当时一般平民所出的布拉吉衣服，裹着花格子头巾，正紧紧地把儿子搂在怀中，生怕他会被人抢去似的。整幅画不仅逼真地显示出了一个母亲对儿子的疼爱与庇护之情，同时也使人感到了真正的女性与母性的尊严、优雅与妩媚。

《东拉·薇娜塔》是拉斐尔最有名的一幅肖像画。画里所描绘的这位佛罗伦萨少妇一扫以往的微低着头、半垂着眼帘的女性形象，而是美丽、丰腴、健康，闪烁着一种纯洁与尊严的光辉，自信中还带着一些女性的妩媚。她披着标志着世俗化的长头巾，手镯、项链、蝴蝶结、发饰……这些细节似乎都有意无意地流露着画家的人文主义情怀。那是对中世纪禁欲主义的对抗，也是对真正的生活权利的呼唤。

据说，当时的教皇莱奥十世十分赏识拉斐尔，甚至想奖给他一顶红衣主教的帽子；而红衣主教耶纳更有让拉斐尔和自己的侄女结婚的念头。但是天性温和而心怀浪漫的拉斐尔虽然没有一口拒绝，却也迟迟不答复。有人还认为，拉斐尔在《德拉·塞吉娅圣母》和《东拉·薇娜塔》这两幅作品里所画的主人公的面容里有着他理想中的女性的美的色彩。

拉斐尔在写给卡斯蒂里昂伯爵的一封书信里，这样说过："为了画出极其漂亮的女性，我必须看许许多多极其漂亮的女性。……但是由于漂亮的女性不多，我就只好以某种理想中的东西作为自己的向导……"

美丽、高雅的拉·芳娜丽娜，是拉斐尔的模特儿和情人。拉斐尔为她画过一幅美丽的肖像画。画中的芳娜丽娜漂亮而妩媚，目光和嘴角都透着一种向传统的禁欲主义挑战的意味。那种妩媚与自信与其说是拉·芳娜丽娜的，不如说是来自拉斐尔自己的。

他和拉·芳娜丽娜之间的爱情，也成为后世许多画家心目中，画家与模特儿之间美好关系的典范，不少画家以此为题材画过作品，借以表达自己的心仪与赞赏。其中以法国画家安格尔在1814年画的一幅《拉斐尔与拉·芳娜丽娜》最为有名。

这幅画画的是拉斐尔暂时停下手里的工作，正和模特儿搂抱在一起缠绵调情的瞬间情景。画板上正在画的作品就是拉·芳娜丽娜的那幅裸胸的肖像画。而在背景上，可以隐约看到拉斐尔那幅《德拉·塞吉娅圣母》。

莎士比亚 William Shakespeare

（1564—1616）

英国戏剧家、诗人，生于英国瓦维克郡。少年时代起在剧团做过杂工、演员、剧本作家。早期剧本以喜剧、历史剧为主，后期主要创作悲剧。一生创作了38部戏剧、154首十四行诗及两首长叙事诗。戏剧名作有《罗密欧与朱丽叶》《哈姆雷特》《李尔王》《麦克白》《奥赛罗》《威尼斯商人》等，以及《十四行诗集》。其中《奥赛罗》《李尔王》《麦克白》和《哈姆雷特》被后人称为莎士比亚“四大悲剧”。

“他不只是属于一个时代”

据说，在西方一般家庭里都有必备的两部书，一部是《圣经》，一部就是《莎士比亚全集》。1984年曾有西方权威机构在全世界范围内选举十位最伟大的作家，莎士比亚名列第一。

莎士比亚是有史以来最负盛名的作家，他的戏剧被公认为是不可企及的文学典范。英国甚至有句谚语：“宁可不要一百个印度，也不能没有莎士比亚。”虽然这话带有浓厚的殖民色彩，但莎士比亚对于英国的重要性由此可见一斑。诗人本·琼森在为1623年版的《莎士比亚戏剧集》所写的献词中这样写道：“骄傲吧，我的不列颠，你拿出一个人来，就可以折服欧罗巴全部的戏文！他不只是属于一个时代，而是流芳千秋万代！”

威廉·莎士比亚出生于英国沃里克郡斯特拉福镇的一个富裕市民家庭，他的父亲是个商人，4岁时，父亲被选为“市政厅首脑”，成了这个拥有两千多居民、20家旅馆和酒店的小镇镇长。莎士比亚童年时，他家居住的这个小镇经常有剧团来巡回演出。莎士比亚在观看演出时惊奇地发现，小小的舞台，少数几个演员，就能把历史和现实生活中的故事表现出来，他觉得神奇极了，深深地喜欢上了戏剧。13岁时，他的父亲经商失利，莎士比亚只好离开学校，给父亲当助手。18岁时他结了婚，不到21岁，已有了三个孩子。妻子比他大8岁，莎士比亚对自己的婚事时常感到遗憾，他在自己的作品中曾说：“女人应该与比自己年纪大的男子结婚才好。”

1586年，富有进取精神的莎士比亚随一个戏班子步行到了伦敦，找到一份为骑马来剧院观看演出的贵族观众照看马匹的差使。据说他干得很不赖，骑马来看演出的观众都愿意把马交给他看管。

莎士比亚头脑灵活，口齿伶俐，工作之余，还悄悄地去看舞台上的演出，并坚持自学文学、历史、哲学等课程，还自修了希腊文和拉丁文。当剧团需要临时演员时，他“近水楼台先得月”，常常去演一些跑龙套的小角色和配角，但无论多小的角色他都演得十分认真和投入。因为他出色的理解力和一丝不苟的演技，不久他就被剧团吸收为正式演员。

那时候，剧团对剧本的需要非常迫切，因为一个戏要是不受观众喜欢，马上就要停演，再上演新戏。莎士比亚看在眼里，在参加演出的同时，也尝试着写一些历史题材的剧本。27岁那年，他写了历史剧《亨利六世》三部曲，剧本获得排演，效果很好，深受观众欢迎。他在伦敦戏剧界渐渐有了自己的名声。1595年他又写了一个悲剧《罗密欧与朱丽叶》，剧本上演后，全伦敦的观众像潮水一般涌向剧场去看这出感人的悲剧。莎士比亚在伦敦的观众中声名大振。

此后的十来年内，莎士比亚又写下了许多优秀的剧本，其中有《裘力斯·凯撒》《哈姆雷特》《奥赛罗》《麦克白》《李尔王》《威尼斯商人》等。其中《奥赛罗》《李尔王》《麦克白》和《哈姆雷特》，被后人称为莎士比亚的“四大悲剧”。他用这些伟大的戏剧使自己成为他那个时代的“灵魂”，成为整个欧洲文艺复兴时期人文主义文学艺术的集大成者。

他一生共写下了37部戏剧、154首十四行诗、两首长诗和其他一些诗歌。他的作品表达了文艺复兴时期，先进的人文主义者要求冲破封建势力束缚的强烈愿望；他歌颂了理想、自由和爱情，谴责了封建制度对美好的爱情和自由思想的迫害；他用戏剧的形式揭示了封建专制制度的残酷性和腐朽的本质以及整整一代人文主义者在封建时代的悲剧性命运。他因此被誉为文艺复兴时期最杰出的艺术大师和“最伟大的戏剧天才”。

莎士比亚在伦敦生活了20年，将近40岁时，他才回到斯特拉福镇定居。1616年4月23日，一代戏剧天才在家乡去世，享年52岁。他的墓碑上刻着这样的碑文：“看在上帝的面上，请不要动我的坟墓，妄动者将遭到诅咒，保护者将受到祝福。”

他的所有作品都像他的墓志铭一样，从此打上了不朽的标记。他对后世的影响是无限深远的。虽然他一生只用英文写作，但他的大部分作品被译成了世界各国文字，他的剧作至今仍在世界各地上演。有趣的是，他的出生日和去世日竟在同一天：4月23日。每年的这一天，许多国家的大剧院都会上演他的戏剧来纪念他。他的墓地，每年也都有数以千万计的人去瞻仰和朝圣。

莫里哀 Molière

（1622—1673）

法国剧作家、演员、戏剧活动家，生于法国巴黎。1643年参与创办“光耀剧团”，起艺名“莫里哀”，开始在法国巡回演出。1652年开始创作剧本，一生共创作近30部喜剧，不仅是杰出的剧作家、导演，还是一位颇获好评的戏剧演员。代表作有《心病者》（又译为《无病呻吟》）、《伪君子》《妇人学堂》《唐璜》《吝啬鬼》（又译为《悭吝人》）等。

喜剧大师的悲剧之路

17世纪法国喜剧大师莫里哀，为自己心爱的戏剧艺术奋斗了20多年。他既是一位演出经验丰富的戏剧演员，又是一位高产的剧作家，还是善于经营的剧团领导者。他一生投身艺术，从未离开过舞台，就像春蚕一样，吐尽了生命中最后一缕丝。

莫里哀念中学时，父亲就把“王室侍从”的世袭身份传给了莫里哀，希望他一毕业就去继承禄位，操持祖传下来的商人家业。可以想见，如果沿着父亲指引的道路前行，莫里哀完全可能得到他那个社会公认的辉煌前程。

可是，20岁的莫里哀有自己的理想和志向。他结识了当时已小有名气的

戏剧家 莫里哀

女演员玛德隆·贝扎尔，共同的理想使他们结为莫逆之交，也使他放弃了优越的王室侍从的继承权，而投身到了戏剧道路上。

这一举动对莫里哀的家庭来说犹如一个晴天霹雳。因为在当时，职业演员被人视为到处流浪的“下等人”，谁要是当了“戏子”，教会便会将他驱逐出教。如果死前没有举行忏悔仪式，教会连一块葬身之地也不会给他。

眼看儿子要成为“败家之子”，父亲痛心极了，哀求儿子放弃自己的打算。但莫里哀并不为父子之情所动。父亲无奈又请他的老师做说客，结果老师反而被莫里哀说的一番有关戏剧艺术活动的道理打动了，竟然也愿意加入他们的演出团队。

不久，莫里哀和玛德隆组织了一个“光耀剧团”，并放弃了原来的名字“让-巴蒂斯特·波克兰”，取了艺名“莫里哀”。这一举动，也显示了他与优越的家庭条件一刀两断的决心和献身戏剧的勇气。

就这样，莫里哀和他的伙伴们正式踏上了布满荆棘却又无限荣耀的戏剧艺术之路。此后接踵而来的，是剧团经营不善造成的负债，还有流浪、坐牢、上流社会的齐声斥责、教会的残酷迫害，以及积劳成疾而带来的身心痛苦……但莫里哀以最大的毅力迎接了这一切。他依然充满信心地活跃在戏剧舞台上。他说：“我不能不演戏，只有舞台生活才是我的荣耀。”

当他年近50岁，已如风中残烛之时，他遭受的不幸就更多了。因为积劳成疾，他的肺病一天比一天严重；与他事业上长期亲密合作的“老搭档”玛德隆·贝扎尔也去世了；他的爱子又不幸离开了他。巨大的精神创伤和严重的疾病在折磨着他，但他仍然用整个心灵呼唤着他挚爱着的喜剧艺术，继续着他的演出和创作。

1673年2月10日，莫里哀抱病创作并演出了他最后一个剧本《心病者》。他亲自扮演主角阿尔贡。2月17日，《心病者》第四次演出时，莫里哀的病情恶化，他的妻子阿曼德和他的学生都含泪劝他，无论如何不要再登台了。但莫里哀摇摇头，对他们说道："这有什么办法呢？假如一天不演出，剧团的50个可怜的兄弟就无法生活。只要我还能工作，一天不给他们面包，我就于心不安！"

他忍着疼痛上了舞台。剧场里座无虚席。台下不时响起阵阵热烈的掌声。剧本里的"心病者"阿尔贡，是一个没病装病的江湖骗子。演出时，莫里哀由于十分痛苦，不得不时常咳嗽和皱眉，观众不了解莫里哀的病情，还以为是他表演得逼真。他们哪里知道，此时的莫里哀已经到了死亡的边缘。

演到最后一场时，他实在支持不住了，痉挛了下。细心的观众这才发现了他的病态，都露出了惊慌的神色。莫里哀注意到了台下观众的反应，他鼓起平生的力气，大笑了一声，才遮掩了过去。

演完回到家里，他就开始大口大口地吐血。不到三个小时，这位伟大的艺术家便永远地闭上了双眼，告别了他心爱的舞台和世界。喜剧大师走完了他坎坷的悲剧之路。他为世界留下了《妇人学堂》《伪君子》《唐璜》《吝啬鬼》等近30部经典的喜剧作品。

洪 昇 Hong Sheng

(1645—1704)

中国清代戏曲家。与《桃花扇》的作者孔尚任并称“南洪北孔”。生于浙江杭州世宦之家。代表作《长生殿》历经10年，三易其稿，于康熙二十七年（1688年）问世后引起社会轰动。另著有杂剧《四婵娟》、传奇《回文锦》《回龙记》以及诗集《稗畦集》《稗畦续集》等。

一出戏的代价

清代著名戏曲家洪昇费时13年，数易其稿，创作了传奇剧本《长生殿》。他与当时另一位戏曲家孔尚任，有“南洪北孔”之称。

《长生殿》上演后轰动京师，各梨园争相排演，伶人剧班因演此戏而走红获赏者，数不胜数。当时号称“京师梨园第一戏班”的“内聚班”，因常演《长生殿》，声誉越来越大，因此十分感激剧作家。

1689年（清康熙二十八年）8月，内聚班艺人设宴邀请洪昇及其好友，席间专场演出《长生殿》，以表达戏班的谢意。洪昇便也遍请了京师的好友名流，饮酒看戏。许多人闻讯后也做了不速之客。不料，此事被人告发了，说是佟皇后刚刚去世，正在丧葬期间，他们竟然饮酒看戏，违犯了国丧期间不得娱乐的禁忌。

康熙皇帝下令将洪昇拘捕，投入了刑狱部。审决之后，朝廷革去了洪昇做了12年的“国子监生”资格。和洪昇一起出席宴会的朱典、赵执信、翁世庸等京师名流四五十人，也受到牵连，均遭到了革职处分。据说，当时还有一个姓陈的人，集会时他已离开京华到了良乡，听说城中有此盛会，便又星夜返回，赶到时戏罢席散，只与正在送客的洪昇匆匆见了一面，结果，这位陈先生也受到了削职处分。

难道真的仅仅是因为洪昇他们对皇太后不敬而遭到惩治么？其实，在当时，所谓违犯了丧葬期间的禁忌，只是一个借口而已，真正的原因，是洪昇创作的《长生殿》在内容上触痛了康熙及清廷官僚过于敏感的神经。这出戏虽然写的是唐明皇和杨玉环的爱情故事，但洪昇在表现李、杨的悲剧时，寄托了自己对故国的怀念和对抗敌英雄的赞美之情，发泄出了他对异族入侵的憎恨和对叛变投敌者的痛愤之情。

在戏中的《骂贼》一折中，戏曲家借富有崇高民族气节的乐工雷海清之口，痛骂汉奸道：“平日你张着口将忠孝谈，到临危翻着脸把富贵贪。早一齐儿摇尾受新衔，把一个君亲仇敌当作恩人感，咱只问你蒙面可羞惭？”

一向神经过敏、经常制造“文字冤狱”的清朝统治者，对于这样的作品怎会漠然置之呢？结果，一出戏带来了惨重的代价。洪昇和他的朋友们因为艺术而遭到迫害，用自己的身家性命为《长生殿》做了无声的祭礼。

洪昇后来漫游江南，在吴兴醉酒后落水而死。他的传世作品还有杂剧《四婵娟》等。

巴　赫 Johann Sebastian Bach

(1685—1750)

生于德国爱森纳赫,德国音乐家，管风琴、小提琴、大键琴演奏家，被尊为“西方近代音乐之父”。15岁进入吕奈堡圣·米歇尔教堂附设的唱诗班。从1723年开始担任歌咏班领唱。其作品现存500多部。代表作有《平均律钢琴曲集》《赋格的艺术》《G调上的咏叹曲》《勃兰登堡协奏曲》《小提琴协奏曲》《马太受难曲》等。

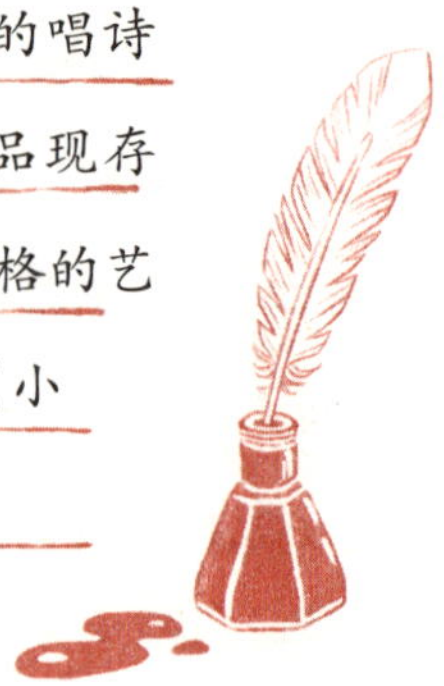

屋顶上的月光

在森林茂密的德国北方，有个图林基亚市。从16世纪开始，这里就居住着一个名叫巴赫的音乐家族。有人曾经统计过，这个家族拥有120多位音乐家。他们中有的一生都在灰色的乡村小教堂里弹风琴；有的是在公爵或亲王的宫廷管弦乐队里演奏；还有的是在图林基亚当“游走艺人”，每逢节日或哪里有集市，他们就披挂上阵，在市街上吹风笛……

到了1685年，这个家族中最伟大的一位巴赫诞生了。他就是位于图林基亚森林背阴的地方，一座名叫艾森那赫的小镇上的一位音乐家的最小的儿子，名字全称是约翰·瑟巴斯提安·巴赫。

这个出生在音乐世家里的宁馨儿，一来到世界上就开始接触美妙的音乐。他还在蹒跚学步的时候，爸爸就开始对他进行最初的音乐训练。妈妈把他的小房间布置得十分雅致，无论是白天还是夜晚，在他的小房间里总能听见优美的琴声。小巴赫8岁的时候，进入了拉丁文学校读书，同时开始参加教堂的唱诗班。

可是，他童年时的幸福是那么短暂。9岁时，他的妈妈去世了；10岁时，爸爸又永远地离开了他。小巴赫从此成了一个无依无靠的孤儿。他幼小的心灵就像一朵在寒冷的风中绽放的小花，寂寞而又孤独。不久，他被送到在附近一个市镇上当风琴师的哥哥约翰·克里斯托夫家里去了。哥哥不仅担负起了做家长的责任，还亲自教弟弟弹奏古钢琴。

不过，哥哥的生活也过得十分艰辛，只能靠辛勤的演奏来赚取生活费用。小巴赫看在眼里，不愿意给哥哥增加太重的负担，很想早一点学到一些演奏手艺，能够早一点自立。于是，他独自离开哥哥，去往几百公里之外的汉堡拜师学艺。一路上，这个小小的少年第一次经历了长途旅行的艰辛：饿了，他就吃一点干粮充饥；渴了，就喝一些山泉水；累了，就在路边乡村农家的草垛旁或马厩里歇一晚上。望着满天闪烁的星星，小巴赫的眼里充满了倔强的泪水。

历尽艰辛，他终于来到了汉堡。可是，这里的音乐教师收费昂贵，小巴赫哪里能支付得起呢。但他又不愿放弃好不容易得到的学习机会，于是，他几乎跑遍了汉堡所有收费比较低廉的音乐课堂，甚至要忍受许多白眼与嘲讽，最后总算得到了一位老师的认可，做了他的学生。没过多久，那位老师就发现了这个少年非凡的音乐天分，诚恳地建议他说："孩子，你在我这里已经学不到什么了，你到撒勒去吧，在那里你才能得到系统的音乐训练。"

于是，少年巴赫再次踏上艰难和孤独的求学路途，去往撒勒……

那时候，印刷或雕版的乐谱不仅少见而且价格也昂贵，许多比较贫穷的音乐家都只好自己亲手抄写乐谱。巴赫的哥哥也曾经手抄过一本当时欧洲所有有名的作曲家的作品乐谱，小巴赫很想早一点看到这部珍贵的乐谱。可是哥哥觉得弟弟年龄还小，音乐修养还不够扎实，暂时还欣赏不了这部乐谱。

“这些曲子我演奏了十几年还觉得吃力，你不要以为出去拜师学了一些日子音乐，就可以接触这些大师的作品了。你还是继续好好弹你的练习曲吧！再说，这么珍贵的曲谱，你弄坏了怎么办？”做哥哥的并不希望小巴赫那么急于求成，而失去扎扎实实学习音乐的耐心。

其实，哥哥的担心是多余的。少年巴赫已经明白，在音乐的道路上，并没有任何捷径可走。所以，在以后的每一个有月光的夜晚，只要哥哥出去演奏了，少年巴赫就悄悄拿出哥哥珍藏的曲谱，一页一页、一个音符一个音符地抄写下来。当时他们家里仍然很贫穷，买蜡烛都是一件奢侈的事情。一遇到月光暗淡的夜晚，巴赫就悄悄爬到屋顶上，在微茫的月光下，他埋头抄写着一张张曲谱。美妙的音符仿佛给这个少年插上了梦想的翅翼。乘着音乐和梦想的翅膀，一颗少年的心在美丽的月光下自由而骄傲地飞翔……

他整整花了六个月的时间，终于悄悄地抄写完了这部乐谱。一个夜晚，哥哥从外面演奏回来，身心已经十分疲惫了。可是临近家门时，他突然听到了一段优美的旋律，那是巴赫最后抄写的一支管风琴曲的变奏。忧伤的音乐在夜色中飘荡，好像正在向寂静的世界诉说着什么。哥哥站在月光下静静地倾听了许久，感动得流下了热泪。他终于相信，弟弟对音乐的深切理解，足以演奏好任何一支大师的曲子了。他走进屋子里，含着泪水轻轻搂住了亲爱的弟弟，决定全力支持弟弟继续深造……

少年巴赫凭着自己的执着和勤奋，终于成为近代奏鸣曲的奠基者，被后人赞誉为“音乐之父”。巴赫晚年双目失明，人们说，这是由于音乐大师小时候经常在微茫的月光下抄写乐谱，以至于把眼睛都累坏了。

当有人问他，是什么支持着你走过那么艰难和贫穷的岁月时，他说：“不是别的，是那屋顶上的月光。”

格勒兹 Jean-Baptiste Greuze

（1725—1805）

法国画家，擅长风俗画和肖像画，生于图尔尼。早年进入里昂美术学校学习，后转到巴黎美术学院学画。创作的许多女子头像富有唯美主义倾向，被称作“格勒兹式的头像”。代表作品有《给孩子读圣经的父亲》《打破的水罐》《乡村新嫁娘》《父亲的诅咒》《被惩罚的儿子》等。

打破的水罐

有人曾为法国画家让-巴蒂斯特·格勒兹的那幅名画《打破的水罐》写过这样的解读：

“对于你，打破的水罐也依然美丽，远处是圣洁之水，而你的心里却盛满了比水更为珍贵的爱情，这是唯一没有失真的爱情。我的灵魂，曾经抛弃过许多虚浮的颂扬，它却为你今天的平静感到深深的忧伤。让他们去说吧，只有我坚信，你是最无辜的少女，世界能够因为你而变得辉煌。把最后的玫瑰，放在朴素的裙子里吧！这是用心灵的泪水浇灌的花朵。愿你背负着打破的水罐继续前行，蔑视背后那些猥琐的目光。总有一天，你将用那谁也不能侵犯的纯洁的灵魂，去把另一些人的灵魂一一照亮。”

格勒兹是生活在18世纪下半叶的画家，作品里明显带着当时流行的洛可可艺术风格。但是他排斥和抗拒当时贵族们所热衷的轻佻和甜俗的趣味，追求自然的纯真和清新。《打破的水罐》一送到沙龙展出，即引起全巴黎艺术界的轰动。然而，格勒兹的命运也因此发生了意想不到的变化。

最初的时候，画家因一个偶然的机会，结识了一家书店的主人卡弗里俄，并为她美丽的女儿安娥画了一幅肖像画，取名为《打破的水罐》。这幅画展出后，不仅给画家带来盛誉，更使得画中那位纯洁而清秀的少女一夜成名。没过多久，安娥即由一个普通的少女成为巴黎上流社会争相邀请和追捧的对象。格勒兹也成了当时最受欢迎的画家。不久，安娥就从画家的模特儿变成了画家的妻子。

然而，这并非是一桩令人看好的婚姻。等待着画家的不是什么家庭的幸福与和谐，而是无休止的矛盾与争吵。安娥生活要求上毫无节制，挥霍无度，最终席卷了画家的全部财产与人私奔了。这场婚姻落到如此结局，是木工家庭出身的本分画家格勒兹做梦也没有想到的。据说，格勒兹从此一蹶不振，对于世界与人生完全失去了信心。这是欧洲美术史上少见的一个不幸的事件。

格勒兹画作《两个男孩》

有的评论家阐释说，画家画的是少女失贞的主题，打破的水罐，即是失贞的象征。然而，在了解了画家的生活经历和这幅画的真实背景之后，我们对此画的认识可能会更准确一些。这位少女的堕落其实是后来的事情。在画家创作此画时，他所拥有的只是最美好的、初恋般的、甚至是带有理想色彩的感情。因此，我们才能看到少女的身体、脸上、神态和目光里，是如此纯洁、天真和美丽。她甚至对自己的人生前景还一无所知，目光里带着一丝迷茫和怅惘。她也许是刚刚从黎明时分的河边或泉水边走来。她从田野上或花园里刚刚采摘了一些鲜艳的野蔷薇，兜在朴素的裙子里。只是，不知道什么原因和什么时候，它的水罐被碰破了。她迷茫地站在曙色朦胧的大街上，若有所失，又若有所思……

而在她的身后，天际翻滚不定的云层，似乎在暗示她心中的不安；沉重和冰冷的雄狮塑像，仿佛是她必须面对的冷漠和坚硬的生存背景；但少女却以她的美、她的纯洁、她的尊严，显示着另一种力量。她头上的缀有三朵小白花的处女带，象征着美与纯洁。臂膀和水罐的提梁交叉，让人想到痛苦的、沉重的十字架。她平静地承受着这一切。她的年轻、单纯、稚气和无助的样子，只能引起人们深深的爱怜和维护之心。

没有错，即使打破的水罐也依然美丽。水罐里虽然没有了清清的泉水，但是少女的爱情就是最纯净的泉水。不仅是泉水，她还是整个春天，是正在上升的曙光，是花神，是真、善、美三位一体的化身。

罗姆尼 George Romney

（1734—1802）

英国著名肖像画家，与庚斯博罗、雷诺兹并称“英国肖像画三大师”。一生创作了约2000幅肖像画，仅为汉密尔顿夫人就画过50多幅肖像，其中他最满意的一幅名为《戴草帽的汉密尔顿夫人》，其他代表作还有《达文波特夫人》《拉尔夫·威利特夫人》等。

藏在肖像画里的秘密

乔治·罗姆尼与同时代的庚斯博罗、雷诺兹被并称为英国“肖像画三大师”。不过，和别的画家相比，罗姆尼并不擅长色彩，除了超强的记忆力和即兴速写的才能外，罗姆尼最拿手、最出神入化的是线条。因为找罗姆尼画肖像画的人很多，他的画酬金很高。据说，他的画室门前总是车水马龙，很多富翁和名媛以能被他画过肖像为荣。

艾玛·汉密尔顿夫人，在欧洲绘画界是一个赫赫有名的人物。不过，她倒不是什么画家，而是许多画家眼中的“英伦第一美女”，也有人说她是“全欧洲人的梦中情人”。

罗姆尼先后为汉密尔顿夫人画过50多幅肖像，可见他对这位女士的“情有独钟”。其中他最满意的一幅肖像画，名为《戴草帽的汉密尔顿夫人》。

1782年，一个美丽的夏夜，在汉密尔顿爵士的私人花园里举办的一个月光舞会上，罗姆尼认识了尚待字闺中的艾玛·荷蒂小姐。荷蒂小姐不仅单纯漂亮，而且气质高雅，让画家在一瞬间“惊为天人”。当时，罗姆尼的肖像画已经闻名遐迩，酬金极高，订件也源源不断。然而自从认识了荷蒂之后，她成了画家画布上唯一的主人公了。他一遍遍地画着自己心目中的女神，画了各种姿势和神态。

然而，画来画去，他始终都不怎么满意。实际上，这时候，罗姆尼在心中已经深深爱上了超凡脱俗的艾玛·荷蒂。不过，性格隐忍和内向的画家，始终没有向他的女神表白的勇气。他的画笔可能也因为这巨大的爱情的燃烧而难以掌控。他先后画了50多幅荷蒂的肖像，仍然觉得还没有真正画出她的神韵来。

命运和爱情，并没有因为画家对美的苛求而对他有所照顾和等待。最终，他失去了机会。他眼睁睁地看着自己心中的女神，最后变成了汉密尔顿爵士的未婚妻。

在一个初秋时节，仿佛冥冥中有一种力量在帮助着他——又一幅新的肖像画，在他的画布上诞生了：身穿银色便装、披着金黄的长发、裹着银色压帽头巾的艾玛·荷蒂，正一手托着左肘，一手托着下颚，微偏着头，若有娇嗔和埋怨，又似矜持和孤傲地逼视着观众……不，她好像是在逼视着画家，在追问画家：现在，你是否已经看到，一切都已迟了？

这是一幅造型绝美的肖像画，同时也是一段深隐着画家的愧悔、眷恋和绝望的秘密的故事。是谁说过，艺术家和诗人一样，都是“苦恼的夜莺”，越是被爱情折磨着，他越唱得动听。

画家罗姆尼用自己的这段故事，又提供了一个最好的例证。

歌 德 Johann Wolfgang von Goethe

(1749—1832)

德国思想家、文学家，生于法兰克福。作品里充满了狂飙突进运动的反叛精神。他是一位文化巨人，在诗歌、戏剧、散文、自然科学、博物学、绘画等方面都有较高的成就。代表作有《歌德诗集》，诗剧《浮士德》，中篇小说《少年维特的烦恼》，未完成的诗剧《普罗米修斯》等。后人编纂的《歌德全集》有143卷之多，包括歌德的绘画作品。

生活给予艺术的时间有多少

德国大诗人、戏剧家歌德从小就在父亲专门为他请来的画师指导下学习绘画。他在自传里说：“我从童年起就生活在画家中间，我习惯于像他们那样，把景物与艺术联系在一起看。”

他酷爱大自然，因此所画多为自然风景。他认为，一幅好的画，“要在画上不只看见所画的东西，而且还可以看见自己当时的思想感情”。为此，他经常用画笔去摹写所见到的美丽风景，“绘画成了留给我仅有的表现自己的方式，于是我用同样多的固执，甚至带着沮丧，越来越热切地继续我的工作，而这同时我看到自己做出的成绩却更微不足道。”

他一生画了各种风格的画作有2700幅之多。这个数量以及他的若干画作的艺术品位，一点也不比有的职业画家逊色。他在莱比锡大学读书时，曾跟随铜版雕刻家J.M.斯托克学习过雕刻和蚀刻艺术，他说："我被这门艺术的精美所吸引，我跟他接近，也想制作一些相似的东西。我的爱好重又被转移到风景上面，它在我孤寂散步时使我愉悦……"

我们从《山区瀑布风光（仿A.蒂勒）》和《古老塔楼风景》这两幅铜版蚀刻画里，可以领略他在这方面的浓厚兴趣和艺术造诣。1768年歌德从莱比锡返回法兰克福后，有一段时间还继续着他的兴趣。他在自传里说："我绘了一幅相当有趣的风景画，当我重又把斯托克传授的办法加以尝试并在工作中忆起那段愉快的时光时，我觉得非常快乐。我不久就把铜版蚀刻并印出了样子。"

在1768年至1775年间，歌德在法兰克福家中用彩色铅笔画了不少室内画。《法兰克福工作室》即是其中的一幅。"因为我总是直接地要以自然或更多地以实在的东西为对象，于是便摹画我的房间，它的家具和房间的人……"他在自传里写道。

歌德画过好几幅色彩漂亮、意境优美的月夜小景。《花园小屋上空闪光的夜云》和《黑夜树丛上空的弯月》是最美丽的两幅。1777年1月13日他在日记里写道："晚间画月亮画。"两年后的1月2日的日记里又有这样的记载："月亮升起，美极了。画下来。"与此同时，他还写了许多描绘月夜、咏叹月亮和星星的诗歌。如《致月》：

你又把雾的清辉
安详地洒遍可爱的山涧，
你终于又一次
把我的灵魂全都融入其间。

你舒展你轻柔的目光
铺遍我的土地，
就如同最亲的人的眼睛，
温柔地注视着我的遭际。

歌德认为，“在所有艺术中，绘画是最可宽容和最为惬意的了。”他进一步解释说，“说它最可宽容，因为它仅是手艺或还不是艺术时，由于它的材料和对象之故，就多加谅解和对它感到愉悦了；一部分是因为技艺的，尽管是没有才智的处理，使无教养的和有教养的人都感到惊叹，只需稍许提高成为艺术，那就会受到一种更高程度的欢迎。”

1786年11月1日，歌德来到罗马旅行。在此之前的两个月里，他已经漫游了维罗纳、维琴察、帕多瓦、威尼斯、翡冷翠、费拉拉、波洛尼亚等地，但这些地方都不如罗马那样诱惑着他，使他迫不及待。他在到达罗马的当夜，就这样写道：“现在我到了这里，总算一块石头落了地，似乎可以慰我平生了。因为这大概可以说关系到我新的生命。……我看到我青年时代的一切梦想又复活了。”他把到达罗马这天视为“我的第二个生日”。

罗马的宫殿、教堂、花园、山冈、废墟，罗马的廊柱、湿壁画、雕塑、剧场……都让歌德如痴如醉。寻找和观赏马拉蒂、提香、拉斐尔、米开朗琪罗、安格利卡·考夫曼等艺术家的绘画，成了他在罗马每日的“必修课”。他觉得，来这里等于进了一座大学，一天所学的东西简直不可胜数，每天都能看到一些新的、大的、罕见的画，每天都会产生一些多年来梦寐以求的“整体性”的感觉。他甚至认为，“巴黎只是我的小学，而罗马是我的大学。看到罗马就看到了一切。”

他对伟大的艺术家推崇备至：“米开朗琪罗画的《最后的审判》和天顶的

其他壁画令我们叹为观止。我只能目瞪口呆。这位大画师的内心充实和男子气概，他的伟大人格溢于言表。”而对另一类人，如热衷于建造卡拉卡拉大浴场和赛马场者，他也表达了自己的愤慨：“这些人搞万年大计，考虑到了一切，就是没有考虑到荒淫无耻者的无意义的生活……”

歌德在罗马度过了十分充实的四个月，于1787年2月22日离开了这座使他“再生”的城市。在他即将离开罗马的某一个月夜，他站在高处，饱览了一番罗马城的夜景。月光下的罗马在这位诗人眼里，一下子变得那么静谧和安详。他在日记里深情地写道：“一轮明月普照罗马城，若非亲眼所见，真不知有多美。万物都沉浸在团团光影之中。眼前只有一幅幅最伟大、最普遍的图景。……在月光照耀下，万神庙、圆形广场、圣彼得教堂的前院，其他的大街和广场，更是引人入胜……在这里，日月照耀着无数的古代文化建筑群。”

这是诗人献给罗马的恋曲与挽歌。我相信，一代代罗马人，每一个罗马的热爱者，都会因为这段著名的和饱含深情的文字而感到自豪，而感激歌德。

不过，细心的歌德还留下了一句话，我想，那肯定是他特意赠送给200多年后的今天的罗马人，赠送给今天所有匆匆赶来罗马的观光客的：“这个城市有着巨大的但只是废墟的财富，有无数的艺术品但却要求每个人问一问，生活给予艺术的时间有多少。”

莫扎特 Wolfgang Amadeus Mozart

(1756—1791)

奥地利音乐家，生于萨尔茨堡。4岁时就开始学习作曲，被赞为“音乐神童”。1763年至1773年，随父亲在欧洲巡演。一生创作作品600多首，包括协奏曲、交响曲、奏鸣曲、小夜曲、诙谐曲和歌剧音乐等。代表作有《费加罗的婚礼》《魔笛》《唐·璜》等著名歌剧和大量交响曲、协奏曲、钢琴曲及室内乐等。

未完成的《安魂曲》

1791年冬天，疾病缠身的音乐家莫扎特正在创作他最后的一部歌剧《魔笛》。这一年他才36岁，可是他的身体已经完全垮了。

传说，在这一年冬天的某一日，身体已经十分虚弱的莫扎特独自躺在床上，忽然有一个全身穿着黑衣，又高又瘦，脸色灰白的人，像幽灵一般出现在他的面前。来者对莫扎特说道：有一位先生，为了纪念他已逝的妻子，想请求你为她写一支《安魂曲》。说完，黑衣人转眼之间就不见了。

这可能只是音乐家病中的一次恍恍惚惚的幻想。可是莫扎特一直信以为真。他觉得这个陌生人是从另一个世界走来的死神的使者，他认为自己应该满足这位神秘的黑衣人的请求。于是，他便开始坐在钢琴前，写起这支《安魂曲》来。然而，《安魂曲》还没有最后写完，莫扎特却慢慢地、永远地闭上了双眼。后来，莫扎特的一名学生根据老师的音乐笔记，续写完了这支曲子。

然而此时，莫扎特家里穷得连埋葬他的钱也没有。一个风雪弥天的日子里，这位伟大的音乐家的遗体被装在一口简陋的棺材里送出去了。雪下得很大，天空白茫茫一片。只有几位莫扎特的崇拜者和一位牧师跟随到了墓地。他们挖起冻土，默默地把这位英年早逝的音乐天才安葬在了一片公墓里。如今，埋葬莫扎特的这个地方再也没有谁能够找到了。

莫扎特把自己短促而坎坷的一生全部献给了音乐艺术。虽然他在这个世界上仅仅生活了36年，他却给我们留下了将近80卷作品，创作出了一些世界上最好听的旋律，留下了《费加罗的婚礼》《魔笛》《唐·璜》等著名歌剧和大量的交响曲、协奏曲、钢琴曲及室内乐等。

莫扎特是世界音乐史上公认的“音乐神童”。他出身于萨尔斯堡的一个宫廷乐师之家，很小就显露了极高的音乐天赋，即兴演奏和作曲都十分出色。他4岁时，不仅能弹拨弦古钢琴，还开始学习写作小巧的小步舞曲，甚至为乐队写协奏曲了。更令人惊奇的是，他还在任何人都不知道的情况下，偶然得到一把小提琴并学着拉它。有一天，他的爸爸和三个朋友正在花园里演奏一部弦乐四重奏，小莫扎特竟然能把那第二小提琴分部的音乐丝毫不差地拉出来。

比莫扎特出生略早一点的同时代音乐家约瑟夫·海顿，是莫扎特一生的朋友和老师。莫扎特尊称他为“海顿爸爸”。海顿曾经对莫扎特的爸爸这样说过：“我真心地告诉您，您的儿子是我听见过的最伟大的作曲家。”他甚至认为莫扎特是“世界第一作曲家”。

莫扎特在少年和青年时代，一直跟随着海顿学习音乐艺术。莫扎特长大后，因为向往自由的生活，辞去了条件优越的萨尔斯堡大主教宫廷乐师的职务，只身来到维也纳，心甘情愿地过起了贫苦和自由的音乐生活。他说："没有错，我的舌头已经尝到了贫困和死的滋味，但是我的心灵还是欢愉的，因为我在创作。"

1786年，莫扎特30来岁的时候，他在音乐艺术上的成就达到了辉煌的顶点。而与此同时，他的家庭也贫穷到了极点。他的妻子长期生病，他自己的身体也日渐虚弱。这个时候，他那部具有鲜明的反对贵族倾向的歌剧《费加罗的婚礼》刚刚完成。他在歌剧上的革新，正赢得平民大众的欢迎。可是，从敌对势力那里吹来的冷风，却使他陷入了前所未有的被排挤和受冷淡的境地。

但是莫扎特相信，真正的音乐，永远不会埋没在暂时的无知和冷遇当中的。真正的音乐，永远不会消亡。它们最终将会超越汗漫的时间和空间而在更多善良和公正的心灵中间飞翔。莫扎特有一句名言："给他们时间，他们就会领悟我的作品的价值！"在这一点上，他真正传承了自己的老师海顿的音乐精神。

当海顿要去伦敦定居和演出的时候，莫扎特为他送别说："啊，爸爸，您已经老得不能再到世界的别处去了吗？您是不是觉得自己懂得的语言太少了？"

海顿回答他说："不，我的音乐语言是全世界都懂得的。"

莫扎特含着眼泪向他这位最亲爱的老师和长辈告别。他觉得以后他们也许再也没有机会见面了。

果然，他的预感不幸变成了现实。当海顿再一次从伦敦回到维也纳时，他再也看不到他心目中的音乐天才了，只有莫扎特门前的樱桃树，还在盛开着粉白的花朵。

贝多芬 *Ludwig van Beethoven*

（1770—1827）

德国音乐家，维也纳古典乐派代表人物，被尊称为“乐圣”和“交响乐之王”，生于德国波恩。11岁发表第一首作品《钢琴变奏曲》。1787年到维也纳跟随莫扎特、海顿等人学习作曲。1800年创作第一部交响曲《英雄交响曲》。晚年被耳疾所折磨。代表作品有《命运交响曲》《田园交响曲》《月光奏鸣曲》《春天奏鸣曲》等。

《月光奏鸣曲》

《月光奏鸣曲》是路德维希·凡·贝多芬的第14首钢琴奏鸣曲，创作于1801年。德国诗人柳德维克·莱尔什塔勃曾把这首奏鸣曲的第一乐章的慢板音乐，想象成一只小船漂荡在月光之夜的琉森湖上，于是人们便把这首奏鸣曲称为“月光”。可是，有谁知道，这首感情充沛、旋律优美的“月光”是怎么诞生的呢？

19世纪里的第一个春夜，古老的波恩正沉浸在刚刚进入新世纪的兴奋与欢乐之中。这天晚上，贝多芬陪着一位友人在街上散步。天已经很晚了，月光如同洁白的水银，泻满了城市的大街和小巷，斑驳的树影，仿佛是月亮画在大地上的图画。

他们经过一所小房子时，从里面传来了断断续续的钢琴声。贝多芬侧耳一听，脸上露出了微笑。“你听见了吗？有人在弹奏我的曲子。”他对友人说，“我们听一会儿吧。”说着他们走近小屋，站在窗户旁边听着里面的声音。

琴声时断时续，过了一会儿，琴声停下来了，里面传出了一个小姑娘啜泣的声音：“要是能有钱去参加贝多芬先生的音乐会，去听一听真正的音乐家的演奏，多好呀！”

“可是……亲爱的妹妹，我们去哪儿弄钱呢？我们买不起音乐会的票啊！”这是哥哥的声音了。

贝多芬和友人知道了这是一对贫困的兄妹在说话。“这家人爱好音乐，我们进去看看他们吧！我来给他们弹首曲子。”贝多芬不待友人回答，便抬手敲了敲小屋的旧门。

“谁呀？请进来吧。”

他们进了屋。小屋里空荡荡的，唯一值钱的东西就是一架旧钢琴。旧钢琴旁边坐着一位金色头发的小姑娘，她两手捂着脸，低垂着头在抽泣。她的哥哥愁容满面地坐在她身边。

“啊，晚上好。刚才在外面听到你们的琴声了。我是个音乐家，我来给你们弹一支曲子好吗？”贝多芬诚恳地说道。

“啊，音乐家？……天哪！”姑娘惊喜地抬起头，“可是……可是我们连一张乐谱也没有……”

“那么，您刚才是怎么弹的呢？”贝多芬诧异地问道。因为屋子里很暗，贝多芬和友人都没看清小姑娘的脸庞。

“噢，几年前，我们家附近住着一位太太，她常常弹这首曲子，妹妹悄悄地记住了。”哥哥替妹妹回答说。贝多芬又感动又惊讶地望了望钢琴旁的小姑娘，这时候他才看清，原来小姑娘已经双目失明了。这一瞬间，贝多芬的心中一阵难受。他觉得，有一种什么东西正在他的心中升腾，他的头脑里掠过一阵可怕的战栗，仿佛电光一闪似的。

“来，亲爱的孩子，让我来给你弹奏这首曲子。”贝多芬坐在那张破旧的琴凳上，稍一沉思，便弹奏起来。他觉得，他的心中，他的手指，都充满了无限的激情，自己从来没有像这一次，在这位可怜的盲少女身边弹得这样好。虽然这架旧钢琴太破旧了，有的琴键已失去了原有的音调，但他觉得，他手上的激情与柔情，全部传递到了琴键上面……

这时候，美丽的月光透过窗户，把小屋映得明亮了许多。有一束月光正照着贝多芬英俊和骄傲的额头。他的头发在月光里舞蹈，他的手指在月光里跳动。他的悠扬和激越的琴声，飞出了这所小房子，在夜色里，几乎传遍整个波恩城，好像每一个热爱音乐的人都能够听见。

一支曲子演奏完毕，贝多芬在旧钢琴旁沉默了好一会儿，才站起身来。

“我们该怎样感谢您呢？您给我亲爱的妹妹送来了一个终生难忘的夜晚……”小女孩的哥哥帮贝多芬拿起风衣和帽子。“不，我应该感谢你们，我看到了你们在倾听我的曲子，看到了你们是怎样热爱着音乐。”贝多芬回答。

“希望您再来，尊贵的先生！”小姑娘摸索着站起来，低声请求道。

“我一定来，再见！祝你们幸福！”

伟大的作曲家和友人告别了小屋。

“啊，多么美好和难忘的夜晚！”友人也激动不已。贝多芬突然说：“我得回家去了。”他心里知道，他感到了创作的激情之火正在燃烧。他回到家，关起门来，写了整整一夜。第二天一整天也没有走出房门。到了傍晚，他走出了工作室。一支新的、不朽的曲子完成了，它就是《月光奏鸣曲》。

人们说，《月光奏鸣曲》是属于刻上了“永垂不朽”的印章的作品，它表达了难以用人类语言表达的诗意和激情。

《致爱丽丝》

音乐家贝多芬的一生是伟大的，也是充满苦难的。世界不曾给过他什么欢乐，而他却创造了永久的欢乐献给了世界。

贝多芬的伟大也是多方面的。其中最突出的一点，就是善良、仁慈和对于弱小者的关怀与热爱。对于苦难中的人们，贝多芬是他们最好和最亲密的朋友。当他们感到忧伤的时候，贝多芬会悄然来到他们身边，一言不发，只在琴弦上弹出他那深情的乐曲，安慰着贫困和哭泣中的人们。

许多人也许都听过贝多芬作于1810年的一首优美的钢琴曲《致爱丽丝》。据说，他写这个作品的灵感，来自一个冬夜的一次奇特的经历。

那是他二十几岁时的一个冬天，一个寒冷的圣诞之夜。贫困的、孤独的青年音乐家，一个人徘徊在奥地利首都维也纳的大街上，仿佛在寻找着什么，又似乎是漫无目的，仅仅为了享受一下圣诞之夜里祥和的气氛和美丽的星空……

空气中飘来了富有的人家摆在餐桌上的烤鹅和苹果的香味。年轻的贝多芬在寒风中高昂着头颅，火焰般的卷发在风中飘扬……他心里似乎感到了一股冲动。

突然，他看见一个身体单薄的小女孩，正急匆匆地从教堂的那边走过来。她的脸上透着焦虑，仿佛正因为什么不幸的事儿而感到一些绝望。她弱小的身体在寒风中哆嗦着……

“小姑娘，什么事使你这么伤心，我能帮助你吗？”贝多芬走上前去，用温暖的大手扶着她瘦削的双肩，真诚地问道。小女孩看了看这位好心的先生，向他诉说了其中的原委。

原来，小女孩名叫爱丽丝。她的邻居雷德尔老爹正病得厉害，身边却一个亲人也没有，唯一的小孙女上个月也得伤寒病死了。雷德尔老爹哭瞎了眼睛，正躺在床上发着高烧。但他有一个愿望，他说，在这个愿望没有实现之前，他是不能死去的，不然，他的灵魂就不能升入天堂。

小女孩刚才就是去史蒂芬教堂找神父，希望神父能帮助雷德尔老爹实现他的愿望，好让他的灵魂升入天堂。然而，神父却叹叹气说："唉，他一定是疯了，他是个盲人，能看见什么呢？他的愿望是无法实现的！"说着，便把小爱丽丝拒之门外了。

"那么，请你告诉我，雷德尔先生的愿望到底是什么呢？"贝多芬着急地问道。

"先生，雷德尔老爹可是个善良的人，他爱画画儿，爱听音乐。每到春天，他就骑着马到森林里去，秋天带着一大捆画回来。他把卖画换来的钱都分给了我们这些穷邻居，而他自己却穷得只剩下了一架破钢琴。他病了，他天天都在念叨：让我再看一眼森林和大海吧，让我到塔希提岛，到阿尔卑斯山去看一眼它们吧！这是我在这世界上最后的、唯一的愿望啊！"小女孩含着泪水，告诉面前的这位先生说，"多么好的老人呀，可惜没有人能帮助他实现这个愿望！"

"不，也许有的！"青年音乐家拉起小爱丽丝的手说，"走，让我们现在就去看看雷德尔先生吧。"

就在这个寒冷的圣诞之夜，贝多芬跟着小爱丽丝，来到了老画家的身旁。他轻轻地打开了那架旧钢琴的琴盖，坐在旧钢琴前，心中似有一种神秘的激情升起。他的手指轻轻地按动了琴键……

是的，他的灵感和激情迸发出来了！在他接触琴键的一刹那间，仿佛有一种无法言说的神秘的招引，好像内心深处正在接受神的帮助，他弹奏着，弹奏着……那么自如，那么专注……

这时候，雷德尔已经停止了咳嗽，好像回光返照似的，他坐了起来，咧开嘴巴，微笑着，头部也随着音乐的节拍来回摇晃……

小爱丽丝更是满脸惊讶地望着这架破旧的钢琴，好像在怀疑，这位年轻的先生是不是一个巫师？怎么好像有魔法一般……

“啊，看到了！我看到了！阿尔卑斯山的雪峰，塔希提岛四周的海水，还有海鸥、森林、耀眼的阳光……全看到了！啊，我的灵魂终于可以升入天堂了……”雷德尔感动地扑上前来，拥抱住正沉醉在琴声里的青年音乐家，“尊敬的先生，感谢你在这圣诞之夜，使我看到了想看到的一切——我终生热爱的大自然啊！”

“不，不是我，而是您那仁慈的心灵在招引我，在驱使着我。还有你，美丽可爱的、天使一般的爱丽丝！是你把我引到了这架钢琴前……”

“不，是您帮助雷德尔先生实现了他美丽的愿望。”小爱丽丝羞怯地低下了头。

“请允许我把这首乐曲献给你——可爱的小爱丽丝！是的，我会把它记录下来，带着它，走遍全世界的……”说完，音乐家弯下身来，轻轻地吻了吻小爱丽丝的额头，然后猛地转过身，拉开门，大步走进了夜色中。

他的火焰般的卷发在夜风中飘扬着，雄壮的姿态活像一只雄狮……

“啊，天哪！他是贝多芬先生！”爱丽丝在这个青年人走出门去的一瞬间，记起了以前在剧场里见过的贝多芬的样子。她惊叫起来：“没有错，正是他！伟大的贝多芬先生！”

许多年过去了，贝多芬从没忘记过这个冬天的夜晚。

他的心灵常常被一种难以名状的感情缠绕着。终于，有一天，他凭着准确的记忆，写出了他在雷德尔老人床前所弹奏过的那首乐曲，他的心灵才如释重负般地、稍稍平静了下来。

他总是难以忘怀那位善良、美丽的小女孩爱丽丝。于是，他不假思索地把这首钢琴曲题名为《致爱丽丝》。

安格尔 *Jean Auguste Dominique Ingres*

（1780—1867）

法国画家，生于法国蒙托邦。早年入图卢兹学院，后在雅克·路易·大卫的画室工作，之后又到罗马学习和工作近20年，曾任罗马法兰西学院院长。1825年被选为皇家美术院院士。一生捍卫古典绘画法则，又对中世纪和东方异国情调表现出浓厚的兴趣，因而被一些艺术史家划入浪漫主义画派。代表作有《泉》《雷维尔夫人肖像》《瓦尔潘松的浴女》《土耳其浴室》和《大宫女》等。

内心要蕴藏着美

1808年，画家让·奥古斯特·多米尼克·安格尔在罗马完成了他的得意之作：一幅背部朝向观众的裸体浴女。这幅画在国内却遭到学院派的拒绝，后来被著名艺术收藏家瓦尔潘松购藏，后人即名此画为《瓦尔潘松的浴女》。

28年后，安格尔很想把这幅画拿到万国博览会上展出，可是瓦尔潘松却以那个展览场地不安全、容易起火为由，说什么也不肯出借。德加早就是安格尔的崇拜者，同时也是瓦尔潘松的父亲的朋友。得知此事后，德加自告奋勇，说服了收藏家，答应拿出此画参加展览。通过收藏家引见，德加前去拜访了安格尔，并且谦虚地表达了自己的愿望："我也画一点画，不过是才开始画，而且我父亲也喜欢品味艺术，觉得我不是完全不可造就……”安格尔对这个谦虚的年轻人颇为喜欢，不久就承认了德加作为他的学生的身份。

安格尔曾对德加说过：“年轻人，要多画素描，要画很多很多的素描、线条、默写和写生，这样你才能成为一个真正的画家。”德加牢记着这句话，多次对人炫耀过，并且从此成为安格尔的绝对拥戴者和追随者。

安格尔喜欢音乐。“音乐，这是多么神圣的艺术啊！”他曾说过，“我始终怀着同样的激动和同样的热情崇拜贝多芬、海顿、莫扎特和格里格——我们音乐中的拉斐尔。”他说海顿一生未曾创造出特别的杰作，“特不知他整个一生都是杰作，包括一切”。他尤其喜欢贝多芬的音乐。“贝多芬的交响乐是雄伟的，气势磅礴的，同时又充溢着娇媚雅致的情感。”他认为，贝多芬“这个天才在创作的时刻是若有神助的”。

有一次，作家司汤达在参加安格尔的宴会上谈到音乐时，竟然武断地说了一句话：“贝多芬没有写出什么悦耳的音律。”这句话被安格尔听到了，安格尔当即走下楼，指着司汤达对自己的守门人发出了下面的命令：“对于这位先生来说，我将永远都不在家。”这件小事真是应了他说过的一句话：“凡是我深恶痛绝的事物，我将敬而远之，采取断绝往来的态度。”

安格尔是一个为艺术而生、为艺术而死的人。他认为，真正的艺术家必须“夜以继日地想着自己的艺术”，“凡是不足惋惜的事物就不必沉湎于眷恋之中。”对于他所热爱的东西，他愿意奉献出自己的全部，“我想为艺术而永远活下去。我希望让岁月和智慧来纯洁我的情趣，不使热情熄灭。”

有一个小故事，讲的是安格尔平时做事的专注。有一次，他长时间地站在一个街角，一动也不动，一直用入迷的目光看着一支蘸满棕色颜料的大刷笔在移动。那是一位彩画匠，正在给一个面包店的木橱窗画彩画，大刷笔匀称而有节奏地在移动着。“啊，这不是安格尔先生吗？您站在这儿干什么？亲爱的大师，您站在这里多久了……”一位路过这里的辛纽奥尔学院的同事发现了他，好奇地问道。安格尔没有直接回答，只是指着彩画匠说：“您瞧，真叫人佩服！他蘸的颜料多准，不多不少！”

安格尔也是一位美的崇拜者。他有一句名言：“要拜倒在美的面前去研究美！”在他看来，寻找美和发现美的前提，是你的内心必须首先蕴藏着美。他是同时代画家中少见的一位善于表现女性身体之美的艺术家。他继承了达·芬奇、米开朗琪罗和拉斐尔等画家对于女性身体美的崇仰、尊重与发现的传统，在自己的许多作品里，真实地、坦诚地表达了他对女性的热爱与崇拜。

他的《大宫女》，他的《安吉莉卡》，他的《泉》和《阿纳迪奥曼的维纳斯》，还有他的《土耳其浴室》和《黄金时代》……无不散发着来自健康、饱满和迷人的女性美的芬芳。

《大宫女》里，宫女背部对着观众，构成一条长长的弧线，曾有人批评说这个宫女的背部太长了，仿佛多了两节脊椎骨，但安格尔的学生却为自己的老师辩解说：“只有这样画，才显得更美。”

《泉》这幅作品从1807年开始构思，直到1856年才最后完成，历时49年。一个健康、丰腴和美丽的裸体少女，肩托一只希腊式的水罐，站在泉水潺潺的山涧边，正在把刚刚汲来的泉水，又随意倾倒进脚下的水流之中……

她的神态温和而自如，目光似乎在期望着什么，又像是没有任何祈求，只是默默而散淡地看着这个世界，仿佛在无声地告诉人们：看吧，一切都像这纯净的泉水，一切，我的身体和我的灵魂。我就是这股泉水，这股泉水就是我！

帕格尼尼 *Nicolo Paganini*

（1782—1840）

意大利小提琴演奏家、作曲家，生于意大利热那亚。12岁在热那亚举行公开演奏会，获得成功。13岁开始旅行演出。1805年担任卢加宫廷乐队小提琴独奏家，用高超的技法将小提琴的音色和色彩扩展到了前所未有的程度，被誉为“操琴弓的魔术师”。一生创作了50多首小提琴曲和200多首吉他曲，代表作有《24首随想曲》《女巫之舞》等。

“操琴弓的魔术师”

在走过了50多年曲折艰辛的艺术道路之后，1840年5月27日，意大利小提琴演奏家、作曲家帕格尼尼，因患癌症病逝于法国滨海城市尼斯。

他生前曾向往过一种“宽恕”，他曾在写给巴黎一位出版商的信中写道：“人们希望保留遗传，换句话说，即在我死后，诽谤者将放弃他们的猎物。那些在我们的胜利面前极想残酷地报仇雪耻的人，是会让我安息的。”

可惜在19世纪的欧洲，这只是一种善良的幻想。这颗乐坛巨星陨落的第二天，那些嫉妒他而又不得不慑服于他的艺术威力的人，竟仍然没有放弃对他的仇视。当时，整个天主教会都行动起来，宣布帕格尼尼是无神论者，说他从不参加教会活动，也没有给予他的儿子宗教教育，而且是一个“顽固的赌徒”，然后宣布开除他的教籍。尼斯的主教还下令拒绝为帕格尼尼举行宗教葬礼，并通知他家乡热那亚的大主教和行政长官，不要将他的遗体运入该市。

就这样，帕格尼尼的遗体被冷落了两个多月，停放在麻风病院里，后又被草草埋葬了。经过帕格尼尼的儿子与教会长达两年的斗争，1844年4月2日才获准将他的遗体运回故乡。第二年，在一个教堂里，当地人为帕格尼尼举行了违背他生前意愿的安魂弥撒。后来，在帕格尼尼生前的崇拜者们的要求下，教会的禁令完全撤销后，他的遗体才最终安葬在巴马公墓里……人们说，世情凉薄，竟至于此，使得一位生前享有盛名的大艺术家，死后难有葬身之地。

帕格尼尼为世界小提琴演奏艺术的发展，做出了不可磨灭的贡献。他不仅影响了后来的小提琴作品，也影响了后来的钢琴作品。据说，像文学家司汤达、巴尔扎克、海涅、大仲马，音乐大师肖邦、舒曼、李斯特等，都听过他的演奏，并且给予了高度的赞赏。帕格尼尼的音乐作品对肖邦、柏辽兹、李斯特等人的音乐创作，都产生过深远的影响。著名音乐评论家勃拉兹称帕格尼尼是“操琴弓的魔术师”，大诗人歌德也评价他的演奏是“在琴弦上展现了火一样的灵魂”。

据说，一般的小提琴演奏家通常只能在两根琴弦上拉出八度音，但帕格尼尼可以出神入化地用四根手指在四条琴弦上拉出四个八度音！这就相当于在手掌弯曲状态下，食指和小指指尖要相距至少20厘米以上。有时为了炫耀一下自己的技巧，他甚至故意弄断小提琴上的一两根弦，然后在剩下的琴弦上继续演奏。难怪他被誉为“操琴弓的魔术师”呢！

帕格尼尼1782年生于意大利北部城市热那亚。他从小就在喜爱拉小提琴的父亲的铁尺敲打下，学会了演奏小提琴，只需要几个月的时间，就能看着乐谱演奏任何一首作品。

8岁时，他首次登台演出了自己创作的第一首小提琴奏鸣曲，显露出了其的音乐天赋。在严父的督促下，他向当时许多艺术家求学，积累了丰富的知识。同时也写下了最早的一些随想曲。

随着心智的成长，他的个性也慢慢显示出来。17岁时，他终于摆脱了严父的管束，独自来到卢卡参加了音乐节。从此以后，帕格尼尼开始在意大利各地举行音乐会。但是令人痛心的是，因为缺少独立生活经验，少不更事的帕格尼尼染上了赌博的恶习。他常把举办音乐会的收入输得一文不剩，以致有时到了要当掉小提琴的琴弓去还债的地步。

但他仍在不停地参加小提琴演奏音乐会。1828年3月，帕格尼尼来到音乐之都维也纳演出，他用自己精湛的演奏技艺征服了音乐欣赏水平极高的维也纳听众。他被奥地利聘请为宫廷室内乐师，维也纳市还赠给他一枚圣萨尔瓦托尔的金质奖章，以表彰他精美绝伦的演奏技巧。

此后，在鲜花与喝彩之中，他走遍了欧洲大陆和英伦三岛。有一次，在威尼斯演出时，登台后的帕格尼尼突然发现自己的琴弦被人割断了三根。他稍做犹豫，便在大多数观众尚未察觉时，毅然在那只剩一根最粗的G弦的琴上演奏起来。

琴声带着火焰般的热情，像阳光一样明亮，把人们引入美妙的幻境。听众随着琴声，从白雪皑皑的阿尔卑斯山峰翱翔到波光粼粼的西西里海滨，从圣·马可教堂前的狂欢节遨游到色列斯神庙前的丰年祭……直到琴声停了好一会儿，观众才如梦初醒。处在惊诧和激动状态的剧院经理，禁不住把琴展示给观众看，大家这才明白，刚才帕格尼尼用的小提琴，只有一根琴弦……

除了演奏外，帕格尼尼还创作了大量小提琴乐曲和近200首吉他乐曲。其中最著名的小提琴独奏曲《24首随想曲》，使当时巴黎音乐学院的教授惊讶不已，觉得这简直是不可思议的一首乐曲！

直到今天，帕格尼尼的这首随想曲仍然是小提琴演奏家的必修课。人们说，在小提琴音乐中，帕格尼尼是一座难以翻越的“巍峨高山”。

席里柯 *Théodore Géricault*

（1792—1824）

法国画家，浪漫主义画派先驱。生于法国里昂，后移居巴黎。1819年在法国美术展览会上展出历史题材绘画《梅杜萨之筏》，被视为浪漫主义绘画的代表性作品。一生共创作了191幅油画、180余幅素描、100余幅石版画和一些雕塑作品。代表作有《赛马》《轻骑兵军官》《梅杜萨之筏》《奴隶市场》《伟大的英国》等。

永不屈服

这是一只用旧木板和酒桶匆匆拼绑起来的破筏子。这也是用求生的意志和残存的希望黏合捆绑而成的命运的方舟。

啊，梅杜萨之筏！

在波涛翻滚的大海上，在茫无边际的黑夜里，筏子上的人们在与狞笑的死神做着最后的搏斗。他们早已精疲力竭。绝望，已经使不少人变得疯狂；无休止的颠簸，难以忍耐的饥渴和酷暑的折磨，已经使不少人失去了人性，自相残杀和啃食起来；求生的呐喊，绝望的哀号，加上海鸟的凄厉的鸣叫……眼看着，整个木筏在绝望中就要被死神吞没了……

突然，远处隐隐现出一丝白光，不，那好像是一叶生命的风帆……

“啊，快看哪！快来看哪！船！我们终于看到了船!我们获救了！”一个人在同伴的奋力簇拥下，使劲地向着远处摇晃着手中的红巾——那是他们仅存的一丝渴求和希望!

白光尽管还在远处，但他们已经听到了生命的召唤。他们竭尽全力，向着那一片生命的陆地驶去，向着微光般的命运，伸出手臂。希望者在一瞬间看到了希望。而绝望者，却仿佛对一切早已失去了信心。那个抱着死去的亲人的老人，泪水早已淌干，枯涩的眼神一片木然和冷漠，他的心，早已经死在黑夜的大海上了……

19世纪法国浪漫主义画派的先驱者、伟大的画家席里柯的巨幅油画《梅杜萨之筏》，向我们讲述的就是这样一个人类面对生存与死亡的故事。这个故事是惊心动魄的，它使我们看到了人类生命坚韧不屈的一面，也使我们看到了人性中脆弱和丑陋的东西。

1791年，席里柯出生在法国北部诺曼底卢昂的一个律师家庭，少年时就热爱绘画，后全家移居巴黎。青年时代，他和比他小7岁的德拉克洛瓦一起学习绘画，共同接受古典主义学院派的教育，后来两人都成了浪漫主义大师。

1819年，席里柯根据1816年所发生的沉船事件创作了震惊画坛的《梅杜萨之筏》，揭开了法国浪漫主义绘画的序幕。《梅杜萨之筏》取材于一桩真实而可怕的海难事件。1816年6月17日，一艘以女妖“梅杜萨”命名的旗舰上载有移民397人。这是法国波旁王朝实施移民的行动之一，他们打算把这批人移往法国的殖民地塞内加尔。当旗舰行驶到西非布朗海峡时，不幸触到暗礁上，旗舰眼看就要沉没。关键时刻，舰长和一批官员大约有250人，分别挤上了仅有的四艘救生艇，逃之夭夭了。剩下的140多人，只好用能够找到的木板、酒桶等等，临时拼绑成一只大筏子，借以逃生。

这是一次真正的生与死的搏击。他们在茫茫的大海上开始了异常艰难和孤绝无望的漂泊。开始的时候，他们尚能够同心协力，患难与共。可是，经过多日令人绝望的颠簸之后，再加上淡水已尽，粮食断竭，而举目四望只有茫茫的海涛和烈日的毒焰……于是，他们当中的绝大多数人，精神失常，意志颓败，以至于互相残杀和撕咬起来。

他们在海上漂泊了13天。13天后，这个破败不堪、尸体横布的大筏子被人发现了。当时筏子上只剩下了15名幸存者。这15个人被救上岸后不久，其中5人相继死去。可以说梅杜萨旗舰触礁事件，是人类海难史上最惨烈、最可怕的一次。

然而，就在这次海难发生后，其罪魁祸首——法国路易十八政府却极力掩盖事件真相，掩人耳目。但是，他们最终也没能够封锁住那些幸存者的嘴。悲惨的事件不久便大白于天下了。

画家席里柯得知梅杜萨旗舰的悲惨遭遇后，义愤填膺，心潮难平。他的脑海里仿佛也掀起了不息的九级浪涛，耳边似乎正回响着筏子上人们的哭号与喊叫——那是生命面对死亡的揪心嘶喊……席里柯决心用手中的画笔去再现这一惊心动魄的灾难事件。他收集和熟悉了全部的素材，钻进了自己的画室之中。他仿佛把自己也置于茫茫大海中的那个大筏子上，与世隔绝，忘记了一切。八个月后，一幅巨大的、震撼人心的传世之作——《梅杜萨之筏》，诞生了！这一年，席里柯年仅25岁。

席里柯喜欢骑马驰骋。1824年，在一次骑马比赛上，他不幸坠马，摔断了脊椎，带着未尽的才华逝去，年仅33岁。

柯 罗 Jean Baptiste Camille Corot

(1796—1875)

法国写实主义风景画家、肖像画家，出生于巴黎。1828年，处女作《纳尔尼河上的桥》《罗马的农村》在巴黎沙龙展出，获得好评。之后在巴比松村附近的枫丹白露森林画了大量风景画。1850年开始画肖像画。代表作有《孟特枫丹的回忆》《林中仙女之舞》《蓝衣女》《意大利的土地》《夕阳》等。

孟特枫丹的甜美回忆

1875年早春时节，卡米耶·柯罗在巴黎去世。这位终生未婚，毕生拥抱着大自然和绘画艺术的抒情大师，直到生命将尽，手里仍握着他的画笔。

柯罗死后，艺术史上一直流传着这样一个励志的小故事：一个青年画家，拿着自己的一幅作品来向柯罗请教。柯罗诚恳地指出了几处他不满意的地方。“谢谢您！”青年画家说，“明天，我会全部修改好的。”可是，柯罗立刻反问道：“为什么一定要到明天呢？你想想，要是你今晚就死了呢？”这个小故事提醒我们每一个人，应该像柯罗那样珍惜时间，不要纵容和浪费掉生命里的每一天。

柯罗曾说:“我是一只在蓝色云空中歌唱的百灵鸟，我的声音永远属于他和你。”我们似乎可以这样来理解，他所说的“他”，就是他无限迷恋和热爱的大自然。“艺术，是爱，而不是恨。”他说，“艺术家要怀着一颗诚实的心，观察、劳动，不断地工作，别怕人们议论，要勇往直前，不要有所顾虑，画你所看到的，哪怕一无所获，也不要做别人的回声。”

柯罗是以这样的原则生活着的，也是用这样的姿态来对待艺术。他的风景画，不仅尽显了真实的自然之美、田园之美，同时也荡漾着他心中的带有理想主义色彩的浪漫情绪。

柯罗是印象派出现之前法国最杰出的风景画家之一。他一生躬行面对自然，对景写生。他认为，绘画艺术就是当你描绘风景时，先找到形，然后找到色，使形色之间很好地联系起来，这就是“色彩”，同时也是“现实”；但这一切又要服从于你的感情。这几句话，也许就是柯罗的像抒情诗一样富有感染力的风景画的全部秘密所在。

柯罗的心灵是柔和与细腻的。他是一位善于用抒情诗般的想象力去观察、体验和表现大自然的大师。他耐心而细腻地去研究大自然的美，歌唱大自然的美，他的作品展现了大自然无限温柔与静谧的境界，充满了甜美和伤感的抒情性。柯罗终身未娶，“大自然是我唯一的情人，我一生只对她忠诚，永不变心。”他说。他在绘画中特别强调外光的因素，他认为，光能创造生命。他的这个观念，给后来的印象主义画家以很大的启示。

他独创了一种在未干的油彩底色上描绘物象的技巧，使物形的边线和远景相融合，使森林树丛的枝叶仿佛细雾一样，逐渐弥漫，从而产生出一种恍惚朦胧的效果。那是一种淡淡的、带点伤感的诗意的美，传达着一些难以言传的忧伤情绪。他的画没有强烈对比的色块或苍劲峭拔的笔触，他喜欢柔和和幽雅的银灰色或橄榄色和褐色的调子。这类色彩具有宁静感，能把温和的阳光和弥漫的晨雾呈现得更富诗意。

《孟特枫丹的回忆》是柯罗风景画中最感人的一幅，也是他的代表作之一。孟特枫丹在巴黎北郊的桑利斯，这里风景安恬，湖泊纯净，森林如画。柯罗在这里生活过一段时间，记忆里保存着的甜美与芬芳，总也难忘。黎明时分的湖畔，有淡淡的白雾在飘荡，空气湿润而清朗。清闲的林地与湖面的水汽，给人一种温暖湿润的感觉。一棵巨大而秀美的树，与另一棵干枯的树遥相呼应，两棵树朝着一个方向倾斜着，仿佛互相之间正有所牵挂。两棵绿意浓郁的树，就像多情的舞蹈家，随着柔和的风的吹拂而翩翩起舞。这是生命与美的舞姿和律动。透过倾斜的树干，可以看到清澈的湖面、起伏的山峦和丛林的影子。树下面，一个身穿红色衣裙的女子，正仰着头用双手采摘树上的菌子。她的身边，有两个小女孩在帮她一起捡拾和采摘。围绕着这株小枯树的三个人，是那么惬意与恬静，她们不是风景画中的点缀，而是投入到了大自然母亲的怀抱中的儿女。整个画面上的景物也并不繁复，却充满流畅的节奏感和抒情性。从那些纤细、柔弱的树枝上，仿佛能听见瑟瑟的风声和树叶起舞的声音。这声音和律动里又含着一种回忆的伤感和怀念的甜蜜。

《孟特枫丹的回忆》是一幅画，又是一首诗，给人如梦似幻的感觉，令人想起自己记忆深处的那些曾经错过和离别的地方。或者说，科罗的画里有一种乡愁让我们伤感，有一种古典式的罗曼蒂克让我们激动不已。他笔下的风景是经过了他柔和的心的过滤的，是被他“神圣化”了的一种梦想与回忆之境。

除了如《孟特枫丹的回忆》《林中仙女之舞》等这些杰出的风景画，柯罗的肖像画也都很美丽。在画人的时候，柯罗遵循的是他的风景画中所特有的同一个美学原则：追求诚挚、纯洁和诗意。

舒伯特 Franz Peter Schubert

（1797—1828）

奥地利音乐家，生于维也纳。1814年为歌德的诗《纺车旁的格丽卿》谱曲，大获成功。1816年开始专心从事作曲，一生创作了600多首歌曲，既有抒情曲、叙事曲、充满战斗性的爱国歌曲，也有民间歌曲，被誉为“歌曲之王”。另有多部歌剧、交响曲、配乐音乐、小提琴奏鸣曲。代表作有《野玫瑰》《魔王》《鳟鱼》《菩提树》《美丽的磨坊少女》《流浪者》等。

寒夜里的红玫瑰

像世界上许多优秀的音乐家和画家一样，少年和青年时代的弗朗茨·舒伯特也有过一段十分贫穷和艰辛的生活经历。那是他的“人生第一课”。小时候，他最大的一个愿望就是能吃到一个苹果；16岁起，他就离家谋生，疾病、饥饿、孤独、贫穷，一直纠缠着他。

20岁前后，他虽然已经写出了许多优美的、足以传世的乐曲，在“音乐之都”维也纳也拥有了一些名声，但他创作的乐曲有时连糊口的钱都挣不回来。据说，他那首不朽的名曲《流浪者》，只给他换回了两个古尔盾（两块钱），他的另一首经典曲子《摇篮曲》，也只给他换来了一份勉强可以充饥的土豆。

这位贫穷的青年音乐家，跟一个无家可归的流浪汉没有太大的差别。他住在一个朋友借给他的一间小房子里，过着朝不保夕的凄苦生活。他是作曲的天才，却买不起一架普通的钢琴。他只能每天晚上赶往离家很远的一所小学校里去练琴，因为那时候学生们都下课回家了，一位好心的老师应允舒伯特，每天这个时候可以来这里练琴。

这一天，舒伯特从小学校里练完琴回家时，夜色已经很深很深了，街上看不见一个行人。这是已经临近圣诞节的一个夜晚。空气里已经隐隐飘散着苹果和烤鹅的香味。透过那些朦胧的玻璃窗，可以看见一些人家的客厅里已经布置起了漂亮的圣诞树，温暖的壁炉前闪烁着红光……

走在深夜里的大街上，舒伯特似乎忘记了正在包围着他的寒冷和凄苦，他觉得自己心里正有一些温暖的音符在跳动。他想象着，在那些温暖的屋顶下，有多少怡怡亲情正在圣诞节的气氛中团聚和弥漫。当二十四番花信风轮番吹过，最温情、最让人眷恋的，还是这人间的万家灯火！

就在这时，他看见了一个小男孩，正孤单地站在一家店门前的路灯底下。寒冷的夜气似乎快要把这个小男孩冻僵了！他就像是一座小小的雕像一样，站在路灯的光环下一动不动。

舒伯特走近一看，不禁大吃一惊。他认得这个名叫汉斯的、刚满10岁的小男孩。不久前，小男孩还跟他学过钢琴呢。汉斯是个穷苦人家的小孩，父母亲去世得很早，他的姐姐是一个洗衣女工，小汉斯从小跟着姐姐长大。可是，姐姐嫁人后，小汉斯再也不能跟着姐姐一起生活了，因为姐姐的丈夫并不接纳小汉斯。舒伯特知道了这个孩子的身世后，就免费收留了这个穷孩子，让他跟着自己学习弹琴。可是前几天，不知道为什么，小汉斯再也没有到舒伯特这里来学琴了。

夜都这么深了，大街上又这么冷清，小汉斯不赶紧回家，还站在街头干什么呢？想到这里，舒伯特的心不由得揪紧了。

“孩子，都这么晚了，你在这里干什么呢？”

“我……我想……卖掉这些东西。”

舒伯特看见，小汉斯手里拿着一本旧书和一件旧衣服。原来，小男孩站在街头，是想要卖掉这两样东西。

小汉斯明白，舒伯特先生一直对他非常照顾，他也多么愿意永远跟着舒伯特先生学习弹琴啊！可是，贫穷的生活逼使着他，再也不能到舒伯特那里学习音乐了。他得到处去找活儿干，还得每天往姐姐的丈夫手里交上几个古尔盾，才能够被允许在姐姐家里居住。

今天晚上，他已经在寒冷的街头站了很久了，可是，没有一个人愿意买走他手中的那本旧书和那件旧衣服。是啊，谁会在圣诞节的前夕，来买一本旧书和一件破旧的衣服呢？

舒伯特看着在寒风中冻得打战的小汉斯，心里充满了悲苦和心酸。他一把搂住这个小男孩，声音颤抖地说道：“孩子，把这本书卖给我吧。给，我口袋里也只有这么一点钱了。”

“不，不要，舒伯特先生，这点钱，您得留着买乐谱纸，这样您就可以天天作曲了！”小汉斯实在也不忍心拿走老师的这一点点钱。

“孩子，没有乐谱纸，我也可以作曲的，因为乐曲都在我的心里。可是没有钱，你连睡觉的地方都没有啊！快回家去吧，你看，天已经这么晚了！大街上哪里还会有什么人来买你的东西啊！”

“谢谢您，舒伯特先生，祝您好运！”

小汉斯含着眼泪给舒伯特深深鞠了一躬，然后消失在夜色之中。

回到自己的寓所之后，舒伯特久久难以入睡。他从小汉斯的遭遇想到了自己目前的窘迫。他甚至还想到了，今夜，在维也纳，还有多少无家可归的穷人，会露宿在寒冷的街头呢？

这时候，他觉得，唯一能够给他带来温暖和安慰的，只有那伟大的音乐了。一些美好和温暖的意念，正在他的心头升起……舒伯特一边想象着，一边随手翻看着小汉斯的那本旧书。突然，就像黑夜里的火光一闪，他看到了书中有一首美丽的诗歌，那是大诗人歌德的《野玫瑰》——

少年看见红玫瑰，
原野上的红玫瑰，
多么娇嫩多么美。
急急忙忙跑去看，
心中暗自赞美：
玫瑰，玫瑰，
原野上的红玫瑰。

少年说我摘你回去，
原野上的红玫瑰。
玫瑰说我刺痛你，
使你永远不忘记，
我决不能答应你。
玫瑰，玫瑰，
原野上的红玫瑰。

粗暴少年动手摘，
原野上的红玫瑰。
玫瑰刺疼他的手，
悲伤叹息没有用，

只得任他摧残去。

玫瑰，玫瑰，

原野上的红玫瑰。

舒伯特情不自禁地一遍遍朗诵着这首《野玫瑰》，渐渐忘记了外面已经是深夜，屋子里充满了寒冷。他的眼前仿佛出现了一片盛开着火红的玫瑰的原野，而那个在阳光明媚的原野上采摘鲜花的少年，正是快乐的小汉斯……

就是在这个临近圣诞节的寒冷的深夜里，年轻的音乐家一边呵着几乎被冻僵的手指，一边在五线谱上迅疾地书写着从他心中涌出的乐思。啊，伟大的音乐，再一次把贫穷的音乐家带离了悲苦的现实，带进了美好的幻想之中。

当他轻轻地哼着在五线谱上流淌的旋律，哼着那甜蜜和浪漫的和声的时候，他才觉得，真正的幸福正在降临到他的身边……

这首《野玫瑰》，成为舒伯特一生所创作的歌曲中最优美的篇什之一，被后人传唱至今。那一年，舒伯特还不到20岁。

“你，可爱的艺术，在多少暗淡的光阴里，你安慰了我生命中的痛苦，使我心中充满了温暖和爱情，把我带进美好的世界中……”多年后，文学家罗曼·罗兰在《约翰·克利斯朵夫》的最后一卷《复旦》的卷首语之前，引用过舒伯特的一行不朽的乐谱，以及肖贝尔所配的德文歌词。肖贝尔后面的歌词是：

“……每当受苦的人把琴弦拨动，发出了一阵甜蜜圣洁的和声，使我幸福得好像进入了天堂。可爱的艺术，我衷心感谢你！可爱的艺术，我感谢你！”

听，听，云雀

奥地利音乐家舒伯特，被人们称为“歌曲之王”。他从少年时代就开始作曲，曾取材德国大诗人歌德的一首童话诗，谱成了音乐史上有名的乐曲《魔王》。

这首乐曲表现的是：一位父亲抱着生病的小儿子骑马回家，在黑夜的森林里飞奔，四周一片漆黑，狂风让森林里的树木也颤抖不已。这时候，小儿子看见，头戴金冠的魔王正在紧紧地追赶着他们。树枝在狂风中不断地发出折断的声音，魔王高唱着动听的歌，想诱惑孩子跟着他走。可是，父亲仍然紧紧抱着儿子在黑夜里飞奔……最后，他们终于回到了自己的家中，可是魔王已经夺走了孩子的生命……

舒伯特很喜欢这首童话诗和他谱写的乐曲。不过，当他兴冲冲地把乐谱寄给了歌德时，却并没受到歌德的重视。几年后，歌德在维也纳出席一个音乐会。舞台上，一位青年歌唱家演唱了《魔王》，赢得了台下无数的鲜花和热烈的掌声。诗人歌德也感动得流着眼泪，跑到台上去和这个青年人热烈拥抱，祝贺他演出成功。当问到这位演唱者的名字时，他说：“我叫舒伯特。”原来是作曲家本人在演唱。歌德连声称赞道：“青年人，谢谢你！我拥抱的是一位天才……”

可是有谁知道，天才音乐家舒伯特，几乎毕生都被贫困和疾病折磨着。他那些至今仍被人们喜爱的歌曲，大都是他在贫病交加的境况中写成的。他最有名的《摇篮曲》就是如此。

那一天，舒伯特家里连一小片面包都找不到了。到了晚上，他饿得实在受不了，便跑上大街，走进了一家豪华的酒店。在那富丽堂皇的大厅里，他举目四望，希望侥幸能碰见一个熟人或朋友，借一点零钱，买上几个面包充饥。可是寻找了很久，他一个熟人也没有看到。舒伯特失望地从一张杯盘狼藉的饭桌上拾起了一张旧报纸，翻开一看，发现上面有一些小诗，其中有几首是儿歌。

这些语调温暖的儿歌，更加触发了他悲凉的心境。他想起自己童年时妈妈哼唱的那些“小宝宝，快睡吧”的温柔的摇篮曲。想起儿时和妈妈在一起时的无忧无虑，再看看眼前这饥寒交迫的困境，音乐家不禁黯然落泪。

就在这个时候，他突然灵机一动：何不就此给谱写一支曲子，用它换点东西吃？对，这个主意也许还不错。于是，他迅速摸出一张纸条和一支铅笔，很快就沉浸在对于童年的忆念之中了。不一会儿，曲子写完了，他把它命名为《摇篮曲》。然后，他把这支曲子交给了这个酒店的店主。店主大概是怕这个举止怪异的人在此纠缠，影响了他的客人，虽然他对他的曲子并不感兴趣，也只好赶紧满足了他的要求——给了他一份土豆烧牛肉。

这首《摇篮曲》的曲谱，当时只换了一小份土豆烧牛肉。可是若干年后，舒伯特已经去世了，这首曲子的手稿在巴黎被发现。拍卖时，它的标价竟高达四万法郎！

也许，正是从这首《摇篮曲》开始，舒伯特渐渐养成了能在酒店里写曲子的“习惯”。他留给后人的不少曲子，有的就写在酒店的菜单背面。

有一次，在绿树成荫的维也纳郊外，几个年轻人一起走进了一家小酒店。其中有一位衣衫破旧的青年，就是舒伯特。他刚坐下来，就随手拿起放在餐桌上的一本《莎士比亚诗集》，专心致志地读了起来。读着，读着，忽然他的眼睛里闪烁出一种惊喜，他大声说道：“啊，有了，有旋律了！”

可是他手边没有一张乐谱纸。朋友们都知道他的习惯，就立刻把桌上的菜单翻过来，赶快用铅笔画好了五线谱递给他。他扔下《莎士比亚诗集》，全神贯注地伏在桌上疾书着，小酒店里喧闹的声音丝毫也没有影响他的乐思。十几分钟后，他兴奋地给朋友们哼了起来：“听哪，听哪，云雀……”美妙的旋律，使小酒店里顿时充满了诗情。一首写在菜单上的歌曲就这样诞生了！

因为生活贫困，有好些日子里，舒伯特并没有属于自己的乐器，他甚至买不起一架像样的钢琴。他在创作《魔王》时，就没有自己的钢琴。当他需要钢琴时，就只能跑到朋友家或咖啡馆里去借用。他有一个画家朋友，家里有架钢琴，但画家常常作画，需要一个安静的环境，不能经常把钢琴借给舒伯特演奏。于是，他们只好约法三章：只要从外面看见画家把白窗帘挂了起来，就表示画家今天不画画了，舒伯特可以进来弹琴了。

可是有一次，一连五六天不见画家挂起白窗帘。一连几天都在窗外徘徊的舒伯特等得不耐烦了。黄昏时分，狂风大作，把原本卷着的白窗帘吹散开了，窗帘在风中飘舞着。舒伯特见了，欣喜若狂，迅速推门而入，弹起了钢琴。只要他的手指触摸到了琴键，他就忘掉了一切，连作画的朋友跑出来责备他，他都没有听见。

舒伯特一生创作了六百多首歌曲，却经常处在连乐谱纸都买不起的困境中。有一天，他的好友、著名画家莫里茨·封·施温特来拜访他。舒伯特高兴地说："您来得正好！请赶快为我画几张五线谱吧。"原来，他的心头正有乐思袭来，可是家里连一张乐谱纸也没有了。画家只好赶紧坐下，为舒伯特赶画五线谱。

舒伯特去世后，有人曾问施温特："您觉得在您的绘画中，哪些画最有价值？"画家想了想，意味深长地回答："为我的朋友舒伯特先生画的那些五线谱。"

果戈理 *Nikolai Vasilievich Gogol-Anovskii*

（1809—1852）

俄国作家，生于乌克兰波尔塔瓦省。早期从事诗歌写作，后转向小说和戏剧。1831年发表短篇小说集《狄康卡近乡夜话》获得盛誉。从1835年起开始长篇小说《死魂灵》的创作，这部没有完成的作品成为他创作达到顶峰的标志，标志着他从浪漫主义向现实主义的跨越。代表作有长篇小说《死魂灵》、戏剧《钦差大臣》等。

笔记本里的素材

1836年春天的一个晚上，俄罗斯彼得堡大剧院正上演一出戏，戏名是《钦差大臣》。这是个讽刺喜剧，剧本写得极其精彩。演员的表演也非常出色。观众完全被征服了，不时爆发一阵阵欢快的笑声和热烈的掌声。

这时，从豪华包厢里站起来一个人，他是沙皇尼古拉一世。只听他恨恨地对身边的王公大臣说："这叫什么戏？我感到它在用鞭子抽打我们的脸，其中把我抽打得最厉害。"说罢他就出了包厢，气呼呼地回到了宫中。贵族大臣们早就感到不痛快了，因为这个戏好像是专门讽刺他们的。沙皇一走，他们一个个也赶紧溜掉了。

这出戏的作者，就是俄国伟大的小说家和戏剧家果戈理。

尼古拉·华西里耶维奇·果戈理出生于乌克兰波尔塔瓦省密尔格拉得县的一个地主家庭。他父亲博学多才，爱好戏剧，曾经用俄文写过诗，用乌克兰文写过剧本。他常带着年幼的果戈理去看戏，所以果戈理从小受到艺术的熏陶，尤其喜爱乌克兰的民谣、传说和民间戏剧。

由于父亲早逝，他离家去圣彼得堡谋生，曾经先后在国有财产及公共房产局和封地局供职。正是在圣彼得堡的这段经历，使他感受到了世态炎凉，饱尝了下等小职员的艰辛，也使他看到了严酷的现实社会本质以及官场的黑暗与腐败，对普通民众生活的苦难有了真切的体会和了解。这为他日后从事文学创作准备下了素材和思想基础。

还在上中学时，他就尝试写剧本，在学校举行的节日晚会上，果戈理亲自登台演戏，他尤其善于演老年人的角色，老师们都说他有做演员的天赋。到了彼得堡，果戈理结识了当时著名的诗人茹可夫斯基和普希金。这对于他走上创作道路起了很大的影响作用，尤其是他与诗人普希金的师友之谊，更是被传为文坛佳话。

1831年至1832年间，年仅22岁的果戈理发表了短篇小说集《狄康卡近乡夜话》。这部小说集把优美的传说、神奇的幻想和现实、自然的素描融为一体，以明快清新和带有幽默的笔调，描绘了乌克兰大自然的诗情画意，讴歌了普通人民勇敢、善良和热爱自由的性格，同时也讽刺了现实生活中的自私和卑鄙。这部小说受到大诗人普希金极大的赞赏。

1835年秋天，果戈理去拜访普希金。两人谈了一些文学创作上的问题后，普希金讲了一个笑话，是他亲身经历的事。他说："两年前，我到喀山一带搜集材料，准备写一部关于普加乔夫①的历史著作，路过奥伦堡附近的一

注①：叶梅连·普加乔夫，俄国农民起义领袖。1773年，普加乔夫聚集了80名哥萨克人发动了普加乔夫起义，揭开了俄罗斯历史上一场反对农奴制压迫的农民战争的序幕。

个小县城时，那里的县长听说我是彼得堡来的，便把我当作皇上派去的‘钦差大臣’，拼命奉承巴结我，还向我行贿。请想象一下当时他们的丑态吧！我一再声明自己不是什么‘钦差大臣’，等他们弄清了真相，对我的态度立刻不同了，像变成另外一个人似的。”

“竟然会有这种事！真可笑。”

“是啊，这样的事在我们专制的俄国不知发生了多少次。说起来，这真是个喜剧素材呢！”

1835年底，果戈理根据普希金提供的这个素材，写成了著名讽刺喜剧《钦差大臣》。1836年4月，《钦差大臣》在彼得堡亚历山德拉剧院上演，轰动了整个彼得堡，也就有了前面说到的在剧院豪华包厢里的那一幕。

从1835年起，果戈理就开始了他的长篇小说《死魂灵》的创作。这部没有完成的作品是果戈理的创作达到顶峰的标志。《死魂灵》的第一部在1842年问世。这是一部卷帙浩繁、人物众多的鸿篇巨制，通过对形形色色的官僚和地主群像的生动描绘，有力地揭露了俄国专制统治和农奴制度的吃人本质。其时果戈理已经病魔缠身，正在意大利养病。因为远离祖国，在极度苦闷中的果戈理着手写《死魂灵》的第二部。他想在第二部里写几个好的地主，树立起俄国地主的正面形象，但他写了很长时间，仍然不满意，最后他一气之下把第二部的手稿扔进壁炉烧掉了。

果戈理终身未娶，几乎是在穷困中度过了短暂的一生。他于1852年3月4日溘然长逝，年仅43岁。但他在20多年的创作生涯中，以一系列脍炙人口的佳作丰富了俄罗斯文学的宝库，成了19世纪俄国批判现实主义文学的一代宗师。在他的创作影响下，出现了涅克拉索夫、屠格涅夫、冈察罗夫、赫尔岑、陀思妥耶夫斯基等一批批判现实主义作家。陀思妥耶夫斯基曾说：“我们所有的人都是从果戈理的《外套》中孕育出来的。”果戈理因此享有“俄国散文之父”（普希金是“俄国诗歌之父”）的美称。

舒 曼 Robert Schumann

(1810—1856)

德国作曲家、音乐评论家，生于德国茨维考城。12岁开始尝试作曲和演奏，后因手指受伤，转向作曲和音乐评论。1834年创办《新音乐杂志》，发表了大量钢琴作品。1843年赴莱比锡音乐学院任教，后主要从事作曲和指挥。代表作有《蝴蝶》《维也纳狂欢节》《曼弗列德序曲》等。

请等着我长大

音乐家罗伯特·舒曼7岁时就开始作曲了。他常常在父亲经营的小书店里翻阅乐谱，有时竟至入迷的程度。11岁时，舒曼就显露出了非凡的音乐才能。可是，因为父亲的早逝，他只好遵从母亲的意愿，去莱比锡学习法律。

20岁时，舒曼感到自己对法律毫无兴趣，心中仍然迷恋着音乐。母亲只好同意他重新回到音乐上来。不过，与莫扎特、肖邦等音乐家不同的是，舒曼的父母亲均无音乐才能，亲友中也没有与音乐结缘者。因此有人说，舒曼的音乐才华是“上帝赐予”的。其实，舒曼的音乐成就，主要还是来自他童年就已开始的勤奋与执着。舒曼从小也酷爱文学，他曾在写给母亲的信中说过:“我的全部生活就是散文与诗，还有法律与音乐的20年的苦斗。”

舒曼青年时代，曾寓居在德国音乐家维克先生家中。他和维克的女儿克拉拉一起弹琴，一起创作儿童歌曲，一起开小型的音乐演奏会。当时舒曼19岁，克拉拉才12岁。渐渐地，小女孩克拉拉从心底爱上了她父亲的学生舒曼。年纪小小的克拉拉唯恐舒曼先爱上别人，曾央求他说:“请你等着我长大……”

后来，舒曼因为练琴过度，损伤了手指，无法再圆弹奏钢琴的美梦了，只好改学作曲。这时候，克拉拉也稍微长大了，她安慰他说:“让我把我的手指借给你吧！”两个人的感情越来越深，互相离不开了。

克拉拉的父亲执意要使女儿过上富裕和体面的生活，并不看好这个没有固定收入的年轻人，始终反对并百般阻挠这段感情。同时，看到女儿在钢琴演奏上也有着极高的天分，做父亲的一心想把女儿培养成第一流的钢琴家，不愿她太早踏入婚姻，影响她日后的发展。

但是克拉拉深深地爱着舒曼。眼看着无法阻止这一对年轻人，老父一怒之下竟然将舒曼告进了法院。最终，法官以“爱情无罪”成全了这对恋人。克拉拉不仅成了音乐家舒曼的得力助手和知音，也如愿以偿做了舒曼的妻子。

他们还在热恋的时候，舒曼就曾与克拉拉这样憧憬过:“让我们一起来创造如诗如画的生活，我们一起来作曲、演奏，像天使一般把欢乐带给人类！”在婚后的日子里，舒曼时刻努力地把这个美好的愿望付诸行动。他以自己在音乐事业上的成就，给人们带来了永久的欢乐。

婚后4年之中，他写出了大量名作。仅仅1840年这一年里，舒曼就谱写了130多首歌曲。这个创作速度，在世界音乐史上是罕见的。而克拉拉也成了舒曼在音乐上最好的助手和知音。人们说，在德国音乐史上，这是一对“双子星”，凡是舒曼闪光的地方，也同时映射着克拉拉的光芒。

克拉拉和舒曼生了八个孩子。生活上的压力和创作上的过度投入，使得舒曼不到30岁就出现了精神焦躁的症状，几次住进了精神病院，而且病情日益严重。终于，天不假年，一代音乐天才过早地结束了自己的一生。

舒曼去世后，克拉拉痛不欲生，很长时间没有走出悲伤的阴影。她几乎把自己完全封闭了起来，不与外人接触。最后，还是舒曼的学生勃拉姆斯提醒她说："如果您真的爱老师，就该振作起来，把他的作品发扬光大，而不是和他一起埋葬。"

此时，勃拉姆斯还不到20岁。他一直怀着一颗敬仰的心，跟随着舒曼学习音乐。老师去世后，他觉得，他有责任照顾好大自己14岁的师母。

因为勃拉姆斯的忠告和提醒，克拉拉如大梦初醒一般，重新认识到自己肩上的重任。她想起自己当年说过的话：她要把自己的手指借给挚爱的人。从那一刻起，她把自己全部时间和精力都投入到了舒曼未竟的事业上，投入到了巡回演奏和传播舒曼音乐作品上。

这期间，勃拉姆斯对克拉拉产生了感情。不过，克拉拉始终没有接受勃拉姆斯的求婚。她很清醒地明白，自己带着八个孩子，一旦接受了比自己小8岁的勃拉姆斯的爱情，只怕会断送这个年轻的音乐家的生命，让舒曼英年早逝的悲剧重演。勃拉姆斯从此也只好把对师母的爱深深埋在了心底。他在这个世界上活到了82岁，却终身未婚。

肖 邦 *Fryderyk Franciszek Chopin*

（1810—1849）

波兰作曲家、钢琴家，生于波兰华沙。1817年开始创作。1822年至1829年在华沙国家音乐高等学校学习作曲和音乐理论。1829年起以作曲家和钢琴家的身份在欧洲巡演。后因华沙起义失败而定居巴黎，从事教学和创作。作品以钢琴曲为主，被誉为“浪漫主义钢琴诗人”。

童年时代的钢琴声

1810年春天，华沙近郊的一个名叫热里亚左瓦—沃里亚的小村里，尼古拉先生一家正在快乐地忙碌着。

和煦的春风里，虽然还带着一丝丝残冬的凉意，但是春天的脚步已经走近了。山坡上的野樱树，已经结满了嫩嫩的、含苞待放的花蕾。山冈低矮的橄榄树的每一张叶片上，都沾满了白色的绒毛，远远看去，就像每一株橄榄树都披上了粉白色和浅灰色的衣衫。浅绿色的草地上，一些小小的蒲公英也都戴上了迷人的金冠。葡萄园里的葡萄藤都泛出了青绿的颜色，它们就像少女们的手臂和腰肢一样婀娜柔软。高大的橡树，也像风度翩翩的美男子，正深情地守望在整齐的田野边。金色的阳光就像缤纷的蝴蝶，一只一只从山冈飞下，在小河畔的绿草地上，在公路边的小木屋四周，它们渐渐隐藏起了鲜艳的踪影。

就是在这个春天里，在一栋低矮的小茅草屋里，一个瘦小的男婴诞生了。他就是后来闻名世界的、被人们称为“钢琴诗人”的音乐家肖邦。他的全名叫弗雷德里克·法朗索瓦·肖邦。因为他爸爸的名字叫尼古拉·肖邦，在他未成名之前，人们又把他称为“小肖邦”。

肖邦很小的时候，他们一家从华沙的郊区乡村迁到了华沙城里。不久，他爸爸创办了一所寄宿学校。肖邦和他的姐姐们的童年时光，就在寄宿学校里度过。

他的妈妈很会弹钢琴。每当妈妈弹琴的时候，孩子们就在外面的草地上围成一圈，跟着音乐跳舞、游戏。这时候，刚刚学着蹒跚走路的小肖邦，会安安静静地坐在小凳子上听着悦耳的琴声，一动也不动，只有一双亮晶晶的蓝眼睛，在阳光下一闪一闪的，仿佛对这神秘的琴声充满了无限的好奇。

小肖邦在妈妈的琴声里和爸爸的爱抚下，正在一天天长大。有一天，爸爸妈妈送走了最后一拨学生，正准备休息了，突然听见楼下传来了一阵不成曲调的钢琴声。妈妈赶忙跑下楼去，想看看这是谁在弹琴。啊，原来是穿着睡衣的小肖邦，正吃力地站在琴凳上，用小小的手指头，一下一下地敲着琴键。一看见妈妈下楼来了，小肖邦一边敲着琴键，一边快活地说道：“妈妈，妈妈，你听！这是你弹过的曲子。”妈妈根本不知道儿子是什么时候学会弹琴键了。她惊奇而又兴奋地一把抱住儿子，大声喊道：“尼古拉！你快来看看吧，我们家又多了一个音乐家！”

从此以后，爸爸妈妈就开始让肖邦跟着7岁的姐姐露易丝坐在一起学钢琴。那时候，在小肖邦听来，世界上最美丽的乐曲，都是妈妈的手弹奏出来的。只有妈妈弹过的乐曲，才是世界上最好听的乐曲。

“听！他弹得多好。他手指动起来就像小耗子在奔跑一样啊……”爸爸常常这么赞美自己的儿子。

1816年，肖邦到了上学的年龄了。尼古拉教授一心想让自己的儿子受到良好的音乐教育。他聘请了华沙城著名的钢琴家和提琴家兹维尼先生做小肖邦的音乐老师，在家里学习弹琴。不弹琴的时候，肖邦成了寄宿学校里的一个小小的“旁听生”。

小肖邦跟着爸爸聘请来的钢琴家学习弹琴，进步很快。这个小男孩的音乐天赋，使一向严格和敬业的兹维尼先生感到十分惊讶和高兴。不久，肖邦就能够在钢琴上完成一些短小的乐曲了。当然，他还不会自己记谱，只能请老师帮助他记录下来。他会一边弹奏一边修改，一遍又一遍，最终完成一首比较完整的儿童钢琴曲。

有一次，肖邦跟着家人来到乡村过暑假。这是七月里的一个十分炎热的天气。先是太阳火辣辣地灼人皮肤，大地上的空气好像着了火一样滚烫滚烫的。接着，又来了一阵大雷雨。大雨洗涤着田野和道路，从深蓝色的天边还不时传来隆隆的雷声。

天才钢琴家 肖邦

雷雨过后，肖邦看见，在他们经过的田野尽头，架起了一座绚丽的彩虹桥。大地上的空气顿时变得那么清新，所有的树木和花草上都带着亮晶晶的雨花。高高的白杨树和椴树的后面，不时地闪现出一座座庄园的洁白的墙壁……

多么美丽的乡村和田野啊！到

了晚上，这里更是安静极了！不过，小肖邦却怎么也不能入睡。他一直在聆听着什么。静谧的夜晚里，月光在窗户外面浮动着，树影在无声地摇晃。好像有无数的小虫子，在窗外的草丛里和树叶上发出了各种各样的声音。好像有无数只蟋蟀，在墙角里合奏着一支小提琴曲子。

小肖邦觉得，乡村静夜里的一切声音，都像是美妙的音乐一样。这些神秘的、多声部的吱吱声、絮语声、弹琴声和叹息声，都是温和和友好的。这里才是真正的乡村呢！小肖邦完全被这乡村的景色迷住了！他变得更像一个安静的小姑娘了。有许多天，他总是坐在门口，出神地望着落山的太阳，心里不断地在追问着和想象着……

不一会儿，年老的牧神赶着羊群翻过了山坡，胡桃树已经披上了晚霞的衣衫。玫瑰色的黄昏降临了，蓝色的星星跃上了远处的群峰之巅。夜莺开始歌唱了。在远远的古堡那边，歌声有点兴奋，又好像有点微暗。小肖邦觉得，自己就像是一只来自远方的失声的小鸟，他在静静地等待一个更加安静的夜晚。

果然，到了夜晚，一切都变得那么静谧。十字小溪在不远处的夜色里闪闪发光、低声絮语。月亮升起来了，世界多么寂静！仅仅在一瞬间，大地就拉上了它漆黑的帷幔。所有的蟋蟀，又开始合奏了。在安静的月光下，蟋蟀们的琴声越奏越响亮，仿佛要把整个大地抬起来一样……

这时候，小肖邦的心里也充满了美好音乐的旋律。他的一双小手不由自主地抬到了胸前，在夜色里想象的琴键上弹奏了起来，仿佛要和月光下所有的蟋蟀合奏一样。美丽的乡村，在小肖邦童年的心灵上，留下了难忘的记忆。

小肖邦刚刚8岁的时候，他在华沙的一场慈善音乐会上，演奏了一曲钢琴协奏曲，这使他获得了“波兰的神童”“波兰的小莫扎特”的赞誉。

1820年，肖邦10岁了。这一年新年的时候，欧洲著名的歌唱家卡德琳娜夫人经过华沙时，为华沙市民举办了一场盛大的音乐会。小肖邦听到这个消息很兴奋，他多么希望听一听卡德琳娜夫人的夜莺一样的歌声。可是，音乐会的门票实在是太贵了，他没有钱去买这么贵的音乐门票。

就在肖邦感到黯然伤心的时候，意想不到的奇迹发生了：卡德琳娜夫人竟然点名要求肖邦在音乐会上为她弹琴！这意外的消息，使肖邦快乐得整整一晚上都不能入睡。肖邦没有辜负歌唱家的期望，他成功地完成了演奏任务。

音乐会结束后，肖邦得到了卡德琳娜夫人的一件贵重的礼物——一块美丽的小金表。表壳内还有一行珍贵的题词："献给10岁的肖邦。卡德琳娜夫人赠。"这块小金表和这场新年音乐会，成为肖邦童年时代最珍贵、最美好的纪念。

心上的银杯

1848年4月，正是欧洲大陆杜鹃花开的季节，肖邦接受英国维多利亚女王的邀请，从巴黎到了苏格兰，然后又回到英格兰。在伦敦最华丽的斯塔福宫里，他举办了一场钢琴演奏会，作为他英国之行的答谢演出。他的演奏引起了全伦敦的轰动。

事实上，在他内心里，更多的激动来自他的波兰同胞。因为在伦敦，他见到了许多侨居英国的波兰人。他感到格外高兴，精神比任何时候都要振作。于是，他不顾病弱的身体，在波兰同胞特意为他举办的欢迎宴会上，为大家弹奏了《玛祖卡舞曲》《波罗乃兹舞曲》和一些新的钢琴曲。自然，他也没有忘记演奏那首感人肺腑的《葬礼进行曲》。他音乐里的浓浓的乡思和爱国情结，深深地打动了在场的每一位波兰同胞的心。

但是，谁也没有想到，这次演奏，竟然成了他最后一次公开的演奏。演奏会之后，他已经气喘吁吁了，只能由人背回了旅馆。这时候，他的病情正在继续恶化。差不多每隔几天，他都会吐血，连行走也需要他人的搀扶。

"现在我什么也不能做了！我很难过！"他给友人写信说，"假如我的身体健康，至少可以每天上两次课……可是现在，我是在勉强地呼吸着……"在赶回巴黎之前，他写信给朋友说："请在星期五买一束紫罗兰回来，让它在客厅里散发出香味。如果我心里还有一点儿诗意，回去后大概要在那里躺很久……"肖邦幻想着用紫罗兰的芳香去冲淡身体的痛苦。"请及早生好壁炉里的火，烤暖房子，打扫干净，这样，也许我还可以恢复健康。"

1848年11月23日，肖邦从英国回到了巴黎。他孤身一人生活在巴黎，他的精神伴侣乔治·桑已经离开了他。他在巴黎没有任何亲人，也没有家庭。这样的日子里，他几乎是在拼着最后的一丝生命，写着他心中的乐曲。

也就是在他生命最后的日子里，又发生了这样一个故事：有一位名叫格得夫路阿·卡温尼亚克的病人，一心想听一听钢琴家肖邦的演奏。可是他是那么贫穷，没有钱也没有机会聆听肖邦的音乐。在他奄奄一息、生命垂危的时刻，他对身边的人说出了自己的最后一个愿望，就是在离开人世前，听一次肖邦的音乐，那样他将会快乐地死去。

他周围的人都认为这是没有办法办到的事。不过，还是有人把这个病人临终的愿望辗转传到了肖邦那里。此时，肖邦的肺病也已进入了晚期。他正在不断地吐血，出冷汗，连走路都是那么困难了。可是，当他听到这个病人的愿望时，什么也没说，立刻就叫身边的人给他穿好了衣服，请人做向导，去了那个病人的住处……

当肖邦的马车在病人的门前停下时，人群都围了上来，吃惊地看着这一幕，简直不敢相信这是真的。人们连忙搀扶着肖邦，帮助他从马车上艰难地走下来。当肖邦走进病人的卧室，病人的脸上已经流满了感激的泪水。

肖邦强忍着病痛，走到屋子里的一架破旧的钢琴前，缓慢地坐了下来。他先是习惯地试了试琴音。他发现，这架钢琴的琴键早已经失效走音了。可是，肖邦并没有任何迟疑。他毅然地抬起双臂，用这架变了音的钢琴，为这位即将死去的人开始了弹奏。肖邦先弹奏了那首《波兰主题幻想曲》。接着，他又弹奏了夜曲《对祖国的冥想》……走音的琴键在肖邦的手下，仍然发出了美妙的声音。

这时候，处在弥留状态的病人，用极其微弱的声音，轻轻地说道："多美的音乐……真美啊……"说着说着，病人慢慢地闭上了双眼。他的脸上，还留着生命中最后一丝幸福的微笑。这个病人在肖邦的钢琴声中离开了人世。可是，肖邦还在人世间苦苦地挣扎着。

1849年10月，巴黎已经进入深秋时节了。这时，天气突然变得比往常寒冷多了，好像是寒冬提前来到了人间。到了夜间，秋雨淅淅沥沥地下个不停，整夜整夜地敲打着肖邦寓所的屋顶。10月18日这天，黎明即将到来的时候，肖邦的生命已经处在垂危状态了。突然，远处似乎有微弱的歌声隐约传来。肖邦挣扎着再次从昏迷中醒了过来。大颗大颗的汗珠从他的脸上滚落下来。他已经说不出话来了，只能痛苦地打着手势。他身边的人马上明白了，他想要什么。是的，他是在要那只从祖国波兰带来的银杯。

人们赶忙把那只他珍藏了多年的，曾经跟随着他走过了许多城市、里面盛有来自祖国的金色泥土的银杯拿了过来，轻轻地放在了他的手上。这时，人们发现，肖邦突然用力抓住了银杯——那是他生命中的最后一丝力气。他把银杯紧紧地搂在了自己的胸前，然后用手抓出了一撮泥土，放在自己的心口上……然后，他缓缓地、安详地合上了双眼。就这样，一代音乐大师怀着对祖国波兰的深深爱恋与牵挂，永远地睡去了。

遵照肖邦的遗愿，人们把那一杯金色的波兰的泥土，撒在了他的墓穴里。生前他没能回到祖国，但是他的生命和灵魂，却和波兰的泥土融合在了一起。巴黎人在为肖邦送葬的时候，齐声唱出了他的《葬礼进行曲》。人们说，这也是他献给自己的安魂曲。

10月18日黄昏，清冷的秋风总算驱散了连日来的阴云。绯红的落日余晖映照在巴黎圣母院高大的玻璃窗和钟楼上。这一天，侨居在巴黎的波兰诗人齐普利安·卡米尔·诺尔维德，为波兰的儿子肖邦，写下了这样一段祭文：

“弗雷德里克·肖邦，诞生于华沙，赤诚的波兰之子，举世无双的音乐天才，与世长辞了。本月18日，肺病使39岁的艺术家不幸早逝。他能以神秘的娴熟解决艺术上最难的课题，因为他善于把野花摘下来，而不让花儿上哪怕是一小滴露珠或细小的绒毛抖落。他善于用理想的艺术使它们变成光辉灿烂的星辰、流星，甚至是彗星，把整个欧洲照亮。他把洒遍波兰大地的泪珠收集起来，用它们凝成了一颗富于和谐之美的晶莹宝石，镶在人类的皇冠上。这是一位艺术大师才能攀登的伟大的峰巅。肖邦做到了这一点。”

瓦格纳 *Wilhelm Richard Wagner*

（1813—1883）

德国作曲家，生于莱比锡。1831年进入莱比锡大学学习作曲。1832年创作第一部歌剧作品《仙女》。之后辗转于各个歌剧院任指挥和音乐指导。曾对传统歌剧进行了彻底的改革，强调戏剧第一，音乐第二。代表作有歌剧《特里斯丹与伊索尔德》《黎恩济》《漂泊的荷兰人》《汤豪舍》等。

乘着音乐的翅膀

有位艺术家说：威尼斯是个除了做梦，什么都不可能做的地方。四月的夜晚，当你独自坐在圣马可广场上的露天咖啡座里，心不在焉地听着一曲一曲的音乐演奏，直到曲终人散，偌大的广场变得空旷；直到亚得里亚海涨潮声起，轻柔的夜雾迈着小猫的脚步侵过石头地面；而从广场的西边，隐约传来普契尼的《蝴蝶夫人》的旋律……这时候，你也许才能真切地感受到，那位艺术家的话是多么准确。

亚得里亚海湾在深夜里显得异常辽阔。微微的波浪轻吻着古老的石阶，仿佛不肯回家的恋人的絮语。远方灯火稀疏，静谧的水面闪烁着幽蓝的海光，时断时续的是悠远的船歌……那么，这就是拜伦所歌唱的“心上的城，梦中的城”了！它漂浮在水上，什么也不生长，除了梦想。它所有的灵性都是大海赐予的，“除了你不羁的波涛的变幻，时间也不能在你苍翠的面颜上划下皱纹”。

早在1627年，威尼斯就拥有了欧洲的第一个歌剧院。意大利歌剧历史悠久，19世纪末，瓦格纳改革歌剧，自成流派。而在同一时期，另一位歌剧大师威尔第却反对瓦格纳派，坚持按照意大利传统创作歌剧。结果威尔第和瓦格纳都取得了巨大的成功。有趣的是威尔第和瓦格纳同年出生，又是同年发表作品，而且同时轰动了欧洲。两人既是竞争者，又都是胜利者，一位是歌剧改革派，一位是传统歌剧的忠实的维护者。两位作曲家在歌剧艺术领域里各自高举着自己的旗帜，以自己的风格和全然不同的艺术手法，殊途同归，都成为世界著名的歌剧音乐大师。这不能不说是一个奇迹。

1853年，威尔第仅用一个月的时间，就完成了歌剧《茶花女》的音乐。这部根据世界名著改编的剧本，不仅情节曲折，凄婉缠绵的曲调和优美深沉的旋律，更使这一爱情悲剧深深打动人心。美丽的玛格丽特那刻骨铭心的痛苦，化成了极具穿透力的歌声，常常使观众忍不住热泪盈眶。

1853年3月6日，《茶花女》在火鸟歌剧院首演。之后又多次在威尼斯其他大剧院如圣·贝内迪克特剧院公演，都获得巨大成功。如今，《茶花女》已经成为世界最著名的歌剧之一，它不仅是威尔第的一部代表作，而且已经成为意大利歌剧和威尼斯剧院的光荣。

使威尼斯和欧洲歌剧艺术紧紧联系在一起的，并且为威尼斯带来了无限荣耀的人，当然还有歌剧大师理查德·瓦格纳。1858年8月17日，瓦格纳来到威尼斯。他将在这里谱写抒情悲剧《特里斯丹与伊索尔德》的第二幕和第三幕。威尼斯给他带来了短暂的宁静，他住在一栋破败的、建于15世纪的哥特式宫殿里。

威尼斯忧戚、美丽、如梦似幻的船歌，对瓦格纳来说，有一股沉郁诱人的魔力。有一个夜晚，瓦格纳失眠了，靠在阳台上，听到远方有人唱一首古老的民歌，歌声阵阵传来，深沉而哀痛，与迷茫和黑暗的烟水中的另一头的歌声遥相呼应。于是，他雇了一条“贡多拉”[①]，一路沿着幽暗的运河摇着，摇着。突然，明月乍现，照亮了附近的宫殿，他的船夫也突然发出了一声低沉的号泣，像是动物的哀泣。正是这个夜晚，使他获得了《特里斯丹》第三幕开始时牧人所吹奏的忧伤的号角声的灵感。当时，瓦格纳是那座宫殿里的唯一的住户，他把一个最大的房间装上了垂帘，房东还为他找来了几张镀金的椅子，他的大钢琴也从苏黎世运到了这里，伟大的《特里斯丹和伊索尔德》的创作就这样开始了。每天早上和整个上午，他在宫殿里写《特里斯丹》，午后就雇条“贡多拉”，漫无目的地穿行在威尼斯的水巷里，有时也去友人那里午餐。夜幕低垂时，“贡多拉”再带他回到自己的住处，继续工作。

1859年3月底，瓦格纳完成了《特里斯丹》第二幕的谱曲。他把这出哲理最深奥、心理分析最细腻的歌剧，加上了优美的音乐与动人的外貌，使这个抒情悲剧，即便是一般的、不太懂得它深妙的诗意的市民也能观赏和引起共鸣。不久，瓦格纳又前往瑞士琉森一游，并于1859年8月6日下午4点半，在那里为《特里斯丹》第三幕的乐谱画上了句号。

1882年9月，瓦格纳又一次来到威尼斯，住进了大运河边上一座建于16世纪的温德拉敏宫中一层半的房子里。所谓“一层半”是指底楼与二楼之间的那一层。这座建筑，如今成了来自世界各地的旅游者的一个朝圣的地方。瓦格纳在温德拉敏宫里安静地过着日子，像人们预期的那样，他又在书房里挂起了许多的绫罗织锦，还在上面洒了浓浓的香水。后来，音乐家李斯特也来到了这里，他和李斯特热烈地讨论着他想要谱写的单幕交响乐。然而这时候，他的胸绞痛的毛病已经恶化，发作的次数十分频繁，医生甚至开始让他

注①：贡多拉是独具特色的威尼斯尖舟，这种轻盈纤细、造形别致的小舟已有1000多年的历史了。

服用镇静剂和鸦片。

1883年2月11日，瓦格纳开始写作一篇题为《女性》的散文，文中阐述了他对一夫多妻制、一夫一妻制与忠实等问题的见解。次日晚上，他大声地读着神话故事《乌蒂娜》，并由画家佐柯夫斯基为他做素描。稍后，他又在钢琴上弹奏出《莱茵河的黄金》幕落时众莱茵女神所唱的歌曲。2月13日，他送了个口信给朋友，请求原谅他不能赴舞餐之约。这时候，女侍听到他在呻吟，他的心脏病又发作了。当天下午三点半时，他在妻子柯西玛的臂弯里安详地闭上了眼睛，那未成篇的《女性》摊在书桌上："然而，女性的解放只有在狂烈震动的情况下才能进行。爱情——悲剧……"显然，他刚刚写到"悲剧"这个词，笔就从纸上滑开了……

这一年，拜洛伊剧院在上演他的歌剧《帕西发尔》时，观众在最后一幕终了时没有鼓掌，以表示对他的特别敬意和悼念。后来，这个时刻就成了一个神圣而不容轻视的传统，在许多大剧院里一直保持着。

听到瓦格纳在威尼斯逝世的噩耗，威尔第写信给朋友说："这位伟人去世了，但他的名字永远留在艺术中。维克多·雨果和加里波第也去世了，一个伟大的时代结束了。"

米勒 Jean Franccois Millet

(1814—1875)

法国画家，生于诺曼底。早年师从画家德拉罗什学习绘画。1849年迁居丹枫白露附近的巴比松村，开始以乡村农民为题材作画，成为欧洲美术史上著名的“巴比松画派”代表画家之一。代表作有《扶锄的农夫》《拾穗者》《播种者》《晚祷》《牧羊女》《喂食》等。

画布上的泪滴

当画家让·弗朗索瓦·米勒还很小的时候，村子里的一位神父就对他说过：“我的孩子，你有一颗会带给你许多苦恼的心，你不知道你将来会受多大的苦呀！”

米勒后来的人生经历，果然被神父言中了，他成了一位拥有《扶锄的农夫》《拾穗者》《播种者》《晚祷》和《牧羊女》等不朽作品的桂冠画家，同时也是巴比松那片寒冷的土地上人人皆知的终生与苦难为伴的艺术家。

那是一个黄昏，来自外省的穷愁潦倒的青年画家米勒，孤独地走在巴黎冬天的街头。当他走过一个明亮的陈列橱窗时，忽然听到两个青年站在那里说话的声音。他们一面看着陈列在橱窗里的用彩色粉笔画的少女裸体画像，一边谈论着：

“这画糟透了，简直令人厌恶。”

“是啊，米勒的画嘛！他是个除了裸体女子，其他什么也画不出来的人！”

过路的米勒听到这些，脸颊不由得红了起来，感到头晕目眩。当时的巴黎，有一种怪现象，只有画女人裸体画才可以换几个钱去买面包，而许多认真创作出来的严肃作品却无人问津，更无人赏识。谁要想成为一名真正的画家，那就准备着去做一个讨饭的穷光蛋吧！

米勒亲耳听到了观众对他的评论，心里再也平静不下来了。一回到家里，他就对妻子说：“你也受够了苦，但只有再请你忍耐些，我决定今后不再画裸体画了，即使生活将会变得更为困苦。”

他心情激动，脸色苍白。比任何人都要理解自己的画家丈夫的妻子连忙回答说：“一点也不要紧，我并不以为这就是困苦。你为你所确信的美好世界去努力吧！”“谢谢你。”米勒感动了。过了一会儿，他平静地说了自己的打算：“我已经厌恶巴黎了。我想回到农村，住到农民中间去。”

就在这一瞬间，米勒的眼前闪过了他在巴黎的全部日子。他22岁时从偏僻的农村来到了日夜向往的大都会。他是一文不名地来到这儿的，梦想着寻找到自己金色的前程。他经受了城市人的白眼、嘲弄和轻蔑。画女人裸体画虽不被人尊重，但总还可以换几个面包充饥，而自以为认真创作出来的画作，却一幅也卖不出去。他要求参加展览，更是常常遭到毫无道理的拒绝。他长期陷入贫困、绝望、屈辱的深渊里不能自拔。

曾有一个寒冷的夜晚，有位朋友从美术馆长那里拿到40元钱，半夜时分就赶到米勒家去敲门，敲了半天一点儿动静也没有。那朋友疑惑地推开了门，进去一看，只见工作室的角落里有只箱子，米勒就用破破烂烂的大衣裹着身子，蜷缩在那上面瑟瑟发抖。暖炉里不见一根柴火，整个屋子里一片面包也没有。

朋友惊讶地问:“你是怎么生活的呀?”

“我们两天都没有吃东西了。”他说,“然而让孩子们挨饿是不忍心的,剩下的面包屑全给他们了。”

朋友当即给了点钱,米勒十分感激。他为了买活命的面包和木柴,冒着寒冷的风雪立刻走到外面去了……

如今,为了真正严肃的艺术,也为了心灵的欢愉和生命的价值,米勒终于做出了决定:选择也许比在巴黎更加艰难、更加饥寒交迫的道路——回到巴比松乡村去!

在巴比松,米勒像那些真正的扶锄的农人一样,一边从事繁重的耕作劳动,补助生活,一边又从事着他艰苦的艺术劳动。令人意外的是,在巴比松的厚土上,米勒的身体和精神比在巴黎时都健康和旺盛起来。他用饱蘸深情的画笔,画他所接触和熟悉的农民,歌颂他们的劳动、爱情和淳朴善良的性格,同时也毫不留情地揭露剥削制度的残酷,暴露农村的种种不幸,在沉郁凝重的艺术追求中透出自己强烈的爱与憎恨。他说:“我生来是一个农夫,我愿意到死也是一个农夫。我要尽力描绘我所感受到的东西。”他的《簸谷的人》《拾穗者》《牧羊女》《晚祷》《死神与樵夫》等作品都诞生在巴比松赭色的原野之上。

“你坐在树下,感觉到可能享受到的全部安乐和平静。”他像一个真正的农民一样,在家乡的村庄里生活着、观察着和感受着。他的目光又是一位伟大的艺术家的目光。他写道:“突然,你看到几个穷人背着柴,从一条小径中费力地走出来……”

他感到,这些沉重的柴仿佛是人世的苦难,背在那些微贱的农人的背上,同时也压在他这个农民之子的心灵上。他无力拯救他们,他唯一能够做到的,就是和他们一起去承受这生活的苦难与艰辛。他甚至觉得,如果他一直待在巴黎，迷恋巴黎客厅里的那种艺术，那么，他也许再也无法看到眼前的田野上的凄凉景象以及冬天里的树木、拾穗的农妇，还有炊烟袅袅的忧郁的天空……而所有这些景象，都常常使他感动得热泪滚滚，心里无时不充满着深深的祈祷。

“艺术不是消遣，”他说，“那是一种抗争！车轮的错乱滚动，人在其中被碾得粉碎。”为了神圣和庄严的艺术，米勒在乡间忠诚而辛勤地劳作着。用他的朋友卢梭的话说，他像一棵开花结果得太多的树一样消耗着自己。他在他的画布上无限深情地歌唱着那些朴实的劳动者：种土豆的人、纺织女工、采石工、牧羊女、扶锄的农夫、伐木者、剪羊毛的人、耙地的女人等。他认定，所有这些人的劳动，都显示了人类真正的尊严和最真实的诗情，这些劳动者的崇高和伟大是无与伦比的。他同情与激动的泪水，滴在阔大的画布上，使他的每一种颜色都带着忧郁的色调。

只有真正的艺术，才经得起岁月的洗礼。米勒活着的时候，他的画并未得到太多的赞美，巴黎的艺术界给予他更多的是挖苦和嘲弄。但随着岁月的流逝，米勒的作品却越来越显示出了它强烈的现实力量和强大的艺术生命力。他的画里展示出来的，不仅仅是一种宁静纯朴的乡土之美，而是更深沉更广阔的整个人类的恋歌与乡愁。巴比松苍凉而厚实的大地，以及大地上的劳动者，牵动着一代代人的乡土情思和还乡之梦。

谢甫琴柯 *Taras Shevchenko*

(1814—1861)

乌克兰诗人、画家。农奴出身。1838年在画家勃留洛夫帮助下得以赎身成为自由人，后在彼得堡美术学院学习。1844年回到乌克兰，参加革命民主主义运动。一生写下100多首诗，是乌克兰杰出的民间诗人，被称为“科布查歌手”，也被后人尊称为“乌克兰文学艺术的奠基人”。代表作有诗集《科布扎歌手》《三年》，自传体小说《艺术家》等。

流浪的科布查歌手

“科布查”是乌克兰民族的一种古老的弦乐器，与我国的乐器琵琶有些相似。乌克兰民间歌者在唱民歌和民谣时，都用科布查伴奏，歌者往往也被称为“科布查歌手”。这也好像我国新疆等少数民族地区也有“热瓦甫琴手”“都塔尔琴手”一样。

农奴出身的诗人、画家塔拉斯·谢甫琴科在早期的诗歌中，常常写到一些科布查盲人歌手。他自己创作的第一本诗集也题名为《科布查歌手》。

谢甫琴科仅仅活了47岁，最初的24年过着极其悲惨的农奴生活，接着又是10年的流放，而剩下的13个所谓“自由”一点的年头，也是在沙皇宪警的监视之下度过的。

这位命运悲惨而又毕生忠于受苦受难的乌克兰人，一生都在忧郁中流浪，却又赤子一般地眷恋着乌克兰的草原与河流，被后人尊称为“乌克兰文学艺术的奠基人”的诗人和画家，更愿意称自己是一位乌克兰的“科布查歌手”。

谢甫琴科出生在一个农奴家庭里。15岁的时候，他在农奴主的厨房里当帮手，后来又当了主人内室的小厮。他从小学习波兰文，读到了波兰诗人密茨凯维奇的诗歌。他也时常偷偷地学画。1829年12月的一个深夜里，主人出去参加舞会去了，他就点起蜡烛来画画，因此被主人痛打了一顿。

他自幼年起就开始承受像他的命运一样沉重的、为艺术而付出的代价。17岁的时候，他跟随农奴主来到彼得堡。4年之后的一个夏夜里，美术学院的一个名叫伊凡·索钦科的学生发现了这个颇有才华的底层少年，就把他介绍给当时著名的画家勃留洛夫和大诗人茹科夫斯基。

大家都非常关注这个少年农奴的命运，要设法把他从农奴的枷锁下面拯救出来。但农奴主却提出，要2500卢布作为他赎身的代价。最后，勃留洛夫为茹科夫斯基画了一张肖像画拍卖了出去，才从农奴主手中把谢甫琴科赎了出来。

农奴的生活结束了，然而新的厄运又在等待着他。谢甫琴科因为主张争取自由的激进思想和行动，被沙皇政府逮捕并判处流放10年的徒刑。沙皇尼古拉一世还在他的判决书上加了一句批语：“严加监视，禁止他写作和绘画！”

他被送到了离奥伦堡两百公里远的奥尔斯克要塞去当一名戍边的小兵。苦役的生活严重地损害了他的健康，却没有伤害他对真理、对艺术的信念和向往。他在诗中这样写道：“哦，我的歌啊！哦，恶毒的荣誉啊！为了你，我在异乡无缘无故地遭受苦难，我受尽折磨，吃尽苦头……但我绝不后悔认错！”

这几句话成了他流放生活中的座右铭。他偷偷地用纸头订成一个个小本子，藏在自己的皮靴筒里。他把他偷偷写下的一百多首诗称作“靴筒诗抄”。同时，他还偷偷地画了300多幅风景画和肖像画。谢甫琴科艰难地度过了10年零3个月的流放期，多年的苦役和流放岁月使他患了严重的水肿病。1861年，他47岁生日时，他接到了不少关心他的朋友的贺电，祝他早日恢复健康。而这时候也正是沙皇政府准备颁布废除农奴法令的前夜。

然而他没有等到这个时刻。第二天，谢甫琴科就与世长辞了。他没有亲眼看到真正的自由来到他的身边，只在自己的一首题为《遗嘱》的诗中写道：

“当我死了的时候，把我的坟墓深深地埋葬，在那辽阔的草原中间，在我亲爱的乌克兰故乡，好让我看见一望无边的田野，滚滚的第聂伯河，还有峭壁和悬崖；好让我听见奔腾的河水，日日夜夜在喧吼流荡……”

而对于他所热爱的艺术女神，他写道：

“当我死去的时候，我圣明的女神啊，我的亲人啊，你要亲自埋葬你这苦命的儿子，愿你那永远晶莹的双眸，我唯一的朋友啊，为我落下几颗泪珠。”

许多年之后，在纪念谢甫琴科百年诞辰的日子里，乌克兰另一位作家、诗人伊凡·弗兰科代表整个乌克兰，向谢甫琴科献上了这样的颂赞：

“他曾经是个农民的儿子，后来成了精神王国的主宰。他曾经是个农奴，后来成了人类文化界的巨人……命运尽可能地迫害了他一生，但它却不能把他心灵的黄金化为铁锈，把他对人的热爱化为憎恨、蔑视，也不能把他对上苍的信念化为疑惑和悲观失望。命运毫不吝啬地把一切困难都加在他身上，但它却不能遏止住从生活的健康的源泉里流出的欢乐……对于我们乌克兰人，塔拉斯·谢甫琴科过去是这样一个人，现在还是这样一个人。”

费多托夫 Федотов

(1815—1852)

俄国画家，生于莫斯科。青年时期在军中服役，由于酷爱绘画，1844年入美术学院夜校学习。退伍后进入美术学院接受正规训练，成为现实主义风俗画家。绘画具有很强的故事性和讽刺意味。代表作有《初获勋章者》《少校求婚》《贵族的早餐》《年轻寡妇》等。

“绘画界的果戈理”

在绘画界，经常可以听到或看到一些创作故事，例如有的画家为了画一幅比较完美的表现湖上夕阳光色的作品，就会一连几个星期忘记了吃喝而流连、守候在黄昏的湖边，耐心地观察光影的变化。19世纪俄罗斯著名画家普·阿·费多托夫，就是这样一位艺术家。

费多托夫有“绘画界的果戈理”的美誉。他的代表作《少校求婚》截取了那位少校来临时，引起了商人家里的骚动和忙乱的那一瞬间，把人物神态、家庭环境和各种细微的道具互相关联起来，紧紧形成一个完整的叙事整体，构图简洁却又富于故事性。

这幅作品揭露了当时沙俄社会中贵族和商人拼命追逐财富权势，互相巴结、道德沦丧的丑态，具有强烈的讽刺意味。这幅作品在俄罗斯现实主义绘画和费多托夫个人的创作中，都占有重要的地位，他为创作这幅作品所付出的精力和心血，也常常被人们津津乐道。

据说，为了更细致地观察和体验最真实的社会生活和人物心态，费多托夫曾想方设法，以种种借口钻进一些比较典型的商人家里，留心观察他们家里的气氛和摆设。他还经常出入一些古董和典当铺子，观察和对比各种商人的姿态举止，并随手构成草图。

例如，我们在他的一幅画中看到的那个枝形挂灯，就是他偶然从一个酒店里看到的，极富特色。他在谈及这幅作品的创作时，说："画室里的劳动，只占我的劳动的十分之一，而主要的工作是在街上和别人家里。我是在求教生活。我的劳动，就是睁大了两只眼睛来看。我的题材散布在全城。而我得分头去寻找它们。"

为了画活那个商人形象，他这样叙述模特儿的来之不易，还有他一旦找到时的那种欢乐与激动：

有一天，他终于在亚尼赤金桥畔发现了他一直在寻找的目标。他觉得，"这时候，任何一个幸运者跟自己的美人预定在涅瓦河上相见时的那种快乐情景，也不能胜过我遇到这个棕黄色胡子和大腹便便的人时的喜悦。"他一路跟踪着他看到的这个对象，一直把他"送到"了家，然后就想方设法找机会认识他。他同这个人整整周旋了一年，观察他的举止神态，研究他的性格，最终得到了画这个可爱的老伯的肖像的许可，于是他就胸有成竹地把他画到了这幅作品里……

如果要追溯这幅作品的"酝酿期"，那是更早的事了。

费多托夫很早的时候写过一首叫《调整境况与少校婚姻》的叙事诗，以讽刺的笔调揭露和挖苦了上流社会的虚伪与腐朽。这首诗一度影响很大，曾以手抄本的形式传遍了彼得堡、莫斯科。当时曾有人把它和果戈理的讽刺喜剧《钦差大臣》相提并论。

这首叙事诗就是《少校求婚》这幅画最早的一个准备。它像难以泯灭的记忆一样萦绕在艺术家的心头，活跃在艺术家的生命里，促使他在一切想法都成熟时，以最完美的方式淋漓尽致地展现了出来。

费多托夫在世的时间比较短促，而且大部分时间是在军队中服役。他留下的作品也不算多，但都成了现实主义和批判现实主义的名作，如《少校求婚》《贵族的早餐》《年轻寡妇》等。他的另一幅带有叙事性的名作《初获勋章者》，也很有特色。这是画家31岁时创作的一幅带有讽刺性质的风俗画，描绘了尼古拉一世时期的一个自命不凡的小官吏的形象。画家仍然注重通过细节描绘来揭示人物的性格和精神特点。画中的初获勋章的小官吏，在请客后的第二天早晨，刚刚起床便迫不及待地来到客厅，赤着双脚，头上还顶着发卷，正得意扬扬地向女仆炫耀挂在睡衣上的那枚勋章，一副小人得志、不可一世的神态。

仔细看去，你会发现，画家有意把这个扬扬得意的小官吏放在一个狭小的空间里，到处杯盘狼藉，衣物零乱，一下子就让人看到了沙皇时代的小官吏空虚、猥琐的精神状态，透出了画家强烈的讽刺和嘲笑意味。

艾瓦佐夫斯基 Aivazovsky

（1817—1900）

亚美尼亚裔俄国画家，以大海题材绘画著称。1844年受聘于俄国海军部，成为专职画家，饱览欧洲各地海岸风光。一生勤奋作画，共创作了6000多幅作品。生前在俄罗斯和海外公开展览达120次。作品贯穿着英雄史诗般的精神和浪漫主义气息，显示了人们战胜自然的勇敢和智慧。代表作有《九级浪》《黑海》《贩货的牛队》《彩虹》《海上风暴》等。

九级浪的故事

俄罗斯作家巴乌斯托夫斯基在他的创作札记里写到过，他曾在一个渔村近旁的海岸上，看到当地的渔夫们刻在一块巨大的花岗石上的一行碑铭：“纪念所有死在海上和将要死在海上的人。”他起初觉得有些忧伤，但他的一位朋友却摇摇头说，恰恰相反，这是一行非常雄壮的题词，它同时还隐含着这样的意义：“纪念那些征服了海和即将征服海的人。”

这段话也可以帮助我们读懂俄罗斯画家艾伊瓦佐夫斯基的名作《九级浪》。

伊凡·康斯坦丁诺维奇·艾瓦佐夫斯基是19世纪俄罗斯最杰出的浪漫主

义海洋画家，他的大半生都是在俄国南方黑海边的克里米亚度过的，积累了丰富的海上生活经验与感受，熟悉大海上的各种天气变化，对海洋有着深厚的感情。因此，大海成为他绘画的主要题材。他画过各种气候下，尤其是狂风暴雨中的黑海，画过风和日丽、湛蓝色的芬兰湾，画过渔火闪烁的平静的海港，画过在颠簸起伏的波谷浪尖挣扎着的桅船……

在他的绘画里，我们处处能看到那种“征服了海和即将征服海”的顽强的意志与悲壮的命运。大海上的台风、暴风雨、遇难的船只、荒岛、老船员、捕鱼人、站在海岸上望归的人，在月光下的沙滩上嬉戏的人……这些形象无一不在讲述着大海的暴戾与温柔、大海的深沉与宽广，以及大海上惊心动魄的传奇。甚至可以说，他的描绘海洋的作品里，具有撼动人心的悲剧力量。

《九级浪》创作于1850年，是艾伊瓦佐夫斯基根据克里米亚战争前发生在黑海上的一次大海难而创作的一幅传世杰作。巨大的海轮在惊涛骇浪中倾

艾瓦佐夫斯基的画作《九级浪》

覆了，幸存的几个人，攀附在横倒在海面上的粗大的桅杆上，正在高举和挥动着求救的红色信号。然而，等待着他们的，不知道是怎样的命运。因为，巨大的九级浪正朝他们袭来。而汹涌的急流之上，可以看见金色的、明亮的曙光，那也许是支撑着和鼓舞着他们的唯一的希望……

那么，何谓“九级浪”呢？

据说，俄罗斯民间有这样的传说，海上风暴以第九级浪头最为险恶和最为可怕。九级浪一旦袭来，轻则摧帆断桅，重则船覆人亡。因此，在大海上的狂风暴雨中，要躲过第九个浪头，几乎是不可能的。

在这幅画里，惊涛骇浪正在呼啸而来，而铺天盖地的红日正在云层喷薄。绝望与希望，毁灭与生机，人的生存信念与大自然的勇猛威力，交织在一起，并形成对比。画家似乎是将大自然的威力无限放大了，而使人的力量显得有点渺小和微茫。画家没有告诉我们这一切的原因和结果，只是展现了这样一个状态。画家似乎是在用这样一种方式，激励着人们该如何突破困境，即使在最使人感到无助和绝望的时候，也决不应该放弃生存的希望和信念。他在告诉我们，人，是可以被大自然或其他任何险恶、黑暗的力量吞没和打败的，但最终却决不会被征服。光明和希望最终一定能喷薄而出。你有你惊心动魄的九级浪袭来，但我也有我抵挡和战胜这九级浪的内在的能量。或许它就隐藏在我的骨髓里，需要的时候它就会爆发。

《九级浪》表现了在茫茫大海上，在强大的、黑暗的风暴中，寻求着和呼唤着希望的人们的那种不死的信念与意志。暴风雨中的桅杆与人，既呈现了自然灾难的巨大力量，更显示了人与大自然抗衡的力量和大无畏精神。这是一曲气势磅礴的命运交响乐，也是献给人类不屈的意志与信念的壮丽颂歌。

罗塞蒂 Gabriel Rossetti

(1828—1882)

英国画家、诗人，生于英国伦敦。“拉斐尔前派兄弟会”创作团体创始人。作品多以女性为题材，弥漫着忧郁伤感的气氛。罗塞蒂也是一位诗人。他的绘画往往取材于自己创作的诗歌或文学史上的著名诗篇，传世之作《受天赐的姑娘》就是根据自己的同名诗篇而创作。代表作还有《看，神的侍女》《贝特丽丝》《白日梦》等。

“不必了，太晚了！”

英国天才画家加百利·罗塞蒂有一幅名作《贝特丽丝》，画于1863年。贝特丽丝是诗人但丁终生苦恋的对象。佛罗伦萨圣三一桥上的惊鸿一瞥，使年少的诗人顿觉天使下凡一般，从此对贝特丽丝牵念在心，直至终老之时，也没有忘却。在但丁的不朽巨著《神曲》里，贝特丽丝成为引导他走向新生的唯一的神。

人们说，但丁来到这个世界，不是为了别的，只为了体会爱的痛苦与甜蜜，亲身走过生命与精神的炼狱，然后写出一卷不朽的诗篇，来为贝特丽丝的美丽作证，好让一朵稀有的玫瑰，在人们心头化为永恒。而罗塞蒂的这幅作品，正是借助但丁与贝特丽丝的爱情故事，表达了自己对妻子伊丽莎白·席黛尔的爱与怀念。

伊丽莎白·席黛尔原本是“拉斐尔前派兄弟会”画家们都很喜欢的模特儿，后来成为罗塞蒂的恋人和妻子。但他们在一起仅仅生活了两年，美丽的席黛尔就因服用过量的鸦片，在1862年不幸夭亡。她的死给罗塞蒂带来了永难平复的精神创痛。

在《贝特丽丝》这幅画里，贝特丽丝的形象实际有伊丽莎白·席黛尔形象的叠映，以此象征着她在《神曲》中诗人所憧憬的天堂里的永生。画面里的背景是翡冷翠城中但丁与贝特丽丝相遇时的那座老桥；左右两边分别是爱神和但丁的形象；美丽的贝特丽丝双手交叠放在前面，闭着双眼，微仰起头，似乎进入了对于生死、对于天堂地狱的冥想之中……

冥想中，本来应是白色的鸽子被画成了红色；而致使席黛尔魂归天国的红色的罂粟花却变成了白色。这正与反的互换，意味着地狱里的死亡，将化作天国里的永生。画家用这些艺术细节，寄托着自己对早逝的妻子的哀思与怀念。

伊丽莎白·席黛尔去世20年后，1882年4月10日，罗塞蒂也在英国乡村的一间茅屋里，孤独地离开了这个世界。生前，他曾为自己写下过这样几行墓志铭：“也许，你要说我，越来越伟大。可是，不必了，太晚了！永别了！”

在19世纪初期英国绘画中，以皇家美术学院的美学原则为主流，在创作上形成了许多清规戒律，一般画家是不敢逾越雷池半步的，例如，画面上必须使用褐色的稳定和平静的色调，构图上应该平衡和谐等。可是，到了19世纪中期，一些思想激进的画家，不满学院派的种种原则与规定，他们试图打破这些束缚，引进更多的想象力和扩展创作题材，甚至在构图、造型和色彩上都有所创新，从而建立一种新的美学思想。

就在这样的背景下，当时还是青年的罗塞蒂，联络了志趣相投的亨特、密莱斯等，成立了一个名为“拉斐尔前派兄弟会”的创作团体，他们取成员中每人名字的第一个字母P、R、B为代号，签在每个人的作品上，作为标志。

他们同时也提出了自己的一系列艺术主张：提倡到户外去，面向大自然写生；推崇理想化的中世纪；在绘画中融入诗学，从文学作品中选择题材；画面可以打破平衡，讲究装饰趣味；用笔要细腻，注重细节的描绘等。

无疑，他们的艺术纲领以及创作实践，就像一股清新的风，吹进了已经显得老气横秋的英国画坛，为19世纪中期的艺术史带来了生命的光亮和绿意。

罗塞蒂作为“拉斐尔前派兄弟会”的创始人之一，他用自己的绘画一一实践着他们的艺术纲领，并且取得了不朽的成就。

《看，神的侍女》是罗塞蒂唯一参加过公开展览的一幅作品，画的是圣母玛利亚在被告知已受了圣胎时的一瞬间的心理状态：手持白百合的天使圣·安娜，平静地站在圣母面前，报告了她受胎的喜讯。年轻美丽的圣母，穿着白色亚麻布的长袍，半倚在木榻上，脸色憔悴，少女的羞涩、疑虑和惊悸，在听到消息的一瞬间，都表露无遗。她也许还不愿意相信这是真的，在惊恐和无助中向后退缩着瘦弱和疲惫的身子。她无所适从的面容和楚楚可怜的姿势，在一瞬间也唤起人们对她的苦行生活的敬仰与怜惜。一只白色信鸽正从窗户外飞进来，似乎也是为了送来这个喜讯……

美术史料记载，罗塞蒂画笔下的圣母玛利亚，是以他的17岁的妹妹克里丝蒂娜为模特的，而报告喜讯的天使，取自他母亲的肖像。

马 奈 Edouard Manet

（1832—1883）

法国画家，生于巴黎。1891年画作《西班牙吉他演奏者》参加巴黎沙龙展，崭露头角。1863年在落选者沙龙中展出《草地上的午餐》一画，声名大噪。作品融合了古典的高贵气质和华丽美艳的印象派色彩。代表作品有《奥林匹亚》《弹吉他的人》《画室里的午餐》《从瓦伦西亚来的罗拉》《街头歌女》《推勒里花园里的音乐会》《穿斗牛士服装的维克多莉·姆兰小姐》等。

“马奈没有什么错”

1832年1月23日，爱德华·马奈在巴黎出生。他的父亲是内务部首席司法官，父母希望儿子学法律或当海军军官。于是，马奈16岁时到开往巴西的轮船上当了一名见习水手。旅途中，大自然的魅力诱发了他描绘自然美的激情。18岁时，他回到巴黎学习绘画。

马奈29岁那年在沙龙展出作品《西班牙吉他演奏者》，从此在巴黎画坛上崭露头角。31岁时，他在落选沙龙展出《草地上的午餐》，在巴黎引起轩然大波，遭到舆论的攻击。

马奈有两幅作品，让巴黎学院派画家们感到了他对他们的艺术立场构成了挑战和威胁，即画于1863年的《奥林匹亚》和《草地上的午餐》。不，也许不仅仅是两幅作品，此前，在一家咖啡馆举办的私人展览会上，马奈一共挂出了自己14幅作品，包括《从瓦伦西亚来的罗拉》《街头歌女》《推勒里花园里的音乐会》等。从这些画里，学院派的辩护者们看到了一个“粗暴地破坏了我们的绘画观念”的画家。当然，引起最多非议的还是《奥林匹亚》和《草地上的午餐》。

1865年，《奥林匹亚》在秋季沙龙展展出后，学院派都叫它“维纳斯与黑猫”，甚至连当时还是马奈好友的画家库尔贝，也将画中的女子比拟为“刚刚洗过澡的黑桃女王”。似乎冷嘲热讽还不足以解恨，人们还把它高高悬挂在展览馆最后面的一扇门上，为了使观众“看不清哪儿是袒露的部分，哪儿是一堆衣服”。

当时，塞尚也去看了画展。他不无同情地写道：“观众不断涌来看马奈的这幅画，并且嫌恶地说，‘你们看这个人’，有如置身停尸间一样。”这幅画被斥责为无视道德和有伤风化。

不过，喜欢打抱不平的、富有正义感的小说家左拉，出来为马奈辩护。左拉明确地说道：“马奈没有什么错！他不过是向我们说了真话。”左拉认为，许多画家在画维纳斯时，他们都对模特进行了修改，“他们在进行欺骗”，马奈这幅画却说了实话。“为什么不说实话呢？他把我们今天的姑娘奥林匹亚介绍给了我们，这样的姑娘我们在人行道上经常遇见，她用平平淡淡的、褪了色的毛披肩把自己瘦小的肩膀裹了起来。”

马奈这幅画的灵感，来自阿斯特吕克的诗篇《岛上的姑娘》。春末夏初的玫瑰时节，暮色降临，奥林匹亚从睡梦中醒来，慵懒地半卧在松软舒适的床榻上，怜爱地抚摸着自己光滑的肌肤。一只黑猫，在姑娘的脚下伸着懒腰。一个黑人女仆，正捧着一大束鲜花送进来。那应该是某个殷勤的求爱者托她送进来的。但任性和高傲的姑娘却不屑接受。她的眼神里有一丝迷惘和无奈，又带着一丝鄙夷。

这丝鄙夷不仅仅是对众多的求爱者的，也是画家马奈献给整个沉闷的巴黎的。整幅画是用异乎寻常的大面积明暗对比手法完成的：暗色的墙壁、女仆、黑猫，更加衬托出了床榻上的人体的明亮、红润与美丽，这种明亮之美，如同女仆手里的鲜亮的花朵。有的艺术评论家说，这幅画是用没有鲜明轮廓却很传情的、从一定距离望去却极有生气的画法画成的。而这，正是马奈在艺术上对传统的叛逆与创新。

马奈显然很感激左拉对他的声援与支持。几年后，他为左拉画了一幅手捧书本的画像。有意思的是，在画像背景上，马奈特意放置了自己的这幅《奥林匹亚》和一幅日本浮世绘。这两件东西都是马奈喜欢的。马奈的画受到日本浮世绘很深的影响。这幅肖像画向世人宣告着他们的友谊，提示着一位伟大的作家给予一位逆境中的画家在精神和道义上的支援与帮助。

在《草地上的午餐》里，马奈描绘了在塞纳河畔的树林和草地上歇息的几个巴黎人。这幅画提供了以一种新颖的形式表现人体，包括在风景画中画裸体，画明亮的阳光，以及表现晴朗天气里耀眼的色彩和透明感的极好的尝试与可能。但许多人也并没有能理解马奈的创新的勇气和在艺术上的积极意

让马奈声名大噪的作品《草地上的午餐》

义。他们仍然认为这是伤风败俗。他们没有看到画中的抒情诗般的田园风光与清新的气息，只一味地斥责画家不该在穿着现代服装的青年人旁边安排一个裸体女人。粗暴的批评使马奈的成就暂时蒙上了一层阴影。这种阴影显然比马奈在画面上极其有节制地涂出的浅浅淡淡的阴影要浓重得多。

但马奈最终没有与保守的学院派趣味妥协，也并没有放弃自己的艺术原则而去迎合中产阶级的观念与品位。他继续凭着自己面向现实、探求真理的勇气和良知来认识世界，对待艺术。他的清新和新颖的手法、积极探索的勇气，赢得了一些年轻画家的尊重与拥戴。后来，这些年轻画家中的最勇敢、最具天才气质者，大踏步地迈向了印象派的方向。在成为印象派之后，他们几乎把马奈视为自己的鼓舞者。我们从范坦·拉突尔《巴迪纽尔的画室》中可以看到，马奈与一群追随他的青年艺术家聚集在一起的情景。中间正在执笔作画者，即是马奈。

马奈的许多作品里，常常出现一个面容相同的女子。《奥林匹亚》《草地上的午餐》，还有《铁路》《穿斗牛士服装的维克多莉·姆兰小姐》等。这个女子就是当时马奈和许多画家都喜欢用的模特儿维克多莉·姆兰。马奈在1862年为她画过一幅肖像。

在马奈的一生中，人物一直是他绘画里的中心题材。但他也画过不少风景，画过迷蒙的大海，画过威尼斯的运河，甚至画过旗帜飘扬的蒙尼埃大街。在普法战争中德国人围困巴黎的时候，他甚至还充当过保护巴黎的炮手。巴黎公社时期，他画过表现刽子手血腥镇压公社社员的《街垒》等作品，他被选进革命美术家协会之中。

1882年，马奈去世的前一年，画过一幅《芦艾的别墅》，这是他一生中最后的一幅风景画，也是最美的一幅。这一年，他在沙龙展出了生前最后一幅作品，获得极大成功，官方授予他“荣誉团勋章”。但病中的马奈说：“这实在太晚了。”第二年4月30日，马奈永远离开了他热爱的光和色的世界。

希施金 Ivan I. Shishkin

(1832—1898)

俄国画家。“巡回展览画派”创始人之一。创作以森林风景画为主，笔下的森林气魄雄伟、豪迈壮观，被誉为“大自然的诗人”“森林的肖像画家”。代表作有《莫斯科郊外的晌午》《松树林》《在平静的原野上》《遥远的北方》《森林深处》《松林的早晨》和《造船木材森林》等。

严寒中的橡树

那是一棵在狂风与严寒中沙沙作响的橡树。不是卡拉姆的狂风中的那一棵；也不是蒙哥马利诗歌中的那一棵，而是希施金的画框里，面对着风雪中的俄罗斯北方山谷的那一棵。那是一棵象征着坚强的意志和信念的树，那是摇撼在地平线上的一面强大的旗帜……

伊凡·伊凡诺维奇·希施金生于维亚茨基州叶拉布加一个小商人家庭，1856年毕业于莫斯科绘画雕刻建筑学校，1856年至1860年在皇家美术学院学习。他是俄罗斯著名的“巡回艺术展览协会”的创始人之一，也是俄罗斯最杰出的风景画家。他笔下的森林气魄雄伟、豪迈壮观，代表作有《莫斯科郊外的晌午》《松树林》《在平静的原野上》《遥远的北方》《森林深处》《松林的早晨》和《造船木材森林》等。

希施金被誉为“大自然的诗人”“森林的肖像画家”。这是因为他的风景画常常以俄罗斯森林、原野为题材，出现在他的画布上的松树林、橡树、森林野花、溪流以及林中的阳光，都散发着浓郁而迷人的俄罗斯大地气息，显示着俄罗斯民族坚忍、博大、英勇、高贵的气质与精神。

他是用树木和野花来歌唱俄罗斯母亲的最伟大和最具抒情性的风景画家。他善于运用明亮的外光，表现森林的葱郁、阳光的明媚以及溪流的活泼。他的每一棵树、每一朵野花，都呈现着生命的顽强、旺盛与尊严之美。这种顽强与尊严，几乎是俄罗斯的大自然和民族性格中所独有的。《在遥远的北方》《阳光照耀的松树林》《森林远方》《在森林中》……这些作品是每一个热爱希施金作品的人都耳熟能详的。

“人是自然的主人。”希施金认为，“如果在这块土地上的东西可以增加人们的幸福，那么它就是美丽的。”这么说吧，任何一位热爱俄罗斯、热爱大自然、热爱生命的人，都不可能不深深爱上希施金。

希施金画笔下的橡树，也是风雪严寒中的俄罗斯民族性格的象征。有一段话，大意是说，在整个人类所已承受的苦难或将要承受的苦难当中，再也没有什么比俄罗斯这个民族所已承受的苦难更为惨烈和更为深重的了。

也许正是因为这个民族承受了太多的苦难，才孕育出了19世纪诗人丘特切夫那振聋发聩的诗句：“俄罗斯无法理喻，无法用一般的尺子丈量，她有特殊的品性——俄罗斯只能相信。”

还有与丘特切夫同时代的另一位伟大的诗人涅克拉索夫，在创作长诗《在俄罗斯谁生活得更快乐》时，对伟大的俄罗斯母亲的命运所发出的沉重的感叹：“你是贫穷的，你又是富饶的；你是强大的，你又是虚弱的，我的俄罗斯母亲！”

勃拉姆斯 *Johannes Brahms*

（1833—1897）

德国作曲家。生于德国汉堡，后移居维也纳，开始创作交响曲。一生创作了大量的作品，包括交响曲、变奏曲、小夜曲、钢琴协奏曲、小提琴协奏曲、奏鸣曲，以及200多首歌曲、40多首二重唱和钢琴合唱曲等。代表作有《第一交响曲》《d小调第一钢琴协奏曲》《D大调小提琴协奏曲》《德意志安魂曲》等。

爱的颤音

世界古典音乐圣殿里有一个“三B”的尊称，指的是三位伟大的音乐家：巴赫、贝多芬、勃拉姆斯。勃拉姆斯是德国古典作曲家中的最后一位。他一生创作了大量的作品，包括交响曲、变奏曲、小夜曲、钢琴协奏曲、小提琴协奏曲、奏鸣曲，以及200多首歌曲、40多首二重唱和钢琴合唱曲等。可以说，勃拉姆斯是世界上最勤奋的作曲家之一。

1833年5月7日，约翰内斯·勃拉姆斯出生在德国汉堡的一个职业乐师家庭里。他童年的生活十分贫困，全家住在一个低矮、阴暗的小屋里。他的爸爸是一名低音提琴手，同时也擅长演奏其他乐器。勃拉姆斯7岁时就开始跟着爸爸学弹钢琴，10岁时就能够演奏贝多芬、莫扎特的乐曲了。

勃拉姆斯虽然出生在贫寒之家，但是他的童年里一点也不缺少欢乐和梦想。他爸爸妈妈也十分疼爱他，尽力培养着他。勃拉姆斯从小就富有想象力，他经常摆弄着自己的各种玩具，排列成各种队形和阵势，举行盛大的“阅兵仪式”。

他的爸爸请来了著名的音乐家马克森先生，教勃拉姆斯作曲理论和钢琴。马克森教学很严格，对小勃拉姆斯的期望也很高。当大音乐家门德尔松去世时，马克森先生感叹说：“一代音乐宗师去世了，但是，另一位大师正在成长，他就是勃拉姆斯。”

马克森悉心培养和引导着少年勃拉姆斯，让他认识了巴赫、贝多芬、莫扎特的伟大，领会到了德国民间音乐的优美和魅力。勃拉姆斯的妈妈也时常提醒儿子说：“亲爱的，你要永远记住恩师的培养，是你的老师给了你真正的生命。”

勃拉姆斯15岁时，举办了自己的第一场独奏音乐会。20岁时，他用半低音钢琴演奏贝多芬的协奏曲，并当场把每个音都提高了半音。这种大胆的演奏引起了与他同龄的哈诺瓦管弦乐团首席乐手约阿希姆的惊奇，两人从此成为好友。勃拉姆斯为约阿希姆写了毕生唯一的一支小提琴协奏曲，约阿希姆感慨地说：“勃拉姆斯的才华，就像宝石一样纯净，像雪花一般柔润。”

《d小调第一钢琴协奏曲》是1858年勃拉姆斯25岁时创作的一首作品。乐曲以宏伟的构思和史诗般的风格，抒发了一种澎湃的激情和美好的遐想。然而，正是这首给勃拉姆斯带来盛誉的协奏曲，却使他付出了毕生最沉痛的代价：终身未娶，憾念一生。人们说，这首乐曲包含着勃拉姆斯一生的“爱的颤音”。

原来，1856年，勃拉姆斯在哥廷根度夏时，一个偶然的机会，结识了当地的女歌手阿加达·凡·西博尔德小姐。不久，两个人互相倾慕，心心相印，成为恋人。年轻的作曲家写出了《窗前》《小夜曲》《离别》等多首歌曲献给了这位女歌手。后来，勃拉姆斯把一枚戒指悄悄地送给了恋人，大家都认为，他们的结合只是时间问题了。

次年1月22日，勃拉姆斯的《d小调第一钢琴协奏曲》在莱比锡首演。意想不到的是，这部技巧复杂、形式庞大的艰辛之作，首演却惨遭失败，没有达到预期的演出效果。年轻的作曲家因而受到沉重的打击，周围的人也都感到大失所望。

就在勃拉姆斯郁郁寡欢、情绪低落的时候，社会舆论竟把失败的责任追究到了他的恋爱上，认为是他一味沉迷于恋情，荒废了自己在音乐上的长进。他的朋友克里姆甚至要勃拉姆斯表态，要么公开发表婚约，要么与西博尔德小姐从此断绝来往。这时候，受到事业上失败的打击的勃拉姆斯，也认为自己此时确实应该把全部精力都放在音乐上，不能让恋爱冲昏了头脑。所以，他不假思索就给西博尔德写了一封信，信中说："我爱你，但又害怕由此使创作受到束缚……"

正是这封草率的书信，让自尊心极强的女歌手的心灵受到了伤害。她认为这是勃拉姆斯的绝交信，便毫不犹豫地将那枚戒指退给了勃拉姆斯。就此，一部作品终止了一场即将走向成功的爱情。

对此，勃拉姆斯内心痛苦万分。爱的牺牲使他从此隐居起来，连续10年，他完全放弃了管弦乐曲和器乐协奏曲的创作，真可谓"卜居怕近弦歌地"了。这场无疾而终的恋情，成了勃拉姆斯一生的痛苦和遗憾。1865年他还用阿加达名字的德文音名AGA(T)HE为主题，写了一首六重奏乐曲，借以排解和抒发自己内心的憾念和愧疚之情。

在勃拉姆斯的一生中，除了西博尔德小姐，还有一位女性，同样是他心灵里难言的隐痛。

1896年，勃拉姆斯63岁时，曾经拖着病危之躯，绝望而痛苦地从瑞士急匆匆地赶往法兰克福，准备去参加一场对他来说是必须参加的葬礼。可是，因为内心怅惘、行色匆忙，他竟然踏上了开往相反方向的列车，列车载着他，距离他要去的地方越来越远。当他辗转着终于赶到法兰克福的时候，那场葬礼已经结束。洁白的十字架后面，安息着一位他永远无法再看到的女性。

那一天，天色阴沉，晚风凄冷。他孤独地站在墓前，把一把小提琴支在肩上，深情地拉了一首无人知晓名字的小提琴曲。他用这支曲子，倾诉了自己40多年来的爱慕和思念。墓园里没有一个人影。安息在地下的那个人，是他唯一的听众。这位已经长眠的女性，就是女音乐家克拉拉，钢琴家舒曼的妻子，勃拉姆斯的师母。

勃拉姆斯第一次见到克拉拉，是在1853年，他刚满20岁。克拉拉比他大14岁，已是几个孩子的母亲了。在此后的若干年内，勃拉姆斯一直同克拉拉一起，尽心照顾着生病的老师舒曼，还有他的孩子，直到1856年，舒曼在精神病医院里去世。

多年的朝夕相处，使勃拉姆斯对克拉拉萌生了深深的爱意。但是，克拉拉毕竟是自己的师母，是他敬爱的老师舒曼的遗孀。这注定是一场无望的恋情。

勃拉姆斯命令自己离开了克拉拉，但是他的心还在为克拉拉燃烧。他在异地资助克拉拉全国巡回演奏舒曼的所有作品；他也曾在静夜里给克拉拉写下了一封又一封火热的情书，却始终没有寄出去一封；他时刻关心着克拉拉的生活，却再也不曾和克拉拉相见一次。

1875年，勃拉姆斯完成题献给克拉拉的一首《C小调钢琴四重奏》。这首乐曲前后用了他20年的光阴。他甚至把一生所创作的每一份乐谱手稿，都寄给了克拉拉。这些乐谱里书写着他对克拉拉全部的爱慕、牵挂和思念。他说："我最美好的旋律，都来自克拉拉。"

1897年4月3日，勃拉姆斯在维也纳孤独地告别了人世。他的遗体安葬在维也纳中央墓地里，紧邻着伟大的音乐家贝多芬和舒伯特。

别洛夫 Перо́в

(1834—1882)

俄国画家，“巡回展览画派”协会发起人，生于俄国托博尔斯克市。1851年起在莫斯科绘画雕塑建筑学校学习。后来成为批判现实主义绘画的领导者和代表画家，并积极参与建立巡回展览画派组织。作品常以描绘当地贫民区生活为题材，代表作品有《送葬》《溺水》《三套车》《家庭教师到达商人家里》等。

触目惊心的苦难

生活在19世纪的一大批俄罗斯文学家、诗人和画家，都用自己的眼睛、心灵与生命，真切地看到过和深深地感受过俄罗斯母亲的苦难与不幸，并且纷纷用各自的文笔与画笔，以严峻的现实主义笔触，把触目惊心的苦难和不平等的现实、黑暗的社会情状、截然对立的社会矛盾等展现在世界面前。

他们不惮于揭示俄罗斯社会的最可怕的丑恶、悲惨与伤痛。他们用各自的最深沉的现实主义作品，实践着自普希金以来的那个崇高的愿景与理想：“相信吧：迷人的幸福的星辰就要上升，射出光芒，俄罗斯要从睡梦中苏醒，在专制暴政的废墟上，将会刻上我们姓名的字样！”

瓦西里·格里戈利耶维奇·别洛夫是19世纪俄罗斯“巡回展览画派”的创始人之一。他用自己的具有强烈现实批判精神的作品，坚定地站在揭露和反对黑暗的农奴制度的立场上，真实地表现了在残酷的专制统治下，俄罗斯乡村的苦难与悲惨的生活。《送葬》《三套车》《墓地上》等一系列催人泪下的作品，使他成为19世纪俄罗斯第一个真实地表现了农民的苦难的生活与悲惨的命运的画家。艺术史家评价说，别洛夫在他的画布上“展现了俄罗斯触目惊心的苦难”。

《送葬》和《三套车》似乎可以看作主题、人物相同的“组画”。俄罗斯乡村苦难的命运之剑，高悬在这些年幼的孩子的身上和头顶上。他们必须面对一场场生活的大风雪：寒冷、疾病、饥饿、亲人的死亡、土地和家园的丧失……他们天真的小脸上过早地刮过了命运的风霜。他们稚嫩的肩膀上早早地勒上了生活的缰绳。他们从童年起就必须擦干眼泪，咬紧牙关，齐心合力，拉起沉重的生活和命运的马橇，向着未知的明天和远方走去……

别洛夫画作《送葬》

别洛夫画笔下的这些苦难中的孩子的形象，我们在契诃夫等作家的小说里看到过。他们的名字可能叫万卡，或者叫瓦尔卡。毫无前途的生活，遭受殴打，力不胜任的沉重劳动，艰辛而悲苦的童年时光，直到无依无靠的老年……便是他们共同的命运。

但是他们仍然要生活下去。他们有眼泪，但不会在人前流淌。他们在大风雪中抬起头、挺起胸，坚韧而顽强地向前迈进，把小小的、深深的脚印，印在茫茫的、辽阔无边的雪地上……

与别洛夫生活在同一个时代的革命活动家和理论批评家赫尔岑曾说，在苦难的民族里，文艺也许是唯一能够有所表达的形式。它们不仅能够使人民看到自己的愤怒，也能听到自己良心的声音。别洛夫的这两幅画，无疑正是传达着整个民族的愤怒、正义与良心的声音的作品。

别洛夫的《三套车》不能不使人想到文学家果戈理的那个“三套马车”的比喻。果戈理在小说《死魂灵》里，用犀利的笔触揭示了俄罗斯农奴制度的残酷，以及给人民带来的沉重与伤痛。可是，在小说第一部结尾的时候，他却用了一段具有抒情与畅想意味的文字，向人们预见着俄罗斯的明天：

“哦，三套马车！鸟儿般的三套马车，是谁发明了你的？大概只有在一个大胆活泼的民族手里，方才可能产生出你来……俄罗斯，你不也就在飞驰，像一辆大胆的，谁也追赶不上的三套马车一样？在你的脚下大路扬起尘烟，桥梁隆隆地轰响，所有的一切都被你超过，落在你的身后……”

德 加 *Edgar de Gas*

(1834—1917)

法国画家、雕塑家。生于法国巴黎，早期曾在巴黎艺术学院学习绘画，受到安格尔的影响。1870年之后创作风格开始转向了现实主义。绘画多以芭蕾舞演员和赛马为题材。常被认为属于印象派，但他的作品更具古典现实主义和浪漫主义画派风格。代表作品有《舞蹈课》《舞蹈排练场》《歌剧院舞蹈学校》《盆浴》《赛马》《苦艾酒》等。

舞蹈课和苦艾酒

爱德加·德加是舞影烂漫中的抒情诗人。他曾经这样期许自己："我想要光芒四射，同时又保持神秘。"

1870年，德加为他的一位音乐界朋友、巴松管乐师德西勒·迪欧画了一幅正在乐团演奏时的画像。在画面上缘的彩绘布景衬托下，有一群芭蕾舞女演员正在翩翩起舞。这是芭蕾舞演员的舞姿第一次在德加作品里出现。此后，他的画里就常常舞影翩翩。

"就像某些圣母像化了妆，穿着连衣裙；就像布尔格斯市大教堂的耶稣，使用真的头发、真的荆棘、真的布料。德加先生的芭蕾舞女演员也是穿着真的舞裙，结着真的丝带，穿着真的舞衣，使用真的头发……”1880年第五届“印象派”联展时，艺术批评家于斯曼对德加的这些表现芭蕾舞的作品，包括雕塑和绘画如此评论道。

批评家接着又说：“当我们注视这些芭蕾舞者时会发现，画面变得如此逼真。每一个舞者都激动而迅速地舞着，女教师的叫喊声如在耳际，穿破了小提琴尖锐的杂音：‘脚跟向前，收胯，手腕抬高，弯腰。’然而在最后这一声号令下，刚刚好不容易做到的困难姿势立即瓦解，女孩的脚翘得更高些，使得芭蕾舞衣的蓬蓬裙摆也往上翻，有的人把脚僵硬地搭在最高的那条横杆上。”

《舞蹈课》是德加芭蕾舞系列绘画的第一幅，画的是歌剧院破旧的舞蹈教室里，女孩子们在平衡杆边练习完了弯腰动作之后，即将开始一个个地站到教室中央表演。其中一个演员已经站在那里，做好了准备动作，正在等待信号。芭蕾舞音乐师已经架好了小提琴，即将举起琴弓。可以想象，接下来将是抬腿、摆动、原地旋转、小碎步、击脚跳、拍击、双腿呈圆形、并合、踮起脚尖、小拍子……

没有任何别的画家能像德加这样，对芭蕾舞表演者如此倾心和投入。他是芭蕾舞艺术最忠实的“粉丝”，不仅参观她们的排练，观察她们最细微的动作，欣赏她们的每一场演出，而且还经常与那些有着雄厚资金作为后台的演员的母亲交谈，了解演员们鲜为人知的生活细节和内心世界。只有如此投入，他才能捕捉到芭蕾舞女的各种姿态和瞬息万变的生活场景，并且很自然地在作品里赋予某些在纯粹的印象主义那里所排斥的社会学意义。

《舞蹈排练场》是德加的芭蕾舞绘画里最有名的一幅。仍然是旧歌剧院的一间排练教室里。站立在中央的老者，是德加一直十分崇敬的一位著名舞蹈家和编舞者佩罗，此时他已经73岁高龄了。他满头华发，拄着手杖，分开双腿，正在对演员们做指导。女演员们有的正在聚精会神地听讲，有的一边听一边试着做出优雅的姿势，有的却心不在焉，或在抓痒痒，或只顾着整理自己的裙带和蝴蝶结。仔细观看，会发现坐在画面最右方的，是三个妇人，那是前来照顾自己女儿的母亲，德加经常和这些母亲谈心，所以也不忘在自己的画里捎带画上她们的形象。

这幅画画的是一个可以容纳二十几个舞蹈演员的排练教室，为了避免拥塞感，德加在右下方留出了一大片空白的地板，同时透过敞开的门和门外的玻璃窗，可让观画者的视线和心理空间得到延伸与扩展。细心的画家把教室里的光线涂描成白色，让强烈的光线射在舞蹈家身上，也穿透了女演员们薄如蝉翼的纱裙。透明的纱裙看上去轻盈而有韵动感。画面上还有一只小狗，正在惊奇地看着浇花桶上映出的自己的形象……

德加不愧为“芭蕾舞的画家”。他的《歌剧院舞蹈学校》《女舞蹈演员在舞台上》，画得那么美，不能不使人想到他那句俏皮的自白：“我想要光芒四射又要保持神秘。”

他在这些漂亮的、却经常要忍受着“肢体的苦刑”的女孩子身上，倾注着自己无限的热爱和同情。他尝试了描绘芭蕾舞者的各种姿态的可能，有时选取的角度，仿佛是从高空俯瞰。他使用了十分独特的一种粉彩颜料，那是画家心中最美丽的蔚蓝、洁白、嫣红和金银色。1886年，他又感叹说：“就算我这颗心也是会矫揉造作的，那些舞蹈演员把我的心缝在粉红色缎子做的袋子里，像她们的舞鞋般淡淡地褪去颜色。”

这个时期，他在许多书信里常常抒发着看透人生的省悟。他的感触涉及了年纪、孤独、疾病、金钱、时间的流逝、老友的凋零等等。这种对于人生、对于现实的悲悯、怀疑与质问，从他青年时代就开始了。他的许多作品里，都散发着这么一种类似苦艾酒的忧郁。其中最具代表性的，无疑就是那幅在德加生前就已经远近驰名的《苦艾酒》了。

这幅画里的一男一女，都是德加当时的朋友。为了完成这幅画的场景，德加特意找来他们做模特儿。男的是巴黎著名的版画家德布坦；女的名叫爱伦·安德烈，是个知名的演员。

事隔半个多世纪后，这位女士回忆说："当时，我的前面是一杯苦艾酒，而德布坦这个大男人前面，却摆着一杯不含酒精的单纯饮料。这是一个颠倒的世界，不是吗？"这两个人物所在的地方，是当时十分有名的"新雅典咖啡馆"，马奈、德加还有左拉等艺术家和自然主义作家经常在这里高谈阔论。德加通过这样两个人物，尤其还有女士面前的那杯苦艾酒，来表现沉浮在巴黎大都会里的知识分子以及芸芸众生内心的忧郁、孤独和不安。

据说这幅画是德加为自然主义小说家左拉的作品所画的一幅插图。果真如此，这幅画的基调和左拉在著名的德雷福斯冤案发生后所发出的"我控诉"的声音，是一致的。这幅画和左拉的作品一样，也是对这个世界的质问与控诉。

《苦艾酒》的人物眼神里，有一种深深的无奈与迷惘。这种眼神就是德加自己的。他画别人其实就是在画自己。德加的内心里有怀疑，有忧郁，性格上也经常表现得犹豫不决。这一点也反映在他的感情世界里。像所有的艺术家一样，德加渴望爱情，身边也不乏女性，但他又惧怕爱情，并不能承受真正的爱情的到来。他曾幻想，寻找一位善良、单纯和能够理解他的事业的女性，作为一生的伴侣，然而，当这样一位女性到来的时候，他却表现得畏缩不前，甚至紧紧关上了自己内心的大门。

他与美国女画家玛丽·卡萨特的交往就是这样。许多美术界的朋友都十分看好、甚至称羡他们两人的感情关系，可是最终还是一个终身未娶，一个毕生未嫁。他犹疑的性格使他最终只能独自饮下爱情的苦艾酒，并且自嘲为这个世界上的"孤单第一人"。

玛丽·卡萨特对德加十分敬爱，并多次充当德加的模特儿。德加有一幅《玛丽·卡萨特在卢浮宫》，虽是一幅草图，但画中的女画家十分专注和漂亮。还有一幅《参观美术馆》，使用的是前者的主题，但人物已经不是玛丽·卡萨特了。大约在1884年，德加又画了一幅《卡萨特小姐坐着，手持纸牌》。不过，女画家却并不喜欢这幅肖像画，说是他把她画丑了，仿佛一个手持纸牌的算命女郎。“我不想把这幅画当作是我的肖像画留给家人。”她在迟暮之年还这么说。但她也承认“这幅画本身有它的艺术价值”。

猜想一下，德加这么画她的眼神，乃至给她手上加了几张纸牌，不会有别的原因，仍然只能是出自他对这个世界的怀疑与悲观的情怀。这幅画里同样有德加式的沉郁与苦涩。我们从德加晚年的一张侧面照片里，逼真地看到了这种沉郁和怅惘的眼神。

绘画才是德加的一切，是他最后和唯一的爱情。“但愿在我行葬礼时，除了说上一句他热爱画画，此外再不要有什么颂扬之词了。”在德加生命最后的时刻，他这样对身边的人说。

德加晚年，近乎失明，而且好长一段时间里，避不见人。“他像年老的荷马一样，双眼注视着永恒。”一位最后见过他的老朋友这样描述道。

格里高莱斯库 *Nicolae Grigorescu*

(1838—1907)

罗马尼亚画家，生于德姆保维茨。1861年赴法国留学，进入学院派画家考尔纽画室学画，后定居巴比松。巴比松的画家，尤其是米勒给予他很大的影响，后被誉为“罗马尼亚的米勒”。代表作有《攻打莫尔丹》《女孩们在门前捻线》《期待》《农家女》《萨马尔当战役》等。

对生活的期待与信念

1861年，23岁的青年画家尼古拉·格列高莱斯库，只身从他的家乡罗马尼亚来到巴黎学习绘画。

他是个农民的儿子，从小就热爱土地和乡村生活。因此，生活在巴黎近郊的小村庄巴比松的画家们，尤其是米勒等人的作品，一下子就吸引了这个年轻人。他的绘画创作深深受到巴比松画派的影响。批评家们认为，格列高莱斯库在艺术方法上，类似苦命的伦勃朗，喜欢动用浓厚饱和的色彩，把最温暖、最亲切的光芒照耀在他所热爱的自己的主人公身上，但是在他所营造的背景与气氛上，除了宗教情绪外，可以说全然是米勒式的。

他不仅把米勒视为自己精神上的老师，而且在生活中也把米勒当成自己的长辈。米勒的女儿，一个一直住在巴比松乡村、却有着很好的文化素养的美丽少女，成了格列高莱斯库苦苦迷恋的对象。

《期待》这幅画中的少女，据画家在写给好友的一封信中的自白来推测，画的就是米勒的女儿。多么美丽而安静的少女啊！画家在她身上倾注着无限的热爱与维护之情。他先后画过许多幅素描和彩色草图，一遍遍地想象和摹写着这个高贵纯洁的少女的各种姿态神情。

他想象着，巴比松安闲和静谧的乡村气息，赋予她平和、单纯的心地。她没有过高的奢求和欲望。她是自然和土地的女儿，是贫穷和艰辛养大的农家女儿。她善良而自尊，朴素又高贵。人间的纷争、喧嚣、苦难和倾轧，都不能使她的心灵蒙尘。她能够承受所有的贫困与艰辛，但她永远不会沉沦和失去自尊。她是松林上空的月亮，是黑夜里的星辉……

为了突出少女内在的安静、纯美与明亮，画家有意把作为背景的斑驳的墙，涂抹得像浓荫，像树丛，像闪烁着点点流萤的夜空。她的身姿和神态安静而贤淑，从头到膝，弯成一轮半圆的上弦月，显示着一种单纯与尊严。背景上轻抹慢涂的那些不同的色彩，如象牙黑色、土黄色、普蓝色和橙色等，也都凝聚着画家的热爱与温暖，呼应着错落在她衣裙上的锡白、翠绿与绛红，使少女身上焕发着纯洁和美丽的生命气息。她似乎正在专心致志地做着手里的针线活，但心中又分明有一种无限美好的期待……

这是画家所创造的女性形象中最美丽和最具净化魅力的一个。她的美是永恒的，可以拯救和提升一切。因为，在她身上凝聚着画家全部的热爱。

与格列高莱斯库生活在同一个时代的英国画家约翰·波依特，也画过一幅与《期待》有着类似主题的作品——《在平台上》。蓝色的地中海边，一所罗马式别墅前的平台上，一个美丽而安静的少女，正倚靠着花岗石方柱，坐在紫色的软垫上，用一支羽毛轻轻地逗弄着爬行在扇子边缘的一只小甲虫。她的神态是那么专注和恬适，使人感到她心地的纯洁与善良。

画中的少女衣裙透明，成熟的身体散发着一种高贵的美丽。她脸型清秀而俊美，半弯的手臂和身姿，也形成新月般的形状，显得那么纯洁和明亮，仿佛正沉醉在一个纯净和淡泊的梦境之中。

少女无比纯净的心中也似有所期待和冥想。爱情与幸福，也许明天就会到来……不远处，地中海蓝色的海面上，帆影移动，风轻云淡……

约翰·波依特是19世纪颇受英国上流社会欣赏的一位画家。这幅作品不仅呈现了他唯美主义的艺术风格，也流露出了他热爱田园，趋向淡泊、明亮与和谐的生活趣味。同样是在描绘少女心中的期待，比约翰·波依特生活的年代稍早一点的另一位英国画家、前拉斐尔画派的创始人之一密莱斯笔下的那幅《凯勒·海伦》，在同样的美丽、纯净与安恬之外，却多了一丝生活的哀愁。这是因为，他所画的是一个贫苦的渔家女儿。少女穿着褪色的灰蓝长裙和粗糙的厚底靴，坐在苍茫暮色里的枞树下。她一手托着下巴，一手挎着一篮子新鲜的青鱼，正默默地期待着什么……

她仅仅是在期待着一个买鱼人的到来吗？就像古老的苏格兰民歌里所唱的那样："快来买呀，刚刚出海的青鱼，一个便士六条，又鲜又美的青鱼……"

不，她分明是在期待美好的、幸福的明天快快来临。她金色的长发，红红的面孔，匀称的鼻子，单纯的眼神，鲜润的嘴唇都是那么美丽，那么充满自尊。她没有被贫困和艰辛的生活压倒。她相信她的期待不会落空。她相信明天会有幸福和爱情到来。那时候，不仅她自己将拥有幸福，她的贫穷的家人，她的兄弟姐妹，世界上所有贫穷的人们，都将得到幸福，拥有欢乐……你看，她纯净的目光里，她秀美的嘴角上，正显示着她的坚毅、乐观与信念。

塞 尚 Paul Cézanne

(1839—1906)

法国画家，后期印象派绘画代表人物，生于法国埃克斯。1858年到巴黎学画，后积极参加印象主义运动。毕生追求表现形式，对色彩、造型艺术多有创造，被誉为“现代绘画之父”。代表作有《圣维克多山》《汤豪泽序曲》《园丁法利耶》《蓝花瓶》等。

塞尚的苹果

塞尚早期画过许多静物画。塞尚的静物和马奈的静物画风格相近，善于运用华丽的黑、灰、白色系，以及非正统的正面照明，所画多为座钟、烛台、杯子、甚至骷髅头等。后来，这些东西不见了，花束和水果篮子出现了。

塞尚画过许许多多的苹果。人们分析说，塞尚从一只只苹果里，找到了一个适合他进行风格化研究的主题。他一再地画苹果，使他的苹果具有了更深层的意义。原来，苹果来自塞尚的童年回忆，是塞尚生命和艺术奋斗史里的一个构成元素。

画家塞尚和小说家左拉是很要好的伙伴和同学。整个童年时代，未来的

塞尚的自画像

艺术家塞尚，一直扮演着未来的小说家左拉的“保护者”的角色。左拉曾赠送给塞尚一篮子苹果，作为对他在学校里所给予的护卫的感谢。他们深厚的友谊从此开始。左拉自幼失去父亲，塞尚不仅扮演着左拉的哥哥的角色，甚至也是左拉的父亲的替代者。成为画家之后，塞尚画了许多有苹果的静物画，他自己曾说，“要用一只苹果去征服巴黎”。小小的、灿烂的苹果里，有他童年的友谊、回忆、信念以及诗意。

被称为“现代绘画之父”的保罗·塞尚属于法国后期印象派画家。尽管后来的人们对他的评价褒贬不一，但是塞尚作为一个优秀的艺术家，他对大自然的挚爱，对绘画艺术的大胆探索与创新，并且为此付出的艰辛的心血，都是深为人们所敬仰的。

塞尚在世时的大部分时间，都生活在故乡艾克斯。他十分喜欢艾克斯城郊那些原始的地区，曾在一份问卷上回答说，他最喜欢的气味是“农田的气味”。

他在绘画上十分注重自然光的直接效果，所以几乎每天都要外出写生。他说：“大自然里无限的事物，它们吸引着我……我慢慢地进行，呈现在我面前的自然是如此的复杂，而且，又要求我不断地进步。”他给他的同学和好友、小说家左拉写信说：“在画室里画出的画，我以为终究不及在自然光之下所画的。描写野外的场景，在地上的事物形象的对比中，有许多出人意料的东西在。而所谓的风景，则更异乎寻常。我理解那是更美好的。所以我应该专注于画室外的事物。”

他认为，“对自然的强烈感受——我的确活生生地体验到了它们，是所有艺术概念的基础，同时，也是在它之上，才奠定了未来作品的伟大和美。……只有通过很长时间的体验，才能得到。”

为此，他经常在半夜里突然醒来，起身点上蜡烛，站在自己白天画好的画幅面前，久久地凝视着，琢磨着如何使它们变得更加完美。而每逢看到星光灿烂的夜空时，他就会兴奋得整夜难以入睡。有时竟会忘情地摇醒妻子说：“亲爱的，快看哪，明天又是一个晴朗的好天气！”

塞尚和许多画家一样，也是个音乐迷。他是歌剧大师瓦格纳的拥戴者和欣赏者。他根据瓦格纳的歌剧《汤豪泽》画过好几幅少女弹琴的作品，名为《汤豪泽序曲》。其中画于1866年的一幅少女弹琴的内景深得人们的称赞，被认为是塞尚创作出的许多画家都难以掌握的一种双人场面构图的成功范例。

塞尚的妻子名叫霍滕斯·菲凯，是塞尚1869年在巴黎学画时认识的一个漂亮的模特儿，后来成为塞尚的恋人和妻子。塞尚原本很少像别的画家那样去画女性肖像。但自从认识了菲凯后，他这类作品就多了起来。我们从他的一些女性人物肖像画中，不难认出哪位是他有着美丽的鹅蛋脸形的妻子。

他的妻子也很了解丈夫对艺术的一腔痴情。塞尚画画有个习惯：当他一旦发现自己的某一幅画画得不够理想时，他会毫不犹豫地把它丢弃到屋子后面的花园里去，不管这幅画已经付出了多大的精力。时间长了，这个“秘密”被妻子看在眼里。每次她发现塞尚去过后花园了，她就会悄悄地去那里搜索一番，找到被他丢弃的画作，然后悄悄地为他收藏起来。

尽管如此，塞尚在世时，能够慷慨地欣赏他的才华的人并不多。他的作品也只是在少数同行和收藏家中知名。但塞尚没有气馁。相反，他对艺术的追求更加苛刻和执着。一直到了白发苍苍的晚年，塞尚仍然坚持经常去野外写生。

1906年深秋时节，年近古稀的塞尚又来到郊外写生。这一天天气突然变坏，大雨如注。塞尚晕倒在路旁，被冷雨浇了很长时间。幸亏一辆开往洗衣店的马车路过这里，马车夫发现了他，把他送回了家。可是，第二天，他却毫不介意，早晨六点钟又像往常一样，背起画架出去了。就是在这个清冷的秋天，几次着凉终于使他卧床不起了。但他在病床上也还是不肯放下心爱的画笔。

这一年10月22日，塞尚因肺部充血，不幸逝世。就在他的心脏停止了跳动的前一刻，他的手里仍然抓着自己的画笔。他最后画的一幅画是《园丁法利耶》。他的妻子含着泪水轻轻地为他合上了眼睛，然后拿开了他手中的画笔。

柴可夫斯基 Pyotr Ilyich Tchaikovsky

(1840—1893)

生于俄国维亚特卡省，俄国作曲家、音乐教育家，被誉为“俄罗斯音乐大师”和“旋律大师”。早年攻读法律，后改修音乐。1865年在莫斯科音乐学院任教期间，第一批作品问世。1877年辞去教学工作，专事创作，开始世界巡演。代表作品有歌剧《叶甫根尼·奥涅金》《黑桃皇后》，舞剧《天鹅湖》《睡美人》《胡桃夹子》，交响序曲《1812年》，幻想序曲《罗密欧与朱丽叶》等。

《天鹅湖》是怎样诞生的

1872年夏天，32岁的俄国作曲家彼得·伊里奇·柴可夫斯基来到乌克兰乡村，住在自己妹妹家里。他很喜欢妹妹家里的几个孩子，时常带他们去田野上和池塘边玩耍。他自己虽然没有孩子，但他天性里喜欢和孩子们亲近，妹妹家的孩子称他是“我们最亲爱的舅舅”。

有一次，他为孩子们写了一部小型芭蕾舞剧音乐《天鹅湖》。这是根据中世纪的一个德国童话写的。没想到，这就是后来成为世界名曲的《天鹅湖》的雏形。

3年以后，1875年5月，柴可夫斯基接受莫斯科皇家剧院委托，创作芭蕾舞音乐。剧院经理无意中询问道："请问先生，近来是否写过可供芭蕾舞伴奏的乐曲？"柴可夫斯基顺手取出在妹妹家里写的那部还没有最后定稿的习作《天鹅湖》，说："这里倒是有一个，不过是个带有幻想色彩的童话故事……"

当时，他和剧院经理都没有想到，这部音乐作品后来会成为一部世界经典作品。柴可夫斯基仅仅以800卢布的稿酬，就和剧院签订了演出这个芭蕾舞童话剧的合同。

1875年9月10日，他给自己的一个朋友写信说："我接受了《天鹅湖》合同的原因之一是为了赚一点钱。不过，很久以来，我也确实想在这一领域试一试我的才能。"

柴可夫斯基一生写过《天鹅湖》《胡桃夹子》《睡美人》三部芭蕾舞剧音乐，三部竟然都成为世界经典！尤其是《天鹅湖》，有谁不会哼唱那支童趣盎然、节奏欢快的"四小天鹅"舞曲呢？

在柴可夫斯基的一生中，他与梅克夫人的友情，是世界艺术史上的一段传世佳话。据说，他俩几乎从来没有见过面，却是书信不断，持续了13年之久。梅克夫人是一位富孀，她的丈夫给她留下了一大笔遗产。她本人酷爱音乐，喜欢弹钢琴。有一次，她听了柴可夫斯基的乐曲之后，不禁心醉神迷，对作曲家本人也心驰神往。

1876年，梅克夫人和柴可夫斯基以通信的方式建立起了亲密的友谊。柴可夫斯基本人的婚姻并不幸福，梅克夫人的友谊给他带来了极大的精神安慰，她成了他心目中的"女神"和"理想的化身"。梅克夫人从1877年开始，每年给予柴可夫斯基优厚的经济资助，使柴可夫斯基有条件辞去音乐学院的教职，把全部精力投入到了音乐创作上。

1878年圣诞节前夕，柴可夫斯基来到意大利的佛罗伦萨，他给他的"女神"和音乐资助人梅克夫人写信说："早晨，当我打开窗户的时候，迷人的景色就展开在眼前。佛罗伦萨郊外的奇景，大大地诱惑着我。……昨天我享受了一个很长的时间，却无法描述夜晚的那种完全的寂静。在寂静中你只听见阿尔诺河的水声，在远远的什么地方潺潺地流着……”他在佛罗伦萨开始孕育一部新的歌剧《奥尔良的少女》，并着手创作歌剧《贞德》。

第二年，他又来到罗马。在这一年的最后一天，他给他的“女神”写信说：“一个人在工作中努力寻求进步，是多么有意义的事啊！……我看今天所写的作品，是不是像我现在看1872年写的音乐呢？……我的心中，好像有虫在那里咬着……”他写道，“紫罗兰花在这里已经不少了，春天终于一点一点地走近了。”

柴可夫斯基身在罗马，而音乐之心沉浸在他想象之中的梅克夫人深蓝色的、温情的眸子里。只要想起那双眼睛，他的乐思就会苏醒，如鸟儿般渴望飞翔！

“我的每一个音符，都是为您而写的……我知道，我们的灵魂是亲近的……”柴可夫斯基是幸运的，无论是在冬天的佛罗伦萨，还是在春天的罗马，在一位天才的音乐家和一位温情的女性之间，有一种叫作“亲爱的灵魂”的东西，在传递，在飞翔，在碰撞。灵魂的火花迸发的时刻，音乐的奇迹就会出现。

柴可夫斯基的音乐代表作品除了《天鹅湖》等芭蕾舞剧音乐，还有歌剧《叶甫根尼·奥涅金》《黑桃皇后》和一些交响曲、协奏曲等。他是19世纪伟大的俄罗斯作曲家、音乐教育家，被誉为“音乐大师”。

莫 奈 Claude Monet

(1840—1926)

生于巴黎。法国画家，被誉为“印象派画家的领袖”。1874年，他的作品《日出·印象》第一次在画展上亮相。人们无以名之，只好称之为“印象主义者画展”，“印象派”因此而得名。其后一生都将创作热情倾注在印象派技法上，对西方绘画界产生了巨大影响。代表作有《日出·印象》《卢昂大教堂》《维特尼附近的罂粟花田》《池塘睡莲》《干草堆》等。

“不，我在等待日出”

1874年，巴黎卡普辛路35号，摄影家纳达尔的工作室里，“印象主义”的第一次画展开幕了。34岁的画家莫奈的一幅题为《日出·印象》的作品，挂在展览室的显要位置上。同时参展的还有女画家摩莉索的一幅《摇篮》，以及一些在前几次官方画展中被拒绝的作品。

这些作品一面世，即遭到保守的学院派的非议。《费加罗报》的艺术评论员路易·勒鲁瓦在该报上不无讥讽地写道：“我对这个画展中的作品实在无以名之，只好称之为‘印象主义者画展’。”算是被他说对了，“印象主义画派”因此而得名。

克洛德·莫奈的童年和少年时代在阿弗尔度过。在进入巴黎之前，他曾跟着画家布丹学习“外光画”，对所见景物的第一印象给予特别注意，从一开始就接受了一种与学院派截然不同的绘画观念。1857年莫奈来到巴黎后，迅速被巴黎光彩夺目和沸腾的艺术气氛所吸引。他参观各种画展，对巴比松派的现实主义和柯罗的真实的大自然尤其欣赏。他也经常出入“苦命人的低等酒馆”，参加那里的艺术讨论，甚至大胆发表自己的见解。不久，莫奈周围就聚集了一群年轻的风景画家。

1860年，莫奈应征入伍，被编入非洲军团去往阿尔及尔服役。在那里，他获得对于光与色的强烈印象，也扩大了视野。这段非洲生活对他后来强化对光与色的理解起了重要作用。莫奈早期的一些风景画里，就表现出了他对色彩与光线的异于常人的感觉。他努力画自然光线下的景物，有时在不同光线下不厌其烦地描绘同一景物，如巴黎圣母院、塞纳河畔以及阿弗尔的风景。

普法战争期间，很多画家都离开了巴黎，莫奈也从阿弗尔到了伦敦。他在那里画过泰晤士河畔和公园里的风景。他特别注意表现水面的光影，努力捕捉和刻画波浪的动态，尤其是水面上千变万化的光线和闪闪发亮的光点，以及色彩反射中的细微变化。

在莫奈等人的印象主义之前，人们一般都以为色彩是景物上固有的。画家把红、黄、蓝视为三原色。但科学的发展使人们渐渐对光和色有了一些新的认识：色彩是来自太阳的光；没有光也就没有色；白光里其实包含了所有颜色；最暗的颜色并非黑色与褐色，而是蓝、深绿、深紫。莫奈和其他印象主义画家们，极力主张走到画室外面，在自然光线下画画。因此，印象主义也被称为“外光派”。

现在我们来看莫奈的这幅印象主义标志性作品《日出·印象》。这幅画是从位于阿尔及尔海港的一座建筑的窗口望出去，看到的海上日出的景象。鲜红的朝阳已经升出海面，朝霞洒在开始沸腾的海港上，天际被黎明的霞光浸染着。远处，烟囱、驳船、吊车、三桅船的桅杆和劳动者的身影依稀可见。画家用厚薄不一的颜料画出了日出时分映在波浪上的光影，喷薄的朝阳透出无限的美丽与生机。“面对稍纵即逝的效果时，我必须将我的最初印象描绘出来。”莫奈自己给这幅画做了最好和最简单的解释。

他是画太阳的圣手，对于日出情有独钟。画家库尔贝曾回忆说，有一次他和莫奈一起在外面画画，莫奈迟迟不肯落笔，似乎正有所期待。库尔贝不解：“您不画了吗？”莫奈回答说：“不，我在等待日出。”他因此被同行们称为“光的诗人”。

莫奈也是一位池塘与睡莲的诗人。没有一个画家像他那样画过如此之多、又如此之美的睡莲。他画了各种光线下的各种颜色和各种姿态的睡莲，以及池塘中美丽的百合花。这些睡莲和百合风姿绰约，如梦似幻。莫奈通过这些美丽的植物，使人们强烈地感到了太阳的光线之美，不，连它的阴影都是美的。那些花朵上与池塘中的阴影，绝对没有使他所描绘的东西失去色彩，恰恰相反，阴影使色彩发出了更美丽的音响。

他的大型作品《池塘睡莲》当初在巴黎奥朗热内博物馆圆形大厅展出时，不仅因为画幅的巨大，更是因为那么美的一片翠绿，翠绿上的如同梦境般的点点红莲，还有幻影似的明净的天光和澄澈的水色，轻轻荡漾着的层层涟漪，使观众顿时仿佛进入一个美妙的幻觉世界。在这幅画里，莫奈用色细致入微，又充分借助了光与色的瞬间的微妙变化，使朵朵睡莲充满了迷蒙的诗意和无限的生机。

莫奈也画过许多阳光下的干草垛、大杨树、林荫和大教堂。他画得都很美丽，就像他对世界的期许。他在画中竭力赋予大自然以及他所画的任何景物理想的色彩和面貌。他是用美丽的眼睛去看待世界的，因此，世界美如斯，就是他全部的印象：鲜亮的光影，梦境似的大自然，清新的空气和雨露……在他的画笔下，是这个世界的诗意、美丽、希望和生机。

任伯年 Ren Bonian

(1840—1896)

中国画家，生于浙江杭州。与吴昌硕、蒲华和虚谷并称为“清末海派四杰”。青年时代居住在上海以卖画为生。1887年出版《任伯年先生真迹画谱》轰动上海。作为清末“海上画派”重要画家，在人物、花鸟诸传统绘画领域都有建树。绘画名作有《干莫炼剑图》《风尘三侠图》《蕉阴纳凉图》《华祝三多图》等。

一位绘画巨匠的生命悲剧

任伯年是我国清朝末年的一位绘画巨匠，被誉为“海上画派”的耆宿和巨擘。他从小跟着擅长明清民间肖像画的父亲任淞云老先生学艺，也曾拜擅长仿陈老莲的画风、精于花鸟的画家任阜长为师，但任伯年自己的生活历练，也颇有传奇色彩。

关于任伯年早年参加过太平军的说法，至今仍是一个谜。从他为上海城隍庙的豫园“点春堂”——也就是当时的“小刀会”首领陈阿林的司令部所画的《树荫观刀图》来看，画面上，两个壮士正在观赏刚从鞘里拔出一截闪闪发亮的刀，另一个背向的朱衣人，正全神贯注于大刀上，后面还有一人隐在树后，腋下也夹着两把刀……从这栩栩如生的画面上，不难想象他当年曾经有过的戎马生涯。

任伯年27岁时，在江南一带游历。尤其是在有着“东方威尼斯”之称的苏州——明代以来江南绘画艺术的中心，太湖的碧波使他流连，东山的秀丽使他陶醉，藏于苏州各种画派的名家真迹范本，也使他眼界大开。在杭州，他经常泛舟西湖，在大自然中完善他的绘画艺术理念：“丹青来自万物中”。

有一次，他在田野上看见两头牛正在相斗，好奇心使他看得入迷，而且激动不已。他当时没带画具，便撩起长袍，以布代纸，用指头当笔，把斗牛的动态活灵活现地画在长衫上，回家后，趁热打铁，创作了一幅《斗牛图》。

到了上海之后，他的画风渐渐变得成熟起来。他仍然经常带着铅笔和画夹，坐在城隍庙“春风楼”上品茶，有时，也出入于小饭馆和小客栈，细心观察说书的、卖唱的、采药的、算命的等来踪去迹不明的街头艺人。这些人物后来往往会成为他画中的八仙、麻姑、寿星、捉鬼的钟馗、炼石的女娲之

任伯年的画作《蕉阴纳凉图》

类的神仙形象。

有一天晚上，大画家吴昌硕来看任伯年，进屋后却不见人影儿，最后竟然在屋顶上发现了他。原来，任伯年被两只打架的猫所吸引，正在仔细地观察着猫儿的神态……

30岁以后，任伯年画名渐盛。他涉猎广泛，曾塑过父亲任淞云老先生的像，也为吴昌硕设计制作过紫砂方形双龟茶壶，造型奇特、朴拙新颖。他还细心琢磨过八大山人、石涛的艺术，从而创造了自己洒脱率真、不受拘束的个性。

壮年之后，他每天从不中断基本功的训练，天天要画上厚厚一叠。48岁时，任伯年出版了《任伯年先生真迹画谱》，大学者俞樾为这本画集写了序言。

晚年，任伯年依然率真无羁，不修边幅，披着寸许长的灰白头发，常常感慨满腹。他在《苏武牧羊》的画跋中，写下了“身住十里洋场，无异置身异域”的感叹。

1890年，这位画坛大匠心情郁闷，得了肺病，可又不依医嘱戒酒，常常在外面喝得烂醉如泥，拖着牛皮钉靴回到家时，有时又穿着钉靴缩进被窝里去。更致命的是，他这时又沾染上吸食鸦片的恶习，从此变得疏懒好闲。一位画坛巨匠的卓越的艺术灵感，正被可怕的毒品腐蚀着。有的朋友去看他，好几次都发现索画的人等在外屋，他却在里屋卧榻上吸着鸦片烟，一定要过足瘾才一跃而起，一口气画上七八张，应付前来买画的人。

最终，病态的社会和病态的嗜好，彻底毁掉了这位绘画巨匠。日本著名作家陈舜臣，十分赏识任伯年的绘画艺术，陈舜臣认为任伯年很有捕捉立体东西的天赋，不仅是他的人物画，他的花鸟画也给人一种立体感。陈舜臣甚至觉得，任伯年的作品带给人的是一种“现代”的意识。

任伯年死后，他的朋友、同时代的大书画家吴昌硕为给他撰写了一副挽联：“北苑千秋人，汉石隋泥同不朽；西风两行泪，水痕墨趣失知音。”

罗 丹

Auguste Rodin

（1840—1917）

奥古斯特·罗丹，法国雕塑家、画家，生于法国巴黎。一生勤奋创作，敢于突破学院派艺术的束缚，在艺术上打通了西方近代雕塑与现代雕塑之间的隔阂，被称为“欧洲2000多年来传统雕塑艺术的集大成者”“20世纪新雕塑艺术的创造者”。代表作有《思想者》《青铜时代》《雨果》《巴尔扎克》《地狱之门》《吻》《夏娃》《加莱义民》《手》等。

“才思永不枯竭的大师”

在世界艺术史上，罗丹对待自己所热爱的艺术的执着与敬业态度，一直以来就是后来的艺术家们的励志诗篇。

1840年11月12日，奥古斯特·罗丹出生在巴黎一个小职员家庭。他14岁开始学画，后又学雕塑，去比利时布鲁塞尔创作装饰雕塑5年。1875年他漫游意大利，深受米开朗琪罗作品的启发，从而确立了现实主义的创作手法。

里尔克曾发挥了他诗人的想象力，细致入微地描绘过被他称之为“才思永不枯竭的大师”罗丹的敬业姿态。

1902年9月5日，里尔克在和罗丹首次见面后的第四天，便在给妻子的信中写道："一切通过雕像上的隆起部说出，其他什么也没有。你看，这就是他伟大的艺术家生涯的第二点。首先是，他为自己的艺术发现了一个全新的基本要素；其次是，他对生活别无他求，只想通过这一要素表达自己、表达自己的一切……他沉默了片刻，然后说，然后极其严肃地说：应当工作，只要工作，还要有耐心。"

里尔克的观察是细致入微的，罗丹自己在他那本《法兰西大教堂》中也写到过："要学习！要慢慢来，逃开这纷扰的世界，并且不要存沽利致富的心。我们已经没有学习的时间，没有勤劳的学徒。工匠们，虽然他自己曾受到做学徒的益处，却没有培养新的学徒。世代相传的连锁已经断了。工作！还有人工作吗？是的，还有的。可是，有什么用？人们说，工作了，也还是得不到报酬。……你们错了！工作给予幸福，这是第一点。还有，工作引导我们认知神，也许是透过纱幕。并且对于真的工作者，工作消灭忌妒。懂得工作的价值的人会超越卑下的情操，赞美同行者的成就，他对留下作品与尝试的天才表示感激。工作使人不断回到青春，使我们接近动物，我们真正的兄弟，使我们接近树木，以及一切植物，从最卑微的到最繁复的。"

亲眼见证过罗丹的创作，并且能够最准确地记录罗丹一些动人的、专注的创作瞬间的人，除了里尔克，还有奥地利文学大师茨威格。茨威格是通过比利时法语诗人、剧作家维尔哈仑的介绍认识罗丹的。那一天，在罗丹朴素的住宅里，他们坐在一张小桌子周围吃了一餐家常便饭。罗丹慈祥而柔和的顾盼，坦率的神情，立刻使茨威格感到了放松。

茨威格发现，罗丹的雕室很简单，装着高大的窗子。里面有已经完成的雕像，还有许多石膏塑的作为试验的模型，如一只膀子，一只手，有的甚至只是一个指头或一个小小关节；桌上堆满了种种素描的图形。这地方显示出它的主人一生在不断地研究，不断地工作。罗丹这时套上一件白布外衣，立刻变成了一个工人的样子。他在一个雕刻架子前立定了。

"这是我最近的作品。"说着，罗丹揭去盖在上面的湿布，露出一个女性的半身像来，神采焕然，那是用泥土塑的。"我觉得这已是完工的了。"茨威格说。

罗丹后退了一步，侧着头细加端详。"是的，我想没有什么毛病了。"但他审视了一回之后，忽又喃喃自语道，"只是那肩膀上面，线条仍旧嫌太硬。对不起……"

于是，罗丹捡起一柄塑像用的木质小刀来，小刀在柔软的泥土上轻轻拂过，使像身的肌肉产生一种更细腻的光泽。他手指活泼起来，眼睛里放着光芒。"还有这里……这里……"他又修改了几处地方，再退一步，细细观察。然后又把架子转过来，喉咙里喃喃地发出奇怪的声音。有时他欣然微笑，有时他眉头紧皱，有时捏了一点泥，加到像身上去，又轻轻抓掉一些。如此继续了半小时、一小时……他没有对茨威格说一句话。除了创造他理想中的形象之外，什么都忘记了。似乎天地间只有这工作的存在，就像上帝着手创造世界的第一天那样。

最后，他大功告成似的松了一口气，丢下小刀，把刚才的那块湿布给塑像盖上，那种小心翼翼的神情，宛如一个男人给他的恋人披上披肩。然后转身向外，仍旧恢复了初见时的样子。

不过，还没走到门口，他忽然发现了茨威格。直到这时候他才想起了他，刚才的失礼显然使他非常过意不去。

"对不起，先生，我简直把你忘记了，但是……"

茨威格十分激动地紧紧握住罗丹的手。罗丹微微笑着，举起膀子围住了茨威格的肩头，两人一同走出那房间。

茨威格后来在他的书中写道："这一天所得的教训，比我在学校里多年的用功还有益处。我从此以后知道，一切人类的工作如要完善而有价值，应当是怎样做法的。一个人可以这样完全忘记时间、空间与整个世界，这个认识，使我受到空前绝后的感动。这一小时，使我把握住了一切艺术、一切事业成功的奥秘——聚精会神，集中所有的力量以完成不论大小的一件工作，把我们容易分散、容易旁骛的意志贯注在小小的一点上。我悟到遗忘一切其他事物，集中意志以求工作完美的这种热忱就是我过去所缺乏的。除了工作，好像自己都不存在，这是成功的秘诀。我现在知道，除此以外便无神妙的方法了。”

罗丹在欧洲雕塑史上的地位，正如诗人但丁在欧洲文学史上的地位。他是旧时期（古典主义时期）的最后一位雕刻家，又是新时期（现代主义时期）最初一位雕刻家。他的一只脚留在古典派的庭院内，另一只脚却已迈进现代派的门槛。他用自己不为传统束缚的创造精神，为现代雕塑打开了大门。不过，当年轻的艺术家们蜂拥而入向前跑去时，他却已经进入衰迈之年，走不动了。

1917年11月17日，被称为“欧洲2000多年来传统雕塑艺术的集大成者”“20世纪新雕塑艺术的创造者”的罗丹离开了人世。他的墓前树立着他的一件最好的作品《思想者》。

除了雕塑《思想者》，他的代表作还有《青铜时代》《雨果》《巴尔扎克》《地狱之门》《吻》《夏娃》等。

爱德华·格里格 Edvard Grieg

（1843—1907）

挪威音乐家，生于挪威卑尔根市。1864年开始从事研究挪威民间音乐的工作。1867年创办挪威音乐学校，根据挪威诗词创作了具有独特风格的抒情歌曲，整理改编民间歌曲。代表作有《祖国之歌》《培尔·金特》《晨景》《山魔的大厅》《两首悲调》等。

最美的应诺

那是多年前的一个秋天，满头金发的达格妮，还是一个刚满8岁的小姑娘。那天，她挎着小篮子，在她家乡的森林里采撷鲜花和野果。在挪威西部大森林里，生活着成千上万只善歌的小鸟，有云雀，有知更鸟，有绣眼鸟、啄木鸟……鸟儿们的欢叫声，应和着牧童们的叶笛声，还有大森林深处传来的阵阵涛声，组成了一支优美的交响乐。小达格妮仿佛进入了一个神奇的音乐世界。而一颗纯真的梦幻般的童心，也像是一只永远也装不满的花篮，她不停地采撷着一朵朵美丽的小花和那些野果。

在一条幽静的林间小路上，她突然看见一个身穿风衣的人正在那里散步。从他的衣着和神态看，他是城里来的客人。因为在这片森林里，达格妮从来没有见过这个人。他们很快就认识了，并且成了好朋友。

那位城里人帮她采着野果，并帮她提着沉甸甸的篮子，然后又亲自送她回家。当他就要和小姑娘分手时，他有点恋恋不舍了。

他微笑着对达格妮说："很高兴能认识你，我亲爱的孩子。可是，真糟糕，我两手空空，没有什么礼物可以送给你。你看，我口袋里连一根小小的丝带也没有，更不要说会唱歌的小娃娃了！"

"不，我不能要你的礼物。"小姑娘摇摇头说。

但他仍然应诺，要送给可爱的小达格妮一件礼物，一件很好的礼物。

"但不是现在——大约……要到10年以后，好吗？"他说。

小达格妮迷惘地、又是充满感激地点了点头。

时光匆匆地在流逝，大森林的秋天来了又去了。每当小姑娘再到林子里采摘野果时，她就会隐约想起那天的奇遇，就会在心里悄悄地期盼着，那个陌生的和气的城里人所应诺的那件礼物。

又过了几年，小姑娘长大了。她仿佛已经明白过来了，她想：那位先生要送我一件很好的礼物，而且在10年以后。就算他有这个心思，他怎样才能找到我、认出我来，把礼物送到我的手上呢？她觉得，这不过是那个人和她开的一个玩笑。渐渐地，这件事在她的心中淡漠了。

18岁时，达格妮第一次离开了自己的家乡，来到了祖国的首都奥斯陆，并且第一次走进了一个正在举行露天音乐会的公园里。美丽的公园里，菩提树间挂满了彩灯，庄严而华丽的音乐舞台上，飘来音乐的美妙旋律。达格妮好像又走进故乡如梦如幻的大森林中一样。

突然，她的全身一阵惊颤，忽地从草地上站了起来，几乎不敢相信自己的耳朵！因为，舞台上的报幕员，正在向观众报告："……下一个节目，是我们的音乐大师爱德华·格里格最得意的作品：《献给守林人哈格勒普·彼得逊的女儿达格妮·彼得逊，当她年满18岁的时候》！”“天哪！这是怎么一回事啊？这个有名的音乐家，怎么会知道我和我父亲的名字呢？”达格妮惊呆了！

起初，由于激动和迷惑不解，她无法静听音乐的旋律，渐渐地，她听出来了，那是只有家乡的大森林里才有的熟悉的风声、鸟声和笛声……听着，听着，她流泪了！10年前的那个秋天，在家乡的大森林里，那个陌生的城里人的神态、模样……都渐渐清晰地呈现在她的眼前，好像就在昨天。

是的，达格妮现在终于明白了，10年前遇到的那个和气的、穿着风衣的城里人，就是今天的大音乐家爱德华·格里格先生。而这首美丽的乐曲，便是他应诺的那件礼物，而且是用这种奇妙的方式啊！

那时候，音乐家大概就相信，小女孩会长大的，而他的乐曲，也将传遍整个挪威和整个世界。无论她在哪里，她都会听到、收到这份礼物的！是的，他相信。

此时，少女听完乐曲，泪流满面。她竭力抑制住呜咽，弯下身子，把脸颊埋在双手里。但她抑制不住内心的幸福、感激与激动。她从优美的乐曲里听到了，听到了音乐家对她的深情祝福：“亲爱的孩子，你是黎明的曙光，你是最纯洁的生命，你是幸福的……”

对于少女达格妮来说，世间还有什么比这更可珍贵的礼物呢？她没有再见到那位10年前见过的善良的城里人，那位伟大的音乐家。但这并不重要。重要的是，她觉得有一种她从未有过的热情和信心在心中萌芽了！

“生活啊，你听我说：我爱你！我爱你！我爱你！”面对布满夜色的世界，她这样在心里说道。

从这个美丽的黄昏起，她带着这份留在心中的、世间最美丽最珍贵的礼物，也带着她对未来的全新的热情、信心和勇气，走上了人生的旅途。

她同时也在心里说：“衷心地感谢您，我亲爱的大师！让我在将来的、值得回忆的另一个秋天去寻找您，与您相见吧！”

卡萨特 Mary Cassatt

(1844—1926)

美国女画家、图形艺术家，生于美国宾州，后定居巴黎。1866年前往欧洲学习艺术。1872年画作《嘉年华会》入选巴黎沙龙展。1891年首次举办个展。创作主题以表现童心、母爱为主，亲情洋溢，色彩丰富，透露出人性与生命的光辉。代表作有《蓝沙发》《洗浴》《女人》《驾车的孩子》等。

童年回忆

《蓝沙发》是美国女画家玛丽·卡萨特的一幅经典作品。据说，1878年，这幅作品完成后在送交沙龙展览时，却遭到拒绝，理由是“画得过于新颖”。而当时评审团里的三个核心人物之一，竟是一个只会做定量分析的药学家。但粗暴的评判对这幅作品没有丝毫损伤。《蓝沙发》以其迷人的色彩、新颖的构思、美好而甜蜜的童年絮味，感动着一代代的观众和读者。

漂亮的蓝色调里，点染着红色的小花和淡黄色的叶片，安静而温顺的、似在甜睡中的小狗随意地、懒散地躺在蓝沙发上的美丽的小女孩，以及她的漂亮的白色裙衫，黑色长袜，纯洁而又若有所思的眼神……一切都是那么惬意、憨甜与和谐。这是一个小女孩的生活瞬间的捕捉与再现，也是一个成年人的深情而甜美的童年记忆与缅怀。

玛丽·卡萨特从家乡费城宾夕法尼亚美术学院毕业后，即到巴黎定居和从事创作。她的一生是平静和甜美的，除了和画家德加的情感纠葛。德加终身未娶，卡萨特也毕生未嫁。她与德加有着频繁的书信往来，可是她在去世前，却焚烧了德加写给她的全部信件。这件事引起人们无尽的猜想，但谁也理不清其中的真相。不过有一点是人们都知道的，就是《蓝沙发》这幅作品，采纳了德加的一些建议。起初，卡萨特只画了一张沙发和小女孩，在德加的建议下，她才画成现在这样的构图。而画中的沙发间空旷的灰白色地板区域，还是德加的手笔；室内冷中带暖的调子和散淡的光线所营造的明净气氛，也应该归功于大画家德加的光色技巧。

儿童的形象在西方社会历经了数百年的演变，才由普通的家庭成员转变为获得尊重的独立个体。在现代艺术中，儿童更是成为纯真的生命、无限的希望与创造力的象征。

1863年，法国现代主义诗人和艺术批评家波特莱尔就提出："描绘现代儿童的画家，本身必须保有儿童的特质，只有如此，才能对外在世界的物象与色彩感觉敏锐与深刻。"印象主义画家们追随着波特莱尔的观念，用鲜明的色彩来呈现纯真的视觉经验与感受，比同时代的哲学家还要早地开始探索现象世界。1903年前后，塞尚甚至希望自己能"像刚刚出生的孩子一样看世界"。这个时期的许多现代抽象艺术家，极力追求原始自然风格，无疑也是受到儿童本原艺术的启发。1912年，瑞士画家克利更是主张，要去画那种接近儿童、原始人、甚至疯子的作品，以便跳脱传统欧洲艺术的局限，让绘画更能表现个人的心灵与精神世界。

奥地利画家路德维希·帕西尼的《卖花的小姑娘》，也是描绘童年回忆的一幅动人作品。站在路边的墙壁下卖月季花和石竹花的小姑娘，用蓝色裙子兜起一捧花，另一只手轻轻地托着小脸，水汪汪的大眼睛里透出纯真与期待。她赤着小小的脚丫，头上搭盖着白色盖头，站在一块墙皮脱落的地方，望着过往的路人。粗布衣裙难掩小姑娘漆黑眸子里的那丝羞涩。看得出，这是一个处在贫困家境里的小姑娘。但贫困也无法掩盖她的秀美与纯真。她脚边的大花篮与围裙里的花束相互呼应。画家以细腻的笔触和圆融的技法，不仅把小姑娘的神态表现得栩栩如生，而且整幅画上的紫灰色调，也散发着静谧而迷人的魅力。

哈勒莫夫的《吹泡泡》、列宾的《蜻蜓》《孩子们》也都是表现儿童和童年生活的作品，是艺术大师们与幼小者的心灵的对话，是一颗颗伟大的心对于弱小的生命、对于整个人类的明天与未来的爱护与祝福。对于艺术家而言，沉淀于心灵中的东西，是没有所谓久远的，也没有会真正消逝的。问题是我们对它们常常缺少应有的尊重，总以为童年时光结束了，一切也就都宣告结束了，其实不然。维尔斯特曾对童年的结束发出过如此沉重的感叹：“我们都很留恋那个黄金时代，那个一去不复返的时代。当我们叹息日薄西山、夏日结束、爱情迷途时，当我们吟诵描写失去使人满足的地方这些诗歌时，我们其实也是在不知不觉地哀悼一种严重得多的终止：对童年的放弃。”

有位批评家在谈论象征派诗人兰波时说，所谓诗人，就是要看谁是可以回到童年的一种人。罗兰·巴特甚至断言，“只有童年才有故乡”。从某种意义上讲，画家也和诗人一样，一个人的童年记忆与体验，对他后来的精神走向，以及他最终所能够到达的地方，起着十分重要的作用。

列 宾 *Ilya Efimovich Repin*

（1844—1930）

俄国画家。巡回展览画派代表人物。毕生勤奋，创作了大量历史画、风俗画和肖像画。作品敢于直面惨痛的现实，对俄罗斯人民苦难的命运有着沉重的忧患与关切，表现了人民的贫穷苦难以及对美好生活的渴望。代表作有《伏尔加河上的纤夫》《宣传者被捕》《意外的归来》《伊凡雷帝和他的儿子》《给土耳其苏丹王写回信的查普路什人》《托尔斯泰肖像》等。

呜咽的伏尔加河

1844年7月24日，伊里亚·叶菲莫维奇·列宾出生在乌克兰的丘古耶夫。早年他随圣像画师学画圣像，1864年进入皇家美术学院，1871年参加毕业生命题创作竞赛获金质大奖。列宾像别洛夫等艺术家一样，也是一位敢于直面惨痛的现实，对俄罗斯人民苦难的命运有着沉重的忧患与关切之心的画家。《伏尔加河上的纤夫》就是列宾的代表作之一。

1870至1873年，列宾为了创作《伏尔加河上的纤夫》，曾数度到伏尔加河流域去，深入观察纤夫生活。这幅画就来源于他对伏尔加船夫们的生活的真实的观察与了解。

有一天，他在伏尔加河边散步，突然看到不远处被烈日照射得十分耀眼的河滩上，有一群黑黝黝的东西正在那里缓慢地移动。画家走过去一看，不禁大吃一惊，原来这是一群衣衫褴褛、身上和肩膀上套着粗大的绳索的纤夫，正在俯身低首，奋力拖拉着一艘沉重的平底大木船……

这些为生活的苦役所压迫着的纤夫，一个个蓬头垢面、饱经风霜。但他们有的是顽强和不屈的意志。他们在炎炎烈日下不发一声，默然前行，迎向他们共同的命运……列宾被他们的毅力深深地打动了。他怀着无限的同情与敬仰之心走上前去，和他们攀谈起来。

在以后的日子里，他对他们中的每一个人的经历、性格、年龄、举止特征等，都做了细致的采访与了解，并画下了大量的速写，反复修改一些细节草图，最终画出了这幅震撼人心的作品。这幅画是从一个独特的角度对俄罗斯苦难的生活现实所做的最真实的展现，同时也是对俄罗斯民族性格与命运中的坚忍与顽强的精神的象征性刻画。沉重的货船、几乎望不见尽头的河滩、炎炎烈日、11位年龄和经历各异的劳动者的神情与性格……都被画家赋予了强烈的现实意义。

这是人与自然的较量，更是人与命运、与不平等的社会制度的争斗与较

列宾画作《伏尔加河上的纤夫》

量。画家的愤怒、同情、声援以及对未来满怀期望的激情，都在画幅上得到了倾泻与表达。画面上的纤夫们既是生活在社会底层受压迫的人，又是具有坚强毅力的生活的强者，整个作品尽显了劳苦大众的强大力量和精神美。

曾经用泣血般的声音歌唱过“我的俄罗斯，我的母亲……”的诗人勃洛克这样说过：“俄罗斯就在我面前：就是我们伟大的作家们曾经在宿命的噩梦中看到的俄罗斯，就是陀思妥耶夫斯基看到的彼得堡，就是果戈理称为鸟儿般的三套马车的俄罗斯……俄罗斯注定要蒙受苦难、屈辱、分裂，但她会从这些苦难中新生，新生出一个新的、伟大的俄罗斯。”列宾的这幅名作，不能不让人想到俄罗斯“苦难中的新生”。

列宾不仅是一位伟大的风景画家、历史题材画家，还是一位优秀的肖像画家。列宾曾在俄罗斯皇家美术学院任教14年，为俄国美术界培养了一代后起之秀。列宾的代表作还有《宗教行列》《伊凡雷帝和他的儿子》《意外的归来》《给土耳其苏丹王写回信的查普路什人》《托尔斯泰肖像》等。

1930年9月29日，列宾在库奥卡拉去世，安息在一座庄园里的一处幽静的角落。这是他生前为自己选择的地方。

高 更 Paul Gauguin

(1848—1903)

生于巴黎，法国后印象派画家、雕塑家，与梵高、塞尚并称为“后印象派三巨匠”。1873年开始绘画。1876年作品入选巴黎沙龙。1877年创作第一件雕塑作品。其绘画理论和实践影响了后来的一大批画家，尤其是他离开法国，到了南太平洋上的塔希提岛之后，被誉为继印象主义之后举足轻重的艺术革新者。代表作有《神秘的水》《幽灵在观看》《乌鸦》等。

从远方来的人

1887年冬天的一个夜晚，在比利时古老的小城大永布，梵高和保罗·高更这两个未来的绘画界的“奥林匹斯山上的巨人”，在克利希广场一家名叫查莱的餐厅里第一次相识了。当时梵高刚刚举办了一个画展，但他根本不让高更祝贺他的画展成功，而是用力握着高更的手说：“不，兄弟，是我应该祝贺你。我在一个朋友那里看到了你在巴拿马和马提尼克岛上画的画，真是让我大开眼界！那简直不是用笔画出来的！……这些画既是艺术品，同时也是魔鬼啊！”

两天后，高更邀请梵高和他亲爱的弟弟提奥去他临时的住所，看他另外的一些画作。梵高全神贯注地从各个角度欣赏了这些作品，最后对高更说道："什么是伟大的绘画？请相信我的判断，这就是了！它们发自内心，发自热血，如同伟大的激情在喷射……"他紧紧地拥抱了高更，诚恳地说道："这些绘画点燃了我，兄弟，教教我！"

他们伟大的友谊从此开始——虽然后来的结果却十分糟糕。

一年之后，梵高预言：绘画的真正革命不会发生在优雅的欧洲，不会发生在那些貌似温文尔雅实则精神颓废的沙龙画家身上，而是在远方，在热带地区，在那部让他和高更都感到眼花缭乱的小说——皮埃尔·洛蒂于1880年出版的小说《洛蒂的婚姻》里故事所发生的地方。

这些地方所具有的原始力量，神秘、野性、纯真和创造的活力，自由的精神和隐藏在丛林深处的文明才是调和画布上的色彩的活水，才是激发绘画革命与创新的灵感与激情。高更用自己的绘画证实了梵高的预言。这些不朽的作品，就是他后来在南太平洋的塔希提岛上创作的《神秘的水》《我们从哪里来？我们是什么？我们到哪里去？》《幽灵在观看》《乌鸦》等等。

高更开始工作了！他每天都在作画。画各式各样的草图。他觉得，塔希提的每一样景物，都是色调明快而浓艳的，使他眼花缭乱、目不暇接。森林和海洋的空气给所有人以强壮的肺叶、宽阔的肩膀和有力的双腿。海滩上的卵石和天上的太阳对所有人都一视同仁。男人和女人都那么单纯、那么美，没有陌生和神秘感，女人有雄浑和阳刚的一面，男人身上也不乏妩媚的气质。这一切都让高更陶醉。以前在巴黎画画，他总是举棋不定，苦不堪言，现在却简单多了：看到什么就画什么，不必多加思虑，只要往画布上涂一块红或一块蓝就可以了。而在溪流中，有整块整块的金黄色流光。

他每天都激情汹涌，创作的灵感应接不暇。

"你还犹豫什么啊？为什么还不赶快把象征太阳喜悦的金色，倾倒在画布上？"他一次次催促自己说。

在这里，欧罗巴的一切陈规陋习和矫揉造作都被他抛到了九霄云外。文明渐渐地从他身上消退，安宁和朴素降临在他心中。他的思想也随之变得单纯了。他觉得自己也成了一个自由的和充满活力的“野人”，既有人性的一面，又有动物性的一面。他的胸中燃烧着创造的烈焰。

他喜欢在塔希提的山谷间探险和漫游，目的是要追寻具有音乐性的色彩和他心中的原始美女的形象。

这一天，他沿着一条起伏的河流来到一处河谷。在一个拐弯处的水潭边，他看见一个裸体的塔希提少女，站在石壁前，张开双手，像是在抚摩石壁，又像在迎接一股高耸的流水。她显然已经痛饮了泉水，此刻正用双手接着流水，放到丰腴的胸前，让流水从两个健美的乳房中间流下去。高更贪婪地欣赏着这个山涧野鹿一样的少女，不敢发出任何声响。直到少女本能地感到有生人逼近，她才像一条鳗鲡一样潜入水中不见了。这个画面无法使高更平静。或许，他那幅《神秘的水》的灵感就来源于此。

在塔希提，高更像一个孤独的漫游者，终于回到了自己前世回忆似的故乡。古老的芦笛声伴他入梦。他说，在睡梦中，他能够想象出他头顶上的自由空间，那天穹，那漫天的星斗。而相比之下，欧洲的房屋，都像是监牢。现在，他已经远远地离开了那些监牢。塔希提人的茅屋不会把他从生活中放逐，不会把一个人从空间与无限中删除。

遗憾的是，梵高没能亲眼看见高更的这些作品。在法国阿尔，贫穷和癫狂病症的折磨，还有爱情，竟然与死神合谋，过早地夺走了画家的生命。但是，正如小说家巴尔加斯·略萨所想象和描述的那样，梵高会用在重大时刻发生幻觉的目光透视《神秘的水》，随后，他还会拥抱和亲吻着高更，并且还会声音颤抖着高喊：“兄弟，你知道你是谁吗？你是在跟魔鬼私通啊！”

高更的命运不幸被他的母亲言中了。1854年秋天，高更的母亲阿琳·高更带着6岁的儿子和7岁的女儿回到法国，1861年搬到巴黎定居。在此后的许多日子里，母亲以当裁缝为生，教养着自己的两个孩子。1865年，17岁的高更成为巴黎一所商业海军学校的注册驾驶见习生，并开始不断地出勤航海，似乎正在渐渐地走近他小时候就有过的那个漫游与远航的梦想。他的足迹到达过南美洲、地中海和北欧等地。然而，他没有想到，当他离自己的梦想越来越近的时候，却正离自己的母亲越来越远。母亲还没有来得及看到自己的儿子在绘画上的成就，就被残酷的命运匆匆地带往了另一个世界。1871年，他在印度得到母亲去世的噩耗。母亲在遗嘱里仍然对他放心不下，叮嘱他，“要开始发展事业。因为他如此不受亲友喜欢，最后会落得孤寂以终”。

母亲显然对自己的儿子的性格与命运十分了然。在高更去世后，人们在他遗下的文件里，发现了他母亲年轻时的一帧相片，以及高更根据这帧相片所画的一幅母亲的肖像。世界上有许多画家都画过母亲，如塞冈第尼的《两个母亲》和《爱的果实》，米勒的《烛光》，惠勒斯的《灰色与黑色第一改编曲：画家的母亲》，约翰·威廉·海涅斯的《睡梦中的婴儿》等。

出现在高更画笔下的母亲，真如他所追忆的那样，年轻、优雅、美丽，她的凝视是那么温柔、高贵和纯真，充满爱意。这是我所见过的最为美丽的母亲肖像之一。

沃特豪斯 John William Waterhouse

(1849—1917)

约翰·威廉姆·沃特豪斯，英国画家，“前拉斐尔画派”代表画家。生于意大利罗马，后定居英国伦敦。1871年进入皇家艺术学院学习。以擅长创作历史和神话故事题材的绘画著称，画过莎士比亚戏剧里的奥菲莉娅，也画过安徒生童话里的小人鱼。代表作有《回声与水仙》《舞蹈之后》《夏洛特夫人》《魔法环》等。

回声和水仙

希腊神话里，那个长相俊美的少年纳息斯，天天在溪流边看着自己映在水中的影子，越看越觉得自己很美，耽于自我迷恋，竟废寝忘食，溺水化为水仙。

其实，这个故事并非如此简单。而且，少年纳息斯的故事又与仙女厄科化为回声的故事连在一起。话说纳息斯长到16岁的时候，已经是一个风度翩翩的美少年了。无论他走到哪里，都能吸引众多少女爱慕的目光。可是，这个俊美的少年性格傲慢，谁也打动不了他的心，除了他自己。

有一次，平时喜欢说话的仙女厄科看见了纳息斯，一见倾心，深深地爱上了他。可是，就在不久前，厄科刚刚受到神后赫拉的惩罚。原因是性格多疑和喜欢嫉妒的赫拉，总是对自己的丈夫宙斯放心不下，时常会到山边去偷偷察看丈夫的行踪，窥视宙斯是否在和仙女们鬼混。有一次，厄科看见赫拉又在偷窥，就故意缠着宙斯，不停地说着什么话，让其他仙女都乘机跑远了。赫拉看穿了厄科的把戏，便怀恨在心，就找机会对厄科说："都是因为你那条爱说话的舌头，把我骗得好苦！为了不让它再喋喋不休、长篇大论地说那么多废话，你就别怪我无情了……"就这样，赫拉让仙女厄科失去了自由说话的能力，而只能重复别人说话的声音最后面的几个字，并且绝对不能先开口。后来的"回声"这个词，就来自仙女厄科这个名字。

自从厄科遇见了纳息斯之后，她多想能尽情地对他说上一些甜言蜜语，表达出自己心中的爱慕之情啊！可是她无法办到。她没有自由表达的能力了。这天，她看见正在林中打猎的纳息斯，恰好与同伴走散了。纳息斯在森林里大声呼喊："这儿可有人？"厄科高兴地回答说："有人……"纳息斯先是吃了一惊，接着又喊道："来呀！"厄科也就回答说："来呀……"

纳息斯颇感惊奇和迷惑，就建议说："到这里来，我们见见面吧。"厄科也回应说："见见面吧。"可是，当厄科激动地穿过森林，想要上前拥抱自己所钟爱的美少年时，自我迷恋到极点的纳息斯，却一边飞跑一边说道："不要！不要用手拥抱我！我宁可死，也不愿意让你占有我！"

仙女厄科的自尊心受到极大伤害。她没有想到自己会受到如此坚决的拒绝。她感到了深深的失落和痛苦。从此，她夜夜辗转反侧，郁闷在心，以至于形容消瘦，命若游丝。最后，她整个形体渐渐消失，连骨头也化成了顽石，只剩下了声音。人人只能闻其声而永远无法见到其人了，这就是"回声"最后的悲剧。

再说纳息斯。他不仅以如此自恋的态度伤害了仙女厄科而不自知，此后也以同样的态度对待别的生活在溪流边和山上的仙女们，甚至也这样冷酷地对待自己的同性伙伴。有一天，又一个受到了他傲慢的拒绝的少年，终于忍无可忍了，就举手对天祈祷说："既然如此，我愿他只爱自己，永远享受不到他所爱的东西吧！"这个少年的合情合理的祈祷声，被复仇之神涅墨西斯听见了。复仇之神就对自恋的纳息斯实施了不知不觉的惩罚：让他从此只耽爱于森林边的一汪清澈的池水，以及池水中的那个美少年——即纳息斯自己在水中的倒影。

于是，他日日照影水边，不吃不睡，耽于一个水中的幻影与假象，自欺而欺人。就这样，原本的美少年日渐憔悴，以前风姿翩翩的样子不复存在了……最后，纳息斯坠入了池水，想与自己所追求的幻影合而为一。可是，到了地府以后，他心性不改，仍然在斯提克斯河水里贪恋地照看自己的影子。

他的姐姐们痛哭不已，纷纷剪下长发为弟弟致哀。善良的厄科也不计前怨，伤心地重复着姐姐们的哭声。然而，在她们准备安葬纳息斯的时候，却怎么也找不到他的尸体。最后，她们只在河水边找到一朵有着白色花瓣和黄色花蕊的水仙……

正如"回声"是由厄科而得来，"水仙"也是由纳息斯而得来的。希腊神话里的这段伤感而带有宿命色彩的故事，西方有不少画家都做过姿态各异的描绘和表现。纳息斯在水边自我迷恋的身影，在许多艺术品里都不难看到。后来，这个美少年的命运常常被用作少年夭折的象征。

19世纪英国画家、伦敦皇家美术学院成员沃特豪斯，以擅长创作历史和神话故事题材的绘画而著称于美术史。他画过莎士比亚戏剧里的奥菲莉娅，也画过安徒生童话里的海的女儿。《回声与水仙》是他的神话故事题材名作之一。

画面里，少年纳息斯贪恋和沉湎于自己的水中倒影，仙女厄科正在一边用同情和怜惜的目光看着他，而又毫无拯救他的办法。水边的黄色水仙花似乎在暗示着纳息斯最终的命运结局……

梵 高 Vincent Willem van Gogh

(1853—1890)

荷兰后印象派画家，生于荷兰布拉邦特。曾做过职员、传教士，1880年左右开始绘画生涯。在他生前的最后10年间，创作了超过2000幅绘画作品，包括约900幅油画、1100幅素描。作品注重表现对事物的感受。代表作有《星夜》《向日葵》《鸢尾花》《有乌鸦的麦田》《咖啡馆》《吃马铃薯的人》及《自画像》系列等。

红 虾

这是1886年冬天，一个最寒冷的黄昏。贫穷的荷兰画家文森特·威廉·梵高，因为付不出房租，被迫冒着刺骨的风雪，来到了一家廉价的小画铺门前，几乎是央求着老板开了门，希望老板能收购下一幅他刚刚完成的静物画。

是的，这个年轻的、还未成名的画家，实在是太贫穷了！他一个人流落在异乡，身边既无亲人也无朋友。虽然他每天都要进行14至16个小时的绘画工作，可是他的画一张也卖不出去。他因此而受尽了人世的歧视与冷遇。他在寒冷的冬夜里，紧紧地裹着一条旧毛毯，给远方最亲爱的弟弟提奥写信说：

“我是多么希望能有个小小的、安定的栖身之所啊！实际上，这是我绘画唯一的必备条件。如果能有一份足够使我在画室里不受任何困扰，可以画一辈子画的工资，我就觉得自己很幸福、很幸福了。”

可是实际上呢，他连这么一点小小的希求都达不到。他在另一封信上诉说道：“这几天，我过得很不愉快。星期四，我的钱已花光了，几天里，我靠几杯咖啡加一点点面包为生，面包钱还是欠人家的。今晚下肚的只是一块面包皮了……然而，创作却深深地吸引着我，我像苦力一样画着我的油画……”

生活是这样的不公平，青年画家又是如此的贫困无助！他知道，这个冬天，如果再卖不出一张画去，那么，他只有被赶出旅店，露宿在风雪街头了。

还算幸运，小画铺的老板勉强购下了他的那幅静物画，给了他五个法郎。对于梵高来说，这算是最大的恩宠了。他紧紧地攥着这五个法郎，赶忙离开了小画铺。

可是，就在这风雪交加的归途上，他忽然看见一个衣衫褴褛的小女孩，刚从一座教堂里走出来。小女孩很美丽，不过，从她那一双可怜的、孤苦无助的眼睛里，画家一下子就看出来了，她也正处在饥寒交迫之中。

梵高割耳后的自画像

“可怜的孩子！”梵高用忧郁的目光注视着这个眼睛里含着哀求的小女孩，喃喃地说道：“没有错，当风雪降临到世界的时候，所有的穷人都是困苦的，而那些富人，哪里会懂得这些事呢。”

这样想着的时候，他完全忘记了，房东此时正守在他的住处，等着他回去交房租呢！他几乎毫不犹豫地把自己刚刚拿到手的五个法郎，全部送给了这个素不相识的、可怜的小女孩。他甚至还觉得，自己所能给予这个小女孩的帮助，实在是太微不足道了。于是，他满脸惭愧地、逃也似的离开了小女孩，消失在了凛冽的冬夜的风雪之中……

仅仅过了4年，文森特·梵高，这位尝尽了世间的冷暖炎凉和孤独贫困的艺术家，就凄惨地辞别了人世。这位可怜的天才画家，仅仅活了37年。

梵高生前，他的绘画成就始终没有得到世人的承认。可是当他死后，他留下的作品却成了全世界人仰之弥高、光彩夺目的珍品。有谁能想到，他在辞世前一年画的那幅当时竟无一人问津的《鸢尾花》，在他死后还不到100年的时间，售价竟达到了5400万美元！

更没有人会想到，1886年冬天的那个黄昏，他那幅仅仅卖了五个法郎的静物画，若干年后，在巴黎的一家拍卖行的第九号画廊里展出，有人出价上万法郎购下了它！在这幅小小的静物画上，画家画的是几只诱人的红虾……

多么美丽的红虾啊！这位世界画坛上的“奥林匹斯山的巨神”，透过这小小的红虾，抒发了他那深沉的仁爱之情，表达了他崇高和善良的、艺术家的良心。

列维坦 *Isaak Iliich Levitan*

(1860—1900)

俄国画家，现实主义风景画大师，被誉为“画布的抒情诗人”。生于立陶宛基巴尔塔，后移居莫斯科。1879年创作处女画作《索科尔尼克的秋日》一举成名。1891年加入巡回展览画派。作品充满抒情意味。代表作有《春汛》《池塘涨水》《深渊旁》《弗拉基米尔路》《伏尔加河上的清风》等。

画布上的抒情诗人

伊萨克·伊里奇·列维坦被誉为“画布的抒情诗人”。他在画布上倾注了对俄罗斯白桦林、田野与河流的热爱，谱写了俄罗斯大地上的春天与秋日的咏叹调。

1860年8月18日，列维坦出生于立陶宛基巴尔塔的一个犹太人家庭。父亲是铁路上的普通职员。列维坦幼年时父母双亡，生活无着落，12岁时进入莫斯科绘画雕刻学校半工半读。

1884年，他的作品在巡回展览协会的展览会上展出，从此以独具风格的风景画家登上俄国画坛。1891年，他30岁时正式加入“俄罗斯巡回展览画派。”列维坦热爱大自然，多次沿着伏尔加河沿岸旅行，用自己的画笔与俄罗斯的天空、森林、河流、土地对话。

他对大自然，对田野上四季的变化，有着异于常人的敏感与最细腻的发现。与希施金所画的雄伟、茂密和苍郁的森林不同的是，列维坦的风景画里所表现的多为明亮的池塘、溪流，林木稀疏的小树林，开满野花的田野和小路。他不是声音低沉苍茫的圆号和大提琴，他是明快和抒情的小提琴。

但这并不意味着他的音色单一，也不意味着他的音域狭窄。不，他的风景画的调子有时明快而疏朗，有时也沉静而忧郁。他也并不缺乏深度。他既画过抒情诗一般明媚婉约的自然风景，如《三月》《春汛》和《池塘涨水》等，也画过使人感到痛苦和抑郁的“历史风景”，如《深渊旁》和《弗拉基米尔路》等。

《深渊旁》和《弗拉基米尔路》都画于1892年。如果仅看画面，视角几乎一样：一幅画的是一座架在潭水上的小木桥，木桥从眼前通往幽暗的树林深处；另一幅画的是原野上的一条大路，大路从眼前伸向了没有尽头的远方。然而它们却并非单纯的风景画。它们所表现的都是历史，被称为“俄罗斯的历史风景画”。

《深渊旁》的画面上的树林，暗黑而密集，波光粼粼的潭水幽深而神秘，整个气氛会使人感到紧张、恐怖和压抑。原来，这个画面的背后的确隐藏着一种叙事。故事来自普希金曾写过的那个俄罗斯民间故事——

传说，在一座古老的城堡边上，有一片深深的灌木林。每当月色朦胧的午夜时分，就会有一个披散着长长的头发的女幽灵，从墓地的乱石堆中走出来，在通往深潭的泥泞小路上，面向“终身服役”的驻地，嘤嘤地哭泣，从午夜，直到黎明到来之前……人们说，是一个美丽而纯洁的少女。她是一个磨坊主的女儿。像许多吝啬的磨坊主一样，她的父亲爱钱如命，为人极其势利。只要看见鼓着肚皮的老爷，她的父亲就会立刻脱下帽子，深深地弯下腰去，然后表白道："尊敬的老爷，卑贱的我，向您致敬！"可是见了赶车的穷人，他就会另眼相待："呸！别碰着我，你们这些泥巴腿子，小心！"

他把自己美丽的女儿视为一笔巨大的财富，一心想去换个好的价钱。在他的美梦里，未来的女婿，不是腰缠万贯的阔佬，就是沙皇麾下的骠骑兵。他甚至想，只要有钱有势，即使一个老头又有什么关系！但是，纯真而美丽的少女却深深地爱上了邻村的一个朴实憨厚的青年农民！为了拆散这两个相爱的人，磨坊主想法收买了征兵局里负责终身服役制的老爷，在一个漆黑的夜晚，不仅抓走了那个小伙子，还把自己的女儿软禁了起来……

后来，在一个暴风骤雨的深夜，忠诚于自己的爱情的少女，悄悄逃出了软禁自己的高墙，赤足奔向黑夜里的灌木林……可是，茫茫天地，她不知道要去往哪里。在最后的绝望里，她从灌木林旁的一座木头小桥上，跳进了波光粼粼的深渊之中……

潭水吞没了她的生命，也吞没了她的爱情和希望。但从此以后，每当万籁俱寂的午夜，水面上就会飘过她断断续续的哭泣声，带着幽怨，也含着悲愤，更表达着一种控诉与渴求……

普希金的叙事诗《女水妖》，就是根据这个伤心的故事改写而成。而列维坦的这幅《深渊旁》，也在无声地讲述着当初和后来的每个午夜时分的幽怨与伤感。水面上的粼粼波光，是月光和星光的映照，还是潇潇春雨在飘落？是画家对少女忠贞不渝的爱情的伤逝，还是少女不死的灵魂在水面上游荡？幽深而沉寂的画面上，仿佛有一个无声的声音在诉说……

《弗拉基米尔路》更是一幅充满叙事性的作品。弗拉基米尔路，是一条长长的、曲折的、通向风雪弥漫的西伯利亚流放之地的道路。19世纪在沙皇统治下的俄罗斯，所有被流放到西伯利亚的政治犯、革命者、具有先进的民主主义思想的知识分子，都是从这条大路上离开自己的亲人和同志，走向为祖国受难和献身的道路，走向风沙漫漫的远方的。在这条道路的尽头，就是镣铸、血泪、风雪怒吼以及生命倒下的声音。弗拉基米尔大路上，留下了他们的镣铐声和握别的话语。

正是这样一些敢于为最崇高的理想受难和献身的人，赋予了弗拉基米尔大路一种同样的崇高、神圣与悲壮的色彩。画面上，阴霾隐隐的天空里，充满了不可捉摸和即将到来的压抑气氛；漫长的、望不见尽头的道路上，再也看不见朋友和亲人的身影。有的只是荒凉的沙石、泥泞、野草、荆棘，只是苦难的流放者和沉重的驿车走过之后所留下的足迹与沟辙……

然而，这条悲壮的大路也带给人们以斗争的希望和胜利的信心。受难者既然可以从这里离开，有一天也就能够再从这里归来。他们所走的不是一条不归之路。他们将前赴后继，在同一条道路上迎接春天、希望和胜利。

小说家契诃夫曾不无惋惜地说过："列维坦是一个伟大的、独树一帜的天才，他的作品多么清醒有力，本该引起一场变革的，可惜他死得太早了。"

列维坦的风景画就像春天的小树林、春汛时节的河流与池塘一样，给人带来希望和鼓舞的力量，带来清新的气息与原野般开阔的视野。就像同样以擅长描绘俄罗斯大自然的秘密的散文作家普里什文所说的，"我像草一样，从大地上出生，像草一样开花。人们把我割下来，马吃掉我，而春天一到，我又一片青葱，夏天，快到彼得节的时候，我又开花了"。

列维坦的风景画是其他任何风景画家无法代替的。他的画呈现着一种独一无二的"列维坦面貌"：他以一种无法言说的优美、温暖的抒情性，唤起人们对大自然、对俄罗斯的树木、河流和原野的深深的热爱与向往。

1900年7月22日，列维坦在莫斯科逝世。他把那些色彩明媚的风景画留给了世界，仿佛在告诉俄罗斯和俄罗斯大地以外的每一个人、每一条河流、每一棵白桦树："我爱你们！爱你们爱得心灵作疼……"

德彪西

Achille-Claude Debussy

(1862—1918)

法国作曲家、音乐评论家，近代“印象主义”音乐代表人物，生于圣日耳曼昂莱。11岁进入巴黎音乐学院，受名师指导，研修音乐12年。1890年以后，音乐作品开始带有印象主义色彩，旋律略带冷漠飘忽的感觉。代表作有《佩列阿斯和梅丽桑德》《牧神午后》《夜曲》《大海》《月光》等，钢琴曲有《版画集》《意象集》等。

德彪西的月光

1918年，第一次世界大战期间，在德国和法国激烈交战的最前线，有一天，在德军某部的一个连队指挥部里，正在举行一场战地音乐会。连队的长官是一个音乐爱好者，他非常起劲地组织这样的战地音乐会，为的是帮助士兵们忘掉战争生活的恐慌和痛苦。他尤其喜欢法国作曲家德彪西的作品，所以，小小的指挥部里，现在正遵照他的指令在演奏德彪西的弦乐四重奏。

虽然周围不时传来呼啸而过的流弹和炮弹爆炸声，但是，柔和、细腻的音乐旋律，使演奏者和听众都沉浸在了美好音乐里，每个人几乎都忘掉了战争的存在，忘记了不远处就是炮火连天的战壕。

就在这时，一个传令兵匆匆跑来报告："据刚从收音机里收到的消息，音乐家阿希尔－克劳德·德彪西于昨日深夜因病逝世。"顿时，音乐声停止了，全体官兵同时默默地起立，向这位伟大的德国音乐家默哀致敬……

一位参加过这次四重奏演出的青年人，当时只有22岁的作曲家亨德米特后来回忆说："我平生第一次感觉到，伟大的音乐超越了民族和政治的界限。"

德彪西受欧洲印象派绘画的影响，开创了"音乐里的印象派"。他和那些"印象主义画家"一样，善于从大自然中捕捉瞬息万变的音乐元素，他的作品也多是取材于大自然风光的，如《水中倒影》《雪花飞舞》《雨中花园》《原野的风》《浓雾》《月光》《大海》《枯叶》等。在表现手法上，他喜欢细腻、柔和地描绘出自然景色传递给人的瞬间印象，着力渲染"音画"效果，把调性、和声、音色、旋律、节奏、速度都作为创造色彩的一种手段。

不过，在探索自己独特的音乐风格过程中，德彪西也走过了一段坎坷不平的道路。德彪西是一位早熟的音乐天才。他出生的家庭里并没有音乐，他的父亲是一个小店主，贫穷得几乎没有能力给小德彪西任何方面的教育。因此，他唯一希望的就是儿子日后能凭着自己的力气成为一名水手。不过，幸运的是，有一位曾经跟着肖邦学习过音乐的好心肠的夫人，很喜欢这个孩子，经常免费给小德彪西上课。小德彪西身上的音乐天赋得到了开发。1873年，当他还只有11岁时，巴黎音乐学院就破格录取了他。

3年后，他的钢琴教师马莫特对他作出了这样的评语："读谱优秀，听音准确，在理论方面比较迟钝。"

这里所说的理论方面"比较迟钝"，就是指他不肯接受老师的陈规旧说。他的钢琴演奏触键优雅、细腻，却缺乏力度和激情，也没有什么明确的节奏，这些都已经开始显示了他"印象派"的特色。但在当时，这种风格却被人嘲笑为"女孩子式"的演奏。

1877年，他在一次钢琴演奏比赛中获得了第二名。他与被学生们称为

“念珠”的和声课老师发生了激烈的冲突。在一次命题和声比赛时，在不足20小节的一段乐曲中，德彪西竟六次“犯规”地使用平行五度和平行六度，他的比赛资格因此被取消了。但他没有放弃自己的追求，他坚持走自己的路，后来终于成为世界公认的独创一格的音乐大师。

《月光》是德彪西的音乐代表作之一。这首曲子是受著名象征派诗人魏尔伦一首同名诗歌激发出灵感而写成的。那是在1884年，德彪西赴意大利留学，其间游历了意大利北部的贝加摩地区。那里，美丽的自然风光给他留下了深刻的印象。

旅行归来，他读到魏尔伦的那首《月光》——

你的心灵是一幅绝妙的风景画，
村野的假面舞令人陶醉忘情，
舞蹈者跳啊，唱啊，弹着琵琶，
奇幻的面具下透出一丝凄清。

当欢舞者用“小调”的音符，
歌唱爱的凯旋和生的吉祥，
他们似乎不相信自己的幸福，
当他们的歌声溶入了月光——

月光啊，忧伤、美丽、静寂，
照得小鸟在树丛中沉沉入梦，
激起那纤瘦的喷泉狂喜悲泣，
在大理石雕像之间腾向半空。

这首梦幻般的抒情诗唤起了德彪西的创作激情，他一口气创作了一部同样带有梦幻色彩的组曲，其中第三首就叫《月光》，表达的就是贝加摩的浓浓月色在他心灵中留下的美好印象：

皓月清辉，天地澄净；美丽的雪山上的夜空，就像黑色的天鹅绒一般舒展开来，宝石般耀眼的星星在山峰上闪现……如银的月光下，清风徐来，树叶沙沙作响……德彪西用自己曼妙的音符和旋律，给我们谱写出了一曲“海上生明月，天涯共此时”一样柔和、明净的抒情音画。

1908年，德彪西还为自己的小女儿创作过一首《儿童世界》钢琴曲，曲谱上写着：“爸爸对女儿的爱”。这首钢琴曲当年在巴黎首演后，听众反应十分热烈，从此也在全世界广为流传，成为以儿童为主题的世界经典名曲之一。

第一次世界大战期间，德彪西身患癌症，在病苦之中创作了大量现实生活主题的作品，对遭受苦难的人民寄予了无限的同情。与此同时，他自己的生活也贫困不堪，几乎每时每刻都挣扎在饥饿和疾病的死亡线上。

但他并没有因此而向金钱屈服。有的人劝他去创作一些能够满足当下趣味的东西，可以卖给一些酒吧和音乐商人，换取一些费用，但都被他拒绝了。在他的心中，伟大的音乐是至高无上和神圣不可侵犯的。他说：“艺术应该与功利主义分开。买卖音乐作品的想法，对我来说，像买卖一桶猪油或一桶啤酒一样悲哀，一样值得讽刺。”不愿为金钱而出卖艺术家的良心，出卖音乐的尊严，这是德彪西的艺术和生活的准则。他为我们留下的著名管弦乐还有《牧神午后前奏曲》《夜曲》《大海》等，钢琴曲有《版画集》《意象集》等。

卡米尔 Camille Claudel

(1864—1943)

法国女雕塑家。1881年进入巴黎克罗拉西美术专科学校。1883年成为罗丹的学生、合作者、模特和女友。罗丹以她为模特创作了《思》《永恒的偶像》《永恒的春天》《晨曦》《达娜艾》等令人惊艳的传世作品。1893年开始独立创作，生前的创作成就未得到世人完全认可，直至逝世30多年后才获得好评。代表作品有《华尔兹》《沙恭达罗》《冥思》等。

荣耀与疼痛

1881年，17岁的卡米尔·克洛岱尔只身来到巴黎，寻找她的艺术梦想。两年后，通过画家布歇的介绍，她认识了雕塑家罗丹。这一年罗丹43岁。布歇原本想介绍她成为罗丹的学生，但罗丹说："我不带学生，不过可以让她当我的助手。"于是，第二年，卡米尔进入大师的工作室。

在所有为画家做过模特儿的女艺术家当中，卡米尔·克洛岱尔也许是最富有传奇色彩、最使人艳羡、同时也最让人叹惋的一位。她是罗丹逝世前最想见到的一位亲人；作为罗丹的学生、模特儿、创作伙伴和情人，她分享了罗丹给予她的幸福、欢乐与名声，也承担了罗丹带给她的伤害、痛苦与沉重的命运。

她自己原本就是一个雕塑天才。在她12岁的时候，这位艺术的小精灵在故乡维尔纳夫村泥土的芳泽下，就已立下了“我要当雕塑家”的誓愿。那时她正如痴如醉地揉捏着黏土、胶泥，曾经暗下决心，要一个人穿越塔尔努瓦森林，独自登上盖安山，去征服山上的巨石。

她生就一个绝代佳人的前额，一双清澈如海的深蓝色眼睛，一张倨傲精致的嘴，一头簇拥到腰际的赤褐色秀发。有人说，和她揉捏得那些神情毕肖的小人儿相比，她自己更像一件精美绝伦的艺术品。她的弟弟、后来成为诗人的保罗·克洛岱尔曾这样描述过自己的姐姐：“她的气质端庄而高雅，有着一个美丽的前额，在漂亮庄重的眉毛下面有着一双明亮的蓝色的大眼睛。”

在长长的大学路的尽头，有着一个大理石仓库，被蔓草侵占的院内，卧着许多沉重的、灰白的大石块，处处显现出新鲜的断口，霜一般的白。这些大理石，是政府储藏起来给雕塑家使用的。院子的一边就是罗丹和其他雕塑家的工作室。罗丹在这里一天天地忙碌着，总是争取利用最后一线阳光来工作。

卡米尔很喜欢罗丹在休息时用泥土捏的一些小草稿。她觉得，在这短时间内捕捉到的美好姿态是那么真实而又易逝。卡米尔发现罗丹的工作室分工很明确：翻模工把雕塑家捏成的泥塑复制成石膏件，粗雕工在大理石上凿出轮廓，标定关键点的位置，以便制坯手按照石膏模型雕凿成型。浇铸工匠的工作则比较独立，他可以同时为好几个雕塑家工作。最后由专门的工匠在青铜铸件上做出铜绿的效果。而他的工作方法更独特，男女模特来回坐着或走着，而罗丹在不断地观察。这些全无遮掩的人形，在他面前走来走去，这样，他能熟知动作时的每一处筋肉状态，从而更好地理解人体每一部分的情感表现。他的眼睛追踪着模特身上的每一个细节：动人的腰肢，舒展双臂时的一缕缕金发……

卡米尔比罗丹所有的助手都勤奋。她总是早早地来到工作室做打扫清理的工作，此外还有搬运塑像、搭支架、递工具、画素描、做雕塑，灰头土脸，浑身泥斑，就像一个男人一样工作。她常常疲惫不堪，因为工作时间太长。可是她满心欢喜，因为她正在一点点实现自己的梦想。

卡米尔一直坚持做她自己的雕塑，她要成为雕塑家的心又强烈又执着。于是她开始做起罗丹的头像来。罗丹熟练敏捷地往躯干上堆胶泥，两只手配合默契地工作着，胶泥在他手里得心应手，还有他全神贯注的神态，都在深深地感染着卡米尔。

有一次，在还未成形时，塑型被罗丹发现了。她猜想他会很开心，就站在一旁看罗丹那么仔细地看着她塑的像。

“你的手感很好……”罗丹很严肃地说。卡米尔满心欢喜。“可你把鼻子塑得太高，嘴唇太薄……”罗丹说话一向坦率，“使我吃惊的是耳朵的隆起，耳朵的贝状隆起十分细腻。眼睑又长又大……眼神，生命的活力无处不有，困难的是捕捉它。不过单一地塑造各种侧面像时，在一个特定和永恒的命题中不断尝试所有侧面像的过程里，只需要理解和喜爱就行了。不过这座雕像的隆起对比过分，关节凸突，使人感到突兀……”最后，罗丹又说：“请你留心一下达·芬奇和米开朗琪罗的绘画风格，在白色和黑色之间，有着无穷的灰色、暗灰色、白色、暗褐色……”

就这样，罗丹渐渐开始对卡米尔做个别辅导，让她独立雕塑一些习作，并把自己的创作中有些手、脚的部分交给她完成。卡米尔感到这些日子是她最能创造出东西的时期。他们分担着共同的美与真的梦想。

从1884年到90年代初期，美丽的卡米尔不仅成了罗丹最得意的助手和模特儿，同时也成了他的情人。罗丹以她为模特，创作了《思》《永恒的偶像》《永恒的春天》《晨曦》《达娜艾》等众多令人惊艳的传世作品。

可是，令人遗憾的是，罗丹和卡米尔这受人羡慕的爱情关系，并没有维持多久就开始恶化了。其中的原因很多，人们做过各种猜测，最被普遍认可的一个原因是，卡米尔也是一个天才的雕塑家，她有自己的个性与追求，她不愿长期生活在罗丹名声的阴影下。她要建立自己独立的名声和成就。而这种独立的要求，使罗丹不悦。大师，终究也有自己致命的缺陷和弱点。

总之，从1898年开始，卡米尔离开罗丹而离群索居了，甚至拒绝在社交场合露面。她也开始潜心创作属于自己的作品。有一段时间，罗丹得知她经济拮据，想帮助她，但被孤傲的卡米尔拒绝了。

此后的罗丹创作与声名如日中天，而卡米尔仍被人视作“罗丹的学生”，无论她怎么努力也无法消除别人对她的印象。她开始幻想，她的幻想离奇恐怖……以至于最终发展到神经错乱，被送进了精神病院。医生开出的诊断书上这样写着：被迫害妄想症，具有偏执狂的性质，但不会导致对心理活动的损伤。

事实上，她的思维一离开罗丹，就能够明白流畅地思考。这时候的罗丹几乎成了她的一个“噩梦”。“我生活在一个如此奇特的世界上。我的生活就是一场梦幻，一场噩梦。”她给朋友写信说。

卡米尔死于1943年。她时而清醒，时而癫狂，在精神病院里挣扎和幻想了30年，最后孤独和凄惨地告别这个爱恨交加的世界。她给世界只留下一行歪歪扭扭的字：“余下的仅仅是缄默而已。”

一个美丽、年轻、天才的女人，曾经是罗丹无限的灵感之源和心灵的荣耀，最后也成了他一生的遗憾和疼痛。

齐白石 Qi Baishi

(1864—1957)

中国绘画大师，生于湖南湘潭，祖籍安徽宿州。少年时当小木匠，自学成才成为卓越画家。曾任中央美术学院名誉教授，1955年获得国际和平奖。诗词、绘画、雕刻，皆有成就，尤其擅画花鸟、虫鱼、山水，是中国近代水墨绘画的一代宗师。

芭蕉花卷心是左旋还是右旋

据说，艺术大师毕加索曾对前往欧洲学画的中国人说过这样的话：“真弄不懂，你们为什么要舍近求远，跑到欧洲来学绘画？你们那里有齐白石，我们这里可没有这样的大师啊！”

1956年，著名画家张大千在法国拜访毕加索，毕加索又对张大千说：“我可不敢去你们中国，因为中国有个齐白石。”毕加索说，“齐先生水墨画里的鱼儿没有上色，却能使人看到长河与游鱼。还有那些墨竹与兰花，更是我不能画的。”

这一年，已经92岁的齐白石画的一幅国画《百花与和平鸽》获得了国际和平奖。白石老人说:“愿世界人人都如此鸟。画鸽要画出令人和蔼可亲，才有和平气氛。毕加索先生画鸽子飞时，要画出翅膀振动。我画的鸽子翅膀不振动，但要在不振动中看出振动来。”

齐白石是湖南省湘潭人，与毛泽东主席同乡。他小时候家里很穷，8岁就给人家放牛、放猪、砍柴。牛在吃草的时候，他就用柴火棍在地上画画。后来，他当了走村串巷的小木匠，后又学会了画画、刻章子，就以卖画、刻印为生。

齐白石从小生活在农村水塘边，喜欢花鸟虫鱼，也常常在塘边钓虾玩儿。他从青年时开始画虾，一直画到90多岁。他画的虾无论大小，看上去都栩栩如生，像活蹦乱跳地游动在水里的真虾一样生动。虾成了齐白石最具代表性的一个艺术符号。

有一天，画家徐悲鸿在家中设宴，专门款待齐白石、张大千两位大师。徐悲鸿故意让齐白石和张大千互换一下各自的“强项”，让白石老人画芭蕉，让张大千画虾。白石老人虚心地说:“老朽不敢下笔哪！因为我没弄清楚，芭蕉花的卷心是怎么长的，应该是左旋的还是右旋的？”张大千倒是提笔就画，画了一些虾，画得还十分入神，手舞笔飞。可是，齐白石看了看，却暗暗拉了拉他的衣袖，悄声说:“大千啊大千，虾的身子只有六节，不论大虾小虾，身子都只有六节，不能多画，也不能少画！”

原来，张大千不清楚虾的身子究竟有多少节，他忽视了生活细节的真实，最后只好又画了些水纹和水草，把节数不准的虾身遮掩了过去了事。回到家，张大千请人买来活虾，倒在盆中，仔细观察，果然发现虾子不论大小，虾身都只有六节。

在追求细节的真实上，显然齐白石堪称尊师。此后，张大千经常告诫他的学生们，创作时务必牢记：求真精神比任何想象更为重要。

还有一次，齐白石仍然和张大千一起画画。张大千画了一幅《绿柳鸣蝉图》，送给了一位著名收藏家。画的是一只蝉伏在柳枝上，头朝下，一副正要起飞的样子。蝉的神态和柳枝的飘摇格外生动逼真。

收藏家得到此画，很是珍爱，想请齐白石在画上题首诗。齐白石仔细看了画后，说了一句："大千此画谬矣！蝉在柳枝上，其头应该是朝上的，绝对不会朝下。"

张大千听后，心里很不服气，暗将此事记在心中。有一年他观察了整整一个夏天，发现树上所有的蝉果然都是头朝上，没有头朝下的。张大千从此对齐白石佩服得五体投地。

齐白石画每一种昆虫或别的小动物，都会仔细观察，胸有成竹之后，才会动笔。很多绘画素材，就来自他长期的生活观察和积累。他画《我最知鱼》，画的是小鱼儿围着追逐水中的钓饵，这是齐白石小时候经常做的事儿，所以他最熟悉鱼和虾。他77岁时画过一幅《墨猪出栏》，那是因为他童年时就养过猪、放过猪，他写的诗句"牧汝追思七十年"，写的是自己真实的经历。

齐白石喜欢画蝌蚪、蝉、纺织娘、蜻蜓、螳螂和一些草虫、甲虫，这是因为，这些小东西是他童年时代里最快乐的玩伴，他到老还记得，乡里人把黑蜻蜓叫作"黑婆子"，把七星瓢虫叫作"红娘子"。这些农村孩子眼里的草虫，在他笔下总是那么富有灵性，带着乡村孩子的童趣和情趣；他画鲶鱼，象征年年有余；画石榴，象征多子多孙；画桃子，象征多寿多福……他的画里，总是散发着浓郁的中国民间文化、乡土文化的气息。

大画家徐悲鸿十分欣赏齐白石的绘画艺术，称赞齐白石的画是"妙造自然，浑然天成"。但是，齐白石没有出名之前，很多画西洋画出身的画家，还有当时美术界的一些"学院派"画家，有点儿小瞧齐白石，觉得齐白石是乡村木匠、艺人出身，充其量就是个"画匠"。

有一次画展，齐白石的作品受到了冷落，他画的一幅《虾趣》，被挂在一个不被人注意的角落里。当徐悲鸿在展厅内看到这幅带着生动的田园生活气息的《虾趣》时，心中暗暗赞道："真是一幅妙趣横生的佳作啊！"

徐悲鸿当即找来展厅的负责人，把这幅《虾趣》挂到了展厅中央，和他的作品并列在一起，然后把《虾趣》只有8元的标价改为80元，把他自己画的一幅《奔马》，标价为70元。细心的徐悲鸿还特意在《虾趣》下面注明了"徐悲鸿标价"的字样。

这件事当时引起美术界的轰动，齐白石也从此名扬京城。

身为艺术大师的徐悲鸿，曾受聘担任北平艺术学院院长。他上任后不久，就亲自去拜访齐白石，想聘请齐白石来校担任教授。但是一连两次，齐白石默默看了一会儿徐悲鸿，都婉言谢绝了。徐悲鸿不死心，又第三次来到齐白石家里。这时候，齐白石说出了自己的心里话："我没进学堂念过书，连小学生也没教过，怎么能教大学生，当大学教授呢？"徐悲鸿说："你只在课堂上给学生画一画，做做示范就行了。"

就这样，因为有了徐悲鸿这样的"知音"，齐白石这个没有读过几天书、乡村木匠出身的画家，当上了美术学院的教授。

齐白石从一个乡村木匠而成为世界闻名的绘画艺术大师，他的奇特经历成为后来人津津乐道的艺苑佳话。

罗曼·罗兰 Romain Rolland

(1866—1944)

法国思想家、文学家、音乐史家、戏剧家。生于法国克拉姆西，后定居巴黎。一生笔耕不辍，在小说、传记、音乐史、音乐评论、戏剧等领域都留下了杰作。代表作有长篇小说《约翰·克利斯朵夫》《母与子》，传记《巨人传》等。他的小说被人们归纳为“用音乐写小说”；他的《贝多芬传》《米开朗琪罗传》《托尔斯泰传》等“巨人传”的主人公，是他心目中的“精神英雄”。

“让我们把窗子打开！”

约翰·克利斯朵夫出身于莱茵河畔的一个音乐世家，七八岁时就在音乐会上崭露头角。但是，父亲的酗酒、祖父的死，加上赚钱养家造成的过度疲劳，使他身心痛苦之极。一种中途夭亡的恐怖时时缠绕着他。同时，有一个坚定的、胜利的信念，也在他心力交瘁、厌恶人生的状态中强烈地支撑着他：“啊！今天不能把他在中途阻断！他不能落在今天所安排的陷阱之中！”

他不断地鼓励着自己，去迎接人生中的一切苦难。他在青年时代遇到了奥里维——他一生的朋友，法兰西民族思想的精英。他指引着克利斯朵夫去辨认那些真正的法兰西灵魂。此时，音乐已经成为他们心中的太阳。后来，克利斯朵夫突然遭遇了生命中的大难关：奥里维在一场偶然卷进去的街头动乱中死去。这一突如其来的打击使克利斯朵夫一下子掉进虚无里。“为何我们曾经生存？”克利斯朵夫的内心掀起了巨大的风暴……

所幸他没有被生活的风暴卷走。当他进入晚年时，他成了驰誉欧洲的音乐大师。最终，年老的克利斯朵夫渡过了河，到达了他心中的“彼岸”。在渡河时，他左肩上扛着一个娇弱而沉重的孩子。孩子用小手抓着这位音乐巨人额上的一绺头发，嘴里不停地喊着：“走吧！”当快要倒下去的克利斯朵夫终于到了彼岸，他对那个孩子说：“唉，你多沉重啊！孩子，你究竟是谁呢？”孩子回答说：“我是即将到来的日子。”

罗曼·罗兰的长篇小说《约翰·克利斯朵夫》，描述了一个德国音乐家一生的奋斗经历。在主人公身上，人们可以辨认出贝多芬、莫扎特、瓦格纳等艺术巨人和“精神英雄”的影子。主人公个人才智的成长与形成、个人精神反抗的历史、内心的风暴以及音乐创作过程中的痛苦与欢乐，是这部小说的精髓。

罗曼·罗兰是一位文学家，更是一位音乐史家、戏剧家。罗兰小时候身体很弱，心思却异常敏感，莫扎特、贝多芬的音乐使他着迷，莎士比亚的剧本对他更具有奇异的魔力。1889年罗曼·罗兰从高等师范学校毕业后曾前往罗马研究历史。他在读大学期间曾与托尔斯泰通信，托尔斯泰“不以暴力抗恶”“道德上的自我完善”和“博爱”等思想对他产生了深刻的影响。回国后，罗兰在巴黎几家中学和巴黎大学担任音乐史方面的教授。19世纪90年代末期，他开始进入文艺界，从事文学艺术创作活动。

罗曼·罗兰早期的文学活动集中于历史戏剧的创作，当时他认为戏剧是直接影响群众的最有效的手段。面对现代资产阶级精神道德的沉沦，他幻想着“以共和时代的烈焰重新点燃民族的英雄主义精神和信仰”。罗曼·罗兰早期的“革命戏剧”有《群狼》《丹东》和《七月十四日》等。

有很长一段日子，罗兰住在巴黎一幢五层小楼的顶层里。他每天的生活日程就是读书、做笔记、写文章，一天只睡五六个小时。他所有的休息就是变换一下自己正在做的事情，例如放下哲学书，拿起一本莎士比亚的诗集，或是放下正在写的文章，给朋友们复信。他唯一的娱乐是在黄昏的时候坐在钢琴前面弹奏一曲贝多芬的乐曲。这时的罗兰对当时法国文坛的浅薄非常不满。他和朋友一起自编自写，出版刊物，他的剧本、名人传记以及后来使他声名大噪的《约翰·克利斯朵夫》，都先后发表在这个刊物上。办这个刊物不是为了赚钱，所以既不登广告，也不问销路，当然也就没有稿酬，因此罗兰的生活非常清苦。但是有一个坚定的信仰支撑着他，就如后来他创作的《约翰·克利斯朵夫》的主人公所说的，“成功不是他的目的，信仰才是他的目的”。

从1904年开始，罗曼·罗兰用了8年时间创作出长篇小说《约翰·克利斯朵夫》。他说：“民族太小了，世界才是我们的题目。”这部被高尔基称为“长篇叙事诗”20世纪最伟大的小说，获得了1915年诺贝尔文学奖。

除了长篇巨著《约翰·克利斯朵夫》外，罗曼·罗兰还为不少艺术大师写过“巨人传”，如《贝多芬传》《米开朗琪罗传》《托尔斯泰传》等。这些“巨人”都是他心目中的“精神英雄”。他曾大声疾呼过：“让我们把窗子打开！让我们把自由空气放进来！让我们呼吸英雄的气息！”

1944年12月30日，罗曼·罗兰与世长辞。罗曼·罗兰毕生为祖国和世界的美好未来而探索；为沟通人类的同情心和道德感，为实现世界的和平、博爱、真理和公平而奋斗。他被后人誉为“欧洲知识界和艺术界的良心”。

马蒂斯 *Henri Matisse*

(1869—1954)

法国画家、雕塑家、剪纸艺术家，“野兽画派”创始人，生于法国勒卡多镇。1905完成巨幅画作《生活的欢乐》引起轰动。马蒂斯绘画十分注重色彩的表现力，被誉为“色彩的魔法师”。代表作有《舞蹈》《开着的窗户》《戴帽的妇人》《红色餐桌》《蓝色裸女（纪念比斯拉克）》《女黑奴》等。

色彩的魔力

1906年巴黎秋季沙龙画展之后，亨利·马蒂斯在众多的“艺术革新者”中的中心地位已经确立。诗人和艺术批评家阿波里奈尔在为他撰写的第一篇评论文章里，称他为“野兽中的野兽”，进而又称赞他是“一位集法兰西最温柔特质于一身的艺术家”，认为他的作品“简单却有力，明亮而柔和”。

马蒂斯的作品，以其热烈强健的色彩，粗犷而带有野性的线条，简洁和洒脱的、具有东方气质的装饰风格，成为古典主义绘画的叛逆者，自从问世之日起，就被贴上了“野兽派”的标签。但是，也正是依靠着具有视觉震撼力的色彩和粗重的人体轮廓，以及带有野性力量的线条，马蒂斯最终成为举世瞩目的绘画大师。

1947年，诗人路易·阿拉贡为次年在美国费城举办的艺术博览会所写的一个前言里，如是写道："有人提到马蒂斯时会说，在他之前的绘画都暗淡无光。这种说法可能是错误的和不公正的，但重要的是，有人已经这样说了，在马蒂斯面前，梵高、雷诺阿、莫奈、透纳……都黯然失色了。重要的是，在这个每半个世纪都会涌现一位新画家的世界里，马蒂斯又一次成为这样一位经常被人提及的画家。"

有意思的是，马蒂斯和比他年长11岁的毕加索，都受过长年住在巴黎的一位美国现代主义女作家格特鲁德·斯坦因女士的资助与影响。两位画家虽然各走各的路，固执己见，却又惺惺相惜，相互欣赏对方的创新。

有一天，马蒂斯碰见了诗人麦克斯·雅可布，就对他说道："假如不是已经选定了自己的艺术道路，那么我一定会走毕加索的那一条道路。"雅可布立刻回答说："这就巧了，毕加索也是这么说的。"

一个是野兽派的领袖人物，一个是立体主义巨擘，双方都不遗余力地捍卫各自的艺术原则，有时甚至针锋相对，水火不容，但这从不影响到两人的友谊。毕加索从他的蓝色时期开始，艺术风格不断变更；马蒂斯却始终坚持平涂似的色彩运用和东方式的装饰风格，在视觉上给人以最大的冲击与震动。马蒂斯说："我和毕加索有如南极和北极般的不同。"毕加索则坚信自己的情人费尔南黛在见过马蒂斯之后

"野兽派"创始人 马蒂斯

所得出的结论："马蒂斯五官端正，蓄着金色的胡须……是一位不折不扣的绅士。"

不同的画家往往给色彩赋予特定的含义。马蒂斯是这样看待色彩的："为了使一种颜色不侵蚀另一种颜色，我就要把所运用的各种颜色均衡起来。为此，我必须明了自己的构思。那时，在各种色彩之间就会产生一种相互关系，在这种相互关系中它们将不是彼此相毁，而是彼此烘托。"他强调，色彩的主要作用是为最出色的表现力服务。"如果某种色调也许就不知不觉地吸引住我的话，那么在作品完成时，我往往发现，我在彻底地改变了所有其余的色调以后，却把这种色调保存了下来。我完全出乎本能地理解色彩的表现力。"

马蒂斯在挑选颜色时，首先并不是根据某种科学原理或色彩搭配理论，而是根据个人观察、主观感觉和个人经验。他自己举例说，为了表现秋天的景色，他首先并不会立即想到什么样的色调适合于这个季节，他只是先被秋天留在他心中的印象与感觉所感动，于是，碧空的澄澈明净同树叶的浓淡色度一样绝妙地可以表达秋色：那可能是夏日的延续，又热烈又温暖；或者恰好相反，可能是凉爽、惨淡甚至萧瑟的，有着预示冬季将临的淡黄色的树木……

在《红色餐桌》这幅画里，马蒂斯用装饰性的抽象手法表现现实中的物品，用大片的红色把家庭的普通室内场景转换到了色彩装饰性的无限变化之中。这是马蒂斯展示自己色彩魔力的一幅比较典型的作品。伦敦皇家美术学院院长雷诺兹曾固执地认为，蓝色不能成为画面的主调，但是马蒂斯的《蓝色裸女（纪念比斯拉克）》，却偏偏在人体中加入蓝色，以增强人体的立体感。

这幅画中的女子是身材高大壮硕、充满野性的非洲宫女阿里亚娜，是一个具有阳刚之美的女性裸体。画中集中了许多互相矛盾的绘画元素，但画家使这些元素互相重叠，在形式上和象征手法上激起了观众极大的震撼，使这幅画成为野兽派的代表性作品之一。美国诗人威廉·卡洛斯·威廉姆斯十分欣赏这幅作品，曾动情地描述道："巴黎的灰尘和噪音随着她的裙子、内衣、鞋子和袜子一同落下来，她刚刚把它们放在一边，躺在阳光下沐浴。她也这样躺在男人悠闲凝神的目光中。……她肚子前面的一丛紫罗兰提醒我们已经是春天了。可以听到一列火车在山那边呼啸。还有什么可说的呢。她的身体既不是古典的，也不是任何的假设。她躺在那里，弯曲的躯干和大腿靠近青草和紫罗兰。……我们的这些姑娘是多么让人激动啊！"

马蒂斯不仅喜欢大红，也喜欢大绿。他的那幅经常被人谈论到的《绿线》，在大红大绿的平涂的色彩中展开，因为画中的女子从前额至嘴唇画有一条垂直的绿线而得名。《绿衣女郎》更是以绿色为主色调，人物衣着和背景都平涂着大块的绿色，使单调的颜色产生了奇异的视觉魔力。

1925年夏天，马蒂斯和妻子一起去意大利旅行，参观了罗马、西西里岛、那不勒斯等。回到尼斯后，他又画了不少带有米开朗琪罗风格的宫女。美丽的宫女们一直是马蒂斯的灵感和激情所在。画于1925至1926年的两幅《宫女》，无论是背景还是人物，都是那么美丽和富有东方情调。他曾对朋友说过，"仔细观察这些宫女，在美丽的光芒中，笼罩着阳光般的明澈……但内景的东方化装饰，奢华的帷幔和地毯，以及华丽的服装都不应该让人产生幻觉……在这令人昏昏欲睡的阳光下……巨大的张力在弥漫，这是绘画方面所特有的。"

马蒂斯晚年行动不便，无法画油画了，就改用剪纸粘贴来作画。有一幅摄于1952年的，马蒂斯赤脚坐在轮椅上，在里贾纳工作室中剪纸的照片，他的身后那面墙上，就贴着他的剪纸作品《女黑奴》。画面上，女黑奴的一只脚甚至踩到了地板上。

邓肯 Isadora Duncan

（1878—1927）

美国舞蹈家，生于美国旧金山，现代舞创始人，是世界上第一位披发赤脚在舞台上表演的舞蹈艺术家。曾在德、俄、美等国开设现代舞学校，教授一种基于古希腊艺术的现代自由舞蹈。主要作品有根据《马赛曲》《第七交响曲》《春》《斯拉夫进行曲》改编的舞蹈。著有《邓肯自传》和《论舞蹈艺术》。

俄罗斯的心为伊莎多拉哭泣

1927年9月14日，美国著名舞蹈家、现代舞派创始人伊莎多拉·邓肯平静地坐上了一辆小汽车，她的脖子上围着一条长长的中国红丝绸围巾。“再见，朋友们，我走向光荣去啦！”这是她留给世界的最后一句话。

一分钟之后，邓肯离开了人世。这辆小汽车没有挡泥板，邓肯把围巾围在脖子上，然后交叉披过肩膀，结果，围巾卷进了汽车轮子，勒断了她的颈静脉，她在一瞬间离开了世界，没有过多的痛苦，仿佛什么也没有发生过。

她的死亡，离她已经离异的丈夫、俄罗斯田园诗人叶赛宁的去世正好两年时间。两颗同为艺术之神所钟爱、又一同为爱之神所折磨过的灵魂，也许在天国里可以重新相会了。

1921年，她应邀踏上苏联这片红色的土地，在莫斯科创办了一所舞蹈学校。她把全部的热情投入到了现代舞事业之中，同时也深深爱上了苏联这个新生的国度。

一年之后，1922年10月，当她带着她的丈夫、俄罗斯诗人叶赛宁回到美国时，出现在美国人面前的，已不再是那个翩翩起舞的少女了，而是一位令人刮目相看的“现代舞女神”。人们说，她简直就像是“苏维埃俄国的化身”，她所表演的每一个舞姿，还有她每一个丰富的面部表情，都反映了人民的苦难、希望与理想。

当时，纽约《论坛报》发表了大字标题为《邓肯小姐舞蹈魅力深刻》的文章，称赞道：“最为突出的是她表演的《斯拉夫进行曲》，她刻画农奴制的悲剧，她出场时双手举着锁链，被专制暴政的重压压得弯腰驼背，但她终于以一种超人的力量摆脱了镣铐，像一个争得了自由的胜利者一样，欢天喜地地狂舞着……”

然而她不知道，她为艺术而受难的日子也随之来临了。在那个年代，在美国，“红色”无异于邪恶的代名词，把一个人叫作“布尔什维克”，就等于是在诅咒他的灵魂进入地狱。

邓肯因为热爱和钟情于红色的苏维埃俄国，她受到了美国政府

表演中的伊莎多拉·邓肯

的不断的刁难和迫害。她的美国国籍也被宣布取消了。有个传教士甚至在华盛顿叫嚣：“对那个衣服穿得不够遮羞的来自布尔什维克的轻佻女人，我真想当十五分钟的劳工部长，把她遣送回俄国，遣送回高尔基那里去……”

邓肯对此却毫不屈服，她理直气壮地回击说：“如果我的舞蹈艺术是某一种象征的话，那么，它就象征女性的自由和解放……我的身体是真实的，是美的，是艺术的，我的身体就是我的艺术殿堂，我把它作为对美的崇拜的圣殿来展示……”

与此同时，她与诗人叶赛宁的结合，也给她带来了深深的痛苦。邓肯是一位成熟的女性，富有母性。她深知，与年龄比自己小很多的叶赛宁结合，将意味着要迁就和忍让。她知道，欢乐是不会长久的，他这个来自俄罗斯草原的“野孩子”，会迟早摆脱她给予他的“爱情监护”。

她一再以母亲般温存的心原谅和宽容着任性的青年诗人莫名其妙的狂躁和粗暴。她理解这个忧郁的田园诗人离开了他的草原而身处异国他乡的孤独与痛苦。她对朋友们说：“这个孩子是个天才。我所有的恋人都是天才。”

然而，邓肯的宽容并没有拯救这个因为信仰和美梦的破灭而最终患了精神抑郁症的诗人。不久，叶赛宁返回苏联，在绝望的状态下自杀了。邓肯孑然一身离开了苏联，开始了一生中最失望、最不幸的颠沛流离的生活。

她因为经济拮据，时常在低等的旅店里栖身，甚至还要忍受饥饿。她在写给自己的学生艾玛的一封信中，这样叙述她的遭遇：“几乎每个国家都因为我的政治关系而拒绝给我签证。我的政治关系是什么啊？我真想知道，我的政治关系究竟在哪里？……”

没有了叶赛宁，她美丽的眼睛里也时常流露出一种孤独和凄凉。她像肃杀秋风中的一片红叶，正一步步向着自己最后的归宿飘去。她的生命，最终定格在1927年9月14日那一天。

这位风华绝代的舞蹈女神，尽管自己生前已身无分文，但她仍然发了一封电报给莫斯科的首席法官，放弃了莫斯科法院鉴于她是叶赛宁的遗孀，宣布她为诗人40万法郎版权遗产继承人的权利。她把这些钱赠给了诗人在乡下的妹妹和母亲。

邓肯的遗体从尼斯运到了巴黎，胸口横放着一大束红色百合花。红玫瑰花圈飘动的缎带上，写着苏联外交使团的悼词：

“痛悼伊莎多拉，俄国的心敬献。”

邓肯是作为苏联籍公民离开人世的，人们在护送她的遗体去火葬场时，采来一大束紫色的菖蒲，缎带上写着这样的字样：

“俄罗斯的心为伊莎多拉哭泣。”

在她的葬礼上，人们宣读了她的一封信——这位伟大的舞蹈女神留给世界的最后的心声：“我向来总是努力通过我的作品宣传欢乐强于哀伤，死亡不过是导引我们走向宇宙永久的和谐之门……我马上就要开始工作，一往无前，永远和看不见的天使的声音在一起，和美在一起，和神圣的乐音在一起，向着我们的最后目标——欢乐与光明前进……”

毕加索 *Pablo Picasso*

(1881—1973)

西班牙画家、雕塑家，立体画派创始人，生于西班牙马拉加。1889年创作第一件油画作品《斗牛士》。他是一位不断探索艺术手法、风格多变的绘画艺术家，一生创作颇丰，画作总计近37000件。代表作有《亚威农的少女》《格尔尼卡》《斗牛士》《科学与慈善》《人生》《拿烟斗的男孩》《斯坦因画像》等。

最珍贵的画箱

巴勃罗·毕加索是世界上最具创造力和最勤奋的艺术家之一。有人统计过，毕加索一生共画了将近四万幅画，目前全世界拍卖价最高的前十幅画作当中，他的作品就有四幅。

毕加索晚年时曾说过：“有人说我老朽了，疲倦了，再也画不动了。那你们就等着瞧吧！”90岁时，他还在忙碌着筹备在亚威农和尼斯两地将要举办的个人画展。可是，1973年4月8日，因为劳累过度，心脏病发作，这位93岁的艺术家，终于中止了他那罕见的旺盛的艺术生命力，被死神带去了天国。

盖内克是生活在巴黎的一个年轻而勤劳的安装工，靠着给人做一些水电修理、窗户安装之类的零工，维持一家人的生活。有一天，有人请他去给一位老人安装防盗窗。这位老人就是已经年逾90的画家毕加索。这样，这个普通的安装工幸运地走进了一位艺术大师的生活空间。

也许是因为晚年长期过着隐居式的生活，年老的毕加索有一些寂寞，渴望和人交流，也许是年轻的盖内克的勤勉、憨厚和他熟练的技艺让毕加索产生了好奇，总之，每当盖内克干完了一天的工作，坐下来休息的时候，毕加索就会邀请这个年轻人陪自己聊聊天。可是，聊什么呢？盖内克并没有读过多少书，老实说，他也看不懂毕加索画的那些画。他只是隐约听说过，这个老头画的那些画非常值钱，巴黎有许多人做梦都想弄到一两张他的画，哪怕是他随手涂鸦的一幅草稿，也能卖出一个好价钱，甚至够自己吃一辈子的了。

盖内克还听说过，有一次，毕加索在一枚邮票上随手画了几笔，然后丢进了废纸篓里。可是这张邮票被一个拾荒的老妇人捡到了，她用这枚邮票给自己换回了一幢别墅，从此过上了幸福的日子。盖内克不相信一幅画会这么值钱。他笑着问毕加索："这是真的吗？"

毕加索告诉他说："是真的，可是我自己也弄不明白，他们为什么要这么做。"

"那么，这一定是因为您的画画得比别人好。"

"也许是吧。不过，我的每一幅作品里，确实都浸染着我的心血，这就是我的绘画的含义。"毕加索这样告诉这个年轻的安装工。

时间长了，盖内克渐渐喜欢和崇拜起这位孤独的老画家了。他很愿意陪毕加索闲谈，他觉得老人不仅很有学问，能告诉他许多生活的道理，而且非常慈祥和善良，就像是自己的祖父。

有一次，他们一起谈到了各自的工作。盖内克告诉毕加索说，做一个安装工虽然很苦很累，可是有时候也很惬意，他自己很喜欢这份工作。毕加索说："这样很好，不论我们所做的是什么，重要的是能够带着一种真挚、热烈的感情去做。劳动者对于他的职业怀着满腔的热爱，才是最重要的。你知道吗？年轻人，这也是我绘画的秘诀。”

那一天，他们谈得非常愉快。金色的阳光从窗外照射进来，给盖内克年轻、健康的身躯镶上了一道迷人的金边。毕加索觉得眼前的这个年轻人就像是一尊美丽的雕塑，散发着青春、生命和美的活力。而盖内克觉得，老人的一席话，比眼前的阳光更加光明和温暖，让他对未来、对明天的生活充满了信心、希望和力量。

就在那天，毕加索情不自禁地拿起画笔，为盖内克勾勒了一幅肖像画。他把这幅小画递给盖内克说：“孩子，我为你画了一幅画，你把它收藏好，也许将来你会用得着的。”

盖内克接过画，惊奇地睁大了眼睛。绘画原来是这么神奇啊！老人只是不经意地三笔两笔，就把自己画得这么传神。

“谢谢您，先生，这是第一次有人给我画像呢！我一定好好珍藏这幅画！”

这个年轻的安装工，也给毕加索晚年的生活带来了安慰和光亮。在之后的日子里，为了能和盖内克有更多谈天的时间，毕加索将工期一再推迟。在这期间，毕加索又陆陆续续送给了盖内克不少画作，其中有一些画，还是毕加索自己一直珍爱的作品。

盖内克说：“先生，现在我已经知道了，您的每一幅画都是这个世界上最伟大的珍宝，您却把它们慷慨地送给了我！可是，我感到惭愧的是，我并不懂画……”

“不，孩子，你虽然不懂得画，但是我相信，你是应该得到这些画的人，因为你才是我真正的朋友！拿去吧，亲爱的孩子，希望这些画能对你今后的生活帮上一点忙。”

本来，为毕加索家安装防护窗只是一个小小的工程，可是，因为毕加索的一再挽留，盖内克在大师身边前前后后竟干了将近两年时间。可以想象，这两年的时光里，盖内克更多的时间是在陪大师聊天。而且不知不觉之中，毕加索在这两年的时间里又创造出了他艺术生涯里的一个新的创作高峰。

两年后，盖内克依依不舍地离开了就像自己的祖父一样慈爱的毕加索，继续四处寻找零工去了。

不久，毕加索溘然长逝。盖内克获知噩耗后，十分悲痛。他含着眼泪，一一清点了毕加索赠送给他的那些画，一共有271幅！

盖内克现在已经完全清楚了，毕加索的画是价值连城的，只要他拿出这些画里的任何一幅去卖掉，都可以让自己目前的生活状况得到改变。但是，他没有这么做。他觉得，只要展开手上的任何一幅画，仿佛都能看到毕加索那慈祥的音容笑貌，好像这位老人依然生活在他的眼前和身边。这种感觉和依恋，比任何金钱和财富更让他感到温暖和亲切。

"你才是我真正的朋友！"盖内克觉得，老人生前说过的这句话，是他永远难以忘怀的、无论什么时候想起来都会感到无限温暖的话语。这样想着的时候，盖内克又小心翼翼地把这些画一一收藏在一个旧画箱里，放在一个小小的阁楼里，作为最宝贵、最永久的纪念。他对任何人，包括自己的家人也没有说起这些画。他忍着老人逝世所带给他的悲伤，背起工具袋，像平常一样外出寻找零工去了。

2010年12月，年逾古稀的盖内克，把这个他珍藏了多年的旧画箱从阁楼上取下来，将毕加索赠给他的这271幅原作，全部捐给了法国的博物馆。经过鉴定，这些毕加索的真迹，价值超过了一亿欧元。

这位年老的安装工的举动，震惊了整个法国艺术界。有许多人对此感到不解，可是，盖内克面对记者的提问，只是淡淡地说道："毕加索先生曾对我说过，'你才是我真正的朋友'！还有什么比这更有价值的吗？是朋友，我就不能占有，而只能保管。现在，我把这些画捐给国家和公众，就是为了让它们得到更好的保管。因为，毕加索先生也是我一生中最好的导师和朋友！"

巴甫洛娃 Anna Pavlova

(1881—1931)

俄国芭蕾舞女艺术家，生于圣彼得堡。10岁考进圣彼得堡舞蹈学校，经过9年的艰苦训练进入马林斯基剧院芭蕾舞团，后升为该团首席演员。1910年组织小型芭蕾舞团，开始在全世界巡演，为在全球普及芭蕾舞艺术做出了杰出贡献。代表作品有《天鹅湖》《睡美人》《胡桃夹子》《雷蒙达》《舞姬》《吉赛尔》《仙女》《埃及之夜》等。

“请把我的天鹅舞服准备好”

1931年，俄罗斯芭蕾舞巨星、有着“舞蹈女神”美誉的安娜·巴甫洛娃，全球巡演途经荷兰海牙时，突然病倒了。

她在生命的最后一幕，在仿佛已经听见了死神前来叩门的声音的时候，给观众留下的绝唱，竟是这样的一句话：

“请把我的天鹅舞服准备好……”

当巴甫洛娃去世的噩耗传到伦敦时，英国皇家芭蕾舞剧团正在上演一出著名的舞剧。为了悼念这位舞蹈女神，启幕的时刻，台前的乐队深情地奏起了圣-桑的《天鹅》乐曲。这是巴甫洛娃主演过的舞剧《天鹅之死》里的音乐。空无一人的舞台上，只有一束追光，沿着巴甫洛娃习惯的舞蹈路线移动、跳跃……

巴甫洛娃虽然不在了，她所塑造的纯洁高贵的天鹅形象，仍然活在观众的心中。这时候，演出大厅里所有人起立，向这位早逝的艺术家致敬，表达了对她深深的悼念之情。

“不是天上的仙女，却是人间的女神。比梦更美，比幻想更动人——是劳动创造的结晶。”这是我国当代诗人艾青在观赏了苏联著名舞蹈家乌兰诺娃的芭蕾舞《小夜曲》之后，写下的赞叹的诗句。乌兰诺娃曾说：“艺术要求人们终生劳动，正好像巴甫洛夫谈到科学时所说的那样，假如我们有两个生命，我们要将这两个生命都献给艺术，哪怕就是这样也还不够呢！”艾青的诗句和乌兰诺娃的这段话，都同样可以用在安娜·巴甫洛娃身上。

在对待艺术的真诚与挚爱的感情上，他们是一致的。他们都把自己的生命和芭蕾舞艺术密不可分地融合到了一起。

有哪位舞蹈家能比巴甫洛娃更执着地钟情于高贵的芭蕾舞艺术呢？有人仔细地统计过，她的一生中，只有最初的10年和最后的40天没有跳芭蕾舞。而就在她与可恶的病魔搏斗的最后40天里，她的精神仍然活跃和奔突在恋恋不舍的舞台上，飞

一舞惊艳世界的巴甫洛娃

翔在她视为上帝的热情而真诚的观众之中。

巴甫洛娃1881年1月31日出生在圣彼得堡一个贫民家庭里。她的父亲是一位农民出身的士兵，母亲依靠给别人洗衣服挣钱养家，巴甫洛娃从小就尝到了生活的清苦和艰辛。

但她是一颗在沉重的云层里闪耀着夺目的光芒的星星。她10岁时考进了圣彼得堡舞蹈学校，经过9年的艰苦训练，进入了著名的马林斯基剧院芭蕾舞团，很快就成为舞团的首席女演员。

当时，俄罗斯的芭蕾舞正处在创新和突破时期。年轻的巴甫洛娃在扎根于古典芭蕾沃土的同时，也满怀激情地参与了新芭蕾改革运动，她在新旧艺术的互补中，创造了属于自己的表演风格。她的表演风格严谨细腻，富有浓郁的诗意和令人叹服的创造力。她的代表舞剧有《天鹅湖》《睡美人》《胡桃夹子》《雷蒙达》《舞姬》《吉赛尔》《仙女》《埃及之夜》等。一位艺术评论家这样分析过她的成功秘诀："她无时不在训练之中，无时不在彩排之中。她从来没有因为获得过荣誉而停步不前。"

1905年起，她担任玛丽亚大剧院主要舞蹈演员，主演过《埃及之夜》《天鹅之死》《阿尔米达宫》等芭蕾舞名剧。1909年，她首次在巴黎的"俄罗斯演出季"中亮相，一夜之间轰动了整个巴黎和欧洲。从1913年起，她抛却优越的演出条件离开了俄国，自组一个小型的芭蕾舞团，在欧美各地巡回演出，使风格独特的俄罗斯芭蕾舞学派，在欧美各地得以广泛的传播，为世界芭蕾事业做出了艰苦卓绝的贡献。

在长达20年的旅行巡演中，她先后到过中国、埃及、南非、乌拉圭、智利、加拿大、澳大利亚、瑞典等44个国家，演出数千场。这样的演出强度，即使在交通工具发达的今天，也是令人惊叹的。

据说，她每年都要穿坏2000双芭蕾舞足尖鞋。她的一句名言是："我时常在梦境里跳新的舞蹈，排练新的节目……"

霍 珀 Edward Hopper

(1882—1967)

美国画家，生于纽约州。1913年因油画作品《航行》崭露头角。后转而创作版画，尤以铜版画最为成功。他用自己独特的光与影、空白与停顿，还有类似镜屋装置般的绘画风格，展现了人类心理荒原上的一片最孤独和最迷人的景观。代表作有《夜枭》《周日清晨》《自动售货机》《有两个灯的灯塔》《谢里登剧院》等。

孤独之美

爱德华·霍珀是孤独的。他的画作里充满着一种空旷、寥廓和清冷，那是一种紧紧地揪着人心的疏离和寂寞之感。他的画使我不断地想到比他早半个多世纪来到这个世界，在他出生之前就离开了人世的另一位孤独者——女诗人艾米莉·狄金森的诗。

霍珀的画仿佛是狄金森诗歌的另一种形式的表现。他孤独的身影，总是徘徊在靠近铁路的孤立的房子边、杳无人影的汽车旅馆里、面临田野的空房子前，以及安静和寂寞的车厢、夜晚的小餐馆、孤寂的加油站、只有三等慢车才愿意停靠的小镇、沉闷的咖啡馆、人去楼空的办公室、无人的街道……

这样一些地方和环境中。孤独的灯塔是寂静无声的，只有天空中流浪的云彩偶尔在那儿驻足。汽车旅馆里只剩下一个身份暧昧的女人，她是刚刚来到，还是即将离开？阳光沐浴的餐馆里虽然有一些温暖，但那素不相识的一男一女，似乎欲言又止，在“说”还是“不说”之间，在动作和内心之间，是一大片空白。题名《夜枭》的一幅油画该是他的代表作之一，坐在一间阔大的、名为“菲利斯”的酒吧里的四个人，无意要做什么交谈，而是各自独酌一隅，同时品味着无言的寂寞。寂静的夜幕下是城市人的惆怅和清冷。他们是在期待着什么，还是在固执地守候着什么？也许，只有独自饮过这等寂寞的人，才能体会热闹之后那清冷的滋味……

“空白的混凝土墙壁和现代工业的钢铁结构，剪得很短的刺目的绿草坪，仲夏的街道，灰扑扑的福特车和金色的电影院——完全是美国小镇闷热、俗丽的生活，在这一切背后，是我们郊区风景那悲哀的荒凉。他从这些日常事务中汲取刺激，而其他人则带着冷漠飞快地逃离或经过。”

这是霍珀为画家查尔斯·伯奇菲尔德写的一段话。这番描述其实也完全适合霍珀自己。

爱华德·霍珀在20世纪初叶曾经多次去过法国。然而当时的“野兽派”“立体主义”等都不能影响他对传统题材和美国现实生活景象的关注。他用自己独特的光与影、空白与停顿，还有类似镜屋装置般的绘画风格，展现了人类心理荒原上的一片最孤独和最迷人的景观。

霍珀的孤独是整个20世纪的孤独。他的艺术魅力在于他能不断地揭示人物的表情、心理和行为之间的那些若有若无、似是而非的空白、失语和停顿。那是生活在现代工业、现代文明状态中的城市人的一种挥之不去的疏远、冷漠、孤寂和无奈。那是20世纪现代生活中的精神荒原、心灵旷野。在夜晚的一隅，在公共场合的一角，在早晨到来或太阳西沉的一瞬间，在客厅的沙发深处，在空空的旅馆的单人床上，在静默的餐桌前，在黑夜的小镇上的办公室里，在特等客车无声的车厢里，在有清风吹过的门口和窗户边……孤独无处不在。人们如同夜晚的孤鸿，拣尽寒枝却不肯栖息，而宁愿独守寂寞的沙洲。

另一位诗人和艺术批评家马克·斯特兰德，更是直接从霍珀的绘画中获得灵感，他在诗歌中经常思索和表达这种霍珀式的疏离与无常的感觉，譬如“在一片田野里，我是田野的缺席”。他还写过一篇名为《穿过铁轨去往霍珀的世界》，其中有言，“他（霍珀）是描绘最无望、最为地方性的美国生活的画家。他从贬低它的工作日的节奏中将之拯救出来，并赋予它一种持久完好的特征。建筑、人和自然对象，在他的作品中取得了象征的或形象的统一。办公室、旅馆房间和寒冷住宅内部的正规特性强化了他画中人物的孤独感，他们似乎总是在即将进入一个无意义的未来……”

女作家铁凝在散文《遥远的完美》里，谈到了霍珀那幅《科德角式小屋的早晨》。铁凝是这样解释霍珀的：“他利用对光的敏感给画面营造出一种空旷的寂寥之气，那实际上也就是人的空旷和寂寥。这科德角式的小屋是大房子的一部分，眺望窗外的女人仿佛是被挤压到这个角落，又似乎这个角落是她情愿的选择。一方面，虽然霍珀只描绘了房子的一角，你仍然能够觉出这房子和周围景致的孤单关系。另一方面，占据画面一半的树林和麦田，又分明对房子和女人产生着那么一种稍显压抑的围困感。于是，你在霍珀的画面上最终感受到的绝不是传统的‘旭日东升’，而是夺目阳光下的一种无法派遣的清冷。”

霍珀是孤独的，而霍珀式的孤独是迷人的。

盖叫天 Gai Jiaotian

(1888—1970)

中国京剧表演艺术家。原名张英杰，生于河北高阳县。从小进入天津科班习武生，之后长期在上海等地演出，拜前辈京剧武生艺人李春来为师，又有自己的创新和发展。表演以短打武生戏为主，在注重造型美、讲究表现人物精神气质等方面，形成了自己鲜明的风格，被称为“盖派”。代表剧目有《武松》(包括《打虎》《快活林》《十字坡》三出戏)、《三岔口》《一箭仇》等。

决不能让武松倒下

著名京剧表演艺术家盖叫天先生，本名张英杰，号燕南。他从小进入天津科班习武生，之后长期在上海等地演出，拜前辈京剧武生艺人李春来为师，又有自己的创新和发展。盖叫天演戏以短打武生戏为主，在注重造型美、讲究表现人物精神气质等方面，形成了自己鲜明的风格，被人称为“盖派”。他的代表剧目有《武松》(包括《打虎》《快活林》《十字坡》等)、《三岔口》、《一箭仇》等。

盖叫天在从艺生涯里，为了捍卫戏曲艺人的尊严与表演艺术，吃尽了苦头，历尽了种种磨难。

20世纪20年代，为了反对上海恶势力的威胁和戏院老板的盘剥，他典当过衣服，也受过饥寒，宁肯流落他乡，也不肯委屈自己在上海看人脸色演戏。他也曾拒绝去北京朝廷里当内庭供奉，拒绝参加当时像庆祝宣统皇帝大婚、为张作霖大帅做寿，还有曹锟贿选等登堂会演出。

抗日战争时期，日军侵占了上海等地，盖叫天等京剧艺人的生活都十分贫困艰辛。汪精卫伪政府里的大汉奸邵式军，曾提出要送他一万块钱，条件是要他破例唱一次堂会。但是，盖叫天不为钱财所动，严词拒绝了汉奸的要求，表现出了一位京剧艺人的铮铮铁骨。

更令人敬仰的是他对待京剧舞台艺术一丝不苟、精益求精的敬业态度，以及为了舞台功夫而不惜代价的艺术精神。为了练好武生戏的真功夫，盖叫天常常让人把自己的手脚分别吊在四根柱子上，再用力推动，以便能切实体会到空中飞跃的具体感受，琢磨出其中的动作要领。

他年轻的时候，要经常往返于苏、杭两地演出。有一次，他害了伤寒，加上连续的演出，终于累倒了。但是，在高烧昏迷之中，他仍念念不忘自己的舞台。

他在回忆录《粉墨春秋》中记下了这样的细节："杭州有个张大仙庙，我在烧得人事不知的时候，昏昏迷迷像是被人请到庙里去唱戏。第一出戏是《伐子都》，唱完了不行，又让唱了一出《白水滩》。两出戏唱完，人累啊！满身的汗就像水淋了一般。喘着气我醒了过来，原来我还睡在床上。"想不到这身大汗出完，他的病竟意外地好了许多。他的母亲迷信地认为，这是大仙在保佑他，硬要他去庙里"还愿"，还让他寄在张大仙名下做了"义子"。

最能代表盖叫天舞台艺术形象的，是他塑造的英武矫健的武松了。武松身手骁勇、两眼喷火、恨不能一刀斩杀西门庆为兄雪耻的形象，被盖叫天演得活灵活现。

很多戏迷最欣赏的是盖叫天主演的《狮子楼》中的一个场面。有一次演出中，当剧情进入高潮，武松一下子将西门庆摔下了狮子楼，他自己也一个“燕子投水”，要从两丈高的窗口翻到地面上。可是，就在他刚要落地的一刹那，为了不压伤扮演西门庆的演员，盖叫天急忙向旁边一闪，突然听得“咔嚓”一声，他的左小腿折断了！顿时，断骨从戏靴里穿了出来，剧痛难忍……

但他咬紧牙关，没有让自己倒下去，仍然坚持用右腿半蹲着，昂首挺胸，正气凛然，完成了武松英姿不凡的造型。

几分钟之后，大幕徐徐落下，盖叫天这才“扑通”一声倒在了舞台上。事后，大家都为他所做出的牺牲感动和惊叹不已！他后来回忆说：“我当时唯一的念头，就是不能让武松在台上倒下去，破坏观众心目中武松的英雄形象。”

后来，在治疗腿伤的过程中，腿骨不幸又被接歪了。如果要重新接骨，就必须再把伤腿折断；如果不重新折断，那么他的这条腿骨就会永远歪着长下去了。盖叫天弄清了原委，背着医生，抬起腿往床沿上猛击一下，“咔嚓”一声，腿骨又断了……尽管好像有千万根钢针穿心般的剧痛，可他却忍着剧痛，一边擦着满脸的汗珠，一边微笑地鼓励医生重新做接骨手术。

幸运的是，两年之后，他所塑造的矫健英俊的武松，又重新跳跃翻腾在京剧舞台上了。

吕彦直 Lü Yanzhi

(1894—1929)

中国建筑设计师，生于天津，祖籍安徽滁县。曾作为美国建筑师墨菲的助手，参与金陵女子大学和燕京大学校园规划设计。他设计、监造的南京中山陵，主持设计的广州中山纪念堂，都是富有中华民族特色的大型建筑组群，是中国近代建筑中融会东西方建筑技术与艺术的代表作，被誉为“中国近现代建筑的奠基人”。

巍巍中山陵的设计者

我国有很多处纪念一代伟人、中国近代革命的先驱者孙中山的建筑。其中最宏伟壮观的有三座：南京中山陵，还有广州中山纪念堂，以及与中山纪念堂遥遥相对、矗立在越秀山巅高耸入云的中山纪念碑。南京中山陵，在南京紫金山南麓海拔1700米的山坡上。中山陵由广场、牌坊、墓道、陵门、碑亭、祭堂、墓室等组成，看上去巍峨壮丽、气势磅礴。

你知道吗，这三座近代建筑史上的杰作，都出自建筑大师吕彦直之手。

吕彦直，字古愚，1894年出生于天津。他在清华大学建筑系学习时就已经学业超群，深得老师和同学的赞赏。那时候他曾对北京故宫做过仔细的实地考察和描绘，整理出了不少珍贵的建筑图样。

1913年，吕彦直到美国康奈尔大学建筑系留学。在5年的留美期间，他受到美国著名建筑师墨菲的赏识和悉心指导，才华初露。回到祖国后，他先在上海中南建筑公司任职，不久就自己创立了“彦记建筑事务所”，为上海这座城市设计了一大批精巧、舒适的欧式花园洋房建筑。

1925年3月12日，一代伟人孙中山先生在北京病逝。孙中山去世后，灵柩一直存放在北京香山的碧云寺里。1926年6月，国民政府按照孙中山生前的意愿，把他的灵柩迁移到了南京紫金山麓隆重安葬。那个地方，就是闻名遐迩的中山陵。

当时，政府专门成立了一个“总理葬事筹备委员会”，负责向海内外征集中山陵的设计方案。在无数应征件中，吕彦直的设计方案获得大家一致的看好。

孙中山先生的一生，是为中国的独立、民主、富强孜孜奋斗的一生。1911年，他领导的辛亥革命彻底推翻了腐败无能的满清政府，宣告了统治着中国2000多年的封建帝制的覆灭，使中国历史进入了一个新纪元。“余致力国民革命，凡四十年，其目的在求中国之自由平等，积四十年之经验，深知欲达到此目的，必须唤起民众，及联合世界上以平等待我之民族，共同奋斗……”孙中山去世前留下的这份充满爱国情怀的“遗嘱”，直到今天，还在激励着每一个中国人。

孙中山的陵墓，无疑将是中国大地上的一处永久的、供后世子孙前来瞻仰和拜谒的纪念胜地。为了设计好中山陵，吕彦直潜心研究了孙中山的生平，也仔细研究了中国的皇陵、古罗马帝王陵寝、埃及的金字塔等中外著名的古建筑，最终确定把陵墓外形设计为钟形，取“暮鼓晨钟”之寓意。

中山陵墓内、墓室与祭堂相连，外面只露拱顶；墓室依山开掘而成；室中央，大理石圆塘深入地下1.6米，此处安放着孙中山先生的灵柩；圆塘四周设置汉白玉石栏，谒者可以在石栏外居高临下，无论从哪个角度，都能很清楚地瞻仰一代伟人的遗容；祭堂顶则是中国传统宫殿式的——吕彦直根据紫金山当地的山间环境，一改常例，设计了一个铜顶。

中山陵的整体设计完全是中国风格和中国气派，庄严肃穆，而又气势恢宏。

吕彦直被“总理葬事筹备委员会”正式聘为中山陵建筑师。他在短短两个月内，投入全部精力和殷殷的心血，如期绘出了工程详图。1926年3月13日下午3时，即孙中山先生逝世一周年忌日，国民政府隆重地举行了中山陵奠基仪式，宋庆龄和孙科夫妇以及各界数千群众出席了奠基仪式。

当时，吕彦直由于劳累过度，卧床不起，只好委托挚友黄檀甫代表他参加仪式并做了简短的致辞。

后来，吕彦直不负众望，再次出山，设计了广州中山纪念堂和中山纪念碑。

可惜的是，天妒英才，这位年轻的、才华过人的建筑设计师，终因劳累过度，不幸于1929年3月18日在上海过早地离开了人世，年仅35岁。

他去世时，中山陵的大部分工程已近尾声，蓝天下已经初步显现出一个伟大的建筑作品的风貌了。但年轻的建筑师等不到参加中山陵的竣工典礼了。

青山有幸埋忠骨。庄严大气的中山陵，如今成了南京的一处闻名四海的历史文化名胜，一代代中国人和海外朋友，总会络绎不绝地来此瞻仰和拜谒一代伟人不朽的英灵。孙中山毕生廉洁奉公，不谋私利，一心为国，他的精神也将与日月同辉，与巍巍紫金山同在，是中华民族精神遗产中最为宝贵的一部分。

当然，人们到南京紫金山拜谒孙中山时，也总会对中山陵精湛的建筑艺术大加赞叹。吕彦直的名字，也将伴随这座伟大的建筑而名传千古。

梅兰芳 Mei Lanfang

（1894—1961）

生于北京，祖籍江苏泰州。中国京剧表演艺术大师，与另外三位擅长京剧旦角艺术的大师程砚秋、尚小云、荀慧生一起被称为“四大名旦”。8岁学戏，10岁登台演出。他独创的“梅派”表演艺术对后世影响深远。先后赴日本、美国、苏联等国演出。代表剧目有《贵妃醉酒》《天女散花》《宇宙锋》《打渔杀家》等。

美的创造者

“海岛冰轮初转腾，见玉兔，玉兔又早东升。那冰轮离海岛，乾坤分外明。皓月当空，恰便似嫦娥离月宫……”

喜欢京剧艺术的听众，只要一听到这段优美绝伦的“海岛冰轮初转腾”的唱腔，就会想起梅兰芳大师在《贵妃醉酒》里饰演的雍容华贵的大唐贵妃杨玉环的舞台形象。这段经典的京剧唱腔，也能让观众瞬间感受到京剧国粹艺术美轮美奂的超凡魅力。

梅兰芳是闻名世界的京剧艺术大师，他和同时代的另外三位擅长京剧旦角艺术的京剧大师程砚秋、尚小云、荀慧生一起，被称为“四大名旦”。

京剧是中华艺术中的“国粹”，梅兰芳创造的“梅派”表演艺术，在戏剧界独树一帜，对后人影响深远，是中华民族的一笔弥足珍贵的艺术财富。我国戏剧名家欧阳予倩赞誉梅兰芳是一位“美的创造者”。

梅兰芳出生在戏曲世家。他的祖父梅巧玲、父亲梅竹芬都是京剧艺人，伯父梅雨田是一位有名的琴师，常为京剧、昆曲伴奏，也很懂戏。梅兰芳在家传的艺术熏陶下，从小就喜欢看戏、听戏，8岁就开始学戏，而且一开始就学的是旦角。

男孩子学旦角，唱、念、做都要模仿女性，要用假嗓唱、念，这比一般的学戏要难多了！小梅兰芳刚开始学戏时特别吃力，有时候一出戏老师教了好久，他还没有学会，教戏的师父甚至失去了耐心，就嚷嚷着说：“这哪儿行啊？看来祖师爷没打算给你这碗饭吃哪！”但梅兰芳不服气，下决心要学出个样儿来！他冬练三九、夏练三伏，比其他学戏的师哥师弟付出了更多的努力。别人一段唱，唱上六七遍就会了，他有时要唱上二三十遍。功夫不负苦心人！到他十几岁时，终于练出了一条又宽、又亮、又圆润的好嗓子，唱出

京剧名家（左起）程砚秋、袁雪芬、梅兰芳、周信芳

来的声音特别柔和甜美，非同凡响。

有一次，以前教过他的一位师父听了一段他的演唱，又惊异又惭愧地说道："我那时候，可真是有眼不识金镶玉啊！"梅兰芳却摇摇手说："您可千万别这么说。当初要是没有您那些激将、呵斥，我哪会去下那么大的苦功夫呀！"

梅兰芳说得没错，"梅花香自苦寒来"，为了把戏学好，除了刻苦练功，用心琢磨表演上的一招一式，他还想出了各种办法，帮助自己提高技艺。比如说，对旦角演员来说，眼睛的神采特别重要，而他的眼睛从小就有点近视，眼帘下垂，眸子缺少神采。怎么办呢？除了苦练眉眼的转动，他还专门养了几只鸽子，只要鸽子飞起来了，他就用眼神紧紧追随着鸽子飞翔的踪影，有时在天空里盘旋，有时越望越远，直到看不见鸽子的踪影……

就这样，他苦练了好久，不仅把眼睛的毛病练没了，而且练出了一双滴溜溜转的神采奕奕的明亮眸子，直到他老年时在舞台上演出，那双眼睛仍然炯炯有神。

梅兰芳还不到20岁的时候，就在北京"唱红了"。后来他到上海等地演出，又一炮打响，大江南北喜欢看戏的观众，都以看过梅兰芳的戏为荣。年轻的梅兰芳的声望，很快就超过了一些京剧前辈艺人，就连当时有着"京剧大王"美誉的京剧泰斗谭鑫培先生，也苦笑着说道："如今啊，戴胡子的老生可唱不过旦角啦！"

随着表演艺术越来越精湛，梅兰芳的名声也越来越大。他是一位正直、自尊、洁身自好的艺术家，更是一个有尊严、有气节、胸怀爱国大义、顶天立地的中国男儿！

1937年8月，日寇占领上海不久，获知蜚声海内外的京剧名旦梅兰芳住在上海，就派人请梅兰芳到电台发表讲话，目的是为了迷惑人心，混淆视听，为他们所宣扬的所谓"王道乐土"服务。梅兰芳深明大义，洞察秋毫，一下子就看透了日本侵略者的伎俩，宁愿失去舞台，也不会为虎作伥，于是连夜离开上海去了香港，摆脱了日本人的纠缠。

1941年年底，日寇侵占了香港。梅兰芳明白，凶恶的日本强盗是不会轻易放过他的，如果日本人再来纠缠，找他演戏，为他们去撑场面，那该怎么办？梅兰芳与家人商量后，就忍受着告别京剧舞台的痛苦，果断地蓄起了胡子，对外宣布早已不再演戏了。满怀爱国大义的梅兰芳，甚至做好了最坏的准备：如果日本人蛮横撒野，硬要逼他出来唱戏，他就是坐牢或杀头，也决不屈从！

果然，1942年1月，驻扎香港的日军司令酒井看到梅兰芳蓄起了胡须，就假惺惺地说道："梅先生怎么留起胡子来了？像先生这样的京剧名角，怎么舍得退出舞台？"梅兰芳淡淡地笑道："我是个唱旦角的，如今年岁大了，扮相也不好看，嗓子也不行了，不能再演戏了，几年来我都是在家赋闲习画，聊以卒岁吧！"

日军司令听了梅兰芳的话，悻悻地走了。没过几天，他就派人来找梅兰芳，一定要他剃掉胡须，登台亮相。幸亏这几天梅兰芳患了严重的牙痛病，半边脸都肿胀了，说话都很困难。日军司令无可奈何，只好暂时作罢。

第二天，梅兰芳感到事态严重，香港也不能久留了，就带着家人迅即离开，返回了阔别数年的上海。

梅兰芳在抗战期间"蓄须明志"的举动，表现出了一个中国人、一位中国艺术家不畏强暴、大义凛然、自尊自强的民族气节和爱国情操，在艺术界被传为佳话，也为后来的一代代中国青年人做出了表率。

刘海粟 *Liu Haisu*

(1896—1994)

中国画家、美术教育家，生于江苏常州。早年习油画，后潜心于泼墨法，晚年醉心于泼彩法。1912年参与创办上海图画美术院，后改为上海美术专科学校，任校长。1949年后任南京艺术学院院长。从1934至1988年，刘海粟创造了“十上黄山”写生作画的记录。代表作品有《黄山云海奇观》《九溪十八涧》等，著有《画学真诠》《存天阁谈艺录》等。

被通缉的画家

神圣的艺术史上，写满了忠贞的艺术家为艺术而受难、为艺术而献身的故事，但也常常写满了与艺术为敌的作孽者的名字。伟大的艺术家将永远被人们景仰和纪念着，而那些艺术的亵渎者与作孽者，将被历史无情地钉在艺术史的耻辱柱上，成为后人的笑料，留下千古骂名。

1914年3月，当时还是青年画家的刘海粟，在上海美术专科学校第一次开设了人体模特儿写生课。他没有想到的是，在中国这个数千年受封建礼教和假道学束缚与影响的国度里，他的创举简直就是一次“冒天下之大不韪”，无异于另一场艰难的“革命”！

刚开始时，刘海粟连一个男性模特儿都不容易找来，因为他们坚信，被人描画着，会“把灵魂画了去”，因而会早死的。刘海粟苦口婆心地好不容易说服了几个男性模特儿，总算开始了中国历史上第一次的模特儿写生课。

1917年，上海美专举办学生作品展览会，有几个展览室里展出了几幅人体素描习作。没想到，这样几幅人体素描画，竟使不少人如临大敌一般，惊骇万分！

有一天，一位能画上几笔中国画的某校校长，陪同他的夫人、小姐来参观画展。当他看到这几幅人体素描后，竟破口大骂刘海粟是“艺术界的叛徒”，是“教育界的蟊贼”，并且一个劲儿地嚷嚷着：“简直有伤风化，非惩戒不可……”

而当时，上海还有一帮无业流氓，也浑水摸鱼，竟乘此机会，大肆拍摄娼妓的裸照，也将这些裸照称为“模特儿”，四处张贴贩卖。一些无耻的画商，也乘机画了不少色情、下流的“春宫画”，到处兜售，甚至有的电影院、戏院开幕前，也会放映几张带有猥亵意味的裸体画，而且也称其为“模特

刘海粟在家中作画

儿画”……

一时间，上海“十里洋场”上的这些乌烟瘴气的东西，不仅污辱了刚刚起步的中国现代绘画艺术，而且也为顽固守旧的封建卫道士们围攻刘海粟的模特儿教学，提供了由头和借口。于是，一场反对刘海粟这个“艺术叛徒”的轩然大波，在上海卷起来了……

首先，上海县知事危道丰粗暴地下令，要强行关闭上海美专的模特儿教学课。刘海粟坚决反对，据理而争。事情闹得不可收拾，以至于当时的苏浙皖赣闽五省联军大统帅、大军阀孙传芳也恼羞成怒，竟然秘密下令：“通缉刘海粟”！

但刘海粟作为一个严肃、正直和进步的青年艺术家，并没有被漠视艺术、玷污和迫害艺术的黑暗势力所吓倒，他以勇敢无畏的姿态明确地宣称：“我拥护艺术，坚持真理！决不为威武所屈！我反抗！我反抗！！！他们是绝对不了解艺术的伟大意义的，他们是庸人！裸体模特儿，是学美术的基本功，不用不行！”

为了捍卫艺术的纯洁与尊严，为了保护和争取艺术家的正当权利，刘海粟顾不上个人的安危和饭碗问题了，他在一些正直、开明的艺术家和进步舆论的支持下，终于顶住了黑暗势力的围剿，没有让刚刚开启的模特儿艺术课夭折。自然，封建黑暗势力企图镇压进步艺术的阴谋，也没有得逞。

随着北伐军南下，大军阀孙传芳被赶下了中国历史舞台，刘海粟和封建卫道士们的这场长达10年的权利斗争才宣告结束。艺术和艺术家取得了最后的胜利！

后来，大文豪郭沫若曾题诗盛赞刘海粟说：“艺术叛徒力量大，别开蹊径做奇画。”而作孽者危道丰、孙传芳之流，只成为后人的笑料，他们的名字，也以极不光彩的一笔留在了艺术史里。

丰子恺 *Feng Zikai*

（1898—1975）

中国现代漫画家、作家、教育家、翻译家。曾师从弘一法师（李叔同），以中西融合画法创作漫画。一生出版了180多部漫画集、散文集、童话和《少年音乐和美术故事》等艺术普及类著作。代表作有漫画集《子恺漫画》《护生画集》，散文集《缘缘堂随笔》《给我的孩子们》等，另有《丰子恺全集》等。

发现童心

我国现代文学家、漫画家和艺术教育家丰子恺先生，自称是一位“儿童崇拜者”。他的漫画兼有佛性与童心，已成为我国现代艺术宝库里的一笔珍贵的遗产。他表现护生思想的《护生画集》，表现儿童生活的《儿童漫画》，表现社会众生相的《人间相》等，深得一代代读者的喜爱。

丰子恺一生喜欢孩子，对“小燕子似的一群儿女”十分疼爱。他的大女儿阿宝，就是其中的一只“小燕子”。小时候的阿宝，不断地出现在爸爸的漫画和散文里，最有名的一篇散文题为《送阿宝出黄金时代》。《阿宝》这幅漫画，画的是7岁的阿宝正在折纸船。折纸和游戏，是所有小孩子的天性。小女孩的神态是那么专注，仿佛正沉浸在自己美好的想象里。画家也好像在用自己疼爱和欣赏的感情，维护着小孩子的天性。小孩子的童年里，能有一个大姐姐在身边，真是一件幸福的事。当姐姐阿宝手把手地教弟弟瞻瞻画画、写字的时候，姐姐教得多么仔细、耐心，好像一位妈妈一样。

丰子恺这样说过："朋友们说我关心儿女。我对于儿女的确关心，在独居中更常有悬念的时候。但我自以为这关心与悬念中，除了本能以外，似乎尚含有一种更强的意味。所以我往往不顾自己的画技与文笔的拙陋，动辄描摹。因为我的儿女都是孩子们，最年长的不过9岁，所以我对于儿女的关心与悬念中，有一部分是对于普天下的孩子们的关心与悬念。"原来，小小的一幅画面里，也呈现了画家对孩子的欣赏与呵护之心。

再如《阿宝两只脚 凳子四只脚》这幅漫画，是丰子恺最为人称道的一幅儿童漫画经典之作。诗人郁达夫就丰子恺对于孩子体贴入微的爱心，和冰心的对于儿童的母爱之心做过比较，认为描写儿童爱心和情趣，是丰子恺最拿手的艺术。阿宝把自己的小鞋子穿在凳子的四只脚上，这个生活细节充满了儿童情趣，显示了小孩子美好的爱心和想象力。而画家的爱心和欣悦之情，也表露无遗。

丰子恺每时每刻都要写生、画画，也许有时候就会把铅笔顺手架在耳朵上。那时候，瞻瞻还小，暂时还分不清耳朵里、耳朵外这样的概念，所以就说"爸爸耳朵里有一支铅笔"。《爸爸耳朵里有一支铅笔》画的就是这番情景，可见丰子恺对儿童生活、儿童语言细节的捕捉，是多么仔细、真实。

《软软新娘子，瞻瞻新官人，宝姐姐做媒人》也是丰子恺的儿童漫画经典之作，画中有软软、瞻瞻、姐姐三人。当时小女儿软软4岁，儿子瞻瞻2岁，大女儿阿宝6岁。他们跟随妈妈回到故乡看过人家的婚礼，回到上海家中后，姐弟三个也学着样子，玩起"婚礼"游戏来。瞻瞻当新郎官，头上戴着爸爸的大礼帽；软软当新娘子，用妈妈的红包袱把头蒙住；姐姐阿宝做了媒人，正认真地拉住这对“小新人”，拜过了天地后，要把他们送进“洞房”里去呢！

因为对孩子的格外热爱和亲近，丰子恺才能深切体会孩子们的心理，发现了一个和成人世界完全不同的儿童世界，他把这个世界的种种情态画进漫画里。《被写生的时候》画的是3岁的瞻瞻，正在给爸爸当写生的“小模特儿”。爸爸一定故意叮嘱过：“坐好了，不要动哦！一动，爸爸就画不好了！”于是，小瞻瞻真的一动不动地坐在那里，连眼睛都不敢眨一眨。丰子恺曾说：“这小燕子似的一群儿女，是在人世间与我因缘最深的儿童，他们在我心中占有与神明、星辰、艺术同等的地位。”这幅漫画也是丰子恺经常被人称道的名作之一。小孩子天真懵懂、乖巧听话的神态，被刻画得呼之欲出。

朱自清在为《子恺漫画集》所作序文中这样说过：“因为他喜欢春天，所以紧紧地挽着她；至少不让她从他的笔底下溜过去。在春天里，他要开辟他的艺术的国土。最宜于艺术的国土的，物中有杨柳和燕子，人中便有儿童和女子。所以他自然而然地将他们收入笔端了。”丰子恺自己也说过，人的心都有包皮，有的人用的是单层纱布，有的人用的是纸，有的人用的则是冰冷的铁皮，而只有孩子的心，才是“连一层纱布都不包的”，是“赤裸裸而鲜红”和“彻底的诚实、纯洁而不虚饰”的。他写过两篇童话，分别题为《明心国》《赤心国》，显然就是对自己这个观点最形象的解释。

丰子恺还画过一幅题为《兼母之父》的漫画。那时候，丰子恺不仅要外出教课，而且一到家里便手脚不停地抱孩子，喂孩子吃食，唱小曲逗孩子入睡，描图画引孩子发笑。有时也蹲下身子和孩子们一起用积木搭汽车，或者装着坐在小凳上“乘火车”……正因为这种热爱和亲近，他深深地体会到了孩子们的心理，发现了一个和成人世界完全不同的儿童世界。他把这个世界的种种画进他的漫画里，写在他的随笔里，从而“为儿童另行创造了一个世界”。

林散之

Lin Sanzhi

（1898—1989）

中国书画家，生于江苏南京，祖籍安徽乌江镇。书法、绘画、诗词、篆刻、文章，无所不能，尤擅草书，被誉为“草圣”。代表作有书法《许瑶诗论怀素草书》《李白草书歌行》，诗集《方棠三痴生拙稿》，绘画《太湖东山纪游》等。

“瑶池归来”

我国现代书法大师林散之是一位“艺术通才”，书法、绘画、诗词、篆刻、文章，可以说无所不能。他是江苏江浦人，祖籍安徽乌江，自幼喜欢绘画。他6岁时进入私塾临帖习字，诵读古代诗文，12岁就能为邻里书写春联了。

青年时代，林散之到上海跟随书画大师家黄宾虹学画。遵照恩师的教诲，他常年坚持旅行写生，行程上万公里，“搜尽奇峰打草稿”，创作了写生画稿800余幅，诗词200余首。抗日战争爆发后，他返回祖籍安徽，潜心书画艺术，数十年寒灯苦学，专心致志，被赞为“大器晚成”的文人书法家。他的行草艺术尤其被人称道，有人甚至称他为“当代草圣”。

林散之先生73岁那年，不幸遭遇了一场大祸。他在一个小浴室洗澡时，由于年事已高，气闷晕眩而跌入了沸水中。他的右臂右手被烫烂，当即被送入医院。他从昏迷中醒来时，第一句话就是问医生：“我的手还能不能写字？”

命都难保了，先想到的却是能不能写字！在场救治的医生们，被这位老艺术家把艺术看得比生命还重要的精神感动得说不出话来。根据当时的实际病况，他们一时也无法给林散之满意的回答。最后，人是被救过来了，但他的右手无名指和小指却完全弯曲着和手掌长在了一起。

在这沉重的打击面前，这位老书法家没有气馁。为了艺术，他忍受着折磨，想出各种各样的办法，锻炼右臂的手腕和手指。经过长期的努力与磨炼，他最终能用其余的三个手指握笔挥毫了。

为此，林散之特意写诗庆贺和自我安慰说：“可怜王母多情甚，接入瑶池又送回。”南京的书画篆刻家田原先生听说这个故事后，满怀崇敬和感佩之情，刻了一方闲章赠给了林老，以表敬意。闲章上的四个字是：“瑶池归来”。

晚年的林散之仍然在习字

林散之少年时酷爱诗词，无时无地不在推敲诗句，无论是病卧时、睡梦中、吃饭时、走路时，都常常摇头晃脑，吟哦不已，被同学和老师传为笑谈。功夫不负苦心人。他后来在诗词上也获得了很高的成就。他在80多岁时曾说:“现在社会上风云变动不定，我宁愿一切皆不与人争，只与古人争一地位。诗、书、画中，我的诗为第一位。功夫深，用了六七十年心血。”“十年浩劫”期间，林散之家里被抢烧一空，但他仍然把自己的一些诗稿藏在身边，或记在心头。劫波渡过之后，他又一一记诵和笔录出来。现在，他的诗词已成为这位老艺术家留给后人的一笔难得的精神遗产。

彼特·古特 Peter Guth

（生卒年不详）

生于维也纳，奥地利国家广播交响乐团首席音乐家、指挥家，施特劳斯家族音乐的权威诠释者。在奥地利国家广播交响乐团担任首席指挥长达17年。自施特劳斯节日乐团成立以来，又一直担任首席指挥，奠定了世界上最出色的施特劳斯作品指挥家的地位。1999年，在纪念施氏逝世100周年之际，经维也纳市长特批，古特获得了使用施特劳斯生前用过的小提琴演奏的荣誉。

神奇的“魔棒”

《踢踏舞曲》《蓝色多瑙河》《在卡尔芬森林里》《春之声华尔兹》《纯酒，美女，高歌》……

伴随着施特劳斯家族这些不朽乐章的醉人的旋律，听众又一次走进了那古老而美丽的维也纳。在蓝色的多瑙河畔，棕榈树叶在薄薄的黎明的清风里轻轻摇荡。小提琴的碎弓，奏出了轻微的颤音。圆号是那么温柔地由远渐近。睡梦中的多瑙河苏醒了，热爱春天的维也纳人也醒来了，他们纷纷来到美丽的多瑙河畔，张开热烈的怀抱拥抱着春天。

而在古老的维也纳郊区的森林里，林荫多么幽静，小鸟正在枝头欢唱，明眸皓齿的少女们，仿佛一群美丽的小林妖，正在林荫里翩翩起舞……

啊，这就是天空里永远回响着乐声和歌声的维也纳；是永远在优美的圆舞曲里翩翩旋转着的维也纳；是老施特劳斯和小施特劳斯共同创造和拥有的维也纳；这也是优雅潇洒的指挥大师彼特·古特神奇的手指和琴弓下的维也纳……

彼特·古特生于古老的音乐之都，最先是以小提琴演奏家和“维也纳三重奏”乐队指挥的身份登上世界音乐舞台。他曾担任过维也纳爱乐交响乐团、奥地利国家广播交响乐团首席指挥，并应全球80多个著名交响乐团的邀请，担任过客席指挥。20世纪70年代末，他和另一位音乐家一起创建了以演奏施特劳斯家族音乐作品为主的“维也纳施特劳斯节日乐团”，并亲任指挥和艺术总监。

彼特·古特继承了施特劳斯家族的音乐风格，在演奏小提琴的同时，用琴弓指挥整个乐队，与乐队配合娴熟自如，指挥风格优雅潇洒，出神入化，被当今国际乐坛公认为施特劳斯家族音乐最具权威的诠释者之一。

彼特·古特是飞翔在全世界的音乐使者，也是中国听众所熟悉的音乐指挥大师。他曾带着他的乐队多次访问中国，使中国的爱乐者一再领受施特劳斯作品那醉人的芬芳。

在樱花盛开的4月，我所聆听的这次演出，是他和他的乐队第二次光临江城了。彼特·古特先生在这次音乐会中，除了指挥演奏了上面提到的那些不朽的曲目，还特别增加了《女人进行曲》(选自轻歌剧《风流寡妇》)、《闲聊波尔卡》和《打猎波尔卡》等具有轻松、幽默风格的曲目。他为这些作品设置的一些新奇别致的道具，以及诙谐、活泼的小插曲，使整个音乐厅不时爆发出热烈的掌声和会心的笑声。这是听众们对施特劳斯家族音乐魅力的迷醉，也是爱乐者们对热情奔放和幽默潇洒的彼特·古特的敬爱和臣服。

热烈的掌声换来了一支又一支加演曲目。听众们久久地站立在各自的座位上向彼特·古特鼓掌致意。彼特·古特显然也不愿匆匆地走下指挥席。

据说，当年在维也纳，如果人们因为什么事争论得僵持不下时，只要音乐大师老施特劳斯用琴弓轻轻地敲打一下小提琴，所有的人都会立刻安静下来，即使是争执的双方，也会立刻伸出友好的手，挽起对方，跟着施特劳斯的琴声跳起舞来……

在掌声雷动的音乐大厅里，彼特·古特先生那把琴弓和那只温柔的手臂，正仿佛一支能使所有人变得亲密无间的“魔棒”。

当最后一支乐曲《拉德茨基进行曲》奏起的时候，为听众的热情所感染的彼特·古特，一边拉着小提琴，一边带领着他的乐队走出乐池，绕场而行，仿佛那位为奥地利屡建奇功的大元帅拉德茨基，正在率领着他威风凛凛的骑兵军团，骄傲地向前挺进。这时候的音乐厅里，已经分不清是音乐在指挥着掌声，还是掌声在指挥着乐队了。

费新我 *Fei Xinwo*

(1903—1992)

中国书法家。原名费斯恩，浙江湖州人。1934年进入上海白鹅绘画学校学习。曾任江苏省国画院一级画师。其隶法古拙朴茂，楷书敦厚，行草不受前人羁绊，参以画意，有强烈的节奏感和音乐感。1958年因右手患上结核性关节炎，导致右手残疾，遂改用左手练习书法，终成左笔书法大家。著有《费新我书法选》《怎样学书法》等。

左笔书法是怎样练成的

当代著名书法家费新我，原名费斯恩，字省吾、立千、立斋等，后改名“新我”。

费新我少年时勤奋好学，喜欢画画。他靠着自学，先学习了西方绘画，接着又学习中国画和应用美术，32岁时辞去了原本在商店做账房的职业，自己创办了一个画室，专门研习中西绘画、书法和传统拳术，后来成为江苏国画院的一位画师，绘得一手精妙的水墨丹青。不幸的是，1958年冬天，他的右手患上了结核性关节炎，导致了右手的残疾。

就在画家痛心疾首，食不知味的时候，一位朋友建议他，可以效仿宋代的书画家李龙眠、清代的书画家高凤翰，改用左手从事书画艺术。当时已经57岁的费新我听后，顿时感到了一种绝处逢生的希望。

他丝毫没有犹豫，当即取来一枚石章，请来访的朋友刻了“风物长宜放眼量”“50岁后左笔”两条“箴言”，以此激励自己，开始苦练左手写字。

这样大年纪的人，从头开始左手练字，需要多大的毅力和耐心啊！其中的艰辛是常人难以想象的。但对中华书法艺术的一腔痴情，时刻鼓舞着他、激励着他，使他毫不畏惧、义无反顾，像一个小学生一样，从一笔一画开始了习字。夏练三伏，冬练三九。功夫不负苦心人，他最终摆脱了只会右手写字的习惯，竟能熟练地用左手创作书法作品了！

有一天，当他那富有稚趣和拙美的“左笔书法”第一次出现在书画界朋友们面前时，大家都惊叹和感佩不已，认为这近乎是一个奇迹，“若有神助”一般。消息不胫而走，很快在书画艺术界和文化界传为美谈。

告别了“旧我”，一个“新我”从此问世了！意外的成功，来自强大的毅力和艰辛的付出。费新我当时做出了一个令人意外的选择：为了继承和发展祖国的书法艺术，他从此不再画画，而专心地把书法艺术当作晚年全力以赴的事业。经过10多年异于常人的努力，“新我左笔”书法最终驰誉中外书坛。

50岁后左笔书法的费新我

1971年，中国唯一一本综合性日文期刊《人民中国》杂志，征集全国著名书法家作品，费新我用左笔书写了毛泽东的词《十六令·山》。大文学家、书法家郭沫若看到后，禁不住大为赞赏，用诗人特有的语言评价说：“新我用左笔书写的字里行间，有山石突兀之态，群山起伏江河奔腾之势，突出了原词的诗意。”

毛泽东主席听说了费新我的故事后，也曾称赞说：费新我身残志坚，以左手练书法，达到了炉火纯青的地步，更值得我们好好学习！

当时，日本的一些知名书法家更是对“新我左笔”推崇备至，称赞曰：“异峰突起，面目一新。”

然而他们哪里想象得到，为了练成左笔书法，费新我曾经流过多少汗水，度过了多少食不甘味、夜不成寐的日子！

用左腕运笔而成为名闻遐迩的书法大师，其隶书艺术古拙朴茂，楷书风格敦厚，行草也不受前人羁绊，参以画意，带着行云流水般的节奏感和韵律感，而且苍劲有力！著名书法大师、教育家启功先生曾赋诗盛赞费新我的书法：“秀逸天成郑遂昌，胶西金铁共林翔。新翁左臂新生面，单势分情韵更长。”

冼星海 Sinn Sing Hoi

(1905—1945)

中国音乐家，广东番禺人。1931年考入巴黎音乐学院。1935年，回国后投入抗日救亡运动之中，创作了大量战斗性的歌曲，并为进步影片《壮志凌云》《青年进行曲》《最后一滴血》，话剧《复活》等谱写插曲。到延安后创作了大型声乐作品《黄河大合唱》《生产大合唱》等，被誉为“人民音乐家”。

黄河的涛声

1935年，音乐家冼星海结束了他艰辛的留法生活，回到了祖国母亲的怀抱。他是1929年去巴黎的，师从著名的提琴家帕尼·奥别多菲尔和著名作曲家保罗·杜卡。

回首巴黎，那是多么艰辛的日子啊！为了自己的艺术事业，他以惊人的毅力，忍受着在异国他乡的难以想象的孤单、困苦和生活的拮据。他做过餐厅跑堂、理发店杂役、看守电话的用人和其他许多被人视为“下贱”的工作。他也曾在巴黎街头徘徊整整三个星期，却找不到任何工作，几次晕倒在梧桐树下。

“人民音乐家”冼星海

一个冬夜，寒风肆意地吹袭着他的小屋，一股股逼人的冷气袭向他的全身。他在远离了祖国和亲人的地方，痛苦地想象着，怀念着，思绪越过了茫茫大海。他在寒风中独吟起诗人杜甫的诗句：“八月秋高风怒号，卷我屋上三重茅……”这时候，一种创作冲动使他忘记了孤独、饥饿与寒冷。那呼啸的狂风，就像是祖国人民正在和苦难的命运进行殊死搏斗的呐喊的声音。

他的胸中燃烧着一种壮烈和炽热的激情。他几乎是发狂般地俯身在冰冷的小屋里，创作出了著名的《风》和《游子吟》等。

在巴黎那艰辛的日子里，神圣的音乐在他心中闪光。每天黄昏时分，当他拖着疲惫的身体，回到自己那个位于七层楼顶上的鸽子笼式的小阁楼里，他的第一个动作就是去抚摸他那把心爱的小提琴。因为阁楼太矮小，他只能打开天窗，将身子伸出屋顶，对着满天的星星拉出他深情的琴音。他的琴一天比一天拉得好。

他因此而受到巴黎的音乐大师们的好评，并且得到了报考巴黎音乐学院高级作曲班的机会。可是在考试那天，门警却拦住了他：

“修下水道的吗？出示证件！”

“不，我是来投考的。”音乐家回答说。

“什么？投考的？”

门警上下打量着冼星海，以为这个中国苦力模样的年轻人在开玩笑。正在纠缠不清时，一位认识冼星海的老师走过来，冼星海才得以进去。考试结果是主考教授们对他的成绩十分满意。他们决定给冼星海荣誉奖，并告诉他："按照本学院传统的规定，你可以自己提出一个物质方面的要求。"

"物质方面的？"

贫穷的青年音乐家这时才感到一种紧张后的疲乏，肚子咕咕直叫，耳朵也莫名其妙地嗡嗡响了起来。饥饿使他嗫嚅着，轻轻地说出了自己的要求：

"请给我几张饭票……"

如今巴黎已经被留在了身后。几乎与艺术生活一同开始的那些饥饿日子，锻炼了冼星海作为一位伟大的人民音乐家的坚强的意志和坚忍的素质。

他一回国，便积极投身到了伟大的抗日救亡运动之中，创作了大量战斗性的群众歌曲，如《救国军歌》《路是我们开》《黄河之恋》《夜半歌声》《到敌人后方去》《在太行山上》等等，并创作了不朽的大型声乐作品《黄河大合唱》和《生产大合唱》。

因为他对发展我国民族音乐所做的巨大贡献，他赢得了"人民音乐家"的伟大称号。现在，几乎所有人，只要一想到"冼星海"的名字，耳边就会激荡起那古老的黄河之波，回响着那雄壮的父母之河的不朽的涛声……

约翰·休斯顿 John Huston

(1906—1987)

美国电影导演，生于内华达州。早年从事过拳击手、演员、记者、编剧等多种职业。1941年导演电影处女作《马耳他之鹰》，一举成名。二战期间以通信兵中尉身份为美国政府拍摄了多部纪录片。1948年凭借《浴血金沙》获得奥斯卡最佳导演和剧本奖。一生执导影片有40部半，其中的半部就是他最终没有拍完的《诺思》。

永不满足的电影大师

1986年夏天，已经80岁高龄的电影大师约翰·休斯顿，坐着轮椅，拖着氧气瓶，冒着酷热高温，拍完了他的第40部影片《死者》。接着，他不顾医生的劝阻，稍稍休整了一下，又坐上飞机直奔新的片场，投入到新的影片《诺思》的拍摄之中。不幸的是，这部影片还没最后封镜，1987年8月28日凌晨，在外景地的一家旅馆里，年老的约翰在睡梦中悄然离开了人世。

当时的美国总统里根的夫人南希，在休斯顿的葬礼上说：“他是美国电影界的一位真正巨人，毫不夸张地说，全世界千千万万观众喜爱他的影片。他给世界留下了一笔丰富的遗产……”

1906年8月5日，约翰出生在内华达州的一个小镇上。据说，这个小镇是他的祖父在一次牌局中赢来的。他的父亲沃尔特·休斯顿，也是一位著名的电影演员。他的母亲是一家报社的记者，经常周游世界各地寻找写作素材。约翰是家里的独生子，3岁就开始和喜欢表演杂技的父亲登台献艺了。约翰小时候体弱多病，患有心脏病和肾病，家人曾经伤心地以为他活不长久的，不料，随着他年龄的增长，不可思议的奇迹发生了：14岁的约翰中途辍学，竟然成长为一名勇敢的拳击手，曾拿到了加州业余拳击比赛的轻量级冠军，在25场比赛中赢了22场！当然，他的鼻子也曾被打歪过。

到了18岁时，约翰开始登上百老汇舞台。不过，他天性里好像有母亲的遗传，喜欢到处闯荡。他独自去过墨西哥，在骑兵部队里当过骑兵，还偷偷开始编写剧本。后来回到美国，为很多报纸和杂志写过短篇小说。写小说不过瘾了，他又跑到伦敦和巴黎学起了绘画。不过，当画家的梦没有实现，他在巴黎差点儿变成穷困潦倒的乞丐。

著名导演 约翰·休斯顿

1933年，约翰再度回到美国，开始出演影片，并充分发挥了自己的编剧才能，创作了不少剧本。1941年，他的导演处女作《马耳他之鹰》问世。这部电影不仅让片中的男一号亨弗莱·鲍嘉成为超级巨星，也是他自己作为电影大师的起点。70多年过去了，《马耳他之鹰》早已成为了世界经典影片之一。

约翰是一位电影天才，集编剧、导演、演员于一身。他一生执导的影片有40部半，那半部就是他最终没有拍完的《诺思》。他的一个老朋友曾称赞他说：“谁都没有像他那样的灵感、经验和导演过那么多题材各异的影片。”他导演的著名电影还有《宝石岭》《非洲皇后》《盖世枭雄》等。他在罗曼·波兰斯基执导的《唐人街》中饰演的那个残暴的父亲，是他最得意的角色。他还在自己执导的影片《圣经》中饰演了上帝、魔鬼和挪亚三个角色。因为他对电影的贡献，1983年他77岁时，被授予美国电影学会终身成就奖。

他在电影艺术之路上，是一个永不满足、永不止步的人。在他晚年，有位记者在摄影棚里访问他时，这样描绘过他工作的情景：他蜷缩在导演席位上，身材瘦削，胡须灰白，两眼周围布满深深的皱纹，两臂骨瘦如柴，双腿蜷曲，仿佛是一把曲尺。他几乎是有意装束得像个游手好闲的无名之辈，身穿极其普通的深蓝便裤和在美国几乎无人再穿的素白色圆领衫。动作迟缓僵硬，制片间隙不时从一个塑料杯子里啜饮柠檬水……

记者问他：“你在你的传记中写道：最优秀的人总是把自己看成是失败者。你对于自己是否也有同感呢？”

他回答：“当我看着自己的作品时，我有时会说：唉，太蹩脚了！但是，即使像米开朗琪罗那样的人，也会在临终时感叹自己没有为艺术做出什么增添华彩的伟业，因此他想要毁掉自己的作品。我当然不是要把自己比作米开朗琪罗。我讲的是关于艺术家永不满足的精神……”

这段话，正好反映了这位电影大师为了艺术而永不满足、孜孜不倦、毕生探索和追求的精神。

黑泽明 クロサワアキラ

(1910—1998)

日本电影编剧、导演。生于日本东京。1934年进入PCL电影公司，师从山本嘉次郎学习导演和编剧。1943年首次独自执导处女座《姿三四郎》。1951年，凭借《罗生门》在威尼斯影展上获得金狮奖，成为金狮奖历史上第一个亚洲人。1990年在第62届奥斯卡颁奖礼上获得终身成就奖。代表作品有《影子武士》《八月狂想曲》等。

从不断的挫折中崛起

日本电影大师黑泽明曾被《时代周刊》评为“20世纪亚洲最有影响力的人物之一”。中国电影导演张艺谋也曾说过：“是黑泽明使我明白，当走向外面世界时，要保持中国人自己的性格和风格，这是他给亚洲电影人上的很重要的一课。”

黑泽明出生在日本东京的一个武士家庭，从小家教很严。不过，他小时候的志向是当一名画家或书法家。但是在那个时候，画家这个职业非常清苦，很难养活自己。少年有梦且缤纷，少年时代的黑泽明参加过一个名为“无产者艺术家联盟”的团体组织，在参加这个组织的活动时，他渐渐对电影产生了一种向往，有时候甚至还喜欢谈论“革命”的话题。

1934年，黑泽明进入PCL电影公司（东宝电影公司的前身），考取了“助理导演”的身份，正式拜著名导演山本嘉次郎为师，学习导演和编剧。后来黑泽明又从第三副导演晋升为第一副导演，从此踏入了电影圈。

但是生活现实不断地给黑泽明带来各种各样的挫折。他第一次恋爱时，就遭到了女友母亲的鄙视：“就凭他那导演助理的样子，我可不愿意把我们漂亮的女儿嫁给他！”这番打击让黑泽明郁闷了好久。

导演之路也并非一帆风顺，而是挫折不断。为了实现自己的艺术梦想，1965年，他从东宝电影公司独立出来，建立了一个“黑泽制片厂”，想独立拍摄自己的电影。可是第一次独立拍片，就十分不顺。那是1966年，黑泽明担任电影《高速机车》的导演，但在脚本创作时，他与投资方产生了严重的分歧，结果一怒之下，只好辞去了导演的职务。第二年，他又接受了日、美合拍片《虎！虎！虎！》日方总导演的职务。这是一部反映“二战”期间日本轰炸珍珠港事件的著名影片。但是仅过了三周，美方突然劝告说：“黑泽明患有神经官能症，最好去休养一些时候。”他的导演职务便被免去了。这次挫折，使他陷入了深深的苦闷之中。好在他终于从苦闷中走了出来，继续向着自己的电影梦想挺进……

1950年，已届不惑之年的黑泽明，着手拍摄他的电影名作、根据著名作家芥川龙之介的小说改编的《罗生门》。当时东宝公司不太重视艺术探索，甚至压制有点探索精神的艺术家，黑泽明就把剧本拿到了大映电影公司。但《罗生门》拍出来后，当年8月初映时，没有获得任何好评，无论是影评人还是一般观众，对这部影片所包含的哲学观念毫无共鸣。据说，当时大映公司的经理永田雅一走出放映室便说：“完全不懂！”

黑泽明默默忍受了电影界和观众对他的冷漠态度。接着，他又将自己最喜爱的陀思妥耶夫斯基的小说巨著《白痴》搬上了银幕。拍完后，他把这部影片剪辑成了4小时25分钟的超长影片。但公司认为，片子冗长而且难懂，要求他剪成两小时的片长。为此，黑泽明与公司争执不休，甚至向经理摊牌说："既然你们想那样剪，那就把胶片竖着剪开好了！"

这一年，好像是黑泽明最为倒霉的一年，无论做什么事都不顺利，甚至许多公司都不愿请他拍片了。为了解闷，他就到河边去钓鱼。一天，他一条鱼也没钓着，两手空空地从河边归来，他的妻子突然迎到大门口，连声说"恭喜恭喜"。他以为这是嘲弄他没钓着鱼，就生气地把脸转向一边，妻子却说："报社刚来通知，《罗生门》在威尼斯电影节上得了大奖。"

这个消息无论对黑泽明，还是对日本电影界，都具有划时代的意义，这标志着日本电影从此进入了一个新的纪元。《罗生门》在日本国内受到了冷落，却被欧洲观众认可了，并且迅速进入了欧美市场，跃居最高地位。

这时，大映公司和日本的影评人的态度都发生了逆转，重新评价《罗生门》，说："这部影片中有东洋式的异国情调。"对此，黑泽明愤怒地回应道："在被外国承认之前，在日本，连'浮世绘'也不过是市井画而已吧？日本人在有的地方太过自卑了，对自己的东西再多一点自信不好吗？《罗生门》并不那么优秀，但是得了奖就说成是歪打正着似的，我实在是讨厌这种现象！"

黑泽明正是从一次次挫折和苦闷中挺立和崛起，不断地突破和超越自己，相继又拍出了巨片《影子武士》《八月狂想曲》等经典电影。

国际知名导演吴宇森曾说："我一直受到很多日本电影的影响，尤其是黑泽明的电影。"另一位中国著名导演陈凯歌也说过："我太年轻，没能和黑泽明直接接触。但他对我们这一代中国导演产生了巨大的影响。"

杨汀滋 Yang Tingzi

(1910—1979)

中国画家。曾当过教师、记者。抗日战争爆发后，四处流浪，以篆刻、绘画为业。中华人民共和国成立后，在上海总工会和虹口区工人俱乐部工作，期间创作了一大批反映职工生活的美术作品。退休后经常游历名山大川写生，1979在云南大理苍山写生途中不幸遇难。

一位献身艺术的无名画家

“你为什么要画画儿呢？你为什么要爬上山呢？你为什么要爬上山去画画儿呢？人家都问，你已经70高龄，又有每月50多元的退休金，有儿有女，有吃有住，有一个不发愁的晚景……你为什么还要这样千辛万苦，这样千辛万苦地画画儿，你为什么还要爬上山去画画儿呢？

“你已经画过了黄山的云海，画过了庐山瀑布、泰山日出，你的画没有登过报刊、上过画展，从没有拿过润笔和稿酬……你为什么还要这样千里迢迢，这样千里迢迢来爬山，你为什么还要爬上山去画画儿呢？

“没有一个人迎接你，迎接你的只是荆棘、岩石、山溪；没有一个人陪伴你，陪伴你的只有饭篮、板凳、雨衣……你为什么还要在没有路的地方找路，在没有路的山上爬山，你为什么还要爬上苍山去画画儿呢？

“你已经勾画了从南到北17座山峰，最后两个峰还没来得及。你刚刚涂抹出雪松上的白云，它突然变成了无情的风雨……苍山为什么要变脸？为什么要把你推落崖下，为什么要这样对待一个无名的画家？有谁知道你为什么要画画儿，为什么要爬上山去画画儿，为什么要爬上苍山去画画儿吗？！”

这是著名诗人邵燕祥先生在1980年5月3日写的一首诗歌，诗中饱含着对一位无名画家之死的深切惋惜和悼念之情。

这位老画家名叫杨汀滋，是上海市虹口区工人俱乐部一位退休的老人。他酷爱绘画艺术，然而他就像美国作家欧·亨利在《最后一片常春藤叶》里所写的那位老画家一样，绘画没有给他带来任何名声。那位名叫贝尔曼的老画家，在一个风雨之夜，拼着生命的最后一丝力气，在山墙上画出了一片鲜绿的常春藤叶，正是这最后的一片藤叶，给那位绝望中的少女琼珊送去了生命的希望和信心，而老画家却在深夜里孤独地离开了人世……然而，这是一位真正的艺术家！他忠诚于艺术，胜过忠诚于自己的生命。

1979年6月7日，杨汀滋老人不顾年迈，独自来到云南省大理市，登上云雾茫茫的苍山写生。不幸的是，就在这一天，他从海拔3200米的高处跌入了深谷里……

一个多月后，他的遗体才被当地砍柴的人在竹林中发现。在当地民政、公安部门和死者家属的参与下，这位一生热爱绘画、孜孜不倦地追求绘画艺术、最终也献身于绘画的老人，被安葬在了苍山中。一颗善良的灵魂，永远依偎在了他所迷恋和热爱的大自然的怀抱里。他不死的心灵，将会继续做着他的艺术之梦……

诗人邵燕祥的这首朴素和真诚的诗篇，正是对这位无名的老画家，也是对所有为艺术而献身的人的感念与致敬。

李青萍 Li Qingping

(1911—2004)

中国女画家，生于湖北荆州。1931年入武昌美术专科学校。1932年进入上海新华艺术专科学校学习。1943年开始在中国各地举办个人巡回画展，享有盛誉。后蒙冤受难长达30年，但在艰难中仍坚持创作，绘制出了一幅幅饱浸生命和感情的真实体验，又闪耀着理想光彩和现代气息的作品。晚年出版有《李青萍画集》等。

“艺术第一”

“对于一个艺术家来说，最重要的是什么？”中国现代绘画艺术大师徐悲鸿曾经这样向她问道。

“艺术！是艺术！”她不假思索地回答。当时，她正捧着徐悲鸿为她题写了书名的作品集《青萍画集》。

徐悲鸿对她的回答感到满意，便提笔写下了“艺术第一”四个大字，然后说道：“这是我终身信奉的准则，现在我把它送给你！”

“这也同样是我信奉的准则。我将永远不会背叛它！”她庄重地接过题词，就像接过了一份神圣的责任……

这是1941年，在马来西亚吉隆坡的某一天。她的名字叫李青萍，当时已是一位风靡海内外的画家了。据说，艺术大师齐白石看过她的画展之后，曾激动地说道：“好哇！中国女画家无女儿气！”

李青萍是20世纪40年代红极一时的油画家，也被誉为“20世纪中国抽象艺术的先驱”。她创造的泼彩画艺术始于1938年，比西方的波拉克要早近10年。

然而，随着岁月的推移和时代的变幻，这位驰名中外的女画家和她的作品，竟然悄悄地从画坛上“失踪”了30多年！直到1986年7月25日，在30多年后的第一次个人画展上，这位归侨女画家才重与观众见面。漫长的岁月使“李青萍”这个曾经享誉海内外的名字，只有少数老一辈的画家才知道了。因为她命途多舛，令人叹惋，也有人称她是绘画界的“萧红”。

但她的作品却没有给人恍若隔世之感。她用饱蘸深情的色彩、线条和光芒向人们展示了一个具有强烈的现代意识和节奏感的艺术天地：遥远的异国风情、迷离得如同梦幻一样的天国气象、燃烧的海洋、自由鲜活的人与自然的生命的涌流……这些独具风格的画幅，不仅题材的展示上使我们耳目一新，在艺术技巧上也成功地实现了传统艺术精神与现代审美意识、东西方艺术技法、具象与抽象艺术的完美结合。

人们说，她和她的作品重新出现在画坛上，简直就是一个“令人不解的谜”。人们还惊讶地发现，这位已经进入老年的女画家，腰背佝偻、瘦骨嶙峋，饱经风霜的脸上刻满了深深的皱纹，而且还吃力地拖着一条沉重的跛腿……

原来，当她从画坛消失之日，也正是她开始为艺术默默地承受灾难的开始！“十年浩劫”之时，这位从国外归来的华侨画家，遭到了极其不公正的对待，被贴上了“特务”“汉奸”“汪精卫的走狗”等无中生有的标签，受到了种种非人的摧残与侮辱。她甚至连最起码的生存条件都被剥夺了！她像虔诚的圣徒背着沉重的艺术的十字架，进入了黑色的炼狱。

为生计所迫，她什么苦和累都受过。她曾和弟弟一起，拉着板车沿街卖过西瓜；她像农妇一样，戴着旧草帽在炎热的夏天里卖过冰棍和大碗茶；她还在街道办的小作坊里糊过纸盒子……数不清的冷漠和鄙夷，来自四面八方的辱骂与呵斥，她都默默地忍受着。她依靠着出卖劳动力而挣来的微薄收入，生活在社会的最底层。但她心中一直闪耀着一个信念：艺术可以被亵渎，但艺术不会消亡！

她从垃圾堆中捡出破布头、酒瓶、塑料纸等等，卖点小钱。但她更感兴趣的，是那些旧毛笔、铅笔头以及用完了的颜料袋和广告瓶。她把颜料袋、广告瓶里剩残的颜料调和在一起，晚上关起门来，躲在一间只有七八平方米的破屋子里，在昏暗的灯光下，满怀欣喜地画她的“泼彩”作品。她在废报纸上画，在捡来的铁皮上和木板上画。

人们几乎难以相信，在失去了生命尊严，连生存都变得异常艰难的日子里，她依然没有停止过“创作”。因为材料的缺乏，捡拾而来的别人丢弃的颜料，实在难以得到层次丰富的色彩混合与变换，她就因陋就简，尝试着大块原色的运用，这样反而形成了她的一种绘画特点。她的“画布”材质更是五花八门，小学生练习本、会计用过的旧账册、裁缝丢弃的布头、照相镜框的背板、破麻袋片、旧三夹板、塑料布、挂历纸、瓦楞纸、各种废弃的包装纸、旧衣衫上的补丁和碎布头……都成了她的“画布”。

她一边画，一边回忆着当年徐悲鸿、刘海粟等艺术大师曾经给予她的鼓励和期望。每当这时候，那个“艺术第一”的条幅，又会闪耀在她眼前……

在蒙受着不白之冤、忍受着漫长的艰辛和苦难的日子里，她心中的艺术的火焰，一直没有熄灭过。她在困苦的日子里等待着重新恢复尊严的时刻。岁月，果然没有辜负她的等待、期盼和信念。就在徐悲鸿大师为她题写“艺术第一”的45年之后，这位饱经风霜、历尽沧桑的女画家，终于得到了平反，重新恢复了做人和作为艺术家的权利与尊严。

在复出之后的第一次个人画展上，她说:“我要赶在去见上帝之前，把最好的艺术献给世界！”说着，一串泪水顺着女画家的面颊流了下来。

在晚年，她以不可思议的创作激情，创作出了一幅幅饱浸生命和感情的真实体验，又闪耀着理想光彩和现代气息的作品。有时候，她一天内最多竟创作出数幅作品。她仿佛是在与死神抢夺时间。“我不会再回忆过去，我只愿意想到未来。未来永远是美好和光明的！”她说。

2003年，她93岁时，大型画集《李青萍画集》出版问世。2004年1月29日，这位一生坎坷的女画家在自己的寓所里平静去世，享年94岁。临终前她对身边的人说:“如果有来世，我还要画画。”她终身未嫁，只有艺术伴随了她的一生。

朱生豪 Zhu Shenghao

(1912—1944)

中国翻译家、戏剧家、诗人，生于浙江嘉兴。1933年参加《英汉四用辞典》编纂工作，并创作诗歌。1936年开始翻译《莎士比亚戏剧全集》。为便于中国读者阅读，打破了英国牛津版按写作年代编排的次序，而分为喜剧、悲剧、史剧、杂剧四类编排。先后译竣莎剧31种。

“他只有他的莎士比亚”

我国现代文学翻译家、莎士比亚研究专家朱生豪是把莎士比亚介绍到中国来的第一个人。然而，这位英年早逝的、富有诗人气质的翻译天才，却从没留过洋，他的英语也是靠在国内自学完成的。他从1936年春天开始着手翻译《莎士比亚戏剧全集》。为了照顾到中国读者的阅读习惯，他打破了英国“牛津版”按莎士比亚写作年代编排的剧本次序，而分为喜剧、悲剧、历史剧、杂剧四大类编排，自成体系。他以自己短促的一生，在抗战年月辗转流徙、贫病交加的日子里，坚持翻译莎剧，先后译出了莎剧31种。最后终因劳累过度而患上肺病，过早地离开了人世。

1987年，朱生豪的遗孀宋清如夫人，把她珍藏了40多年的朱生豪留下的莎士比亚译稿，全部捐献给了他的家乡嘉兴市。人们看到，存放《莎士比亚戏剧全集》译稿的简易木箱上已是青苔斑斑，里面的纸色都已泛黄。但是，朱生豪娟秀整洁的字迹，却清清楚楚，历历可辨。一些戏剧界和翻译界的前辈评价说，他用优美流畅的散文诗的笔调，淋漓尽致地传递了莎士比亚原著的神韵，典雅清丽的翻译影响了中国几代戏剧和翻译工作者。

然而有谁知道，这位翻译家和莎士比亚专家，生前为了他心爱的莎士比亚，而付出了怎样的艰辛与劳顿。

朱生豪在杭州之江大学念书时，爱好诗歌写作，他在毕业前夕写过一首长诗，其中写道："从此我埋葬了青春的游戏，肩上人生的负担，做一个坚毅的英雄。"

走出大学校门后，他又喜欢上了戏剧，并且开始醉心于莎士比亚。他认为，无论以诗人或戏剧家而论，莎士比亚都是独步古今的世界文豪。然而由于正处在战乱时期，他的翻译进度并不顺利。

1943年，新婚不久的朱生豪带着牛津版《莎士比亚戏剧全集》和两本英文字典，回到了嘉兴老家。他闭门深居，不到两年时间译出了22个剧本。宋清如回忆说，在嘉兴的那段日子，全家依靠他微薄的译稿费生活，仅能免于断炊，每天以咸菜、豆腐佐饭，偶尔晚餐才可做个小菜改善一下。有时甚至连买牙膏的钱都没有。到后来，连抄写译稿用的方格纸都买不起了，只能用普通的白纸替代。朱生豪却"只有他的莎士比亚"！他什么都没有，当时连住的房子，也是借他弟弟的。但是朱生豪从不追求物质享受。有一次他安慰宋清如说："我们很贫穷，但我们无所不有。"

由于积劳成疾，朱生豪结核病恶化后，一直卧床不起。但他每天惦念着他的莎士比亚。有好几次，他躺在床上情不自禁地高声朗诵着莎剧的原文。直到他临终前几天，谈话中依然念念不忘翻译莎剧的未竟之业。他满怀遗憾地对宋清如说："早知会这样一病不起，我宁愿拼着命也要把它译完。"

临去世前，他还不忘叮嘱自己的弟弟朱文振，一定要接着译完莎士比亚的六部历史剧。

1944年，朱生豪英年早逝，去世时仅仅32岁。有人评述他的一生，就像是一首含蓄、冲淡的小诗，平和里显出清丽，深沉中不失热烈。只是这首诗太短，留下了很多遗憾。

虽然如此，他对人类文化的贡献，他的献身艺术的默默无闻的精神，却将如同他的莎士比亚一样，与人类同在，与天地共存！

如今，朱生豪的墓地已无处可寻。当年埋葬他的地方，后来成为一片厂房毗连的工业区，甚至连凭吊的遗迹都一无可辨了。但他曾经写给宋清如的一段话，却让每一个热爱莎士比亚、热爱人类文化的人感动和敬仰。他是这样说的：

"要是我死了，好友，请你亲手替我写一墓志铭，因为我只爱你那'孩子字'。不要写在什么碑板上，请写在你的心口：'这里安眠着一个古怪的孤独的孩子'。"

启 功 Qi Gong

（1912—2005）

中国书法家、教育家、古典文献学家、书画鉴定家，也被誉为“国学大师”。他是满族人，姓爱新觉罗，系清朝雍正皇帝九世孙。曾受业于史学家陈垣，从事中国文学史、中国美术史、中国历代散文、历代诗选和唐宋词等课程的教学与研究。著有《古代字体论稿》《诗文声律论稿》《启功丛稿》《启功韵语》《论书绝句》等。

师者的风范

北京潘家园文物市场上，曾有一个靠卖字为生的年轻人，专仿书画大师启功先生的字，几乎可以乱真。但如果你想要这个年轻人为新开张的店面写块匾什么的，年轻人就会立马沉下脸谢绝说：“我和启功先生有约法三章：一不题匾，二不题写书签……”人家问他：“你还真见过启先生？”年轻人说：“当然见过。”“那启先生怎么说呢？”“启先生说，我的字是假的，但并不劣。”

从这件轶事，可以想见作为艺术大师的启功对待贫困弱者的君子之风和宽厚待人的菩萨心肠。

启功是中国著名教育家、书法家、古典文献学家、书画鉴定家，被誉为“国学大师”。他是满族人，姓爱新觉罗，是真正的皇族，系清朝雍正皇帝的九世孙。启功出生那年，正是中国推翻了封建帝制、中华民国宣告成立之年。所以启功常说，他并非大清帝国的子民，从没享受过一天的荣华富贵，有什么好夸耀的呢？因此他从不愿使用“爱新觉罗”这个姓氏。启功成名后，有人给他写信，信封上写“爱新觉罗·启功收”，启功对这样的来信一般都是置之不理，后来实在不耐烦了，就在信封上写上：“查无此人，请退回。”

启功很小的时候，父亲就病故了。12岁时，他进入小学读书，插班在四年级，两年后升入著名的汇文中学。读高中时，因为英语成绩不好，没能通过期末补考，就中途辍学回家了。辍学之后，他发愤自学，先后追随数位书画名师学习书法和绘画。

启功最早拜老画家贾羲民为师，学习书画鉴赏。启功每月月初跟随老画师去故宫看画展，每看一件作品，贾先生就为启功讲解相关鉴赏与鉴定方面的知识。后来经贾先生介绍，启功又转投名画家吴镜汀门下，学绘丹青。

启功是幸运的，他小小年纪，就不断地得到很多名师的指点。大书画家溥心畬、齐白石，也是对启功影响巨大的两位恩师。溥心畬不仅教启功学习书法和绘画，还指导他学习写诗。少年启功经常自己画上一个扇面，然后在旁边题上一首诗。溥心畬先生如果看了诗不错，就会高兴地给启功指点一番。

启功的一位远房叔祖曾给齐白石做过一口上好的寿材，与齐白石十分熟识，后来这位叔祖就把启功推荐给了齐白石。齐白石对启功的才智十分欣赏，有时启功几天没有来，他就禁不住要念叨：“那个小孩儿怎么老没来？”在齐白石门下，启功的绘画技艺进步得很快。正是有了这些名师帮助，他打下了扎实的童子功。所以启功后来在书法、绘画、国学、文献学、书画鉴定、古典文学教学等方面都有很高的造诣，赢得了诗、书、画“三绝”之称。

启功虽然是闻名遐迩、一字难求的艺术大师，但是他为人谦逊、和蔼，同情弱者，总是怀着一副菩萨心肠。前面说到的潘家园的那个年轻人的故事，就是一例。

还有一次，启功先生的一位朋友带的一个博士生毕业后，到北京转学，求到了校方的一位主任。主任提出，要求一幅启功的字。启功一听是为孩子上学的事，二话没说就写了一幅。过了一段时间，启功因病住院，这位主任也去探视，还带去那幅字，当场请教启功是不是真的。启功看了看，笑着说："哦，假是不假，就是劣。"

他对一些虚头巴脑、虚张声势、沽名钓誉的做法，从来就不屑一顾。有一次，据说是空军部队里的一位官员想要他的字，就派了秘书来见他。启功说："我近来很忙，过些时再写可否？"那个秘书说："我们领导说了，今天一定要拿到。"启功一听，接着问道："倘若我不写，你们领导会不会派飞机来炸我？""当然不会，当然不会。"于是启功说道："既然不会来炸我，那就不写了，请回吧。"毕竟是大师，再大的权势也不能夺走艺术家的尊严！

启功也是一位机智的幽默大师。有一次，他外出讲学时，听到会议主持人说："现在请启老做指示……"觉得这种"官腔"实在要不得，他就接着说道："指示不敢当。本人是满族，祖先活动在东北，属少数民族，历史上通称'胡人'。那么，我下面所讲的，全是不折不扣的'胡言'……"

还有一次，启功在讲课时，曾有人递条子请教"执笔的方法"与书法优劣的关系。启功说："以执笔方法论断书法优劣，是难以服人的。好比上街买包子，你只要看包子质量好不好，管那厨子是站着还是坐着捏，是五指捏还是四指捏的呢？那厨子出来说'有时站着，有时坐着，我是用左手三个指头捏的褶'，那你还买不买？难道左手三个指头捏褶的包子立马就不香了？四指还是五指握笔管，都各自有些道理，但最终看的是作品水平。"因此，启功常自谦说自己握笔的方式是"猪爪式"，意在讽刺那种舍本逐末、不注重字的优劣而只注重执笔方式的做法。

曾经，一个书画商人跑到启功家叩门拜访，想得到老人一件墨宝。但这个书画商人信誉不佳，启老早就听闻过，就客气地走近门前，打开灯，隔着门问商人："请问您来做什么？"商人说："来看您。"启老贴近门窗，把身体不同方向一一展示给对方看了，然后说："看完了，请回吧！"画商有些尴尬，吞吞吐吐地说："我还给您带来一些礼物。"启老幽默地说道："您到公园里看熊猫，还用带礼品吗？"

启功66岁那年，写过一篇幽默的《自撰墓志铭》。27年后，这篇带有自谦、自嘲和自勉色彩的墓志铭，果然刻在了他的墓碑上："中学生，副教授。博不精，专不透。名虽扬，实不够。高不成，低不就。瘫趋左，派曾右。面微圆，皮欠厚。妻已亡，并无后。丧犹新，病照旧。六十六，非不寿。八宝山，渐相凑。计平生，谥曰陋。身与名，一齐臭。"其中的"瘫趋左，派曾右"指的是他患过"左偏瘫"的疾病，也曾被错划为右派。

启功先生一生以教书为职业，是北京师范大学的一代名师。他身为艺术大师、国学大师，却一生生活简朴，常常一碗面条、几根黄瓜拌点炸酱，就是一顿饭。但他帮助起他人来总是十分慷慨。1991年11月，启功的恩师、教育家陈垣诞辰110周年的时候，启功在香港举行义卖展览，义卖所得163万元，全部捐给了北师大。启功还反复交代校方，决不能用他的名义，而是用恩师陈垣"励耘书室"中的"励耘"二字，设立了一个"励耘奖学助学金"，作为北师大贫困学生的奖学金。

马思聪 Ma Sicong

(1912—1987)

中国小提琴演奏家、作曲家。生于广东汕尾，后定居美国。年轻时赴法国学习小提琴演奏与作曲。1937年完成《蒙古组曲》，一举成名。曾任中央音乐学院首任院长。创作包括交响乐、小提琴独奏曲、小提琴协奏曲、钢琴奏鸣曲、歌剧等领域。代表作有《思乡曲》《西藏音诗》《蒙古舞曲》《祖国大合唱》《春天大合唱》《山林之歌》《中国少年先锋队队歌》等。

最后的歌剧

“城墙上有人，城墙下有马，想起了我的家乡，我就牙儿肉儿抖。举目回望四野荒凉，落日依山雁儿飞散……风大啊黄沙满天，夜寒啊星辰作帐，草高啊盖着牛羊，家乡啊想念不忘……那边就是你可爱的故乡，就是有水鸟翱翔的地方，那边白云映红荔村前，孩子你为什么不回家？为什么不回家？城墙外的马啊，城头上的人，想起我的亲娘啊，我肉儿牙儿抖。”

这首深情的《思乡曲》原本是一支北方草原上的民歌。1937年，当日本侵略者的铁蹄踏进中国北方大地，中华民族处在最危险的时候，音乐家马思聪把这首民歌的歌词和曲调稍加修改，移植进了自己的大型音乐作品《蒙

1959年在演奏的马思聪

古组曲》，作为其中的第二乐章（慢乐章）。从此以后，这首听起来缠绵哀婉，令人感到一种撕心裂肺的疼痛的小提琴协奏曲，便成为中国现代音乐中的经典之作，感动着一代又一代中国人，唤醒了一代代华夏儿女深挚的怀乡之情和爱国热情。音乐家马思聪的名字，从此也和《思乡曲》紧紧联系在了一起。

抗战期间，家乡沦陷，诗人和音乐家都流落到了陌生的异乡。在一个深夜里，马思聪用一把小提琴为徐迟拉过一次《思乡曲》。他的琴声柔和而又哀伤，使流离他乡的诗人禁不住热泪滚滚。徐迟在晚年回忆说："那天晚上，这支曲子使我感到了一阵阵灵魂的颤抖。我那水晶晶的家乡江南小镇，那横跨小镇的三个穹窿形的大石桥，小莲庄上的亭台楼阁，分水墩的江浙省界，以及童年的梦幻和青年的怀恋，父亲的死别，母亲的生离，再加上战乱的年月，苦难的祖国，沦陷的大地，全在一刹那间，从琴声中显现了。"

马思聪是一位蜚声海内外的小提琴演奏家、作曲家，还是一位著名的音乐教育家，曾经担任过新中国的最高音乐学府——中央音乐学院的首任院长。他的音乐名作除了《思乡曲》，人们耳熟能详的还有《西藏音诗》《祖国大合唱》《春天大合唱》《山林之歌》《中国少年先锋队队歌》等。

马思聪先生去世后，我曾经协助他的一位老朋友、诗人徐迟搜集、整理过一份《马思聪音乐作品目录》，比较完整的编号作品已经超过60个。徐迟先生是这样评价这位大音乐家的："他的全部作品是真诚的，是他的感情的结晶，心血的凝聚，爱国的证件，历史的记录，珍贵的遗物，价值连城的国宝，瑰丽的精神财富，中华民族文明的一座高峰。这些作品中必有一些将传至千秋万代。这些不朽的作品，也就是他永生的灵魂了。"

1986年，已经定居美国的马思聪已经是74岁高龄的老人了。这时候他仍然在守护着心中对音乐的那份热爱，而且仍然怀有创作的激情。这一年圣诞节前夕，他完成了他和女儿马瑞雪一起创作的大型歌剧《热碧亚》第三稿的修改。这一稿完成后，他觉得有了一种长跑之后，大功告成的快感，计划着新年过后，就和夫人一起出外远游一次。

为了《热碧亚》这部歌剧，他前后付出了20多年的心血和牵挂。那时，马思聪一家住在北京的一座安静的四合院里。一个冬夜，有人给他的女儿、青年音乐家马瑞雪寄来一本19世纪中叶新疆维吾尔族诗人写的抒情诗《热碧亚》。女儿为诗中的情感所激动，便向父亲提议："我们合作一个歌剧好吗？我写歌词，您来谱曲。"

马思聪深知，这个作品显然不合当时的"潮流"，可能会被抛进"冷宫"。但他觉得，把最美好的音乐奉献给自己的祖国和人民，是音乐家的"天职"，至于其他，都可以在所不计。记得当年在重庆时，他曾和毛泽东有过多次交往，有一次毛泽东对他说："作家和艺术家的作品应当为人民大众所理解。"马思聪这样认为："作家、艺术家的作品确实应为人民大众所理解，但并不意味着一定要在当时就为人民所理解。有许多作品，也许是在作家、艺术家死后几十年、几百年，才被后人所理解……"因此，马思聪一直怀着这样一个信念：一部作品写出之后，演不演出，评价如何，都是身外之事。他坚信，只要是真正的艺术，迟早会被广大的观众承认和理解。

正是凭着这样的信念，他和女儿毅然投入到了大型歌剧《热碧亚》的创作之中。即使在“文革”期间那腥风血雨的日子里，他们也没有放弃对这部歌剧的构思和创作。

1984年，台湾地区举办了一场马思聪作品演奏会，马思聪前往指导。在演奏会上，马瑞雪创作的《热碧亚之歌》受到听众的欢迎。回到美国后，马思聪要求女儿重新改编这部作品。经过了10多年的理解和感受，马瑞雪也已经更加深刻地领悟到了维吾尔族人民对生命、对爱情的那份执着和忠诚。她很快就把剧本改成了，最后定名为《热碧亚》。这时，马思聪也比较满意地开始了谱曲工作。

1985年6月，他们完成了初稿。马瑞雪迫不及待地把这一消息告诉了外界。马思聪却责备她说：“这只是一个初稿啊，完成还差很远一段路程呢！还不知要改多少次，也不知要改到何年何月才能够满意呢。”修改第二稿时，只要感觉到剧本有不尽如人意的地方，他便不停地打电话与女儿商量，要么修改，要么重写。马思聪在艺术创作上向来以严谨和认真闻名。以前他写《龙宫奇缘》时，写了八年，八易其稿；20世纪50年代初期他写交响乐《屈原》，夜以继日，劳累过度，竟然患了耳鸣病，有时一只手捂住耳朵，另一只手还不肯罢笔。他的这种严谨和认真，也体现在《热碧亚》这部作品里。在修改《热碧亚》第三稿时，他十分欣赏女主角的性格，有一次情不自禁地握住夫人的手说：“如果有一天我死了，她也会死的。”

仿佛是一语成谶，在修改《热碧亚》第三稿时，马思聪的心脏一度极其虚弱，左腿也疼痛异常，度日如年，寝食难安。但为了歌剧能早日完稿，他不顾病痛，白天黑夜都埋首在五线谱之中。

他曾对一位朋友说：“我家里挂有一幅齐白石的画，上面盖有一个闲章：‘鬼神事业非人工’。我很欣赏白石老人这句话，艺术品的创作，是作者艰苦耕耘的成果，但如果少了‘鬼神’为报答你所付出的辛劳而帮你的忙，那作品不是写不出来，就是显得苍白无光。”他的意思是说，没有终日的辛劳，何来“鬼神事业非人工”的艺术境界。

1987年2月，马思聪把修改完的《热碧亚》总谱转交给了乐团，开始期待着这部历经沧桑、反复修改的歌剧的公演。可是不久，因为心脏虚弱，他住进了医院。这一年5月20日，75岁的音乐家在费城病逝。

住院期间，他这样对女儿谈到自己的一生：“狄更斯讲过一句话，他生在一个动乱的年代，所以，每一分耕耘都比太平的时候要艰苦。我们生活在和狄更斯一样的时代，越是这样，我们越要努力工作，尽管我们付出的辛劳总是受到很大的阻力……”弥留之际，他还表达过这样的愿望：“病好之后，我要去爬喜马拉雅山！”他讲这些话时，已经十分吃力了。

他没有留下什么遗嘱。他的一切，都留在他献给世人的62个音乐作品里了。他的老朋友、诗人徐迟闻知噩耗，不胜悲痛，噙着泪水写下了万言长文《马思聪》，回顾了这位音乐家坎坷的一生和非凡的艺术成就。诗人在文章的最后这样写道：“我总有一种感觉，他并没有离开我们，我们拥有他的唱片、录音匣子和一些乐谱，就像他还在，永远在，在远方。”

聂 耳 Nie Er

(1912—1935)

原名聂守信，云南玉溪人，中国音乐家。中华人民共和国国歌《义勇军进行曲》的曲作者。1932年到北平开展革命音乐活动，发起组织了中国新兴音乐研究会，为左翼进步电影、话剧、舞台剧作曲。代表作品有《大路歌》《码头工人》《新女性》《毕业歌》《飞花歌》《卖报歌》《梅娘曲》等。

燃烧的战歌

1935年一个漆黑的夜晚，一位“自己的同志”悄悄地来到青年音乐家聂耳住的小阁楼上，递给他一个香烟盒，郑重地说：“这是诗人田汉在狱中写的《义勇军进行曲》，请你为它谱曲……”

深夜，聂耳一遍又一遍地朗诵着慷慨激昂的歌词，脑海里涌起了庄严激越的旋律。他激动地挥笔谱写，一个个有力的音符仿佛变成了射向敌人的子弹——“……起来！起来！起来！……我们万众一心，冒着敌人的炮火前进！冒着敌人的炮火，前进！前进！前进进……”火热的歌词让他心情激荡、彻夜难眠。他轻轻地哼着、写着，捕捉着那在黑夜里像火焰一样燃烧的旋律……一支伟大的歌曲，就这样在关系着民族危亡的暗夜里诞生了！

起来，不愿做奴隶的人们，
把我们的血肉，
筑成我们新的长城。
中华民族到了最危险的时候，
每个人被迫着发出最后的吼声……

这支歌作为中国全民抗战的号角，从此响彻中华大地。在全世界反法西斯战争中，英、美、印度等许多国家的电台也经常播放这首战歌。二战结束前夕，美国国务院还批准将这首歌曲列入了“盟军凯旋之歌”当中。

中华人民共和国成立前夕，征集国歌时，这首歌在新政协会上获得一致通过。于是，1949年新中国开国大典和此后每年的重大节日、庆典和会议上，《义勇军进行曲》高昂雄壮的旋律，都会回响在每一位华夏子孙的心头……

聂耳是云南省玉溪人，1912年出生在昆明。聂耳从小喜爱音乐。他原名聂守信，后来之所以改名为“聂耳”，据说原因就是他的耳朵特别灵敏。1918年，他在昆明师范附属小学念书时，就自学了笛子、二胡、三弦和月琴等乐器，并担任学校“儿童乐队”的指挥。1927年，聂耳从云南省立第一联合中学毕业后，进入省立第一师范学校学习。在校期间，他参与了学生组织“读书会”的活动，还和同学友人一起组织了“九九音乐社”，经常参加校内外的演出活动，自学了小提琴和钢琴。

在聂耳的幼年时代，他的父亲聂鸿仪在昆明甬道街72号开了一家成春堂药店。不久，父亲死了，药店由母亲经营，殷实的聂家开始中落。所以，在幼年聂耳的记忆里，母亲经常坐在灯下，拨拉算盘，算完账后，叹气、发愁。聂耳曾暗许心愿：今后一定要让母亲过上好日子。他的母亲能唱各种民歌，包括在昆明等地民间广泛流传的洞经调、花灯调、扬琴调等等。动听的歌曲与歌曲里的故事，让聂耳很着迷。

正是从母亲唱的歌中，聂耳知道了“蔡锷”这个名字。蔡锷将军在云南讨袁护国的壮举，在少年聂耳心中留下了深深的印象。16岁那年，聂耳背着家人偷偷报名参了军，被编入十六军湖南新兵队受训，后来他又去投考黄埔军校，没有录取。不久，他被军队遣散，从军的道路就此中断了。

1931年4月，聂耳考入音乐家黎锦晖主办的“明月歌舞剧社”，担任小提琴手。第二年11月，他进入著名的联华影业公司工作，参加了“苏联之友社”音乐小组，参与组织了“中国新兴音乐研究会”和“左翼戏剧家联盟”音乐组。

聂耳曾在北平生活过一段时间。当时，他穷得买不起一件棉衣，却经常深入生活在天桥底下的贫苦艺人中间，用有限的几个钱来收集北方民间音乐素材，聆听卖嗓子、卖武功的艺人的叫卖声。

在上海期间，他也经常踏着晨霜夜路，深入工厂去体验女工们上班的辛苦，还与小报童们交上了朋友，从而创作出《新女性》《卖报歌》这样的歌曲。没有稳定的居处和最基本的创作条件，他在上海用了一年的时间苦苦积攒，才买回了一把梦寐以求的廉价小提琴。1933年，聂耳由戏剧家田汉介绍，加入了中国共产党。

《义勇军进行曲》原本是聂耳在1935年为上海电通公司拍摄的故事影片《风云儿女》所作的主题歌。这部影片描写了20世纪30年代初期，以诗人辛白华为代表的中国热血青年，为拯救即将沦亡的祖国，投笔从戎，奔赴抗日前线、英勇杀敌的故事。这首歌曲在影片首尾两次出现，给观众留下了深刻的印象，很快就成为中国抗战时期最著名的歌曲。

当时，电通公司为了尽快开拍这部影片，就请剧作家孙师毅把田汉创作的文学剧本改写成电影剧本。孙师毅征得了田汉的同意，把影片改名为《风云儿女》。主题歌原词第六句是“冒着敌人的飞机大炮前进”，孙师毅把这句改成了“冒着敌人的炮火前进”。

聂耳本来就是一位志存高远的热血青年，自1933年加入了党组织之后，他以饱满的热情，用音乐做武器，投入了伟大的抗战救亡事业。他创作的《开路先锋》《卖报歌》《毕业歌》《铁蹄下的歌女》等一首首激动人心的战歌，带着振奋人心的力量，飞向了抗日战场，飞向祖国的四面八方。这些作品的创作，都来自他深入社会生活最底层所获得的感情与素材。他在1933年6月3日的日记中总结说：“音乐与其他艺术、诗、小说、戏剧一样，它是代替大众在呐喊，大众必然会要求音乐新的内容和演奏，并要求作曲家的新态度。”这些旋律激越、高昂的作品，是那个特定的民族危亡时代造就的，铿锵有力的音符和节奏，也传达出了当时所有不愿做亡国奴的中国人民的真实心声。

不幸的是，当《义勇军进行曲》首次在银幕上响起时，年轻的音乐家已经不在人世了。1935年7月17日，年仅23岁的聂耳在日本藤泽市的海湾游泳时，不幸溺水身亡。音乐家死了，但是他留下的音乐永远不会消逝。伟大的《义勇军进行曲》将与中华民族的历史与精神同在！

1954年，云南省人民政府重修了聂耳墓，请诗人郭沫若题写墓碑和墓志铭。这年2月，郭沫若题写了“人民音乐家聂耳之墓”的墓碑和如下墓志铭：“聂耳同志，中国革命之号角，人民解放之声鼙鼓也。其所谱《义勇军进行曲》，已被选为代用国歌（后定为正式的国歌），闻其声者，莫不油然而兴爱国之思，庄严而宏志士之气，毅然而同趣于共同之鹄的。聂耳乎，巍巍然，其与国族并寿，而永垂不朽乎！”

王 莹

Wang Ying

（1913—1974）

中国话剧与电影演员、作家，生于安徽芜湖。少女时代进入上海艺术剧社，绽露表演天赋。抗日战争爆发后参加组织救亡演剧二队，巡回演出抗战戏剧。在文学创作上也颇有建树，有“文艺明星”之称。话剧和电影表演剧目有戏剧《少奶奶的扇子》，电影《塞上风云》《狂欢之夜》《女性的呐喊》《赛金花》等，小说作品有《宝姑》《两种美国人》等。

“不写诗的诗人”

文学家施蛰存晚年写过一篇《宝姑》，写的是长篇自传体小说《宝姑》的作者、著名艺术家王莹的故事。

王莹，现代戏剧家、作家，原名王克勤。施蛰存在文章里说到，“我认识的王莹，并不是‘明星’，而是一个初试笔墨的文学青年”。的确，在20世纪30年代上海的女明星中，王莹是文学素养和水准较高的一位。进入电影界后，她先后主演过《塞上风云》《狂欢之夜》《女性的呐喊》等影片。

虽然已经在电影界成名，但她还是十分迷恋文学写作。用现在的话说，明明可以靠“颜值”，却偏偏要靠才华。作为已经成名的电影和戏剧明星，王莹在当时的《现代》《文饭小品》等文学杂志上发表过不少作品，成为当时上海独一无二的文学、演艺双栖明星。施蛰存那时就认为她“文学趣味极高”。老舍也曾赞扬王莹的文学才华，称赞她是一位“不写诗的诗人”。

1937年7月3日，王莹跟随“上海救亡演剧队”到达抗战时期的中心城市武汉，投身到了伟大的抗战救亡宣传运动之中。她多次在汉口的大街、武昌黄鹤楼下，与演员金山合演著名的街头剧《放下你的鞭子》，被誉为“文鞭子”。在其他各种会演、公演以及“光明大戏院”“天声舞台”等演出舞台上，也都能见到王莹活跃的身影。当时，她还主演过《保卫祖国》《最后的胜利》等抗日戏剧。

这年10月19日，在中华全国文化界以及《七月》社、《哨岗》社召开的“鲁迅先生逝世周年祭”大会上，王莹首次领衔朗读了诗人高兰写的朗诵诗《我们的祭礼》，作为代祭词。据参加祭念活动的人回忆，她的朗诵真见功夫，咬字发音清晰爽朗，铮铮作响，使全场人员为之感动，每个字、每句话，节奏感强、表情丰富，听众以长时间的鼓掌，表示心底的共鸣。正是从王莹的这次朗诵开始，武汉的街头朗诵活动渐渐进入了高潮，成为抗战时期的一种重要的宣传鼓动方式。

1938年4月，“台儿庄大捷”的喜讯传来，王莹参加了群情激昂的大游行之后，十分振奋，就和舒群、楼适夷、锡金、罗烽、罗荪等集体创作了剧本《台儿庄》。作家罗烽在剧本的序言中谈到了该剧的写作情况：“4月7日的晚上，我们参加了武汉市民庆祝台儿庄大捷的火炬游行……一直到我们从游行的行列中走出来时，狂热高涨的情绪，还是使我们无法遏止。也就在这个时候，有人提议，合写一个剧本。……分配好了由王莹、适夷担任写第一幕，锡金和我写第二幕，舒群、罗烽写第三幕。”这个剧本1938年由汉口读书生活出版社出版，成为抗战初期最有影响的剧目之一。

此后，王莹一直在武汉周边地区巡回演出和宣传。1938年7月3日她又随“演剧二队”赴河南潢川。到了抗战后期，王莹与美国著名女作家史沫特莱、1938年诺贝尔文学奖获得者赛珍珠，又有过一段动人的友谊。

那是在1942年，美国在华盛顿组织召开了一次“世界青年学生代表大会”，这是二战中的同盟国为反对德、意、日法西斯侵略战争和呼吁英、美两国迅速开辟欧洲第二战场而进行的一次重要宣传活动。当时，和丈夫一起初到美国的王莹，被选为中国的代表。她和其他国家的几位代表一起，在美国一些大学和工厂讲演，包括宣传中国的抗日形势，受到美国各界人士和华侨们的欢迎。

王莹作为来自中国的著名电影、戏剧明星和歌唱家，在美国得到了赛珍珠、史沫特莱的帮助，她所有的演讲稿、座谈会的资料、《放下你的鞭子》等剧本，还有她演唱的《义勇军进行曲》《游击队之歌》《到敌人后方去》等几首抗战歌曲、民歌，都是赛珍珠、史沫特莱帮助她翻译成英文的。曾经在中国镇江生活过多年的赛珍珠，对中国人民怀有很深的感情，她把王莹的曲折经历介绍给了美国人，并且称赞王莹是“中国的海伦·赫斯”。海伦·赫斯是当时美国家喻户晓的女明星。后来，王莹进入了耶鲁大学等学校学习，也是赛珍珠介绍和推荐的。王莹向赛珍珠谈过自己童年和家族的曲折经历，赛珍珠认为王莹的故事非常精彩，就鼓励王莹撰写一部自传体小说。王莹听从了赛珍珠的建议，后来果然写出了一部自传体长篇小说《宝姑》(原名《石榴花开的时候》)。

王莹在耶鲁大学、贝满学院等大学选读了戏剧文学、英文写作等课程，并于1945年开始组织由在美华人参与的中国剧团，赴各地演出。这个中国剧团首先曾应美国政府邀请，走进白宫演出，得到了当时的美国总统罗斯福夫妇的支持。演出时，赛珍珠亲自当主持人兼报幕员。总统全家、内阁阁员、白宫里的一些高级官员，以及各国的驻美使节，都出席了王莹组织的这个剧团在白宫的演出，一时被传为世界反法西斯战争年代里的一段艺坛佳话。

董希文 Dong Xiwen

(1914—1973)

中国油画家、美术教育家，生于浙江绍兴。1943年开始临摹敦煌壁画并运用于油画创作之中。1950年后任中央美术学院教授。代表作有《开国大典》《春到西藏》《哈萨克牧羊女》《苗女赶场》《百万雄师过大江》等。

一幅历史名画背后的故事

有一幅中国现代油画，新中国开国领袖毛泽东看了后，说："我们的画，拿到国际间去，别人是比不过我们的，因为我们有独特的民族形式。"

这幅名画，就是著名画家董希文创作的《开国大典》。董希文是我国现代油画大师和美术教育家，曾任中央美术学院教授。他也是我国国家文物局规定的"作品一律不得出境"的六位大师之一。代表作有《开国大典》《春到西藏》《哈萨克牧羊女》《苗女赶场》《百万雄师过大江》等。

董希文曾说过这样一句话："我在自己的作品上一笔下去，几乎是要负千年的责任的。"他指的就是他创作的巨幅历史名画《开国大典》。

1949年10月1日，站在北京天安门城楼上，毛泽东主席向全世界庄严宣布：“中国人民从此站起来了！”天安门广场上升起了第一面鲜艳的五星红旗。当时，年轻的董希文有幸参加了开国大典，在天安门城楼下面的观礼台上，他亲身感受到了这气势磅礴的壮丽一幕，从此也萌发了用画笔描绘这个伟大的历史时刻的心愿。

1952年，董希文开始创作《开国大典》。这是萦绕在他心头两年多的一个宏大的创作构思。在反复征求了各方面的意见，画出了最初的草图之后，他开始动笔了……

这是一个巨大的历史题材，涉及的有名有姓的历史人物很多。他画的草稿上，每一个人物都是按照真人的速写而设计的。例如画中张澜先生，他穿的长袍上连褶子的纹路也清晰可见。董希文绘制草图时就想到了：这件袍子一定是开国大典前一天熨平叠好、准备赴盛典时穿的，因此新熨的皱褶依稀可见。为了使城楼上大红柱子有鲜明油亮的感觉，他改用软毛笔来画，因为硬鬃油画笔会在画布上留下一丝丝的细条条，而每丝细条都有一个暗股影，远看大红颜色会灰下去。他把油色挤在吸油的马粪纸上吸干油，再掺进锯末沙子来画地毯，就产生了与油光明亮的柱子不同的毛茸茸的质感。

他也用最硬的黑线来勾填汉白玉栏杆，以求坚硬的效果。他用中国花卉写意笔法来画黄白菊花，以便表现出傲霜的气概；他用狼毫笔画远处广场上的群众和红旗的海洋，使画面的色彩有条不紊而不是杂乱的一堆。与诗经状况相比，他还特意省去了麦克风旁的一根红柱子，稍稍移动了天安门城楼上领袖人物的位置，这样可以使画面更为疏朗和开阔。

风和日丽，晴空白云，大红灯笼的金璎珞微微飘动，白鸽翱翔，菊花盛放……整个画面一派欣欣向荣的欢腾景象。

他用了两个月的时间，完成了这幅激情饱满的油画巨作。

1953年9月27日，《人民日报》首次刊登了《开国大典》这幅油画。这幅画高2.33米，宽4米。但是谁也想不到，这幅大画竟是在董希文那只有12平方米左右的宿舍兼画室里完成的。他创作时，画幅上接房顶、下贴地板，他一会儿爬上，一会儿趴下，白天黑夜不停地创作，这种刻苦和用心的态度，受到了徐悲鸿等艺术家们的赞赏。

然而，董希文怎么也没有料到，这幅《开国大典》之后会被不断地卷入中国政治运动的旋涡之中。当国家主席刘少奇蒙受了不白之冤，董希文又被要求第二次修改《开国大典》，把董必武从后排向前移了一步，刘少奇主席却从画面上消失了……

董希文内心的痛苦没法言说。他的妻子最能理解他的心情，曾经说过："希文当时不但在肉体上蒙受痛苦，精神上更经受着折磨。他是怀着矛盾的心情去修改画的。他不愿改，又不能不去改。他如果不去改，也一定会找别人去改，而他的作品，又不愿别人去改。他怀着一个艺术家对艺术负责的信念，必须亲自去改。他当时病已经很重了，抱着复杂矛盾的心情去博物馆，拖着难以支撑的病体回家。"

这时的董希文已经患了鼻咽癌。在那个特殊的历史时期，他身心受到了严重的摧残。他先是被打成了"黑线画家"，不断地受到批判。后来从"牛棚"里出来，又被强令到北京钢厂劳动，以至于造成胃出血。接着又下放到农场，每顿只能吃到很少的食物，经常要赤脚下水割草。后来他完全病倒了，送回北京后，被诊断为鼻咽癌。就是这样的时刻，他还要被强令违心地去修改这幅油画……

1972年1月8日凌晨，董希文带着遗憾离开了他曾用彩笔描绘过千百次的世界。他去世时还只有58岁。

当中国政治生态恢复正常后，《开国大典》也由以往画家根据董希文的原作，进行了还原，同时也恢复了历史的本来面貌。

赵　丹 Zhao Dan

(1915—1980)

中国电影表演艺术家、画家。生于江苏扬州。1936至1937年，主演了中国早期电影史上两部经典影片《十字街头》和《马路天使》。一生主演了数十部影片，几乎每一部都给观众留下难忘的银幕形象，被西方电影界誉为“世界上最好的电影演员之一”。代表作有《中华儿女》《遥远的爱》《乌鸦与麻雀》《李时珍》《海魂》《烈火中永生》《林则徐》《聂耳》等。

银幕巨星的传奇人生

赵丹是中国电影史上的银幕巨星和艺术大师。西方电影界称他是“世界上最好的电影演员之一”；美国媒体称他是“中国银幕上的贾利·古柏”。在他病危和逝世的日子里，几乎全世界的报纸都报道了有关他的消息。

赵丹一生创造了许许多多深入人心的银幕形象。他在电影《烈火中永生》里塑造的坚不可摧、视死如归的革命者许云峰的形象，有血有肉、正气凛然，是一个活在一代又一代中国观众心中的银幕艺术形象。

为什么他能把许云峰的形象塑造得如此栩栩如生呢？这与他个人的真实经历有关。赵丹在从影生涯中，曾两度身陷囹圄。最早的一次是抗战期间，他参加了救亡演剧三队，从上海经武汉到重庆，辗转一路，对国民党反动派的认识越来越清晰，内心里有着强烈的愤慨。1938年，他同徐韬、王为一等电影人一同前往新疆，准备在那里参加抗日队伍，结果落入新疆军阀盛世才手中。他在那里坐了5年监狱，真实地尝到地狱般的监牢生活，吃的是腐烂的食物，经常受到严刑拷打。一位难友告诉他说，要想活着而不发疯，只有忘掉一切。于是赵丹努力去忘掉一切，以给难友们讲故事来打发时间。他后来回忆说："监狱像一个澡堂。每个人都是赤条条的，那里没有社会地位的区别，大家讲话都直截了当，彼此相处得非常亲密。"出狱后他返回重庆，继续投入到了进步的戏剧运动之中。"当我们拍《烈火中永生》中难友相见互相拥抱的镜头时，我一下子想起新疆监狱中的情景。"他将自己的真实感受融入了角色之中，成功地塑造了许云峰这个艺术形象。

赵丹从艺的时间很早。他很小的时候，父亲在南通开办了一个戏院，少年赵丹耳濡目染，不断地接受着艺术熏陶。中学时代，他曾和后来都成为艺术界名人的好友顾而已、钱千里、朱今明等组织了一个"小小剧社"，一起演出过一些进步话剧。毕业后，他考入上海美术专科学校，学习国画，专攻山水画。他后来也成为一位有名的画家，只不过因为他在电影方面的成就太大，绘画成就被掩盖了。因为经常参加美专剧团、新地剧社等进步剧

表演艺术家 赵丹先生

社的演出，到工厂、市井、学校演出了不少抗日救亡剧目，1933年，他加入了中国共产党领导的“中国左翼戏剧家联盟”。

他热爱表演艺术，又有表演天赋，也肯刻苦练功，加上形象英俊，所以很快就成为引人注目的“明星”。1936至1937年，他主演了中国早期电影史上的两部经典影片《十字街头》和《马路天使》。在《十字街头》中，他扮演了失业大学生老赵这个纯朴、热情并带有几分傻气的青年知识分子形象；在《马路天使》里，他塑造了心地善良、乐于助人、喜欢自作聪明的吹鼓手小陈的形象。这两个银幕形象，受到了观众的一致认可，也奠定了他作为一位艺术大师的基础。

赵丹一生主演了几十部影片，几乎每一部都给观众留下了难忘的银幕形象，如《中华儿女》《遥远的爱》《乌鸦与麻雀》《李时珍》《海魂》《烈火中永生》《林则徐》《聂耳》……都成了电影中的经典之作。

“十年浩劫”的时候，赵丹再度入狱，受尽了“四人帮”的折磨。这一次，赵丹受到的精神折磨更为厉害，他说：“他们给了我很多机会去死。”但是，出于对艺术的热爱，赵丹最终熬过了折磨、顶住了摧残。1973年赵丹被释放时，已经不能像正常人一样说话和行动了，但还是被送到了农村去劳动改造，继续受到监视和审问。直到粉碎“四人帮”后，他才能像正常人一样，获得了基本的生活权利和尊严。他后来写过一首诗：“大起大落有奇福，两度囹圄鬓尚乌。酸甜苦辣极变化，地狱天堂索艺珠。”诗中表露了他无论在地狱还是天堂，对艺术都抱有一颗永不放弃的求索之心。

最让观众难忘的是1979年春节，在一次艺术界联欢大会上，很多电影演员将纷纷登台表演。赵丹想：我该怎么和久违的观众见面呢？他找到化妆师，又钻进服装仓库……

联欢会开始了，白杨、秦怡等老艺术家一一登台献艺。掌声中，灯光渐暗。一束追光之中，雪花纷纷飘舞着。这时，只见著名文学家“鲁迅先生”，撑着一把油纸伞，从远处慢慢走来。等“鲁迅先生”站定之后，收起雨伞，灯光亮了，大家才明白，原来这是赵丹扮演的鲁迅先生！

他演得太像了，形神兼备，仿佛鲁迅真的回到了人间。大家都报以热烈的掌声。这时候，“鲁迅先生”望着台上的演员们，用略带绍兴口音的语调说：“都是电影明星……大家好啊！……我怎么跑到电影界来了？噢，也许是因为我写过一篇《阮玲玉之死》吧……”然后，在一束追光和纷纷扬扬的雪花里，“鲁迅先生”撑着油纸伞，渐渐走远了……

这是赵丹重获自由后，第一次通过角色与观众见面。这次出场，赵丹也向世人表达了他渴望饰演“鲁迅”这个人物形象的美好愿望。然而，遗憾的是，在人们殷切的期望中，他还没有来得及让鲁迅先生的形象走上银幕，他自己的生命之幕就先要落下了……

在病危之际，他对爱人黄宗英说：“一个人无论在生前或死后，都不应给别人带来悲伤。一个艺术家，应该通过他的劳动给人们带来美、真和幸福。”

1980年10月10日凌晨，一颗银幕巨星悄悄陨落了。这时候，夜空里轻轻回荡着悲怆和深情的音乐声。这是按赵丹在弥留之际的请求而播放的乐曲——柴可夫斯基的一首钢琴协奏曲……

梅纽因 Yehudi Menuhin

(1916—1999)

美国小提琴演奏家、指挥家、作曲家，生于纽约。7岁时因出色演奏门德尔松《E小调小提琴协奏曲》而震惊乐坛。1927年在卡内基音乐厅举行独奏音乐会，享有盛誉。1929年首次在德国担任音乐会指挥。20世纪60年代开始建立梅纽因音乐学校。著有自传《未完的历程》。

小提琴的故事

1926年，当耶胡迪·梅纽因还只有10岁的时候，有一天，他随父母来到巴黎，拜见了著名的音乐大师乔治·艾涅斯库。

这个在美国出生的小男孩，4岁就开始学拉小提琴了。7岁的时候，他和旧金山交响乐团合作，首次公开演奏了门德尔松小提琴协奏曲。在当地，人们把他看作一个“神童”。现在，他来到了“艺术之都”巴黎，见到了他多次梦想见到的艾涅斯库。仰望着他所敬爱的小提琴演奏大师，小梅纽因迫不及待地说出了自己的心愿：“我想跟您学琴。”

“可是，我亲爱的孩子，您大概不知道，我向来不给私人上课啊！”艾涅斯库回答他说。

“但是，我一定要跟您学琴，我求您听听我拉的琴吧！”小梅纽因的声音是那样恳切。

“您看，我正要出远门呢，明天清早六点半就要出发。”

“我可以早一个钟点来，趁您正在收拾东西时拉给您听，行不行？保证不耽误您出发……”

小男孩的天真、直率和执拗，使艾涅斯库产生了好感，他说：“那么好吧，明天早晨五点半，请到克里希街26号来，我在那里等你。”

第二天早晨六点钟，这位著名的作曲家、指挥家和小提琴演奏大师，听完了小男孩梅纽因的演奏，满意地走出房间，向等候在门外的孩子的父亲说道：“我很高兴认识你们，并感谢你们带来这个孩子。上课请不用付学费了，这个孩子给我带来的欢乐，完全抵得过我能给予他的东西。”

一年之后，梅纽因在巴黎登台演奏了巴赫、贝多芬和勃拉姆斯的协奏曲。这是他作为艾涅斯库的学生在欧洲初次登台献艺。不久，他的名字就传遍了国际乐坛。

1952年，梅纽因36岁。这时候，他已经成为全世界最受欢迎的小提琴家。这年冬天，梅纽因来到日本演出。演出前，有人告诉他说，听众席上的最低档席位里，坐着一个擦皮鞋的孩子。他为了听一听这场音乐会，拼命地干活儿，省吃俭用才凑足了一点钱，买了一

沉醉在演奏中的梅纽因

张最便宜的入场票。

梅纽因的心被这个穷孩子的爱乐精神感动着，小提琴家深深地感到了音乐的力量和自己的使命。他静静地、若有所思地拿起了琴弓……他觉得，今天的这场演奏，好像只为了一个听众——就是那个擦鞋童。至少，在小提琴家的心中，那个孩子，是端坐在音乐厅里最尊贵、最醒目的席位上的。

谢幕时，鲜花和掌声，充满了豪华的音乐大厅。梅纽因谢完幕，便匆匆穿越过贵宾席上名流仕女们的盛情簇拥，径直来到低档席区，找到了那个擦鞋童。

“孩子，请告诉我，需要我为你做点什么？”梅纽因俯下身子，轻轻地问道。

“不，我什么都不需要，只想来听听您的琴声……”面对走下台来的小提琴家，这个孩子简直不敢相信这是真的，他羞怯地说出了心里话。

这时候，梅纽因的泪水夺眶而出，一把搂住了这个衣衫褴褛的穷孩子。

这天晚上，梅纽因把自己最心爱的一把小提琴，送给了这个孩子，以表对这个热爱他的琴声、热爱音乐的穷孩子的尊重。

30年后，当梅纽因年近古稀的时候，他再一次来到日本访问演出。年老的小提琴家没有忘记当年的那个擦鞋童。他想方设法，终于在一家贫民救济院里，找到了那个已经长大了的孩子。

他依然是那么贫穷，从事着最繁重的体力劳动。幸福的生活好像从来没有到达过他的身边。但他像从前一样，仍然深深地热爱着音乐。当年小提琴家送给他的那把有着古铜色琴身的小提琴，一直紧紧地伴随在他的身边，须臾也没有分离。他把这把小提琴视作比自己的生命还要宝贵的礼物。

30多年来，尽管他的生活贫困艰难，却多次决然地拒绝了想以高价收购这把小提琴的富翁和收藏家。他知道，这个世界上，唯一能够给他的心灵送来欢乐和温暖的，唯一能够使他的生命得以安慰的，只有这把小提琴。当夜深人静，他轻轻地打开琴盒，轻轻地抚摸着它的时候；当寒冷的冬天，他忍不住轻轻地端起它，试着拉上几下的时候……悠扬的琴音，总会给他黯淡无光的生活送来短暂的一阵明月清风般的遐想……

这次会面，梅纽因没有想到，这个穷苦人竟还保存着当年的那把小提琴。像30年前的那个夜晚一样，梅纽因仍然诚恳地问道："请告诉我，我能为你做点什么？"

"谢谢您，先生，我什么也不需要。我已经拥有您的一把琴了！我只想再听听您的琴声……"

梅纽因默默地接过那把旧琴，深深地对着这个已经长大了的孩子点了点头，缓缓地举起了琴弓……

他演奏的还是当年的那支曲子——勃拉姆斯的协奏曲。在场的人们看到，一颗颗晶莹的泪珠，从大师的眼里滚动出来，滴落到了古铜色的琴身上。

怀 斯 Andrew Wyeth

(1917—2009)

美国新写实主义画家。生于美国宾州。15岁开始学画，20岁举办个人画展，一举成名。作品大多表现人与大自然的交流与调和，朴实的题材，引发人们怀念乡土与自然的情思。1948年创作的《草地》被誉为20世纪最为感人的艺术作品之一。代表作除了《草地》还有《正午》《牧场的人们》《风雪》等。

向克里丝蒂娜致敬

秋日的枯黄的草地上，地平线在远处伸展着。远处，矗立着几栋小木屋。对于艰辛和孤独的人来说，那里或许就意味着是温暖的家，是安全和安静的避风港，是可以倚靠和入睡的地方。远处，两道深深的车辙，渐渐消失在草丛里……

晚风起了，所有的小鸟都飞回到自己的树林里去了。天空和草地上一片空旷。只有一个少女，一个因为患有小儿麻痹症而下肢瘫痪、肌肉萎缩的少女，仿佛一朵被黄昏遗忘在旷野上的云，不，她仿佛已经被整个世界遗忘在晚风将起的草地上。

她的名字叫克里丝蒂娜。她穿着一件褪了色的淡红色连衣裙。她用瘦弱的双臂，艰难地支撑着残疾的身体，拖着沉重的腿脚，正在一点一点地、努力地向前挪动着……

她要爬向远处的木屋。小木屋离她似乎并不遥远，但对她来说，这一段路程却还那么漫长……

美国当代画家安德鲁·怀斯根据一位真实的人物——他邻居家的一位患小儿麻痹症的小姑娘的生活遭际，在1948年创作的绘画作品《草地》，被人誉为20世纪最为感人的艺术作品之一。

这件作品自诞生之日起，就被打上了“不朽”的标记。在电影《超人》里，导演曾经选择克里丝蒂娜爬过的这片空旷而荒凉的草坡作为背景；一位政治漫画家也曾把画中的木屋改成了白宫，让克里丝蒂娜向着白宫的方向艰难地爬去；还有一位先锋画家也“解构”了这幅作品，甚至给克里丝蒂娜手里放上了一挺机关枪。

美国西部有些妇女团体还给画家怀斯写信说：“克里丝蒂娜的生活就是我们的生活，我们都是现实中的克里丝蒂娜。”这一方面说明了公众对这件动人

美国新写实主义画家 怀斯

的艺术品所产生的强烈共鸣与回应，同时也证实了怀斯绘画所蕴含的强大的道德力量和艺术感染力。

怀斯的绘画常常以不同年龄和身份的女性为主角。他致力于表现女性生命的美丽与顽强，表现女性性别中所隐藏的不幸与艰辛。沉重生活下的奔走与呼号，世俗道德中的沉浮与挣扎，弱势环境里的不屈与抗争……在怀斯作品里都能找到。有人说，仔细倾听，你能在怀斯的绘画里听到女性们的嘤嘤哭泣。

在这幅《草地》里，远处的天空只有窄窄的一线，它使草地显得更加沉重和空旷，使地平线显得那么遥远和渺茫。少女的动势形成一种艰难的挣扎感。她昂起头在向远方张望，象征着一种期待与渴求，一种顽强的毅力。然而，一望无际的枯草和深陷的车辙，黄昏的风吹起她前额的头发，似乎都在暗示着无限的艰辛和阻力。她的命运，她的明天，令人担忧和不安。她的境遇，也不能不使我们想到各自的生命所可能陷入的生活与环境。正是从这个意义上说，“克里丝蒂娜的生活就是我们的生活，我们都是现实中的克里丝蒂娜”。

张 权 Zhang Quan

(1919—1992)

中国女高音歌唱家。生于江苏宜兴。1942年主演我国第一部歌剧《秋子》，引起轰动。1947年赴美国学习声乐。1951年回国，先后在中央实验歌剧院等剧团担任独唱和歌剧演员。1981年调入中国音乐学院，曾任副院长。擅长演唱西洋歌剧及艺术歌曲，曾在《秋子》《茶花女》《兰花花》等多部歌剧中饰演主角。艺术歌曲代表作有《我住长江头》《玫瑰三愿》等。

风雪中的小鸟

画家韩美林曾经为女高音歌唱家张权画过一幅画，画的是一只美丽的蓝色小鸟，在风雪袭来时冷得瑟瑟发抖。可是，小鸟鲜红的小嘴却显得那么坚定，好像正要诉说出自己的什么梦想。它的身边有花枝招展的苇林和花丛，但它毫不为之所动，而只是把自己娇小的身体和素洁的羽毛紧紧地依偎在风雪之中的大地之上，就像一个幼小的孤儿，在默默地承受着大地妈妈最后的爱怜和保护……

画家的题词是："拣尽寒枝不肯栖，寂寞沙洲冷。"

这幅画和这两句摘自宋词中的题词，包含着画家对一位曾经身处逆境、而又保持着赤子之心的歌唱家的深切的理解和无限的敬意。

张权1919年生于江苏宜兴，1936年考入杭州艺专主修钢琴。1947年她赴美国伊斯美音乐学院深造，于1951年获音乐文学硕士学位和音乐会独唱家及歌剧演员称号。同年冬季她回到祖国，担任中央歌剧院独唱演员和教师，曾与另外几位歌唱家一起，在我国首次用中文演唱歌剧《茶花女》。

在美国留学时，国外的音乐同行和艺术公司就已经感到了这位女歌唱家的非凡的才华。他们为她准备了优厚的条件，希望她留下来。然而张权眷恋自己的祖国。报效祖国的热情驱使着她，毅然离开富足的异邦。然而她没有想到，等待着她的却是一场铺天盖地的厄运——在那灾难和荒唐的年代里，顷刻间她就被打入了"地狱"。她开始承受一个抚养年幼孩子的妈妈和一个必须面对一切嘲弄、孤独、委屈的艺术家的双重的艰辛！

在那些风雨飘摇的日子里，伟大的音乐之魂支持着她，安慰着她，给她温暖、希望和信心。"你，可爱的艺术，在多少黯淡的光阴里……你安慰了我生命中的痛苦，使我心中充满了温暖和爱，把我带进美好的世界中……"她多次在心中默唱着舒伯特对音乐的礼赞，"每当受苦的人把琴弦拨动，发出了一阵甜蜜圣洁的和声，使我幸福得好像进入天堂。可爱的艺术，我衷心感谢你！……"

一种美丽而又坚强的信念，支持着她，使她度过了无数个孤独、寒冷、无声的黑夜。当她以六十高龄而重返舞台之时，她是迸着热泪重新唱出了她的第一声的……

逆境已经度过，虽然条件依旧艰苦，但她拒绝了美国提出的诱人条件，留在了中国。她知道，这里是同她一样承受过数不尽的灾难的母亲的胸怀！她把自己的心灵紧紧地依靠在这片土地之上，痴心不改，情怀依旧，继续做着她那美丽的春天的梦、音乐的梦，用自己更深情的歌声，倾诉着她永远赤诚的恋情……

霍斯金 *Eric Hosking*

（生卒年不详）

埃里克·霍斯金，英国野外摄影师。从事野外摄影生涯60多年，为呼吁人类对大自然、对生命世界更广泛的理解与关注，做出了杰出的贡献，被誉为“世界上最杰出的鸟类摄影家”，尤以拍摄黑夜里和飞行中的鸟禽著称。1945年出版的摄影集《夜间的鸟类》，被后人誉为无法超越的“绝版”摄影，奠定了他作为野外摄影大师的地位。

风雨中的“最高原则”

“我不知道更爱什么，是回肠荡气呢，还是藏而不露；是乌鸫的婉转啼鸣，还是它的袅袅余音……”

这是美国现代诗人沃莱士·斯蒂文斯的代表作《观察乌鸫的13种方式》中的一节。诗中的乌鸫只是一个艺术象征符号，整个诗作反映了作者对艺术、对人生的一些理解与思考。

这首诗的题目，也许能让人联想到野外摄影艺术大师们对于艺术的敬业与追求精神，与诗人斯蒂文斯同时代的英国自然历史的先驱、鸟类摄影艺术大师埃里克·霍斯金。

埃里克·霍斯金的野外摄影生涯横跨60多年，他为人类对大自然、对生命世界更广泛的理解与关注，做出了杰出的贡献。他被誉为“世界上最杰出的鸟类摄影家”，尤以拍摄黑夜里和飞行中的鸟禽著称。1945年，他出版了一部摄影集《夜间的鸟类》，奠定了他作为野外摄影大师的地位，这部作品被后人誉为无法超越的“绝版”摄影。

他不仅熟悉各种飞鸟的生活习性，善于抓取每一个稍纵即逝的瞬间，而且对野外动物们怀有一种仁慈的爱心。他有一句名言是：“我最为关心的，莫过于鸟类应享有的‘福利’，所以拍摄时尽量不去惊扰它们。”

霍斯金去世后，人们为了纪念这位野外摄影大师和自然历史摄影的先驱，专门设立了一个“霍斯金奖”，奖励那些年龄在18至26岁、对野生生物摄影有追求、有探索精神的青年摄影师。

霍斯金毕生从事野外动物摄影工作，足迹遍布全世界的每一块陆地，为人们留下了许多难得一见、弥足珍贵的动物摄影艺术作品。迄今为止，已有上千种书籍登载过这位摄影大师的作品，他最著名的作品，拍的是一只紧紧盯着一只水鼠的猫头鹰的瞬间。这幅作品已在100多个国家印行。

1938年5月的一个深夜，霍斯金攀着扶梯登上了设在威尔士的一个空中摄影棚，伺机拍摄他观察寻觅了很多日子才发现的两只林鸮。突然，他感到眼睛被刺了一下，疼痛难忍。原来这是他跟踪的那只林鸮向他扑来，用它那匕首般的爪子抓破了他的脸和眼睛。

他的朋友连夜把他送进了医院。为了挽救他的生命，医生不得不摘除了他的一只眼球。这对从事野外摄影的人来说，无疑是一个致命的打击！但他并没有因此而退缩。

手术后不久，霍斯金又来到了威尔士，当天夜里就又登上了空中摄影棚。当时，那两只林鸮早就离开了它们的家，他便继续苦苦地等待寻觅。功夫不负苦心人。一年之后，他终于拍摄到了一张向他进攻的那只雌林鸮的照片。

还有一次，为了拍摄英国南部的一种稀有珍禽土鹡，他在21米高的铁架上搭了一个供他栖身的隐蔽棚。有一天，不幸遇上了狂风暴雨，闪电霹雳摧毁了周围的树梢，但他仍旧守候在隐蔽棚里，等待着他的“猎物”。为了不错过任何一个可能到来的瞬间，他甚至不敢脱下身上单薄的迷彩伪装而加穿御寒的衣服。他担心自己的任何一个动作，都有可能让正在他视线里的土鹡受到惊吓而逃走。他知道，在这种风雨交加的天气里，刚出世的幼雏是很容易死亡的。所以他说：他工作中的“最高原则”，就是尽可能地忘掉自我，以不打扰的目光和镜头时刻对准范围内的鸟儿们……

正因为这数不清的日日夜夜的追寻、等待和观察，他才得以拍摄了360多张各种珍禽异鸟的捕食照片。这些照片，几乎每一张都成了野生摄影界的经典和传世之作。

欣赏着这些“定格”下来的珍贵的瞬间画面，有谁能想到，霍斯金为了拍摄这些稍纵即逝的瞬间而付出的巨大的忍耐与苦心呢！

常宝堃 Chang Baokun

（1922—1951）

艺名“小蘑菇”，相声艺术家，生于河北张家口市。1931年拜张寿臣为师学习相声，后与赵佩茹合作，在京津一带演出。抗日战争期间，在天津与陈亚南等人组织“兄弟剧团”，任团长。因编演相声《牙粉袋》《过桥票》等遭日伪政府迫害。1951年参加第一届中国人民志愿军赴朝慰问团，于4月23日在朝鲜战场不幸牺牲。代表曲目有《五红图》《批三国》等。

牺牲在战场上的相声艺术家

1951年春夏时节，中国人民志愿军在朝鲜战场上的胜利消息，不断传到国内。这一年3月12日至5月底，中国人民赴朝慰问团，也陆续抵达了朝鲜，把祖国人民的问候和敬意，带到了志愿军将士们身边。当时，北京文艺界也派出了一个由部分曲艺杂技演员组成的“赴朝慰问团曲艺服务大队”，团员中有戏曲、评书、相声、快板、杂技、魔术等各个领域的艺术家和年轻艺人，著名相声演员常宝堃也在这个慰问团中。

4月23日这天，在朝鲜战场上的沙元里这个地方，一个正在奔赴前沿阵地为志愿军战士演出的小分队，不幸遭遇到了敌机的疯狂轰炸和扫射，年仅

29岁的相声演员常宝堃不幸中弹牺牲，同时遇难的还有琴师程树棠，另外几名队员也受了伤。常宝堃是一位优秀的相声表演艺术家，他的牺牲是为祖国、为艺术的献身。天津市人民政府授予他“人民艺术家”称号，并追认他为“革命烈士”。

常宝堃的艺名叫“小蘑菇”，1922年5月5日出生于河北省张家口的一个相声艺人之家。“小蘑菇”这个艺名有两层含义：一是张家口这个地方的蘑菇非常有名，被称为“口蘑”，味道鲜美，暗喻他嘴上的“活儿”好；二是这个小男孩长得伶俐可爱，4岁时就开始跟着自己的父亲在集市上“撂地”卖艺，用他们的行话说是：“撂地儿，零打钱，磨磨咕咕会要钱。”因为他童声清亮，口齿伶俐，加上聪慧机敏，学什么像什么，很受老百姓喜爱。9岁时，小蘑菇在天津正式拜著名艺人张寿臣为师，学说相声。

有了名师的指点，加上他自己的聪慧勤奋，刻苦练功，4年之后，13岁的小蘑菇在天津崭露头角，15岁时就与赵佩茹搭档登台，轮流捧逗，红遍了当时的平、津一带。

少年和青年时代的小蘑菇，虽然身处日寇铁蹄之下的沦陷区，但他是一位有骨气、讲气节的爱国艺人。在日本人侵占平津时期，他与搭档赵佩茹合作演出了许多针砭时弊的节目，如《牙粉袋》《打桥票》《耍猴》等，影射了天津“强化治安”时期物价飞涨、民不聊生的黑暗现实。也正是因为这些讽刺相声，他曾两次被抓进日本宪兵队，受到日本人的拘留审讯。但是，侵略者的凶残没有吓倒这位艺人，只能激起他更为强烈的爱国之心。

1951年，抗美援朝战争爆发后，常宝堃听说北京的侯宝林等相声艺术家都报名去朝鲜慰问志愿军，他的心里也很向往。于是，他特意赶到北京跟自己的父亲商量。刚一进门，父亲一下子就猜出了他的心思，问：“想去朝鲜，是吗？”“是的，人家侯先生……”“去吧，我支持你！”就这样，常宝堃得到了深明大义的老父亲的支持，顺利参加了赴朝慰问团。当时，天津市委经过向中央请示，得到中央批准，天津单独成立一个演出服务中队，常宝堃既是北京服务大队的副大队长，又是天津中队的队长。

到了朝鲜前线之后，他们就像真正的战士一样，钻壕沟，住坑道，冒着枪林弹雨，时刻和志愿军战士们在一起。有一次，他到山头上的一个前沿阵地演出，天近傍晚了，防空战士敲响了挂在树上的半块炮弹皮，作为“防空警报”。慰问团员们听见声音，只好停止了演出，集体躲进了坑道里。不一会儿，常宝堃发现还有几个战士没进坑道，他就出来询问原因。战士们告诉他说，敌机有时是来吓唬人的，飞几圈就走了。常宝堃这才明白，就说：“你们不怕，我们也不怕！走，咱们接着往下演！”于是，大家纷纷走出坑道，继续为战士们演出。演出中，常宝堃还用相声里常用的“现挂”方式说道：“好嘛！我们得感谢美国鬼子啊，他们知道天黑了，临时还给我们拉了几颗照明弹！”

不幸的是，4月23日，他和队员们遭遇到了敌机的轰炸，常宝堃头部被子弹击中，一代相声英才的鲜血，洒在了朝鲜战场上……

常宝堃先生牺牲那一年，他的儿子常贵田还只有9岁。如今，相声表演艺术家的常贵田也已是古稀之年的老人了。不久前，当《相声大会》的电视编导向常贵田问道：“常宝堃这样为革命牺牲的艺术家，给我们后人留下最珍贵的遗产是什么？”

常贵田不假思索地说道：“敬业，奉献！”他这样感慨道：“我父亲牺牲在朝鲜，常家倒了一棵参天大树，相声事业也倒了一棵参天大树，这是一个悲痛。但是，他给大家做出了榜样！去前线能讲价钱吗？那是绝对没有的。这是无私的奉献，也是他对相声事业的执着。这是老先生留给我们的珍贵财富，我们要永远地传承下去。”

常香玉 Chang Xiangyu

(1923—2004)

豫剧表演艺术家，生于河南省巩义市。1951年，为支援抗美援朝，率领剧社到各地义演，以全部收入捐献“香玉剧社号”战斗机，被誉为“爱国艺术家”。2004年被国务院授予“人民艺术家”荣誉称号。她把各种风格不同的豫剧唱腔，融会于豫西调中，独创了“常派”唱腔。代表剧目有《花木兰》《红灯记》等。

戏比天大

巾帼英雄花木兰替父从军、保家卫国的故事，在中国代代相传，家喻户晓。花木兰的故事里，飞扬着我们中华民族的精气神，流淌着热气腾腾的爱国主义血脉，就连闻名全球的迪士尼公司，也以动画片的形式重述过这个故事。

在塑造花木兰这个形象的各个艺术门类中，豫剧《花木兰》，可谓深入人心，尤其是一曲《谁说女子不如男》，经过豫剧大师常香玉的演唱，传遍了祖国的千家万户，激发了每一个中国人的民族自豪感和爱国热情。

常香玉是河南巩县（今巩义市）人，有“豫剧皇后”的美誉，国务院曾授予她“人民艺术家”的荣誉称号。

她原名张妙玲，1922年出生在巩县董沟一个穷苦之家。她的父亲是一名戏曲艺人，因为嗓子过早损坏了，无法登台演唱，一家人的经济来源就成了大问题。所以，香玉9岁的时候，家里曾想过要把她卖给别人家当童养媳。可是，一想到香玉的两个姑姑都是因为做了童养媳被人家折磨死的，父亲实在不忍心再这么做，就狠了狠心说："还是让娃跟俺学戏吧，学出来了，总归会有碗饭吃，学不出来，就算让我给打死了，也好过当童养媳给人家打死。"就这样，常香玉开始了唱豫剧的演艺生涯。

香玉童年时为了学好戏，没少挨父亲的打。有一次，父亲怨她学习没长进，不肯吃苦，就一脚把香玉踹到了地上，小女孩顿时满脸鲜血。这一幕被农民协会的人看见了，人们就把她父亲揪住，非说香玉是他拐来的不可，哪有亲生父亲忍心把自己的孩子打成这样的！因为从小吃苦练功，香玉练就了一身过硬的本事，文戏武戏样样都行，10岁就能登台演唱，15岁就开始主演《西厢》，在开封等地有了名气。

常香玉少女时期就是个自尊自爱、自强不息的倔强女子，从不向任何恶势力低头。有一次，当地有个流氓头子办喜事，要常香玉去他家"唱堂会"，因为生活所迫，常香玉只好委屈自己去唱了。但她唱的却是悲剧《孔雀东南飞》。这个流氓觉得失了面子，当场就要耍横打人，性子刚烈的常香玉毫不畏惧，跳到桌子上与流氓对峙着，用自己的凛然正气逼退了流氓的嚣张气焰。

中华人民共和国成立后，常香玉可以扬眉吐气地为普通老百姓演戏了。她的丈夫陈宪章也是一位豫剧艺人，丈夫经常为常香玉编写剧本，教常香玉识字、学文化，帮助常香玉在不断的演出实践中，把祖国各地的戏曲艺术长处吸收过来，融进豫剧唱腔里，渐渐形成了豫剧中独树一帜的"常派"艺术。

"戏比天大"是常香玉时刻放在心上的一句铭言。1951年，抗美援朝战争爆发后，全国上下积极响应国家的号召，尽己所能，为中国人民志愿军捐献飞机、大炮和坦克。当时，常香玉带领她的"香玉剧社"，不辞劳苦，千里奔波，在全国各大城市巡回义演，用演出的收入，为志愿军购买了一架战斗机。

为了购买这架战斗机，常香玉还慷慨变卖了孩子的金锁和自己的首饰，个人率先捐出了4000万元钱（旧币），余下的钱用作剧社巡回义演的资金，购买义演所需的东西。因为义演的时间长，居所不定，常香玉就把三个尚小的孩子托付给了西安市保育院，自己好安心参加巡回义演。从1951年8月起，他们在陕西、河南、湖北、湖南、广东、江西等省巡回义演了半年之久，演出了170多场，观众达30多万人。

当时，一架喷气式米格战斗机的价格是15亿元人民币（旧币）。为了早日凑足这笔钱，常香玉和50多位豫剧演职员一起吃大锅饭、睡地铺，大半年时间里马不停蹄，终于在1952年2月7日，实现了用义演得来的收入，为志愿军捐一架战斗机的愿望。

开国元勋、当时的中国人民志愿军司令员彭德怀，听说了常香玉的感人事迹后，特意接见了她，紧紧握住她的手说："常香玉，你真不简单啊！谁说女子不如男？"

一年之后，常香玉又获得批准，带着"香玉剧社"奔赴朝鲜前线，为志愿军战士们演出。有一次，她和演员们正要出发时，遭遇了敌机的狂轰滥炸，行车十分危险。志愿军首长劝她不要去前线演出了，她却说道："那可不中！戏比天大，那么多志愿军战士都等着呢，他们不怕，我们也不怕！"

"……男子打仗到边关，女子纺织在家园。白天去种地，夜晚来纺棉，不分昼夜辛勤把活干，将士们才能有这吃和穿……有许多女英雄，也把功劳建，为国杀敌是代代出英贤。这女子们哪一点儿不如儿男？"当她铿锵有力的歌声在战壕里响起的时候，志愿军将士们都受到了极大的鼓舞，觉得祖国和亲人仿佛就站在他们身边，等着他们胜利的消息一样！

从朝鲜战场上回来以后，常香玉给自己制定了一个"规矩"：每年都要到部队慰问演出三个月以上。从天山脚下，到东海之滨；从大兴安岭，到南疆边陲……祖国的大江南北，处处留下了她不辞辛劳的足迹，回荡着她那慷慨激昂、令人振奋的“花木兰”的声音。

1998年夏天，在长江、嫩江和松花江流域相继发生了特大洪灾的那些日子里，已经迈入老年的常香玉，本来正在家中照料病重的老伴。当她看到很多中青年艺术家都在抗洪前线慰问演出，她老人家也坐不住了！她不顾家人的再三劝阻，硬是赶到了部队驻地，为奋战在抗洪第一线的将士们清唱了一曲豫剧《谁说女子不如男》。

2003年12月，80岁的常香玉老人患了癌症，正在北京住院治疗。当她得知正在兴建的奥运村工地上有一场慰问家乡河南民工的演出时，老人家再三请求，让家人搀扶着她，登上了工地的舞台，不顾身体极端虚弱，为家乡的民工们清唱了一段《柳河湾》。这段清唱，成了这位“人民艺术家”留在百姓舞台上的“天鹅之歌”。

电视剧《常香玉》里有一首主题曲《你家在哪里》，又名《戏比天大》，歌词里唱道：“……吃过百家饭，走过千村路；学过百灵叫，听过黄河哭。敢哭敢笑敢愤怒，困难面前不把泪来流！……人民是亲爹娘，乡亲是好朋友。谁的是谁的非，天在上头！……戏比天还大，无私天地宽。只要你想听，我唱到一百年！谁说女子不如儿男！”这首歌是常香玉一生的朴素感情和艺术追求的真实写照。

黄永玉

Huang Yongyu

(1924—)

中国画家、作家，祖籍湖南凤凰。专业从事绘画，同时也创作诗、散文、小说等文学作品。1956年出版《黄永玉木刻集》，轰动画坛。绘画作品以木刻版画为主，并为许多文学名著做过插图，还为中国邮政设计过十二生肖邮票，尤以“猴票”著称。近年创作了多卷本长篇小说《无愁河的浪荡汉子》。

“无愁河的浪荡汉子”

土家族诗人、画家黄永玉写过一首著名的爱情诗:《献给妻子们》。诗中写道（大意）:“没有好女儿，哪来的好妻子？没有好妻子，哪来的好母亲？我自豪有个妻子，一个斑鬓的妻子，一个长相厮守的妻子。……我们都曾经年少过，我们都曾经追逐和奔跑，现在，毕竟我们都一齐老了，脸上的皱纹历尽煎熬。”

这首诗是献给他相濡以沫的妻子、儿童文学作家张梅溪的。也可以说，是献给所有如张梅溪一样忠贞坚强的中国女性的。

1944年冬天，因为战争的离乱，一群进步的文艺工作者邂逅在赣南地区的一个小山村。这些年轻而浪漫的青年艺术中，就有青年画家黄永玉和她的恋人梅溪。

这时候，爱神已经叩开了他们的心灵之门，他们正在热烈地相爱着。虽然他们一贫如洗，却因为热烈真挚的爱情而感到无比的充实和富有。正如同狄更斯《双城记》中所说的，“那是最好的年代，那又是最坏的年代……那是光明的季节，那又是黑暗的季节，那是希望的春天，那又是失望的冬天，我们有一切在我们的前面，我们又一无所有在我们前面……”

当时，少女梅溪是大胆地背叛了她那以大汉族为荣的显赫家族，而倾心于一无所有的土家族青年黄永玉的。为了感谢梅溪的情意，黄永玉熬了许多个夜晚，专门为她画了一幅“特写镜头”的彩色画像献给她，他把梅溪画得一如心中的维纳斯一般美丽和圣洁。

离开赣南山区之后，梅溪陪伴着青年画家流亡到了香港等地，风雨同舟度过了无数个颠沛流离的日子。

“十年浩劫”中，黄永玉和一大批文学家、艺术家一样被揪斗，被挂上黑牌游街示众，被送到农场劳动……而梅溪像许多坚贞的妻子一样，一如既往地用自己满腔的温情爱护着丈夫，鼓励着丈夫。她坚定地对人说道：“永玉没有罪！”这使黄永玉在痛苦中获得了莫大的信心和力量。正如他在诗中写的那样：“人家说，我总是那么高兴，我说，是我的妻子惯的！人家问我，受伤时干吗不哭？我说是因为妻子在我旁边！”

后来黄永玉被赶到农场劳动改造时，在心情懊丧、“展望前途如雾里观河，空得澎湃”的日子里，他便时常“启用几十年前尘封的爱情回忆”，来鼓励和慰藉自己，坚定自己对生活、对明天的希望、期待和信念。

黄永玉还写过一首很长的、很幽默的诗——《老婆呀！不要哭！——寄自农场的情诗》，来记录这段心路历程：

我们在孩提时代的梦中早就相识，
我们是洪荒时代。
在太空互相寻找的星星，
我们相爱已经十万年。
我们传递着汤姆·莎亚式的严肃的书信，
……
我们用温暖的舌头舐着哀愁，
我用粗糙的大手紧握你柔软的手，
战胜了多少无谓的忧伤。
……

画家回首当年，感慨万千。多少寂寞的日日夜夜，是妻子的微笑“像故乡三月的小窗”使他战胜了年轻的离别，踏上遥远的新的人生旅程；妻子的歌声使他“生命的翅膀生出了彩虹”，也是他们共同的“快乐的创造的支柱”。画家说：“今天，让我们俩一起转过身来，向过去的年少，微笑地告别吧！向光明致意——我们的爱情，和我们的生活一样顽强，生活充实了爱情，爱情考验了生活的贞坚。”

中年以后的黄永玉，在梅溪的支持下，创作了大量独具风格的美术作品，涉及了扎染、陶瓷工艺等领域，而且还成了中央美术学院的著名教授。

张梅溪创作的描写东北大兴安岭林区儿童生活的散文集《森林的故事》，也是黄永玉画的插图。

在画画之余，他还创作了一系列脍炙人口的抒情诗、动物寓言诗和政治讽刺诗。他的《力求严肃认真的思考的札记》等哲理漫画和动物漫画，脍炙人口，深受读者的喜爱。他的诗集《曾经有过那种时候》获得新时期中国新诗奖；他还出版了《太阳下的风景》等散文集。梅溪曾为《太阳下的风景》

写了一篇极其短小而精彩的序文：

> 永玉为文，朋友担心影响他画画。
>
> 我想起他讲的一个故事：
>
> 甲乙二信徒酷爱吸烟。
>
> 甲问神父："我祈祷的时候吸烟行不行呢？"神父说："那怎么行？"
>
> 乙问神父："我走路时想到上帝，吃饭时想到上帝，吸烟时想到上帝，可不可以呢？"神父说："当然可以！"
>
> 永玉和乙信徒一样，抽着烟斗向我们走过来了……

这就是黄永玉的幽默，一位土家族艺术家的幽默。晚年的黄永玉，除了创作了很多"大画"，还以惊人的毅力，创作了多卷本长篇小说《无愁河的浪荡汉子》。这部小说几乎就是艺术家真实的"自传"。有意思的是，当他写到20万字的时候，内容还只写到自己4岁的时候。

现在，《无愁河的浪荡汉子》的第一部《朱雀城》已经出版问世。老画家说，这部80万字的《朱雀城》，是他献给自己90岁的生日礼物。

廖静秋 Liao Jingqiu

（1925—1958）

艺名桂蕊，生于重庆潼南。中国川剧表演艺术家。1934年师从谭香云学戏剧，工花旦。1941在成都登台表演，受到关注。1958年主演中国第一部川剧戏剧艺术片《杜十娘》。她在《梁红玉》《杜十娘》《昭君出塞》《思凡》等剧目里，塑造了众多中国古代杰出女性的形象，给新中国的戏曲观众尤其是川剧观众留下了永难磨灭的记忆。

“美丽的榜样”

感人的歌声留给人们的记忆是久远的。优秀的艺术家留在世间的艺术形象，尤其是他们为艺术而献身的故事和美德，也不会因为岁月的流逝而褪去光彩，相反，它们会随着人们对于艺术的理解与敬畏之情加深而愈加具有生命力和影响力。

1958年，著名川剧表演艺术家廖静秋去世后，文学家巴金满怀着惋惜和怀念之情，写下了一篇美文，对廖静秋虽然身患绝症，却以顽强的毅力坚持登台演出，为艺术鞠躬尽瘁的高尚艺德，给予了真诚的赞美，称赞她是中国艺术家们的一个“美丽的榜样”。

巴金在美文里动情地写道："她在旧社会中受过太多的不公道的残酷的待遇，她受过太多的不能用言语形容的侮辱和摧残。然而，她终于从非人的地位走到了人的地位，从受践踏、被蹂躏的女戏子变成了新社会的优秀艺术家。在短短的几年中间，她看到了那么多在旧社会中绝不可能有的'奇迹'，她怎么能不让这些'奇迹'也在她的身上产生'奇迹'呢？她短短的一生是充满着痛苦和不幸的。但是旧社会中黑暗的势力并没有摧毁她的精神，可怕的绝症也不能摧毁她的意志，甚至在她垂死的身上还有着那么多发光的东西！她的出色的艺术和坚强的意志不会跟着她死去。……在这个肉体已经死了一半的女性身上，充满的是生命，不是死亡！……"

廖静秋是活跃在新中国戏剧舞台上的一位杰出的川剧艺术家。她在《梁红玉》《杜十娘》《昭君出塞》等剧目里，塑造了众多中国古代杰出女性的形象，给新中国的戏曲观众，尤其是川剧观众留下了永难磨灭的记忆。

廖静秋出生在重庆潼南县的一个贫穷的人家，小时候就像京剧《红灯记》里的小铁梅一样，每天拎着篮子出去拾煤渣，捡石炭，卖点小钱贴补家用。她9岁的时候，经乡人保荐，进了当地的一个川戏班子，拜川剧艺人谭香云为师，开始学唱川戏。不久，她学戏的那个戏班子散了伙，她就跟着师父去成都另搭了戏班子。

1941年，18岁的廖静秋就在成都挂牌登台了。因为她的"踩台戏"是《桂花亭》，于是就取了个艺名叫"桂蕊"。很快，桂蕊就在成都成了川戏名角。

在她的家乡，至今还流传着廖静秋"三回双江镇"的故事。

第一次回乡，是在1936年，廖静秋进戏班子学戏才一年多。有一天，她和小姐妹们在仁寿县堂口唱戏，一个从双江镇来的人给她带口信说："妹娃子，你爹死了，停在屋里还没得钱下葬，你妈喊你回去看一下。"廖静秋找到戏班子管事的，要请假回去葬父。管事的却说，你一个黄毛丫头，回去也不顶用，晚上还要登台呢！小静秋把心一横："我死也要回去看一眼！"当晚演完了戏，她悄悄拿了一套“麻冠孝服”的戏装，就连夜赶回了双江镇。第二天，小静秋穿上孝服，见人就磕头，沿街募化葬父的棺材钱，总算把父亲掩埋了。

第二次回乡，是在1947年。这时候的廖静秋已经有些名气了。有一次，剧团从遂宁到合川演出，乘船顺江而下，经过双江镇码头时，廖静秋一口气跑了三里多路，回到镇上看望阔别的乡亲四邻。在河街口茶馆门前，她一眼看到了以前学戏的那个戏班的班主，就当着众多乡人的面，扑通一声跪倒在地，说：“要不是当初大伯的引荐，哪有我桂蕊的今天哟！”在场的人无不称赞她有情有义，懂得感恩。

第三次回双江镇，是在1952年春天。廖静秋已是赫赫有名的“名角”了。有一次剧团到重庆演出，她特意绕道回到双江看望乡亲们。当晚，镇上的小剧团邀请她给大家唱一段，她丝毫没有推辞，欣然接受，并拿出20元钱说：“给乡亲们买点瓜子什么的吧，今晚我请客。”大家执意不从：“要不得，要不得嘛！哪有主人家吃客人的哟！”

廖静秋却风趣地回答说：“用咱们戏班里的话说，这叫‘行客拜坐客’嘛，‘裁缝师傅的尺子——正尺（吃）的嘛！”

一句话，把大家逗得满堂大笑。她用自己仅有的20元钱，给乡亲们买了水果糖、瓜子等，连茶水钱也是她出的。当晚大家问她想唱啥子戏，她想了想说：“我在双江镇学唱的第一出戏是《桂英打雁》，今晚我也来个‘打雁’吧。”戏班子把这种临时的“坐唱”称作“围鼓”，一位从家乡走出去的大艺术家，又回到了朴实可亲的乡亲们中间，和大家一起沉浸在乡情怡怡的气氛之中。这也是廖静秋和老家的乡亲们最后一次聚会。

正当她的表演艺术日臻成熟，她全身心地在为祖国贡献自己的艺术才华的时候，灾难却悄然临近她的身边，她患上了癌症。对于一个热爱生活、醉心于事业的艺术家来说，还有什么比这更让人感到痛心和绝望的呢？然而她并没有就此躺下来等待死亡。虽然她已经明白，属于她的时间已经在以分秒来计算了，医生也几次明白地告知了她的病情，和她同台演出的同事们，也把她的每一次演出都当成了可能是最后一次演出，但她还是忍受着病魔的折磨，一次次地争取和珍惜着“从死神手里抢夺来的”演出机会。

当时，巴金、李劼人、沙汀等四川籍的文学艺术家，出于对廖静秋的敬重和对川剧艺术的爱护，认为现代医学虽然还无法挽救廖静秋的生命，但可以采用一些手段让她的表演艺术“保留”下来。于是，巴金他们联名向时任国家文化部副部长的戏剧家夏衍写信，建议尽快把廖静秋主演的一个川剧代表作《李甲归舟》(后改名《杜十娘》)拍成电影，以便永远流传下去。

这个建议得到了文化部的肯定，便把拍片的任务交给了北京电影制片厂。于是，廖静秋强忍着病魔的折磨，开始了我国川剧史上第一部彩色艺术片《杜十娘》的拍摄。

这几乎是一次“与死神抢夺时间”的艺术创作。廖静秋甚至已经下定决心，哪怕死在了舞台上，也在所不惜！她在心里已经做好了最坏的打算。在拍杜十娘投江那个镜头时，她从船头跳下去，第一次跌伤了腿，她忍着剧烈的疼痛重来一次，一共跳了三次，总算满意。

这时候，她已经知道自己的病已经到了最后的期限了，她的两腿已经肿胀得厉害，浑身剧疼难忍，脸上已经失去了血色……但是，凡是看过她的演出镜头的观众，没有一个人会相信，那个载歌载舞、气度不凡、自尊自爱的杜十娘，竟是一个挣扎在死亡线上的人扮演的！

1957年底，廖静秋咬着牙坚持着，终于把《杜十娘》拍完了，为川剧艺术留下了一份珍贵的、永远的遗产。在艺术之神和死神同时叩门的时候，她面向心爱的艺术，没有丝毫对死神的畏惧！

令人遗憾的是，现代科学最终没能挽救这位川剧艺术家的生命，她满怀着深深的留恋和遗憾，闭上了自己美丽的眼睛。艺术家死了，但是，一个“美丽的榜样”永远活在人们心中，活在天地之间。

嘉贝丽·文生 Gabrielle Vincent

(1928—2000)

原名莫妮克·马丁，比利时插画家，生于布鲁塞尔。1980年开始创作图画书。1982年出版《流浪狗之歌》获得成功。她的图画书多以孤独、追寻、陪伴、爱情等主题，代表作有“艾特熊和赛娜鼠”系列。从1980年开始，直到她2000年去世，她一直沉浸在这套图画书的人物与故事里，坚持在病榻上完成了这个系列故事的“终结篇”。

她的一切都写在书里

全世界许多地方都有嘉贝丽·文生的“粉丝”。但是，天才的艺术家已经不在人世了。

嘉贝丽·文生，原名莫妮克·马丁，生于比利时布鲁塞尔，毕业于布鲁塞尔艺术学院。她1980年开始创作图画书，1982年出版的《流浪狗之歌》，获得世界性赞誉并广为流传，奠定了她作为世界经典插画家的地位。

与此同时，她也开始了著名的“艾特熊和赛娜鼠”系列的创作。从1980年开始，直到她2000年去世，她一直沉浸在这套图画书的人物与故事里。这套图画书获奖无数，几乎每一本问世后，都会引发艺术爱好者的狂欢与追踪，成为他们阅读和收藏的盛宴。这些作品不仅深受孩子们喜爱，也在成人世界引起强烈的情感共鸣。

2000年9月24日，嘉贝丽·文生在布鲁塞尔逝世，享年72岁。在病重住院期间，她仍然惦念着自己的“艾特熊”和“赛娜鼠”，坚持在病榻上完成了这个系列故事的“终结篇”。

她的作品编辑这样评价她：“她是从自己内心的感情出发的，尤其那股孤独的害怕感，被遗弃的焦虑感。这些感觉不仅发生在我们孩提时，也同时存在于成年人心中。”

在生前，她几乎谢绝了所有媒体的采访。她说：“请原谅，我没有什么可说的，我的一切都写在书里。”她终生独身，没有孩子。她把自己全部的爱情和母性，献给了图画书，献给了她图画书里的人物。

让我们一起想象一下吧：很久很久以前，一个寒风凛冽的冬天，艾特正在外面辛苦地工作着。他是一个贫穷的街头清洁工。这一天，他发现了一个女婴——就是小赛娜——被人遗弃在一个垃圾箱里。像世界上许多伟大的故事一样，艾特熊和赛鼠娜这两个命运悲苦的人，就这样邂逅在清冷的街头。于是，好心的艾特收留了赛娜，把她抱回了自己的住所。

他虽然一贫如洗，但是毕竟还有一个可以遮蔽风雪的地方，还有一个小小的温暖的壁炉。从此他们相依为命地生活在一起。在以后的日子里，艾特默默地、更加辛苦地劳动，抚养着赛娜，直到她长成了一个小姑娘。渐渐地，他们谁也离不开谁了。

艾特无论要到哪里去，哪怕去工作时，也一定带着小赛娜。赛娜就是他全部的快乐、信心、希望和牵挂。而赛娜也觉得，在这个世界上，只有在艾特身边，她才是最安全、最幸福、最快乐的。

“艾特熊和赛娜鼠”系列故事里有一本名为《赛娜的出身》，专门讲述了小赛娜的身世，以及艾特和她相遇的那个时刻。总之，因为有了艾特的照

《艾特熊和赛娜鼠》宣传海报

顾，赛娜一天天长成一个娇滴滴的小妹妹了。她任性、娇气，有一点点乖巧，却又那么敏感和自尊，甚至还有那么一点点喜欢无理取闹的霸道——当然，这一切都是因为有了艾特。

艾特太宠爱她，对她百依百顺、极尽呵护。和这个任性娇气的小妹妹相比，艾特熊就像是一位忠厚、宽容和任劳任怨的老哥，他全部的生活就是尽自己所能去呵护小赛娜，满足她所有美好的愿望，不让她受到一点点伤害和委屈。

关于艾特的身世，我们也无从知晓。不过，从一些故事中的零星细节里可以猜想，艾特是在完整的家庭氛围中成长起来的，因为在《相片的故事》那一本里，我们看到了他幼年时代留下的许多穿戴整洁、生活优裕的相片。那应该是一个中产阶级家庭的孩子的美好的童年回忆。长大后，艾特从事过多种职业，包括做街头清洁工，在夏令营工作，在马戏团演小丑，做街头流浪艺人等。艾特后来的经历和生活虽然有些潦倒，但他沉潜含蓄、气质高贵，细腻中略带忧郁，宽厚中又很乐观，甚至具有隐于俗世的怀疑和质问精神。他多才多艺，什么活儿都会做，包括园艺、木匠、烹饪，还是一位艺术史爱好者。

虽然艾特的经济相当拮据，有时连破漏的屋顶也没钱修补，但他却给了赛娜一个最温暖和最安全的家，给了赛娜一系列美好和浪漫的成长记忆：他们一起去美术馆看展览，一起去森林边的雪地上的一棵小杉树旁过圣诞节，一起去野餐，去逛迷宫，去野外搭一个小小的棚屋……然而，如果你以为艾特熊和赛娜鼠就是一对父女，或者是一位老哥和一个小妹妹的关系，那未免太简单化了。实际上，他们之间到底是怎样的关系，一直是萦绕在读者心中的一个饶有趣味的话题，同时也是这套世界经典图画书所散发的无穷的精神魅力之一。

在一些故事中，例如《一起去野餐》《小棚屋》，艾特和赛娜是一对相依为命的伙伴，看上去如一位老哥和一个小妹妹，甚至更若一对父女；但在《相片的故事》《雪地里的圣诞树》和《迷宫游戏》等故事里，他们有时更像一对感情细腻而微妙的恋人。例如《相片的故事》里，当小赛娜偷偷看到了艾特所珍藏的小时候的照片，尤其是看到了艾特成年后和一些小白鼠——其中还有一位漂亮的白鼠小姐的时候，赛娜伤心了。

“那我呢？”

“为什么你连一张和我一起的相片都没有？”

她的伤心里显然还带着小小恋人般的醋意和娇嗔。在《雪地里的圣诞树》里，赛娜一心想过一个“只有两个人”的圣诞节。

“你和我，就我们俩，没别人，就我们俩。我们可以点上蜡烛……”赛娜这样期待着。

虽然这个圣诞节最终是和大家、和更多的朋友一起分享了，但是，艾特却由衷地说：“赛娜……我最美妙的圣诞节回忆，是从有你之后开始的，那些和你一起度过的圣诞节……明天，我们再回到你的小杉树旁……就我们俩。”

“没有别人，就我们俩？”赛娜问。

“没有别人，就我们俩。”艾特肯定地回答说。

嘉贝丽在许多故事里和场合里，显然是故意不确立和不明朗地交代他们之间的关系。这不仅仅是她的一种叙事策略，其实也是她对生活、对命运、对人性深处的一些细微和美好的情感的最真实的感受、理解与把握。

生活中毕竟有一些我们所爱的事物是能够用我们的双手和心灵把它们保存下来的，因此，爱也是有可能始终不渝的，尽管它的姿态可能使人难以捉摸。例如《迷宫游戏》，表面上看，是艾特和赛娜在迷宫里玩的一次互相捉弄和吓唬对方的游戏，实际上却真实地测试和呈现了彼此内心最真挚的依恋程度。

“再也不要这样了，我的小赛娜。再也不要了！”

从艾特紧紧地搂抱着他的小赛娜，生怕有谁会把她从自己手上抢走的样子。我们看到，艾特心里对赛娜的爱有多么深，赛娜对他来说有多么重要！一旦没有了赛娜，这个忠厚、隐忍的男人，将变得何其脆弱和孤独。也因此，有人对这本图画书做了深度解读，认为嘉贝丽笔下的“迷宫”，其实就是她心目中的“爱之谜团”的符号，虽然她是用完全孩子气的“游戏”方式来表达的。

诗人里尔克有言：“凭着这温柔的姿态，你可以把握整个世界，而依靠别的肯定不能。”嘉贝丽正是凭着自己温柔的姿态和无限温暖的故事，把握着世界，发现着人性的光明与美好。她把这些温暖、光明和美好都赋予在艾特和赛娜身上。

杨永青 Yang Yongqing

(1928—2011)

中国画家，生于上海浦东。早年师从上海人物画家谢闲鸥，学习绘画。创作了大量的革命题材和劳动题材的版画、连环画，并为许多文学名著创作插图。连环画、版画、中国画、书籍插图、书装设计，白描、工笔、水墨、写意、重彩，皆有成就。代表作品有连环画《女拖拉机手》《科尔沁草原的人们》，版画《高小毕业生》《前哨》以及国画《屈原九歌长卷》等。

从小学徒到名画家

杨永青是从裱画店里的一个小学徒，成长为一位名画家的。1927年，他出生在上海浦东川沙镇（当时还叫川沙县）一个叫凌家圈的村子里。15岁时他离开老家，到上海一家名叫“韦古斋”的裱画店里学习裱画。

在“韦古斋”里，他认识了一位年轻的画师巢枝秋先生。巢枝秋领着这位勤奋好学的小学徒，去戈登路的一条弄堂里，拜见了自己的老师、当时在上海首屈一指的人物画家，也是“长虹画社”的当家人谢闲鸥先生。谢先生宅心仁厚，慨然收下了这个质朴的浦东少年做学生。从此，杨永青正式开始跟着谢先生学画人物画，也时常跟着巢枝秋先生去听戏。

1944年，杨永青17岁时画的一幅国画，被收入了《长虹画社画扇集》。但那时候学画归学画，毕竟不能挣钱补贴家用。不久，他又进入上海一家“大公木行”当了学徒。这段和各种木料打交道的日子，与他以后学木刻版画也不无关系。

1952年，青年杨永青凭着自己画的两套连环画《女拖拉机手》和《科尔沁草原的人们》（根据玛拉沁夫同名小说改编），进入了当时的华东青年出版社，开始了他的职业美术和编辑出版生涯。

当时正值“抗美援朝”时期，他把自己的连环画《女拖拉机手》所得200元稿酬的一半捐献了出来，支援国家去购买飞机大炮。当时是供给制，他每月津贴只有15元，200元可是一笔巨款！剩下的100元，他给了含辛茹苦培养他的父亲，而他的父亲又用其中的大半，接济了老家的乡亲。

1953年，杨永青从上海奉调到北京，先后进入中国青年出版社、中国少年儿童出版社担任美术编辑。他的绘画“童子功”打得扎实，又勤于创作，练就了一身的技艺，连环画、版画、中国画、书籍插图、书装设计，白描、工笔、水墨、写意、重彩，真是无所不能。

初到北京那年，全国儿童文艺作品评奖，他为张天翼童话《大灰狼》画的插图就和刘继卣先生的《鸡毛信》并列一等奖。在以后的岁月里，他为《萧也牧作品选》，傣族叙事长诗《葫芦信》，胡奇的小说《五彩路》等不同年代的两百多种图书画过插图，创作了《王二小的故事》《神笔马良》《刘文学》《刘胡兰》《高玉宝》等二十多种曾经家喻户晓的彩色连环画。

这些作品，当年也都曾以多种文字版本在海外发行过。几十年过去了，他画的这些“经典”，如今已经成为收藏家们热心搜求的珍品。他创作的木刻版画作品也有上百幅，著名的如《高小毕业生》《前哨》《出院》《小牧童》等，被收入了《中国新兴版画五十年选集》等多种美术文献选集。

70年代末期，他开始画《红娘子》练手，并在1979年正式出版。从此，他耗费心力最多的就是自己专长的传统人物画线描。这方面的代表作有《屈原九歌长卷》和上百幅美轮美奂的《观音造像》。

杨永青是一位在艺术上锲而不舍、精益求精的画家。他快80岁的时候，还能操刀刻木刻画。他晚年刻过两幅著名的木刻，一幅是两个头上、身上戴着繁茂的银饰的西南少数民族小女孩；一幅是北方鄂伦春族的戴着虎头帽的小猎手。这两幅木刻真是大家刀功，人物和服饰的刻画真是细致入微，纯美绝伦。

他生前创作的最后一部书，是用宣纸精印的线描观音造像集（限量版）。2011年6月15日，这位为中国儿童画艺术和儿童图书出版奉献了一生的才华和心血的老画家，因为心肌梗死在北京逝世，享年84岁。仁慈的大地母亲，将永远呵护着这位善良的老画师的灵魂。

秀兰·邓波儿 *Shirley Temple*

(1928—2014)

美国电影艺术家，著名童星，生于加利福尼亚。6岁开始参演电影，7岁就获得了第七届奥斯卡金像奖特别奖。一生主演过《卷毛头》《亮眼睛》《小上校》《小天使》《海蒂》等43部电影。1950年正式告别舞台，后进入政界。2006年获得美国影视演员协会终身成就奖。

忧闷年代里的小天使

感人的银幕形象留给人们的记忆是长远的。20世纪30年代的美国，由于经济上的大衰退，人们的精神，也迅速被一种蔓延全国的绝望、灾难和不幸的气氛所笼罩。通常人们把这个时期称为“忧闷的年代”。

正是在这“忧闷的年代”里开始了第一任期的富兰克林·罗斯福总统，有一次对人说道：“虽然在这次空前的大萧条中，美国人的情绪比任何时候都更为低沉，但他们只要花上15美分去看一场电影，去看看一个小女孩的笑脸，所有的烦恼和忧愁便都会消失了……”罗斯福总统所说的这个小女孩，就是当时的童星秀兰·邓波儿。

仿佛是忧郁的年代里从天而降的快乐天使，又如在黯淡和混乱的岁月里诞生的一颗耀眼的星星，秀兰的出现，简直就是那个年代里美国的一个奇迹！她给神色怅惘的人们带来了欢乐和生机，也让绝望和颓靡的人们看到了希望和光亮。甚至有人说，她的到来，给美国人送来了振奋精神的“魔力”，使每一个不和谐的家庭重新找回了生活的意义。

喜欢怀旧的人们，也许都记得《卷毛头》《亮眼睛》《小上校》《小天使》和《海蒂》等由秀兰主演的这些影片。而这些电影又是和“20世纪福克斯影片有限公司”这个名字紧紧联系在一起的。可以说，没有秀兰·邓波儿，也就没有后来的20世纪福克斯。熟悉电影史的人都知道，在秀兰出现之前，20世纪福克斯正濒临破产，它不仅负债累累，而且每年的经营亏损已达到1.5亿美元！整个公司就像一艘浸满海水的小舟，在惊涛骇浪中挣扎着。人们没有料到，正是秀兰，这个5岁的小女孩，带着一只救生圈，冲过汹涌的波涛，挽救了汪洋中的20世纪福克斯。

“1934年1月的一天，我步入福克斯公司，成为它的正式雇员。”半个多世纪以后，已经成为著名外交家的秀兰·邓波儿回忆说，“那时候，如果有乌云，那也是飘浮在极高的天空上，遮掩不了记忆里的光辉。到处是喧哗、耀眼的闪光，激动人心的场面和一群群的陌生人。新的生活就这样开始了。人们好像在好莱坞的保护叶下面发现了一朵洒满露珠的小花……”

神话般的生活一旦开始，秀兰便在一瞬间蜚声世界。她天使般的伶俐和乖觉使成千上万的人为之着迷和倾倒，其中包括许多国家元首、美国联邦调查局局长、女飞行员、远洋轮船船长和难以计数的家庭主妇等。她不仅成了众多妈妈心目中的“乖女儿”，而且她迷人的表演天赋和纯真的艺术感染力，也打动了不少屡教不改的罪犯，使他们一个个面对她的形象起誓，从此要改邪归正……

据说，智利总统亚历山德里也是秀兰的狂热的粉丝之一。他曾建议智利海军命名秀兰为官方的“吉祥人物”。智利海军也一致通过，采纳了这个建议。同时，总统认为，为与这项命名相称，小秀兰应该拥有一套智利海军的制服。于是，总统想方设法，秘密地从好莱坞弄到了秀兰的身材尺寸，让自己的专职服装师为他心中的小天使缝制了一套十分考究的海军上将制服，并派遣专门的使者去洛杉矶，把这套特殊的制服交给了秀兰。

罗纳德·里根总统在自己短暂的从影生涯里，曾和秀兰·邓波儿合演过一部作品，讲的是一个中年人和一个少女的故事。其中有一句台词是男主角对女主角说：“我爱你，嫁给我吧！”可是，这是一次令人尴尬的银幕经历。里根总统后来深情地回忆说：影片拍完预映时，当他说到这句台词，观众席中异口同声地响起一阵高喊：“哦，不！”这场戏后来只好从影片中剪掉了。

这件事使里根深深地明白了，秀兰的童星时代在人们心中有着怎样的分量。“在我们的时代，秀兰·邓波儿给我们带来了极大的欢乐，没有人可以和她相提并论。”里根总统有时也情不自禁地沉浸在怀旧的伤感里，他说，“在那过去的岁月里，我非常喜欢秀兰·邓波儿……可以说，她是一个受到无数人钟爱的最特殊的美国人。”

1988年圣诞节前夕，已经息影多年的秀兰·邓波儿出版了她的回忆录《童星》。这时候她已经60岁了。她的书再一次引起人们怀旧的感情，跟着她重温了20世纪30年代那遥远的梦幻般的往事。秀兰·邓波儿是朴素和真诚的，她在回忆录里真诚、冷静而又客观地回忆了自己的成长过程。她从没把自己视为“天才”，而是把所有的成就归结为自己的努力劳动和母亲的爱与指导的结果。她的正文前面的“献辞”里这样写道：

“前面展现着我的小路，像一条线笔直地伸向朦胧的远方。虽然我童年最早的记忆里的手推车只载着我，但我并不孤单。我将《童星》献给我最亲爱的母亲。”

向田邦子 むこうだ くにこ

（1929—1981）

日本电视剧作家、小说作家，生于东京。1958开始创作剧本。1964以电视剧本《七个孙子》获得成功。在20世纪60至70年代立，向田邦子是日本电视编剧界的“女王”，作品达1000部之多。51岁时以短篇小说《水獭》《狗屋》和《花的名字》，荣获日本第83届“直木文学奖”。目前日本最高荣誉的电视编剧奖“向田邦子奖”，是在她去世后以她的名字命名的。

纸袋里的秘密

“天气又要变冷了，请保重身体。橘子不妨多吃些。”

“不要随便发脾气，宽心自在最重要。还有赶快去买瓦斯炉。”

“多保重，注意手脚不要受冻。”……

这是从《向田邦子的情书》里信手摘出的一些句子。恋爱中的男女，还有比这更体贴更平淡，因而也更温暖、更真实的话语吗？

向田邦子，1929年出生于日本东京，1981年8月22日乘飞机从台北松山机场至高雄国际机场时，不幸遇上空难而离开人世。

在20世纪60至70年代，向田邦子曾经是日本电视编剧界的“女王”，作品达1000部之多。虽然她去世已经30多年了，但她的作品仍然频繁出现在荧屏上。生前她是全日本收视率最高的广播剧和电视剧作家，也是一位优秀的散文作家和小说家。她的剧本因为对白和故事风格独具个性，加上“粉丝”众多，被称为“向田电视剧”。中国台湾地区的电影名导演侯孝贤，称她是自己“最喜爱的剧作家”。

向田邦子51岁时，以短篇小说《水獭》《狗屋》和《花的名字》荣获日本第83届“直木文学奖”。目前，日本最高荣誉的编剧奖“向田邦子奖”，是在她去世后以她的名字命名的。日本的读者和观众一直没有忘记她，她被影迷们称为“日本人最不想遗忘的国民偶像”。

邦子一生未婚，46岁时患上了乳癌，导致右手瘫痪，只能依靠左手写作。生前，她的个人生活十分低调和私密。她像一朵颜色淡淡的菊花，默默地开放和摇曳，让生命的芬芳熏染着自己的内心世界，也飘散在对文学和艺术的热爱里。如果不是飞机失事，她个人的生活秘密，也许会永远保藏在她内心最深远的角落里，就像一个永久的谜。

可是，当她猝然去世之后，她的妹妹向田和子在整理姐姐的遗物时，意外地发现了一个牛皮纸袋。和子猜测，这里面也许有姐姐留下的一个秘密，但她一直不忍心去打开这个纸袋。

又过了20年后，和子觉得，那个纸袋可以打开了，“我觉得姐姐应该允许我这么做”。于是，我们才得以看到了一个真实的向田邦子，看到了她和一位“N先生”的一段相濡以沫、温煦恬淡，而又无怨无悔、始终不渝的爱情故事。这个纸袋里装着邦子写给N先生的五封书信，N先生写给邦子的三封书信，还有N先生的一本日记和两本记事簿。

从这些文字简约、记事恬淡的书信和日记里，我们大致知道了，N先生是一位摄影师，已有自己的家室，不过已和妻子分居。他身体不好，畏寒，似有胃病。这些书信和日记，正写于他身体最不好的一个时期。

我们来看N先生日记里的一些简约的记事：

“晚上漫步在薄雾之中。今天到了深夜还不觉得寒冷，真是温暖的一天。”

“黎明时分，温度大概下降了。六点左右吧，大概被冻醒了。今天是星期天，所以赖在被窝里。太阳出来后，感觉气温暖和了些。”

“五点，邦子来了。……十点，邦子回家。深夜传来雨声，令人担心明天的天气。”

“邦子趴在暖炉桌上，显得很满足的样子。我不禁觉得她很可怜。”

饮食男女的恬淡生活，借由日常起居的许多小细节，表现得是那么贴心、实在和温煦。谁能说这不是另一种浪漫呢？

天气冷了，N先生的信里经常要做这样的叮咛：“我会每天打电话。千万小心，不要感冒了。也不要吃太多了。”

邦子回信说：“你好像对冷天有些吃不消，请好好加油。不要为了打电话而勉强自己出门。不要忘了戴手套。”

N先生回信：“时序进入大寒，天候益趋寒冷。……请千万保重身体。……如果工作到一个阶段——你应该会说不可能的——请好好打扮自己！再次请你好好珍重。”

N先生和邦子默默地相恋多年，彼此牵念，几乎天天都要这样打电话和写信嘘寒问暖，互相鼓励和安慰。有时，邦子给N先生发电报，只六个字：“今晚无法去，邦”。

N先生在日记里写道：“下午，邦子拍电报说不能来，大概是忙吧。希望她好好加油。……没想到邦子在将近九点的时候过来，帮我准备好明天的食物才回去。大概是连日来的熬夜，显得很憔悴，希望她保重身体。”

爱，安安静静传递在两个人的世界里，各自入眠，各自醒来。

N先生先向田邦子而去世了。邦子收藏好N先生的书信和日记，把这段时光锁进了心灵最深处，继续过自己的生活。

她是那么的敬业，短短的一生里，竟然给我们的世界留下了上万个广播剧本和1000多个电视剧本。她用美好的工作抚慰着自己的孤单和忧伤。

邦子所出生的家庭，并不那么和谐完美。她的父亲是个私生子，中年时又曾有过外遇。邦子和父亲的关系一度是那么紧张，35岁时与父亲发生过一次争吵，她从此搬出了家门独自居住。她的遗物里，就有一封“父亲的道歉信”。

生前她曾对妹妹说过：“我们家坑坑疤疤的，‘冷风’常常穿过缝隙吹进来，有一堆问题，所以常常要花脑筋想想、彼此安慰。在这里，我们学会发觉、理解别人的伤痛。如果什么事都没有，也许就在不知不觉中结束了。这么想的话，就不会觉得太讨厌了吧。任何事情都会因为正面的想法、心情而有加分的效果。”

她是这样乐观和积极地去看待生活中的一些不如意。她深爱着这个世界，包括它的艰辛和悲苦。她短短的一生，她的故事，让我们明白：生活中毕竟还有一些我们所热爱的东西，是能够用我们的双手和心灵把它们保存下来的，因而，有一些爱，也是可以始终不渝的。

马里耶 Marcel Marier

（1930—2011）

比利时画家、图画书作家，生于比利时埃尔索。1946年进入比利时图尔奈圣吕克学院学习装饰画艺术。1954年出版《玛蒂娜在农场》和《玛蒂娜去旅行》两本图画书，大受欢迎，并由此开创了以小女孩玛蒂娜为主角的故事图画书系列，被誉为“玛蒂娜的画家父亲”。他创作的最后一本玛蒂娜故事书为第60册纪念版，名为《玛蒂娜与神秘王子》。

马里耶的小木屋

摇滚巨星迈克尔·杰克逊生前曾有一个多年没能实现的愿望，就是收藏一幅绘画大师马塞尔·马里耶画的甜美的小女孩玛蒂娜。但是马里耶从来没有卖过任何一幅玛蒂娜的插画作品。迈克尔的这个愿望，后来经过马里耶的一位老朋友的帮助，总算实现了。

60多年前，在比利时，由一位优秀的诗人吉贝尔·德莱雅和一位杰出的画家马塞尔·马里耶共同创造的，一个集纳了童年时代所有的幸福、快乐、爱心、梦想和甜美于一身的小女孩的形象诞生了！这个甜美的小女孩，通过一本本美丽的图画书，走进了每一个家庭里，也走到了每一个孩子的身边……

故事要从1954年的那一天说起。那天，诗人吉贝尔·德莱雅信手写了一个小女孩到乡下农场去玩耍的故事。那是一个夏天，天气炎热，田野里到处盛开着鲜花。小女孩和她的朋友一起来到美丽的乡下，认识了很多小动物：小鸭子，小鱼，小兔子，小羊羔，还有小猪、小牛犊，小鸡和小鹅……小女孩名叫玛蒂娜。

诗人邀请了当时已经刚刚出名的、以十分细腻的写实手法著称的青年画家马塞尔·马里耶来为这个故事画插图。因为他从马里耶出版的一本画册中，看到了这位画家最大的艺术特点：对人物表情和姿态的细致刻画，对人物心理活动的细腻呈现，对每一个细节的一丝不苟。例如，在一间小屋子的墙上，画家会画上胡萝卜图案的墙纸；就连一幅祖父画像的边框，画家都会绘制成小兔子的形状。这种细腻和一丝不苟，正是德莱雅想要的。马里耶果然不负所望，把玛蒂娜和那些小动物画得非常生动细腻和可爱。

1954年，这本图画书出版了，书名就叫《玛蒂娜在农场》。从此，几乎每过一年，都会有一本新的玛蒂娜故事书问世。幸运的是，德莱雅和马里耶这一对合作者在创作上是那么的默契。他们很快就清楚地发现了他们对玛蒂娜“父亲般的感情”。

1997年12月6日，玛蒂娜的“诗人父亲”德莱雅与世长辞。人们说，这位善良的诗人一生是如此热爱孩子，以至于他离去的日子也挑在“圣尼古拉日”。——在比利时，这是属于孩子们的一个节日。他用自己的离去，留给了孩子们最后的一笑。

2011年1月18日，玛蒂娜的“画家父亲”玛里耶先生也在比利时安详地离开了这个世界，享年81岁。他美丽的灵魂，终于可以远去天国，与他的完美的合作者、诗人吉贝尔·德莱雅先生相会了。

马里耶画的最后一本玛蒂娜故事书、第60册纪念版名为《玛蒂娜与神秘王子》。这是绘画大师的生命绝唱，是他最美丽的“天鹅之歌”。马里耶先生毕生的爱与梦想，都寄托在美丽的玛蒂娜身上。当他逝世的噩耗传出，他全世界的“粉丝”都在为他哭泣。

1930年11月18日，马里耶出生在比利时一个名叫埃尔索的小镇上。他的爸爸是一位木雕工匠。他的祖父是当地的一位名人，祖父经常坐在自家房子的门槛上给孩子们讲故事，讲故事时，还时不时地会停下来吸两口烟。那只长长的烟斗，是祖父自己用接骨木的枝丫做的。马里耶说，这是他童年时的想象力“最早的觉醒”。

另一位影响过童年的马里耶的人，是装饰画家艾伯特·梅舍尔。他曾指导过仅仅6岁的马里耶画过一幅名为《纹理》的小油画。这幅涂鸦习作，唤醒了马里耶对画画的敏锐感觉，也把一颗绘画的种子埋进了他幼小的心里。他说，他从涂鸦开始就关注到白天的阴郁光线，关注到很小的细节了。从那一刻起，直到他后来整个的插画生涯，他都从没有忽略和放弃对真实性和准确性的重视。

他说：“当我画一幅风景画的时候，我要置身在风景周围，感受它真实的气味，体会到微风吹动的感觉。”

2009年秋天，当玛蒂娜系列童书被翻译到中国出版的时候，80多岁的马里耶先生特意为中国的小读者写了这样一段“寄语”：“我喜欢中国的绘画艺术。经典的中国绘画表达的是意境。在我的花园里，有一株银杏，在我看它的时候，尤其是在秋天，它的叶子变成金黄色的时候，我会想起中国书法与绘画中的意境。玛蒂娜是一个普通的小女孩，她不会去月球，也不会去做非凡的探险活动。她只是去学校，坐火车，划船，去野营。她在一个安静和安全的世界里成长，有父母、小伙伴和她喜欢的小动物陪伴她。这可能是所有孩子都喜欢的。我希望对于中国孩子来说也是这样，希望玛蒂娜的故事也能够帮助中国孩子去梦想……”

马里耶画画的最大特点，就是对真实性和细节的一丝不苟。每当他要创作一个小动物的形象时，他都会先去仔细地观察好长时间，认真地研究这种小动物的习性和神态，然后再照着它们的样子慢慢地画。例如，他如果打算画一只悄悄挪动的小松鼠，他就会特别细腻地去刻画小松鼠背部的针毛，挪动时皮毛的褶皱，从而表现出小松鼠动作的轻灵。他的桌子上经常堆满几十张很大的速写草图。

在马里耶的插画里，像对小动物的细节表现一样，他对每一株植物的细节也同样十分重视。他常常在朝霞初露的清晨，去树林里去观察洒满露珠和朝阳的叶子，寻找和捕捉适合表现每一片不同的叶子的特征。无论是睡莲、葱兰、郁金香、雏菊，还是仙人掌、黄水仙、紫杉树、蓝松树……画家都画得毫厘不爽、栩栩如生，就连落地窗边挂着的窗帘布上的花卉图案，也画得一丝不苟，让我们仿佛身临其境，置身在一种阳光照耀着的完美、精致和优雅的环境里。

在现实生活中，马里耶也非常喜欢小动物。玛蒂娜忠实的小伙伴“小胖”的原型，就是他自己养的一条可爱的小黄狗。“小胖”一直伴随着玛蒂娜的每一次探险。在日常生活中遇到的某些细小的事件，例如在哪里看到了什么样的小动物，可能都会给马里耶带来创作灵感。事实上，马里耶也经常把自己经历的一些小故事或小细节讲给诗人德莱雅听，德莱雅再将这些素材融入新的故事里面。《玛蒂娜和小麻雀》就是马里耶提供给德莱雅的一个小故事。

《玛蒂娜和流浪的小猫》也是来自马里耶的一次真实的生活经历。原来，每当一本图画书要定稿的时候，马里耶都喜欢一个人安静地住上一段日子，便于做最后的修饰。他有时会去池塘边的那栋小木屋里住上几天。有一天，他去野餐时，半路上发现了一只母猫爬进了他的车里，还吃掉了他为午餐准备的鸡腿。这只母猫快要生小猫了，她来到画家的小木屋里住下了，一直住到了小猫咪出生……

平时，马里耶把自己家里的房子和花园也装饰得十分漂亮和精致，一眼看上去，就好像一定会有很多故事在这里发生一样。事实上，玛蒂娜图画书里的许多室内、花园、池塘的场景，都直接取自他所生活的环境。

马里耶的儿子也会修剪树枝，会邀请附近的小伙伴用树枝建造小屋。每年夏天，画家和孩子们会在这里过暑假。马里耶每创作一本新的图画书，都需要几个月的准备时间。这段时间是他最快乐的时光。每一张图，他一般会画20张或者25张的草图。等到他要为人物上水粉和水彩的时候，他会把自己全部的感情都调和在那些漂亮的颜色里。这些颜色会在玛蒂娜的蓝眼睛里，在小毛驴的温柔的眼神里，在小麻雀洁亮的羽毛上，在风雨之夜的玻璃窗上晶亮的水珠里……发出柔和的光辉，闪耀出它们的美质。

雅诺什 *Janosch*

(1931—)

德国绘本作家，生于波兰。1960年出版儿童绘本处女作。作品全部是自编自画，在全球范围内影响巨大。代表作有《小老虎学数数》《小猪，你好》《给小老虎的信》《美丽的巴拿马》《我说，你是一头熊》《妈妈你说，孩子从哪儿来》等。

隐居在大西洋小岛上的绘本大师

雅诺什1931年出生在德国和波兰边界的一个小村庄，现在快90岁了。他是德国当代最著名的儿童绘本大师，已经出版了150本以上的作品，作品被翻译成了30多种文字。

他的书都是自己创作故事，自己插画的。据说目前在德国，雅诺什的粉丝包括了从五六岁的小孩子，到百岁左右的老爷爷老奶奶。在德国，有家喻户晓的“雅诺什网站”和“雅诺什股份有限公司”。他笔下的小老虎和小熊的形象，已经成为德国最著名的儿童品牌标志，被制作成多种儿童玩具和用品。

但是雅诺什是位很有个性的艺术家，他的书这样受人追捧，他自己却在

1980年就离开了德国，独自隐居在大西洋的一个小岛上，享受大自然赐予的海风、阳光和沙滩。

女作家三毛在散文集《哭泣的骆驼》里写到过一个遥远的地方：位于西北非洲对面、被大西洋环抱着的七个岛屿，即西班牙在非洲的属地加纳利群岛，她称之为“大海中的七颗钻石”。其中有一颗最美的“钻石”，就是特内里费岛。这是西班牙唯一一个每年要举行一次盛大的嘉年华会的地方。三毛写道：“也许特内里费的居民，本身就带着狂欢的血液和热情，满街可见奇装异服的人潮，有18世纪宫廷打扮的，有穿各国不同服装的，有士兵，有小丑，有怪物，有海盗，有工人，有自由女神、林肯、黑奴，有印第安人，有西部牛仔，有着中国功夫装的人……街旁放满了贩卖化装用品的小摊子，空气中浮着气球、糖渍的苹果、面具，挤得满满的在做生意。”这里被三毛视为自己“远方的故乡”。

雅诺什隐居的那个小岛，就是三毛描写的这个地方。细心的读者可以从他的许多书里，找到来自这座小岛的明媚的阳光，湛蓝的海水，穿着色彩浓艳的服装的居民，以及富有西班牙岛国风情的马戏团表演、化装嘉年华会、热闹的街道等细节。

雅诺什的童年生活并不幸福，他很小的时候，父母就离异了，他是由爷爷奶奶养育成人的。从13岁开始，他曾先后在一家炼铁铺和几个服装工厂工作，同时也学习画画。

战争结束后，他曾在一家纺织厂工作，并在纺织学校学习彩绘艺术。当时，雅诺什梦想着能进入慕尼黑艺术学院读书，可惜他没有通过入学考试。但是，他并未放弃自己的兴趣，仍然专心于绘画与创作。

1960年，雅诺什出版了自己的处女作，从此一发不可收。1975年他获得慕尼黑青少年文学奖。1979年他的绘本故事书《美丽的巴拿马》荣获德国青少年文学奖。雅诺什最为经典的作品是以小老虎和小熊为主角的一系列图画书故事。我们不妨在这里再温习一下这套经典图画书的故事情节。

例如《美丽的巴拿马》，故事非常简单：小老虎和小熊生活在一条小河旁过着安逸平静的生活。有一天，他们在一个香蕉箱子上发现了一个名叫“巴拿马”的地方，便决定一起去寻找这个美丽的地方。一路上他们有过许多奇遇。它们走啊走啊，经历了千辛万苦，后来才发现，他们所梦想的地方，原来就是他们自己的家。

《我们来寻宝》讲述的是小老虎和小熊寻找幸福的故事。他们开始以为财富能够带来幸福。他们终于找到了金苹果。可是金苹果并没有给他们带来幸福。最后他们发现，原来，朴素平静和充满爱的生活才是真正的幸福。

《给小老虎的信》讲的是一个友爱的故事：小熊给小老虎写了一封信，小老虎给小熊回了一封信。快腿兔子充当了邮递员。后来小老虎发明了电线，动物们可以互相通电话了。这时大象想给非洲的朋友写封信。于是又有了航空信。鸽子充当了邮递员……

雅诺什不仅是一位智慧、乐观和幽默的艺术家，也是一位温和、优雅和循循善诱的儿童教育家。

比如他写道：有一天，小老虎对小熊说：“你准备准备，我带你进城去，看看人家城里人是怎么过马路的。”他的《小老虎和小熊的交通规则》的故事要告诉小孩子的，正是如何遵守城市里的交通规则这样一些儿童生活礼仪常识，例如，没有人行道的地方，行人应该怎么行走；怎样穿过马路才是最安全的；过马路时不能骑车、更不能载人；无论是走路还是骑车，都不应该听随身听；为什么坐汽车必须系好安全带。同样，《小老虎买车记》要告诉小孩子的，是如何学习骑自行车，以及骑自行车时必须遵守的规则，如怎么刹车，怎么遵守交通规则等等安全常识。

对于一般的童书作者来说，面对这样一些主题和素材，最终也许只能写成诸如幼儿生活礼仪规则之类的“非文学”读物了。可是，天才的绘本大师雅诺什，却有足够的机智和想象力，来把这样的题材写成一系列饶有童趣、幽默和温馨风格十足的图画书故事。雅诺什的故事与传统的儿童故事讲法的根本区别在于，他从来没有把小孩子当成小木偶，而是把他们当成平等的朋友来看待。虽然他的故事里的主角也都是小熊、小老虎和小猪们，充满了小孩子的甜美、稚气与单纯，但在单纯中又包含着深刻的人生感悟。

正如一些图画书研究者所赞叹的那样，像雅诺什这样的哲学和深度，写到给很小的小孩子听讲和阅读的故事里，并且能让他们开怀大笑、爱不释手，这是一种何其高超的智慧和艺术。雅诺什的故事题材大多是传统的和来自日常生活中的。他的故事里有一点点理想的成分，但很少有不着边际的幻想和空想。他善于通过对日常生活和身边事物的描写与讲述，帮助人们看到生活本身的美丽与温暖，激发人们发现生活和热爱人生。

例如他写到小老虎和小熊走在横过马路的斑马线上，因为感到新奇，就故意走得慢悠悠的，结果招致了司机的不满，一个司机喊道："别故意走得那么慢，你有病啊！瞎耽误我时间。"这时，雅诺什笔下就出现了这样的文字："这个司机说得对。谁都没有权利故意让别人不高兴。每个人都应该举止得体，那样生活就会更美好。"

再如，他在《狮子牙和丝绸爪子》写到一只名叫"丝绸爪子"的小老鼠，冒着生命危险进城去了一趟，然后回来跟她的兄弟"狮子牙"发了这么一通议论："哦，狮子牙，世界太美好了，可惜人太多。我能够死里逃生，算是幸运。狮子牙，我的好兄弟，我们经历了一次环球旅行，对不对？世界真美好。"说完，他们回家去了，"回父母家暖暖身子"。

大师就是大师。只有雅诺什能从容不迫、游刃有余地把一些细节处理得这么好，这么大气。当然，他也会对人们在生活中偶尔表现出的狭隘、自私、偏激和谬误等弱点，给予少许充满善意的嘲讽和批评。不过他的批评也是十分温和和充满暖意的。

希尔弗斯坦 Sheldon Alan Silverstein

(1932—1999)

美国绘本作家、作曲家、歌手。被誉为艺术奇才，集诗人、插画家、漫画家、剧作家、绘本作家、作曲家、乡村歌手、吉他弹奏者等身份于一身。生于芝加哥。1974年出版绘本《爱心树》，轰动文坛。绘本代表作还有《失落的一角》《阁楼上的光》《人行道的尽头》等。他创作的《人行道的尽头》同名唱片还获得1984年格莱美奖。

擦去蒙在星星上的灰尘

谢尔·希尔弗斯坦是美国的一位才华横溢的艺术怪才，他把诗人、插画家、漫画家、剧作家、绘本作家、作曲家、乡村歌手、吉他弹奏者等身份集于一身，可以称得上是一位罕见的奇才。

他天才般的想象力、大师级的幽默感和哲学家的思想深度，我们通过他的一系列绘本故事，如《爱心树》《失落的一角》《失落的一角遇见大圆满》，以及诗歌绘本《人行道的尽头》《阁楼上的光》等，就可以领略到。谢尔·希尔弗斯坦的崇拜者们，因为这些作品而一次又一次获得了狂欢的理由。

自私的小孩，我们也许都见过一些。可是像谢尔·希尔弗斯坦笔下这个

“自私小孩”的自私法，就算你再有想象力，恐怕也未必能想象到。请看他写的短诗《自私小孩的祈祷》：

“现在我要躺下睡觉，真诚地向我的主祷告，如果我在醒来前死去，求主让我的玩具都坏掉。这样别的孩子就再不能碰它们……阿门！”

也正是这样一个超级小坏包，才想得出如此对付妈妈老是让他擦盘子的高招：如果你不得不去擦盘子（做那讨厌无聊的家务，而不是去商店购物），那么，你最好“故意掉一个在地上——也许他们就再不会让你去把盘子擦亮”。

他甚至还异想天开：“如果我长了轮子而没长腿，如果我没长眼睛长了玫瑰，我会自己开着自己去办花展，也许会捧回一个大奖杯。”这个小坏蛋有着满脑子的鬼主意，想必他也十分明白调皮就会常常挨打的道理，因此，在那首题名为《打》的小诗里，他竟希望，爸爸妈妈（也可能是老师或校长）：“打大猪要用大树，打小猪要用小树。打蛇要用木耙。用苍蝇拍把水獭来打。打蜜蜂要用滑雪橇。可你如果打我，请用一根小小的羽毛。”

大凡小孩子，没有谁不讨厌那些没完没了的作业的。可是，只有这个坏小子才想得出“作业机”这个美妙的主意：“只要把作业放进去，再投进一角硬币，按下按钮，等上十秒，你的作业就会出来，又干净，又整齐。”

希尔弗斯坦是一位大幽默家和搞笑高手，同时也是一位具有深邃洞察力、并且善于“深入浅出”的哲学家和寓言家。无论是在他的《阁楼上的光》里，还是在《人行道的尽头》等绘本诗集里，我们总是会看到那个长着一堆乱草般头发的小坏包的若干“蔫儿坏”的主意和奇特的想象故事。不，它们还不仅仅是一种想象故事，而是一些精彩的人生寓言诗篇。这些饶有理趣的诗篇，不仅文心独运，揭示了人与世界相遇之后，将会经历和品尝的许多尴尬、无奈的人生悲喜剧，同时也充分地呈现了一个天才艺术家的非凡智力与豁达、乐观的性格魅力。就像他写的那首《啄》：“有件事最令我伤心，那只啄木鸟正啄着塑料树生气。它看了看我，对我说：朋友，生活早已不像过去那样甜蜜。”

那首《偷皮》，写得更是夸张和搞笑：“今晚我脱下我的皮，小心地摘下我的脑袋，就像往常一样，准备上床睡个痛快。当我正在熟睡，一只鸽子光着身子进来，偷走了我的皮，戴上了我的脑袋。它穿走了我的双脚，那么不顾羞耻地来到街上奔跑。它说过的话和做过的事，绝对和我无关：把小孩逗，把大人踢，还跳着舞拐走美女。……你所看见的那个浑蛋，绝对和我无关！它只不过是那只鸽子，穿上了我的皮。”

在这个有点“无厘头”的故事里，我们再一次看到了希尔弗斯坦所创造的那个长着一堆乱草般头发的小坏包的形象。亏他想得出来这个“蔫儿坏”的主意和充满荒诞色彩的想象故事。

当然，生活中还会有许多艰辛和苦涩。世界也不会总是玫瑰色的。但希尔弗斯坦却总是以乐观和积极的姿态来看待世界。在《总得有人去》这首诗歌里，他说：“总得有人去擦擦星星，它们看起来灰蒙蒙。总得有人去擦擦星星，因为那些八哥、海鸥和老鹰都抱怨星星又旧又生锈，想要个新的我们又没有。所以还是带上水桶和抹布，总得有人去擦擦星星。”

显然，谢尔·希尔弗斯坦就是那个带着水桶和抹布，搭起智慧、乐观和想象的梯子，去为我们擦去蒙在星星上的灰尘的人。

黑柳彻子 くろやなぎ てつこ

（1933— ）

日本畅销书作家、电视节目主持人、联合国儿童基金会“亲善大使”。1976年开始担任电视节目《彻子的房间》主持人。1981年出版自传体儿童小说《窗边的小豆豆》蜚声文坛。另著有《小时候就在想的事》等一系列以小豆豆为主人公的儿童文学和儿童教育读物。

再小的钻石也会闪光

“我有一个6岁的儿子，圣诞节时，他趁我不注意，在接受圣诞老人礼物的袜子里塞了一封信，信上说：圣诞老爷爷，请去非洲吧，我什么都不要！结果，在圣诞节的早晨，我儿子就在袜子中发现了圣诞老人的留言：谢谢，我这就去一趟非洲。”

《窗边的小豆豆》里的“小豆豆”，即作者黑柳彻子，长大后，先是在东京音乐大学念书，毕业后经过考试，被日本广播协会广播剧团录取，后来又成为日本的第一批电视演员和著名的电视节目主持人。除了参加广播和电视节目的演出、制作，她还定期举办个人专场舞台演出，曾荣获第一届广播作家协会女演员奖、日本妇女广播工作者恳谈会大奖和电视大奖等。从1978年起，她连续4年被评为“最佳广播演员”第一名，1981年又被日本政府评为当年全国文艺界杰出人士之一。后来，黑柳彻子又光荣地担任了联合国儿童基金会“亲善大使”。在担任联合国儿童基金会“亲善大使”的20多年日子里，她几乎走遍了整个非洲、中东和东南亚，深入到了为贫穷、饥饿、疾病和战争所蹂躏的苦难的村庄和难民营的帐篷之中。

开头的那段话，是一部记录黑柳彻子在非洲工作的情景的电视片《饥饿的非洲》播出后，一位妈妈在写给她的一封信中讲述的一个细节。

“那个小男孩肯定会在脑海中想象着，圣诞老人去非洲，将大口袋里的各种食物分发给饥饿儿童的情景。或许他还会想象着，干旱的沙漠上喜降大雪，驯鹿奔跑在雪中的情景……”黑柳彻子也在想象着：假如这一切都是真的那该多好啊！

她的日常生活和工作中，经常发生这样一些小故事。这些事情，有的是她小时候就在幻想的，长大了还在想。

她就像非洲钻石矿山下的河谷中，那些手持筛子的采钻者，一点一点地筛落虚浮的尘土，而把那些熠熠闪光的、最宝贵的碎屑淘洗出来。有时候，她一边记录着这些小故事，一边也很自然地联想到她所看到的那些用小筛子不断地筛着小石头的

“小豆豆”黑柳彻子在非洲

孩子。

“这么多、这么琐碎的沙子，会不会漏掉钻石啊？”她轻轻地问道。那些孩子回答得多好：“不，无论多么小的钻石，都会闪光的……”我们从她的书中看到的，就是这样一些像碎小的钻石般闪光的文字。

在担任联合国儿童基金会亲善大使的岁月里，黑柳彻子目睹过无数的人间悲剧，目睹过因内战而满目疮痍的街道，因民族仇杀而堆积如山的尸体，以及一望无际的干裂的土地，在56℃的酷热中或零下几十度的严寒下蹲在地上的难民……

有一次，在阿富汗赫拉特的一个贫民聚居的村子里，她向那里的人们发放过冬的物品。

“我特意拿出一副儿童手套，想为一个8岁左右的男孩戴上，可是我拉起他的小手时，不禁‘啊’的惊叫了一声。我看到这孩子的手背如同大象的皮一样，满是皲裂的小口子，皮肤又厚又硬，根本不像一个8岁孩子的手。他也没穿袜子，我双手捂着他的小手说：‘真了不起，看你这双手就知道你非常能干，来，戴上手套暖和暖和吧。’我一边说一边为他戴上了手套。手套的大小正合适，我问他：‘暖和吗？’他羞怯地回答说：‘很暖和。’他显得非常高兴。”

又有一次，在索马里，她问一位正在饥饿和贫穷中苦苦挣扎的妈妈：“现在，如果说还有希望的话，你想那会是什么？”

这位妈妈思考了片刻，回答说：“如果能够从这里出去，而且能有一点儿零用钱的话，我就去市场给孩子们买些吃的来。”

听了这位母亲的这个微不足道的希望之后，她说：“这是一个令人伤感的希望，是一个那些只顾争权夺利的人所听不到的希望。”

这时候，她也想到了过去的战争年月里，自己的妈妈年纪轻轻的，就带着三个孩子过着颠沛流离的生活。为了在一个陌生的地方生存下去，美丽的妈妈不得不靠“出礼”——去一些正在操办喜宴的人家给人道喜和唱歌，换取一份食品礼物来养活家里嗷嗷待哺的孩子们。

“我由衷地感到了一位妈妈的伟大和坚强。同时我也深深感到，一个人只要有决心、有毅力，就能够办到许多令人难以想象的事情……”她在多篇文章里写到了自己的妈妈，写到了那种暖暖的亲情。“我的妈妈从来不训斥孩子，她有话就会这样说：‘妈妈即使有想说十遍的话也只说一遍，所以你一定要仔细听妈妈说过的每一句话。’因此，孩子们听到妈妈的批评时都会想，坏了，妈妈原来是忍着没有说十遍，于是都会乖乖地承认自己的错误。”

没有好妈妈，哪来的好儿女！有一首小诗，她最喜爱，也从没忘记：“草原的光辉，花儿的荣光，往昔一去不复返，然而又何足叹息，其深藏的力量，我定会寻出华兹华斯。”

从黑柳彻子的成长和人生经历中，我们每个人或许也能找到自己的影子。当然，还有那颗永远怀着感恩的心。

如何去爱这个世界？如何去尊重和关怀那些弱小的、卑微的生命？如何去建立起自己对于世界和人生的信念？如何去发现那些小小的真理，比如，再小的钻石，也会闪光……黑柳彻子都曾告诉过我们。

索菲娅·罗兰 Sophia Loren

（1934— ）

意大利电影巨星，生于罗马。从1950年开始登上影坛，30多年间共拍摄了70多部影片。表演风格热情泼辣、自然流畅。1992年获得奥斯卡终身成就奖。由她主演的电影《百万富翁》《卡桑德拉大桥》《两个女人》《罗马帝国的覆灭》等，都成了世界电影史上的经典。

在混乱中诞生的星星

从前，有一个小姑娘，腿很细，眼睛大大的，嘴角常带愁意。她非常厌恶自己，担心仙女们也不会喜欢她。但是她爱大地上的每一片草叶和花朵，她相信那些寻求珍宝的人是绝不会提到它的。

她出生在一堆苦根之中，而在苦根上的花朵里，她终于发现了世界：可供攀登的大山，可供奔驰的街道。她拥抱宇宙，要观看和体验每一样东西。但是她害怕生活赋予她的角色，害怕在走向一个遥远的目的地时必须付出艰巨的努力，不找捷径；她害怕自己软弱，害怕爱情。但是她坚持了下来。她不再害怕了。

法国电影巨星索菲娅·罗兰，就是这样开始书写自己一生的故事的。她写的这本书叫《生活与爱》。这本书是奉献给她自己、奉献给所有大眼睛、细长腿、出生在一堆苦根之中的小姑娘的。

她出身低微甚至贫贱，有一个屈辱和苦难的童年。她的母亲是一个未婚妈妈。罗兰是在一家专门接收未婚产妇的慈善病房里出生的。“我这个瘦小枯干、面无血色的丑东西，生下来就是罪人。”她后来回忆说，“母亲是个坚强的女性，她用血和泪把我喂大，我上学了，但这并没有给我带来欢乐。每天早晨，我不是第一个来到学校，就是最后一个溜进教室，只有这样才能躲开同学们的议论、嘲笑。私生子的罪名似乎已经刻在我的脸上。更让我难过的是，母亲仪态婀娜、美丽动人，哪个同学的母亲都比不上她。可是每次她来学校接我，都免不了遭到同学们的奚落……”

罗兰的少女时代是在可怕的战争年月里度过的。有一天夜里，全家人都在熟睡的时候，飞机投下的炸弹像暴雨一样向他们居住的小城倾泻而下。她的母亲跳下床要她快穿衣服，可她完全被这突如其来的巨响吓呆了！母亲拉着她跑向防空洞时，一块弹片打中了她的下巴，脸上顿时血流不止，差点要了她的性命。

但正如电影艺术大师卓别林所说，她是“在混乱中诞生的一颗星星”。对于自己苦难的身世，罗兰在成名后反思说，有些苦难，是童年的一个重要组成部分。一个不幸福的童年，在某种程度上，是你终身取之不竭的财富。

她认为，童年留给她的最大的馈赠就是，成年后的任何困顿或难题都不能把她压倒。而且，童年的艰辛也培养了她敏感的性情，使她在以后的艺术创造中渐渐悟出：一个艺术家的天职就是要培育出一种淡淡的哀愁，一种对于人间的悲悯情怀。

她在书中真实地叙述了早年的不幸和成年后步入影坛的艰辛经历，其中有最痛苦的印记——有她获得过的第一束鲜花，有进军好莱坞、捧得奥斯卡金像奖的波折，也有在寂寞和孤独中对于生活、艺术、爱情和友谊的深切感悟与思考。

由丑小鸭变成白天鹅，其间浸润着奋斗的血泪。她说："当你年轻苦斗的时候，你不可能知道一个新人的无名状态的珍贵价值。一个新人可以冒险，可以犯错误，可以进行试验，因为这无损他的形象和声誉。"然而，罗兰也忠告说，千万别为不能为你掉泪的东西掉泪。她一直牢记着卓别林对她的提醒："一切艺术无不致力生活这一伟大的艺术。……如果你想成为一个生活异常美满的女性，你必须学会一件事，也许是生活中最重要的一课，你必须学会说'不'。"

她从1950年开始登上影坛，30多年间共拍摄了70多部影片。她的表演风格热情泼辣、自然流畅，著名导演德·西卡评价她："在表演时她能充分释放出真正的内心感受，她能大喊大叫和大笑，歇斯底里地发作，极尽感情表演之能事。"她和同时代的许多影坛巨星一样，在几代影迷和观众心中留下了光彩照人的形象。她主演的电影《百万富翁》《卡桑德拉大桥》《两个女人》《罗马帝国的覆灭》等，都成了世界电影史上的经典。时间和观众可以老去，但那些伟大的黑白片留下的艺术魅力却是持久和永恒的。

无论罗兰取得多么大的艺术成就，她始终十分严肃地对待生活、爱情和艺术。她曾说过："我成年后所遇到的一切，在儿童时代都经历过了，没有什么困难可以把我压倒。……我的哲学是：奋斗一生，探索一生。我永远不会宣布退休，我不相信一个演员能够退休。谁能预料自己毕生最杰出的角色什么时候到来呢？"

她还这样告诫过自己："青春的源泉依然存在，它就是你的心灵，你的才能，你的创造力……"

刘士钺 Liu Shiyue

(1935—2006)

中国音乐考古学家、钢琴家、诗人。自幼患小儿麻痹症，在德国遇车祸被撞成骨折，肢体严重残疾，在轮椅上自学了八门外语，并成为世界闻名的音乐考古学家。1986年用英文撰写的音乐论文《中国浙江河姆渡骨笛》轰动世界。创作有《我的梦》《大自然与人》《太阳和钢琴家》等诗作。

拄着双拐登上世界乐坛

1986年11月20日上午9点，在德国汉诺威音乐戏剧大学会议厅里，正在举行一个国际音乐考古会议。当大会主席做了简短介绍之后，只见一个中国人，腋下拄着双拐，昂头挺胸，一步一步，十分自信地走上了讲台。他用纯正的英语，向来自16个国家的几十位音乐专家和学者宣布了他的考古与发现：世界上最古老的骨笛，是在中国浙江省余姚县河姆渡发现的。它出现于7000年以前，比迄今被公认为最早出现的瑞典骨笛还要早3000年；骨笛的孕育与出现，意味着中国远古文明的黎明时期已经到来……

他用英文撰写的音乐论文《中国浙江河姆渡骨笛》，被刊登在国际权威性的《音乐考古》杂志上。他的演讲赢得了与会者最热烈的掌声。当一位外国音乐学者善意地问他有什么困难，他愿意给予帮助时，他扬起脸，透过厚厚的镜片，友好地说道：“谢谢您，教授，我没有困难。”

这位能娴熟地使用英语、德语，并能用俄语、法语、拉丁语、西班牙等外语笔译的中国学者，名叫刘士钺。

他自幼患小儿麻痹症，后来又不幸遇到车祸被撞成骨折，肢体严重残疾。但是他凭着顽强的毅力，在轮椅上自学了八门外语，并怀着对中国文化史、音乐史的一腔热爱和执着的探索精神，最终成为一位世界闻名的音乐考古学家、钢琴家和音乐学者。

当年他在德国汉诺威出席国际音乐学术会议时，还只是天津市的一个没有职业的残疾人士，全部生活来源仅靠民政部门每月发给他的25元救济金。

刘士钺从小就酷爱音乐，十几岁时偶然听到钢琴曲《少女的祈祷》，就被美妙的音乐深深折服，从此专心自学音乐领域的知识，从理论作曲、和声学、对位法、配器法、音乐美学，到中古调式、民间音乐、音乐考古等，他都有所涉猎。此外，他还省吃俭用，每天租用音乐学院钢琴一小时，竟然学会了钢琴演奏以及小提琴演奏。

1958年，英文版《莫斯科新闻》刊登了刘士钺的论文《论柴可夫斯基的音乐》，那年他才22岁。

1960年春天，刘士钺看到一则消息：匈牙利将举办“李斯特—巴尔托克国际钢琴比赛”。他心生向往，很想去参加这场比赛。于是，他给组委会发去了一封信。很快他就收到了申请表，不久，一份批准他参赛的证书也寄到了他手中，上面注明，比赛组委会将对他免去需要持有音乐学院文凭的条件，而且，他将成为中国唯一的一位代表，也是整个比赛所邀请的唯一一位没有正规音乐院校文凭的演奏者。

这个消息让他兴奋得夜不能寐，恨不得跑上大街把这个消息告诉每一个遇到的人。然而，他最终并没有获得出国参赛的准许。在他满怀热望地去办理出国手续时，他被委婉地告知，像他这种情况，不适合出国……

他好说歹说，但无济于事，最终只好失望地拄着双拐黯然离开了。这次打击，对他来说不是第一次，当然也不是最后一次。

“不！命运，我不会服从你的！决不会受你支配的！我要鼓起我的勇气，磨砺我的宝剑，跨上我的战马……掌握住自己的命运！”在以后接踵而至的无数个艰难的日子里，每一次遇到挫折，刘士钺都会以“乐圣”贝多芬的人生经历激励着自己，从贝多芬那悲壮和激越的交响曲里，获得与冷酷的命运搏斗到底、较量到底的勇气、毅力与信念。

到了1983年，已经被天津自然博物馆录用的刘士钺，又一次遭遇了不幸。这年春节刚过，他下班时轮椅滑倒，身子重重地摔了下来，残疾的腿又骨折了！几个月后，相依为命和照顾他多年的老父亲，也病逝了。他孑然一身，架起双拐，艰难地重新学习走路……

“音乐是比一切智慧、一切哲学更高尚的启示，……谁能参透音乐的意义，谁就能超脱寻常人也许无法自拔的苦难！”

在命运多舛的日子里，贝多芬的音乐时时刻刻伴随着他，温暖、鼓舞和激励着他的进取之心。

在他最孤独和最艰难、甚至处在贫病交加的时候，他咬紧牙关，没有让自己倒下去。在一个寒冷的冬夜里，他哈着热气，暖和着双手，用英文写下一首诗歌《好啊！即刻征服宇宙》，参加美国举办的一个国际诗歌征文：

“啊，如果我有一对鹰的翅膀，我将飞向宇宙，逍遥飞去，去看那银河文明。我长久以来热爱这宇宙奥秘，我时常兴致勃勃凝视外层空间，渴望我能去访问外星朋友。

“有一天，我独自驾驶宇宙飞船‘阿波罗’，只有无边无际的宇宙和木星、冥王星、金星是我的伴侣，我不知道，我不寂寞，因有天体向我哼唱着甜美的浪漫曲。”

“一粒宇宙尘忽落在我的脸上，鲜红、灿烂，太阳光芒照亮星空，微风来自极乐之地。当遇到磁暴时，我将勇敢地面对搏斗！我要证明自己是阿特拉斯。好啊，即刻征服宇宙……”

阿特拉斯是希腊神话中的一个天神，普罗米修斯的兄弟。这首诗歌写得激情充沛、大气磅礴。不久，他就得到异国的来信，通知他这首诗将被刊登在一本美国诗集上。受此鼓舞，他又陆续写下了《我的梦》《大自然与人》《太阳和钢琴家》等志存高远、充满了乐观向上的进取精神的诗篇。

2006年4月27日凌晨，这位身残志坚、从来不肯向命运低头，曾拄着拐杖登上了世界乐坛的音乐学家在医院病逝，享年71岁。

鲍勃·迪伦 Bob Dylan

（1941— ）

美国摇滚巨星、民谣艺术家，生于美国明尼苏达州。在读大学期间，对民谣产生兴趣，开始在学校附近的民谣圈子演出。1961年签约哥伦比亚唱片公司。1962年发表第一张专辑《鲍勃·迪伦》。2016年获得诺贝尔文学奖。这是诺贝尔奖诞生以来首次授予一位主要身份是“歌手”的创作天才。

真爱让小草挺立

举世瞩目的2016年诺贝尔文学奖，授予了曾经风靡全球数十年、已经75岁的摇滚巨星鲍勃·迪伦。这是诺贝尔奖诞生以来首次授予了一位主要身份是“歌手”的创作天才。瑞典文学院把鲍勃·迪伦比作像创作“荷马史诗”那样的“伟大的在世诗人”，赞誉他的那些插上了音乐翅膀的诗歌（歌词），是“献给耳朵的诗篇”。

鲍勃·迪伦的确是一位罕见的“跨界”天才。人们甚至调侃说：鲍勃·迪伦已经摘取了电影界的奥斯卡奖、音乐界的格莱美奖和文学界的诺贝尔奖，他创作的儿童绘本，离童书界的凯迪克奖也已经不远。所有世界顶级大奖中，他好像只缺一枚奥林匹克运动会的金牌了。

鲍勃·迪伦出版过一本在美国几乎家喻户晓的儿童绘本《自由的狗》，写的是姐弟俩勇敢地穿过荆棘和丛林，躺在辽阔的沙丘上，仰望着浩瀚和美妙的星空，体会着自由的境界……插画家为这本儿童绘本选配的文字，是鲍勃·迪伦的一首有名的歌词："如果小狗自由奔跑，那就应当这样。真爱让小草挺立，星空下传来海洋的回响。……真爱能够治愈灵魂，让人生变得完整，不再迷茫。"也有人赞誉鲍勃·迪伦70多年的人生是一部"活着的传奇"。那么，他是依靠着怎样持续和强劲的激情和真爱的力量，"让小草挺立"，并且谱写出了这部罕见的人间"传奇"的呢?

1941年5月24日，鲍勃·迪伦出生在美国明尼苏达州的德卢斯城。这座小城在他童年的记忆里留下了深刻的痕迹。"我喜欢那里的山丘起伏绵延到水边的样子，还有谷场升降机四周风吹的感觉。"许多年后他回忆说，"那里的火车转运站，也永远在忙碌着。它是旧式的、工业化的，你可以站在很远很远的山顶看到它。"

迪伦6岁时，全家移居到了一个名叫希宾的北方小镇上。这个小镇就像一个"童话里的村庄"，安静和美丽的、像一个巨大的轮子似的小镇，轻轻地推动了少年迪伦心中想象的风车。

迪伦从很小的时候起就喜欢"抒情"，喜欢唱歌，有着比一般的小孩更强的"表现欲"。据说，在3岁那年，他就当着邻居阿姨们的面，有模有样地"演唱"了两首模仿来的歌曲。5岁的时候，这个喜欢"表演"的小孩又有了两次表演的机会。一次是在母亲节的庆祝活动中，他给大家演唱了一首《某个星期天的早晨》；另一次是在伯母艾瑞安的婚礼上，他演唱了一首《积极面对》。多年后他回忆说，这是他第一次"有报酬的演唱"，他得到了大人们奖励的25美元。演唱前，妈妈特意为他选了一套白色的小西装；妈妈还提醒他说：先要刷牙，更不要玩火柴。到了9岁那年的母亲节那天，小迪伦竟然亲自为妈妈朗诵了一首他自己创作的诗歌：

“亲爱的妈妈，我希望你永远不会变老，头发永远不会花白，全世界的人都会对你说：你好，这位年轻的女士，母亲节快乐！”

民谣诗人 鲍勃·迪伦

虽然他说这首诗歌写得“不算好”，但是，“真爱让小草挺立”，或者说，一双小手勇敢地、第一次把一根美丽的火柴划燃了！小小的迪伦从此竟深深爱上了写诗，最终成为全世界瞩目的诗人。

“10岁的时候，我开始弹奏吉他了。”迪伦后来在他的传记纪录片《迷途的家》中回忆说，“我在房子里找到了一把爸爸买的吉他。那里还有一些其他的东西，它们有着神秘的寓意。那儿有一台很大的红木收音机，打开顶盖，上面是78转的唱机。有一天我打开它，发现了一张唱片，一张乡村音乐唱片，歌曲的名字是《漂离太远》。这首歌让我感觉自己像是变成了另外一个人。那是一种类似心灵觉醒的感觉……”就像一枚小小的种子，浸润在北方肥沃的土壤里，早早地获得了萌发的机缘，在小镇上，迪伦幼小的心里渐渐升起了对远方的憧憬和期待，它们将引导着这个少年奋勇向前。多年后，鲍勃·迪伦与插画家合作，出版过一本儿童绘本，故事写的是一位街头音乐家，送给一个小男孩一把吉他。小男孩不仅学会了弹吉他，还和伙伴们组建了自己的街头乐队。他们一起旅行、聚会，一起拯救星球，一起反对和阻止战争……

这个绘本故事的结尾是：那个已经长大的男孩，把那把吉他送给了另一个小女孩，希望她同样坚持正义、勇于冒险、奋勇向前。结尾的文字，正来自迪伦的诗句。

少年人的叛逆与独立的心理，少年人无所畏惧、孤筏重洋的个性，正伴随着那些充满力量的音乐，渐渐聚集在这个英俊少年的身心之中。他有时候喜欢沉默寡言，有时候又喜欢奇装异服，甚至偶尔参与飙车、街头演艺等等带点叛逆意味的行动。他甚至十分向往吉卜赛人的那种自由与浪漫的生活。他觉得那才是他想要的生活。

他那时候崇拜的偶像是美国著名摇滚乐歌星、摇滚乐坛公认的“青春偶像”巴迪·霍利。巴迪死的时候22岁，鲍勃18岁。鲍勃在诺贝尔奖演说辞中回忆说：“我第一次听到他的声音，就觉得无比亲切，心有戚戚，好像他是我的一个大哥哥。我甚至觉得自己很像他。我爱巴迪演奏的音乐，那是我成长的源泉：乡村音乐、摇滚、节奏布鲁斯。他将这三类音乐杂糅、融合在一起，自成一派。巴迪会自己写歌，那是充满了美妙的旋律和富有想象力的歌词。他唱得也很棒，他不止用一种声线歌唱。他是典范，拥有我当时所没有并且想成为的一切。我只见过他一次，几天后他就过世了。我当时去了一百多里开外的地方看他的演出，我没有失望。……”

少年诗人灿烂的青春期正在到来。他在心里憧憬着属于自己的未来的日子。这个时候的迪伦，就像一个充满叛逆精神的少年骑士，正独自策马向前，在一望无际的乡村草原上奔跑着，去寻找着自己另外一种人生。

鲍勃从小就很喜欢阅读。他说，从少年时代起，有三本书对他影响很大，它们是：《白鲸》《西线无战事》和《奥德赛》。

马西莫 *Massimo Troisi*

(1953—1994)

马西莫·特洛伊西，意大利电影表演艺术家。1989年主演《几点了》获得第46届威尼斯电影节“最佳男演员”。在电影和电视屏幕上塑造过许多著名的喜剧形象。1994年带病在以智利诗人聂鲁达为主人公的电影《邮差》中饰演马里奥一角，并成为毕生的电影“绝唱”。代表作有《我再从三开始》《眼泪不再》等。

“这部电影就是我的生命”

当斯卡尔梅达还是一名文学青年的时候，他最崇拜的人物之一，就是写过《二十首情诗和一首绝望的歌》的诗人聂鲁达。他幻想着有一天，自己也能成为聂鲁达那样伟大的诗人。

斯卡尔梅达从智利师范学院毕业后，在一家五等的小报里找到了一份做文化编辑的职位，并且有机会结识了自己的偶像聂鲁达。在后来漫长的文学道路上，诗人巴勃罗·聂鲁达成了斯卡尔梅达一生的精神导师和朋友。聂鲁达悉心指导着这个文学青年，亲手把他送上了拉丁美洲文坛。

斯卡尔梅达在1983年，即聂鲁达逝世10周年之际，完成了一部以聂鲁达为主人公的小说《邮差》(又译为《聂鲁达的邮递员》)。小说讲述的是这样一个动人的故事：从小在大海边长大的青年渔民马里奥·赫梅内斯，偶然得到了一份邮递员的差事，可是他的送信对象只有一位：住在黑岛上的一套安静的别墅里的大诗人聂鲁达……

这部小说在1985年出版后，短短几年内，就被翻译成为近三十种语言，受到全世界读者的热捧，并且被欧洲和拉美许多国家选为大、中学的文学教科书。小说所讲述的这个感人的故事，也被改编成了话剧、电视剧和广播剧。

《邮差》出版后，斯卡尔梅达又亲自执笔，把这部小说改编成了电影剧本，由意大利著名导演迈克尔·拉德福执导拍摄。在剧中饰演主角邮递员的，是意大利家喻户晓的著名喜剧演员马西莫·特洛伊西。

马西莫一直患有严重的心脏病。可是，当他读完斯卡尔梅达改编的剧本之后，他激动地对导演说道："到哪里去寻找如此动人的故事呢？毫无疑问，这将是我今生出演的最成功的角色了！"

导演却心存顾虑："……可是，兄弟，这个时候您更需要的是休养呢！"

"不！没有什么比遇见一个好剧本、好角色更重要的事情！"

导演仍然几次提醒他："为了一部电影，难道值得搭上您的一条性命吗？"

"是的，这部电影就是我的生命。"

就像小说里的马里奥，全身心地忠诚于他心中的诗人聂鲁达一样，马西莫也全身心地投入到了这部电影和这个角色的创作与塑造之中。他忍受着病痛的巨大折磨，以超乎寻常的敬业姿态和顽强的意志，把自己和剧中的马里奥融为了一体。

等到电影全部镜头拍摄完成，进入后期录音阶段时，马西莫的身体已经变得十分虚弱和糟糕了。有时候，虚弱的身体只能允许他工作两个小时。但他咬紧牙关，坚持到了最后的封镜时刻。

当电影停机后12个小时，摄制组的同行们在酒吧里庆祝拍摄完成的时候，马西莫才应约前去医院准备手术。然而，就在他躺上手术台的这一天，他还没有来得及看到他所塑造的角色的巨大成功，还没有来得及收到人们祝贺的鲜花，便永远地告别了人世……

马西莫和他饰演的马里奥的故事，为《邮差》这个真实感人的故事，平添了更加美丽感人的色彩："这部电影就是我的生命"。

小说里写到过这样一个细节：当智利国家电视台宣布，将要转播诗人聂鲁达在斯德哥尔摩发表诺贝尔奖受奖演说时，马里奥和他的乡亲们，还有全智利的人民，是怎样的激动啊！在聂鲁达即将发表演说的那一刻，马里奥感到，巨大的静默笼罩了所有的人，犹如用一个亲吻将大家覆盖……

"我必须对善良的人们，对劳动者，对诗人们说，兰波说过的那句话，预言了整个未来，那就是：只要怀着火热的耐心，我们定能攻克那座将给予所有人以光明、正义和尊严的壮丽城池。"

也正是因为这句诗，斯卡尔梅达一开始就把他的小说定名为"火热的耐心"。是的，对自己所热爱的祖国，对自己所热爱的事业，你要永远地去热爱；对整个人类、世界和未来，你要永远怀着火热的耐心！

诗人聂鲁达是这样做的；斯卡尔梅达也是这样做的；斯卡尔梅达小说里的主人公、诗人聂鲁达的邮递员马里奥，也是这样做的；还有因为扮演诗人聂鲁达的邮递员而献出了生命的、伟大的喜剧演员马西莫，也是这样做的。

迈克尔·杰克逊 Michael Jackson

（1958—2009）

美国摇滚巨星，生于印第安纳州。8岁登台表演。1971年发行了个人首支单曲《Got to be there》，标志着其个人独唱生涯的开始。1979年推出的专辑《疯狂》，标志着一位成熟的歌手开始走向世界。1987展开个人首次全球巡演，一生中获得了13个格莱美奖和26个全美音乐奖。2010年被授予格莱美终身成就奖。

在月亮上漫步的男孩

小时候的迈克尔·杰克逊，长着一副像天使一样单纯和可爱的面孔。他在很小的时候就表现出了令人惊异的天赋，5岁时就和他的四个哥哥组成了“杰克逊五人组”，一起到处演唱。

小迈克尔的嗓音就像黎明时初醒的小鸟的歌唱，声音高亢而又清亮。当大家一起唱同一个音时，小迈克尔清澈的童音一下子就能被辨别出来。那时候人们就已经开始预言了，光焰四射的小迈克尔，终有一天会独自翱翔。果然，14岁时，他夺得了第一个单曲排行榜冠军。

尽管在演艺界，少年偶像像倏忽的流星一样，瞬间就会被他人超越和替代，也有许多童星在成年之后便江郎才尽，可是迈克尔·杰克逊却用自己的努力，打破了这个惯例，而成为一个艺术奇迹。他的魅力经久不衰，光华灼灼。

然而，因为过早地进入了演艺界，人们说，小迈克尔几乎不曾拥有过自己的童年。或者说，过于成人化的童年，使他失去了与同龄人一起玩耍和嬉戏的机会，失去了一个孩子本该拥有的自由与快乐。当他的一些同龄人刚刚开始熟悉小学生活的时候，他已经忙碌于家族乐队了。他还没来得及享受无忧无虑的童年就已经步入了成年。小迈克尔曾经回忆说：“当我排练的时候，透过窗户，看到别的孩子在玩耍嬉戏，我多么渴望和他们在一起啊！但我不能。我在不自觉中会流出眼泪。”

他出生在一个贫穷的家庭里。在当年整个美国大萧条的时候，他的爸爸天天要为一家人的生活奔命。小迈克尔的童年记忆里没有多少温暖和爱，有的只是生活的疲惫、艰辛和爸爸冷峻的面孔。但是尽管如此，小迈克尔还是清晰地记得，爸爸经常会在半夜时，在冰箱里放上他最喜欢吃的面包圈。爸爸妈妈还尽力给孩子们买来了各种乐器。

每个周末，爸爸会带他们兄弟五人去周边的俱乐部登台演出。有时，一个周末的演出多达十几场，直到星期一的凌晨才结束。爸爸开着破旧的车

乐坛传奇 迈克尔·杰克逊

子，载着疲惫不堪的孩子，在曙光初露的黎明时分回到家中……

现实生活是冷峻和残酷的，舞台成了小迈克尔唯一的“避难所”。在舞台上演唱时他是快乐的，可是，“一走下舞台我就会黯然神伤”。这成了小迈克尔的一句名言。因为走下了舞台，他必须去面对自己的“战栗的童年”。

他长大后曾专门为那些像他一样的黑皮肤孩子谱过曲，也为全世界的儿童歌唱过。在《拯救世界》里他这样写道：“沉思那潮起潮落、时代更迭，说吧，说我们想要，想要为我们的孩子，为孩子的孩子创造更美好的明天。”

我们从他那首献给童年的名曲里，可以感受到他的这种心情：“你可曾见过我的童年？我正在寻觅自己生命的本源。因为我曾在四周找遍，也陷入过心灵的得失之间。了解我的人仍未出现，人们认为我做着古怪的表演。只因我总是显出孩子般的一面，但请对我宽容一点。有人说我不正常很明显，就因为我对简单自然的爱恋，补偿我从未有过的童年……你可曾见过我的童年？我正在寻觅儿时的欢乐瞬间。比如海盗和征服冒险，宝座上的国王你是否也曾梦见？请试着喜欢我，在你对我做出判断之前，审视你的内心，向自己发问：你可曾见过我的童年？……我正在寻觅儿时的欢乐瞬间，好像分享幻想故事，还有神仙……我那些大胆的梦想啊，看我飞上了蓝天！请试着喜欢我，在你对我做出判断之前，我痛苦的儿时记忆仍在绵延……”

这是小迈克尔最真实的童年，最真实的心声。可是，童年已经远去，他永远也找不回来了。但他心中还怀着童年的梦想，保持着对自己朦胧的童年记忆的怀念和留恋，保持着一颗童心，甚至毕生都在寻找他那不曾真正拥有过的童年，试图寻找和重建童年的梦幻。他建了一座巨大的游乐场，把它命名为“永不消失的乐园”。他多想让自己变成那个永远也不愿意长大的小飞侠彼得·潘。他一生最好的朋友，就是孩子。人们说，迈克尔·杰克逊是一个永远站在童年门口张望的人，他始终不愿离开他的童年。

他也全心全意地热爱着自己的舞蹈。他被观众称赞为“跳舞机器”。1979

年，他推出的专辑《疯狂》，预示着一位成熟的舞蹈艺术家开始走向世界。封面上的迈克尔·杰克逊身穿燕尾服，形象焕然一新，光彩照人。这时候，他似乎也在宣告，他已经告别了自己的童星时代，他将开始一段新的艺术传奇。

迈克尔·杰克逊作为舞者的至尊荣耀的时刻，是1983年他在一场电视晚会上表演的身体向后滑步的“太空舞步”，又叫“月球漫步”。他所独创的舞蹈招牌动作，再加上他独有的嗓音，令全球亿万歌迷为之倾倒和疯狂。

迈克尔曾说，他是从一群在街上跳舞的孩子那里学来“太空舞步”的。当时，他一看到这种动作，脑海里就马上涌现出登上月球的探险家的太空步的画面。他在自己的舞蹈中借鉴和完善了这种动作，然后，他还邀请那些在街上跳舞的孩子和他一起来排练，并且教给他们一些街头正在流行的东西。多年后，其中的一个孩子这样说：“能够和迈克尔·杰克逊一起跳舞，就是我所有的梦想了。我生命中的目标，就是能与他一起跳舞。”

2009年6月，一颗巨星突然陨落了。人们说，世界上最会唱歌的那个“坏小子”离开我们走了——不，他是去寻找自己失落的童年去了，是去他童年时代的月亮上漫步去了。

当迈克尔活着的时候，人们总是津津乐道于他的“离经叛道”，而无视他的人道主义精神和种种慈善义举，这对他来说是多么的不公平！所幸的是，当巨星陨落之后，媒体及时而公正地转变了焦点，重新关注到了迈克尔·杰克逊那令人叹为观止的表演才华和勇于创新的艺术精神，以及他所引领的流行文化。

迈克尔的挚友伊丽莎白·泰勒曾这样评价：“什么是天才？什么是活着的传奇？什么是超级巨星？迈克尔·杰克逊就是这全部的化身。他是地球上最伟大的人物之一。”

巨星陨落，天王离去，全世界都在为他哭泣。一个属于迈克尔·杰克逊的时代，也同时拉上了帷幕，宣告了它的结束。

布莱曼 Sarah Brightman

（1960— ）

英国女高音歌手，生于英国伯肯斯特得，世界级“天后”歌者。1985年因出演与多明戈合作的《安魂曲》，获得格莱美最佳古典新艺人奖提名。曾担任音乐剧名作《猫》《歌剧魅影》的女主角。1992年、2008年参与演唱奥运会主题曲，成为首位二度演唱奥运会主题曲的歌手。代表作品有《歌剧魅影》《告别时刻》《月光女神》等。

你和我，心连心

2008年北京奥运会开幕式，一个举世瞩目的伟大时刻终于来临了！此时的北京，火树银花，无人入眠。自豪吧，伟大的中华民族，百年梦想得以实现，光荣和神圣的桂冠，将永远戴在我们头上。我们不仅创造了新的荣耀，我们也重塑了一个民族和国家的形象。

北京奥运会开幕式是一场光影声色的视觉盛宴。“月光女神”莎拉·布莱曼和刘欢一起演唱的主题曲《我和你》（*You and me*），也有如天籁之音，在北京绚丽的夜空中飞翔——

我和你，心连心，同住地球村；
为梦想，千里行，相会在北京。
来吧，朋友，伸出你的手。
我和你，心连心，永远是一家人……

传说有一种充满魅惑力的“风花”，长在雪谷开在悬崖，能吸引赶路的旅人忘了回家。传说那是一种古老的“爱之花”，多少人曾舍弃一切幸福去追寻它。布莱曼歌声的“魅力”就像这古老的风花，它使人痛苦又给人欢乐，一旦靠近了就会离不开它。那是一种无法形容的“神女之音”，任何人无法取代，就像莱茵河上的女妖罗雷莱的歌声，吸引着多少航行中的水手义无反顾地奔赴于她。此曲只应天上有。这天晚上，布莱曼犹如最美丽、最高贵的奥林匹斯山的女神下凡，她沐浴着女神的光芒，华丽而通透的歌声里充满了一种永恒感，真切地传达出全人类祈望和平，祈求幸福，渴望一个心连心、手拉手的大同世界的心愿。这是对奥林匹克精神的一次成功的传达与演绎，无论是华丽的歌声还是激情的歌手，都散发着一种超越了肤色、超越了国家和民族情感的人性的光华。

素有“月光女神”“音乐剧皇后”美誉的莎拉·布莱曼，是一位世界级歌者。1960年8月14日，她出生在英格兰赫特福德郡的一个小城里。从很小的时候起，她就有了想成为一名歌唱家的梦想。因此，她从3岁就开始学习芭蕾舞，并在当地的节日庆典中登台表演。11岁时，布莱曼进入艺术学校学习爵士和表演。据说，有一次因为被调皮的同学嘲笑，她还逃过学，但她最后还是回到了学校。12岁那年，她在学校的期末汇演上，第一次穿上吊带裙，演唱了《爱丽丝漫游仙境》里的一首歌曲，当唱到高音的时候，所有听众都为她鼓掌喝彩。她的母亲后来说：“也许正是从那一刻开始，她就与歌唱不可分离了。”

一年之后，学校把小布莱曼送去参加著名导演约翰·施莱辛格的音乐剧新作《我和阿尔伯特》的选角，她竟获得了其中两个角色。这次小小的成功，不仅让她以13岁的年纪首次登上了大剧院的舞台，而且进一步激发了她对舞台艺术长达一生的梦想与热爱。

1981年，21岁的布莱曼前去参加著名音乐剧《猫》的演唱面试。不料，她刚刚开口唱了两句就被面试老师打断了。有人通知她说："这部音乐剧的作曲安德鲁·洛伊·韦伯，请她第二天到家里去面谈。"布莱曼当然明白这次会面对自己的重要性，所以，她把自己精心打扮了一番，从上到下一身绿色，还特意做了个蓝色的"莫希干发型"，然后出现在韦伯面前，演唱了韦伯1976年创作的一首作品《阿根廷，别为我哭泣》。

几个月之后，布莱曼获得了《猫》中的杰米玛这个角色，这是剧中的一只非常天真可爱的小猫。她在《猫》剧组里待了大约一年时间，然后转到了查尔斯·施特劳斯的儿童剧《夜莺》中担任主角。有一天晚上，韦伯决定去看一看她在剧中备受好评的表演，结果他大吃一惊，十分懊悔：这样一副上天赐予的好嗓音，竟然让她在自己的剧组里白白耗了一年时间！

就是这个晚上，改变了韦伯和布莱曼日后的事业和生活。不久，韦伯由她的合作者而成了她的第二任丈夫。

1984年，一对有情人终成眷属。布莱曼随后在韦伯另一部音乐剧名作《歌剧魅影》中扮演克莉丝汀这一角色。这是韦伯为布莱曼"量身定制"的角色。布莱曼的演唱事业，在韦伯的帮助下，一步步迈向了巅峰状态……

莎拉·布莱曼曾说："我对于自己多变的声音表演，感到极为自然，这种表演可以说是出于自己的本能。我感到所有的事物都能合而为一：我的声音，我的音乐类型，我自己的真实面，还有人们对我的印象，这一切都极为协调。我真的找到了。"是的，只有布莱曼，这高贵的奥林匹斯山的女儿、无与伦比的音乐精灵，才当得起这样的自白。

席琳·迪翁 Céline Dion

（1968— ）

加拿大歌手，生于加拿大魁北克省。12岁步入歌坛，15岁时推出首支法文单曲。1996年为美国亚特兰大奥运会演唱了主题曲《The Power of The Dream》。1997年为电影《泰坦尼克号》献唱片尾曲《我心永恒》，获得第70届奥斯卡最佳电影歌曲奖。2013年受中国央视春晚邀请担任表演嘉宾，与宋祖英合唱中国名曲《茉莉花》。

隐形的翅膀

小时候的席琳·迪翁，就像一只默默无闻的丑小鸭。她出生在加拿大魁北克省的一个小镇上，是一个有着十四个孩子的大家庭里最小的一个。但是，美丽的音乐引导着她，慢慢地伸展开了一双梦幻的翅膀，让她不仅成长为一名令全球歌迷为之疯狂的“天后级”演唱巨星，而且也成为一位为了理想坚韧不拔、面对艰难困苦而永不气馁的励志偶像。

席琳小时候家里十分贫穷，因为爸爸妈妈要养活那么多的孩子。不过，在这个贫穷的家庭里并不缺少笑声，这是因为她出生在一个快乐的“音乐之家”里。她的爸爸妈妈都爱好音乐，妈妈还开办了一个小型的爱乐者俱乐部，每到周末，他们一家人就浩浩荡荡地去那里聚会，一起登台表演，演唱民间歌谣，就像阿加莎写的《音乐之声的故事》里的情景一样。

童年时代的音乐熏陶，使得席琳兄弟姐妹14个都酷爱音乐。因为小席琳是最小的妹妹，所以她从5岁起就开始和哥哥姐姐们登台演唱了。妈妈有时会自豪地说："瞧，我的小席琳唱得多么清晰、明亮，有模有样了！"这时候，小席琳竟然十分郑重地对妈妈说："妈妈，将来，我想当一名国际巨星！""国际巨星？"妈妈大吃一惊，接着就大笑地说，"哎呀宝贝，那真是太好了！你会的，加油吧！"

多年之后，席琳·迪翁回忆说："我很感恩我的家庭和我的家人，我从不后悔自己没有拥有一个物质富足的童年，因为那时候我已拥有了一个更美的梦想：成为一名歌手。"

小席琳12岁的时候，妈妈带着她和她的一个哥哥，找到了当地的唱片制作人里尼·安格里尔先生，请他给小席琳录制她演唱的第一首法语歌曲。这是小席琳与里尼·安格里尔第一次见面。安格里尔看到，眼前的这个小姑娘个头矮小，目光羞怯，还长着一对"兔子牙"。而且衣着也不太合体，那一身衣着一看就知道，这是姐姐们穿过后"顺延"给她的。显然，这一切都不符合当时人们对一个少女歌星的要求。

安格里尔只当是为了满足这位热爱音乐的妈妈对自己女儿的个人欣赏的意愿，决定让小姑娘开口试一试看。那天，小席琳演唱的是妈妈自己创作的法语歌曲《这仅仅是一个梦》。当她手拿一支钢笔当麦克风，十分投入地演唱起来的那一刻，屋子里顿时安静了下来。安格里尔在那一瞬间甚至吃惊地从椅子上站起身来，眼睛睁得大大的。他被小席琳甜美、真挚的声音深深打动了！

一曲唱罢，整个屋子里无声无息。

小席琳扭头一看，发现安格里尔已经泪流满面，正在轻轻地擦拭泪水。是的，安格里尔已经强烈地感觉到了，这个小姑娘音域宽广，音质优美，有很好的乐感。当即，安格里尔就产生了要把她培养成为一名演唱歌手的想法。

可是，因为家境困难，小席琳的妈妈拿不出那么多钱来为她灌制唱片。为了帮助这个小姑娘实现自己的梦想，1981年1月，里尼·安格里尔抵押了自己的寓所，筹足了资金，帮助小席琳制作了第一张个人专辑。正是这张专辑，把少女席琳·迪翁迅速推到了闻名全魁北克的歌唱明星的位置。一年之后，小席琳不负众望，在1982年举办的“雅马哈世界流行歌曲大赛”中以一曲《我对你的爱》，从近五十个国家选送的一千多首歌曲中脱颖而出，获得冠军。她一下子成了加拿大家喻户晓的少女歌星。

但是，当时的媒体和观众送给这位早早出道的少女歌星的，也并非全是掌声和鲜花。伴随着掌声和鲜花而来的，还有人们的苛刻和挑剔，还有一些冷嘲热讽。

智慧和善良的里尼·安格里尔先生不断地给她鼓励和信心。他一直在耐心地、不遗余力地呵护着她，扶持着她。他帮她制订出了具体的事业计划，让她暂时先离开歌坛一段时间，去语言学校学习英语，去舞蹈学校练习形体，并且找来最好的牙科医生，矫正她那难看的“兔子牙”。

到了1988年，在爱尔兰的都柏林举办的全欧洲歌曲大赛上，席琳·迪翁重返舞台，再次捧回令世界瞩目的音乐大奖。她用自己决不气馁的信念和歌唱实力，华丽转身，由一只“丑小鸭”变为羽衣雪白、光彩照人的白天鹅。

1997年，席琳·迪翁应邀为世界著名导演卡梅隆执导的、好莱坞有史以来制作规模最为庞大的电影《泰坦尼克号》演唱主题歌《我心永恒》。伴随着《泰坦尼克号》在全球的上映，这首《我心永恒》把席琳·迪翁的歌唱事业带到了前所未有的高度。在她深情的演唱里，不仅有对电影故事的主人公杰克和露丝的命运咏叹，也融进了她对自己的音乐引路人和终生的精神伴侣里尼·安格里尔的爱与感恩，融进了她对伟大的音乐、对自己在童年就一直拥有的那个美丽梦想的感恩和赞美……

邰丽华 *Tai Lihua*

（1976— ）

中国聋哑人舞蹈家，生于湖北宜昌。2岁失聪，15岁成为中国残疾人艺术团的领舞演员。2002年进入北京中国残疾人艺术团担任演员队队长，开始全国巡演。2004年雅典残奥会闭幕式上领舞《千手观音》，震撼世界。代表作有《千手观音》《化蝶》《我的梦》等。

在无声的世界里

10多年前的2005年，中央电视台春节联欢晚会上的舞蹈节目《千手观音》，由一群聋哑少女表演完成。她们用超凡的舞技和不可思议的艺术魅力，征服了海内外亿万观众，给人们的心灵带来了强烈的震撼。

《千手观音》的领舞者、被大家称为“观音姐姐”的邰丽华，她的成长故事和舞蹈历程，也随之成为人们心中一个美丽的疑问：这个充满艺术灵性的天才的舞者，究竟是怎样失听失音的？她的绚丽的生命之花，是如何在无声的世界里绽放的？

1976年冬天，邰丽华出生在长江边的一座美丽的城市——湖北省宜昌市。2岁半时，她因链霉素针中毒而导致失身、失听。

她的人生经历是这么简单而又这么不幸。命运有时是残酷无情的。它在一瞬间夺走了一个小女孩的全部的声音和听觉，把无辜的孩子推进了一个永远沉寂无声的世界——听不见爸爸妈妈和老师同学们亲切的呼唤；听不见美丽的音乐和小鸟的动听的歌唱；也无法用自己的声音，来尽情地表达对于这个世界，对于生活的希望与热爱……是啊，声音！声音是什么样子呢？

小丽华14岁的时候，知道了一个伤心的故事：在云南一个学校里，一位美丽的残疾青年女教师，因为血癌，不得不告别她所留恋的生活了。在离开这个世界之前，她用“手语”为她的残疾朋友们留下了一首充满深情的诗，然后她含笑离去了。这首诗，名叫《倾斜而美丽的世界》。这首诗，成了邰丽华最喜爱的作品之一。数不清有多少次了，邰丽华默默地在心里为自己朗诵过：

谁说我们是残缺的？
不，残缺的只是那些残缺的灵魂。
让我们一起走过同一处季节，
一起把爱恋注入永恒的世界。
我相信是你们抛弃了黑暗，
是你们摆脱了无声的折磨。
在这个倾斜的世界里，
让我们一同进取一起升腾，
我的手语，就是凌空的舞蹈，
是最美的画，是无言的诗句……

没有神奇的红舞鞋，没有玫瑰花，也听不见迷人的音乐声。但她觉得，她的心灵里回荡着一阕最华美的音乐的旋律。她的脚上，仿佛已经穿上了那双神奇的、只有童话里才有的红舞鞋。她跳啊，跳啊……多少汗水，又多少欢乐。“由于小时候未正式练过功，功底不够，所以每次训练，她都要比别的孩子付出更大的代价。有一段时间，她的双膝练得又红又肿，可这个小女孩却也真能忍得住，从没呻吟一声，我想看一看她都不让看……”在省歌剧团，一位舞蹈老师这样对我说。老师对小丽华抱着极大的期望。小丽华深深地明白这一点。她内心里的音乐，也只有她自己能听见。

“有时人的感觉真奇怪。我感觉自己就像一只渴望着起舞的小孔雀，它不会讲话，却充满梦幻和灵气。它的生命里有自己的曲调……”在练功房里休息的时候，她给远方的一位同学写信说。

1994年，邰丽华考入湖北美术学院工艺设计系。1990年12月，她演出的舞蹈《是你给我爱》《敦煌彩塑》分别获湖北省残联文艺汇演二、三等奖；同年，中央电视台青少年部为她拍摄了专题艺术片《阳光下的我》；1992年6月，她随“中残联”艺术团访问奥地利、荷兰、瑞典和挪威等欧洲四国；同年10月，她和刘欢、成方圆、宋丹丹、姜昆等一道访问意大利；1993年，她表演的《雀之灵》和《长袖舞》获全国残疾人文艺汇演一等奖；同年她以“手语诗”《倾斜而美丽的世界》在首都人民大会堂向党和国家领导人献演……

啊，倾斜而美丽的世界！她在这个世界里没有写下酸苦的故事。自强不息的少女，用无言的努力，支撑着自己的天空、自己的梦想的屋宇！她从一滴明亮露水里，寻找着失去的声音。

她是那么热爱舞蹈。她也深深地喜欢美术。1994年9月，湖北美术学院敞开宽厚和温暖的怀抱，拥纳了她这位特殊的学生。这意味着，每一位给她上课的老师，每一位她的同学，都得以一种有异于平常惯用的交谈方式来和她对话。他们爱护着她，关心着她。

美丽的少女以她的勤奋好学、自尊自强，赢得了老师们更多的帮助和爱护；她也以她的真诚、快乐和善良，赢得了同学们丰厚的友谊与爱心。他们都因为有这样一位同学而感到自豪。

在期待已久的月光下，
焚烧所有的绝望和忧郁，
再写成一本别人看不见的书。
当大地升起霞光的时候，
我轻声朗读：啊，我渴望——
我渴望与你们并肩站在一起……

美丽的少女啊，你是一株青翠的小树，人人都愿意把金色的阳光洒在你的叶子上；可爱的少女啊，你是一朵纯洁的小花，人人都愿意把爱心的雨露洒在你的花瓣上。只要有阳光，只要有雨露，这世界还是可爱的。而你，也将会从这温暖的阳光和清亮的雨露中，找到自己失去的声音和听觉，看到这个世界的美丽与可爱。这是你的幸福。这也是我们所有人的期待。